Yves Thériault

AARON

roman

Préface de Naïm Kattan

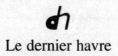

Le dernier havre

Catalogage avant publication de Bibliothèque et Archives nationales du Québec et Bibliothèque et Archives Canada

Thériault, Yves, 1915-1983

   Aaron

   Nouv. éd.

   Éd. originale: Québec: Institut littéraire du Québec, 1954
   Comprend des réf. bibliogr.

   ISBN 2-89598-002-0

   I. Titre.

PS8539.H43A61 2003   C843'.54   C2003-941452-3
PS9539.H43A61 2003

LES ÉDITIONS DU DERNIER HAVRE
3620, avenue Ridgewood, bur. 209
Montréal, Québec - Canada - H3V 1C3
Téléphone: 514-735-9459
Courriel: le.dernier.havre@videotron.ca

Distribution au Québec et au Canada:
PROLOGUE INC.
1650, boul. Lionel-Bertrand
Boisbriand, Québec - Canada - J7H 1N7
Téléphone: 450-434-0306 / Télécopieur: 450-434-2627

Conception graphique et maquette de couverture: Marie-José Thériault
Photo de couverture: Jeune Juif hassidique (N° NN001333)
© Nathan Benn/CORBIS/MAGMA

Dépôts légaux: 4ᵉ trimestre 2003
Bibliothèque et Archives Canada / Bibliothèque et Archives nationales du Québec

Aaron © Yves Thériault (Succession de / Éditions du dernier havre)
Publié par l'Institut littéraire du Québec, 1954 (édition originale);
Institut littéraire du Québec/Éditions Bernard Grasset, 1957 (édition revue et augmentée);
Les Éditions du dernier havre/Marie-José Thériault, 2003 (nouvelle édition)
Réimpression de l'édition de 2003: 2010, 2012, 2013, 2014, 2015.

ISBN 978-2-89598-002-5

Imprimé au Canada
15 16 17 18   9 8 7 6

NOTE DE L'ÉDITEUR

Cette édition d'Aaron regroupe, autour de la version officielle du roman (1957), son avant-texte radiophonique (1952), sa première édition avant remaniements et ajouts (1954) et son adaptation télévisuelle (1958).

Nous souhaitons aux lecteurs de découvrir avec plaisir ces différentes incarnations de l'Aaron d'Yves Thériault.

PRÉFACE

AARON: cinquante ans après

Moishe et Aaron : deux Juifs, deux hommes, deux rapports au réel.

Moishe, le grand-père, suit le texte biblique. Une lecture littérale, rigoureuse, sans interprétation hormis celle dictée par une tradition séculaire de séparation, de marginalité et de pauvreté. Aaron, le petit-fils, orphelin de père et de mère, et élevé dans cette tradition par son grand-père, apprend le texte dans la joie, l'applique sans chercher à le comprendre et, encore moins, à l'interpréter.

Moishe a quitté Minsk pour San Francisco et décidé ensuite de s'installer à Montréal, ville qui lui paraissait plus accueillante et qui le laisserait libre dans la pratique de sa religion. Il s'enferme dans un taudis, travaille dans la couture, chez lui, à la pièce, et se rend régulièrement à la synagogue. Encore enfant, Aaron doit affronter tout seul le monde extérieur. Des enfants le battent parce qu'il est juif. Devenu adolescent, lors de ses vacances scolaires, il passe des heures à la Montagne où il fait la connaissance d'une jeune fille, un peu plus âgée que lui, qui décide de faire oublier son origine juive, seule manière pour elle de vivre et de devenir riche. À la fin de l'été elle part avec son père, sans laisser son adresse à Aaron qui grandit et décide, lui aussi, de vivre et de devenir riche. Il demeure juif mais à sa manière, en adoptant l'interprétation libérale du texte biblique et de la pratique, allant jusqu'à l'extrême, jusqu'au changement de son nom. Il refuse la misère consentie par son grand-père, veut abattre les murs dont celui-ci s'entoure afin de vivre en marge de la société ambiante et de se tenir à distance des autres, chrétiens ou juifs non-orthodoxes.

Nous nous trouvons en face de deux mondes qui s'affrontent. Pour Moishe, Aaron n'existe plus dès qu'il s'écarte des règles qu'il lui a apprises. Il lui ordonne de partir, de quitter la maison. Il le recherchera ensuite et ne pourra plus le retrouver car Aaron a changé de nom. Ayant quitté les confins de la communauté orthodoxe, Aaron va jusqu'au bout dans sa poursuite du succès et de la richesse. Il change de nom pour faire oublier son origine juive et s'engage ainsi dans l'anonymat. Il vivra son judaïsme dans l'intimité du privé, et présentera au monde extérieur le visage d'un homme comme les autres, sans distinction.

Resté seul, le grand-père ne l'attend plus, guette l'avènement de sa mort en se plaignant que Dieu n'écoute plus son peuple. Ces deux extrémismes sont deux manières de vivre la Torah, mot qui en hébreu signifie voie, enseignement. Toute réconciliation entre les deux hommes devient impossible.

Dans ce roman, le judaïsme sert de code, de mode d'interprétation du texte biblique, d'obéissance à la loi, de rapport avec le monde, de lien avec le réel. La fidélité sourcilleuse de l'aîné devient pour le jeune un carcan qui l'enferme dans la marginalité et le sépare du monde. Les attitudes du grand-père et du petit-fils envers la tradition persistent encore et se perpétuent.

D'autres écrivains, dont deux Juifs montréalais, ont abordé ce thème: Mordecai Richler dans son roman *Son of A Smaller Hero* et Ted Allen dans la nouvelle dont il a tiré un film : *Lies My Father Told Me*. Le propos de Thériault est autre. Il n'appartient pas à la communauté juive et n'a pas de compte à régler avec son père ni une enfance difficile à déplorer. L'univers qu'il met en scène est celui de l'Autre et il est admirable et surprenant qu'il l'ait si bien saisi et si puissamment rendu. Son regard n'est point figé par l'extériorité et encore moins par l'étrangeté. Il réussit à pénétrer un monde qui n'est pas le sien, l'incorpore intérieurement et parvient à l'exprimer.

Aaron est un roman qui s'inscrit dans l'histoire littéraire du Canada français, je dirais même dans son histoire sociale et qui n'a rien perdu de sa force aujourd'hui. L'affrontement qu'il expose est permanent et se déroule encore sous nos yeux dans d'autres cieux et au sein d'autres religions.

Rien, ni l'époque ni la société, ne préparait Thériault à entrer dans ce monde hormis sa puissante appréhension du réel, sa profonde sensibilité et son immense talent de romancier. Il avançait sur un terrain

complexe et devait abattre divers tabous. À ma connaissance, il fut le premier écrivain canadien-français
à parler si justement des Juifs, sans parti pris, sans
préjugés et sans complaisance. Il ne les réduisait pas à
un mythe et ne se gênait pas non plus pour faire état de
l'antisémitisme qui sévissait à cette époque et
atteignait les enfants eux-mêmes. C'est une adolescente
canadienne-française, Marie Lemieux, qui s'acharne
contre le jeune garçon juif et entraîne d'autres enfants
— un anglophone, un Polonais — dans son harcèlement.
Le roman se situe dans une période historique bien précise, ce qui ne fait qu'accroître sa pertinence et sa
force.

*

La parution de ce roman a coïncidé avec mon
arrivée à Montréal en 1954. En le lisant, je me suis rendu
compte qu'il s'agissait d'un événement. J'ai signalé
l'ouvrage à Saul Hayes qui était alors le directeur du
Congrès juif canadien et il m'a proposé d'en faire un
compte-rendu dans le bulletin du Congrès. Or ce bulletin était de langue anglaise. Le samedi suivant, dans
son article du *Devoir*, Gilles Marcotte signalait l'importance du roman et se demandait ce que pourrait en
penser un Juif. Je lui ai fait parvenir mon article qu'il
a traduit et publié la semaine suivante. Le lendemain
j'ai reçu deux appels téléphoniques, l'un d'Yves
Thériault, l'autre de René Lévesque qui m'invitait à
l'émission radiophonique *Carrefour* qu'il animait avec
Judith Jasmin.

Thériault me donna rendez-vous dans son appartement, avenue Victoria. Ce fut le début d'une amitié qui se poursuivit jusqu'à sa mort et qui est toujours vivante dans ma mémoire et mon esprit. Dans mon article, j'avais souligné l'importance et la grande qualité du roman, faisant toutefois la remarque que le grand-père qui, dans la première édition, se nommait Jethro avait un nom qu'aucun Juif ne porterait. Thériault me souligna qu'il avait puisé ce nom dans la Bible. Or, Jethro, le beau-père de Moïse, n'est pas hébreu. Dans les éditions subséquentes, Jethro devint donc Moishe. Yves me confia alors que, hormis son dentiste, il ne fréquentait pas de Juifs, ne connaissait que les Juifs qu'il regardait marcher dans la rue et qu'il les comprenait grâce à la musique yiddish qu'il écoutait à la radio. Cela m'apparaissait invraisemblable et d'autant plus exceptionnel.

Peu après, sous l'égide du Cercle juif de langue française dont je venais d'assumer la direction, j'ai organisé une soirée en son honneur. La réunion eut lieu à la Bibliothèque juive située alors à l'angle d'Esplanade et de l'avenue Mont-Royal. Une salle comble. Yves s'est alors rendu compte que les Juifs aussi, du moins ceux qui connaissaient le français, étaient conscients de l'importance de son roman. Accueil chaleureux. Les Juifs accueillaient un Canadien français catholique qui était plus qu'un simple interlocuteur et qui, parti à leur découverte, était venu vers eux et exprimait sa sympathie sans complaisance, ne se posant pas comme analyste et, encore moins, comme juge. Pour les décrire, il s'était intérieurement identifié à eux. Au-delà de tout débat, il y eut une rencontre et un véritable échange.

En quittant la salle, j'eus le sentiment que Thériault se rendait compte que l'écrit peut rejoindre l'autre et surtout que cet autre n'était pas un simple étranger mais représentait une dimension de lui-même. Au-delà des croyances et des pratiques religieuses, il mettait en scène l'homme dans son rapport avec le temps. S'il y avait interrogation, et elle n'était pas livrée comme telle, elle portait sur le sens du passé et de la mémoire. La tradition pouvait-elle indiquer une manière de vivre ou devient-elle une barrière, un obstacle à l'expression libre de la vie et à l'accueil de l'avenir? Pour lui les Juifs n'étaient pas des figures, des abstractions qui servaient à faire la démonstration de concepts. Pour cet écrivain, mû par la sensibilité et l'instinct, le Juif, dans son rapport au temps, était dans l'espace de ce roman, un autre lui-même.

Plus tard, dans ses nombreux autres romans, Thériault a cherché à décrire et à comprendre l'homme dans sa passion de vivre, dans l'attrait qu'exercent sur lui la violence et la mort, tout autant que dans son accueil de la plénitude de l'instant, de l'amour et du désir. Dans son œuvre, l'autre est multiple et est tour à tour inuit, amérindien, italien, espagnol et, bien évidemment, canadien-français. Comme chacun de ses personnages, Aaron demeure un être distinct,

autonome, une figure vivante qui n'est pas inter-
changeable et c'est à travers son particularisme qu'il
rejoint les autres.

NAÏM KATTAN
août 2003

AARON
Texte de l'édition de 1957[*]

[*] Édition revue et augmentée, Québec, Institut littéraire du Québec et Paris, Éditions Bernard Grasset, 1957.

I

Chaque soir maintenant le vieux se tenait devant la fenêtre largement ouverte.

C'était l'été torride de Montréal. La moite fraîcheur du soir qui succédait à l'enfer de soleil devenait l'unique et trompeuse délivrance accordée au peuple des taudis et des rues étroites.

Au long du jour, la cohue des véhicules s'était disputé la rue. Puis venait le crépuscule et cette brise pourtant étouffante, depuis longtemps dépouillée de ses odeurs de sapins et de grande montagne mais, en retour, pleine des fumées d'usines et des puanteurs de la grande étuve. Alors les trottoirs se mettaient à grouiller. Parents, enfants, la multitude des troglodytes cherchant répit à l'immense poids du jour; ce qui avait été la pétarade des villes modernes se muait en un son nouveau, masse tonitruante, hurlante: sorte de symphonie hystérique de rires gras, de cris d'enfants, de klaxons, de moteurs, de sirènes d'ambulances.

Impassible à la fenêtre, Moishe regardait sans voir, écoutait sans entendre.

Sur le lit, l'enfant à qui il interdisait d'aller hurler avec les autres restait les yeux grands ouverts, écoutant le pouls de cette vie nerveuse qui battait jusqu'à lui, écoutant aussi le vieux qui psalmodiait doucement, demeuré malgré le siècle la voix impotente qui implorait Adoshem dans le désert.

Par la fenêtre, les sons du cul-de-sac montaient, terrifiants pour Moishe, sauvages, déments: les cris, les imprécations, les rires, la musique des récepteurs de radio. L'incongruité des chansonnettes françaises au premier épousant le jazz au second et, à côté, chez Levinstein, la Deuxième de Mozart, cascadant elle aussi, atteignant le rock'n'roll chez Loeb. Dans l'établissement de Levine, au coin de la rue, le juke-box tonitruant en cette nouvelle langue sonore du siècle.

Non loin, artère de grande circulation, l'avenue des Pins maintenait sa note grave et farouche, le ronronnement des milliers d'autos, le crissement agaçant des pneus sur l'asphalte ramollie par la chaleur du jour. Parfois l'aboi bref d'un klaxon venait crever le leitmotiv pour ensuite s'étirer en longueur quand l'auto dépassait l'intersection.

«Une plainte», songeait l'enfant sur le lit, «semblable à la plainte de Moishe.»

Il scandait les mots, en faisait un rythme, une sorte de chant de marche. Scan-dé, scan-dé... «U-ne plainte, sem-blable à la plainte, à la plainte, à la plainte... (triomphalement...) de Moishe!»

Il n'aurait pas pu expliquer le triomphe.

Et le vieux parlait toujours.

De l'embrasure de la fenêtre, indifférent aux bruits, à la nuit vivante, aux rues surpeuplées, Moishe parlait.

Posément il récitait les grandes vérités transmises de génération en génération...

Et Dieu dit: «Voici. Je vous ai donné toute herbe semant semence sur la face de toute la terre et tout arbre qui porte fruit semant semence; ils seront votre nourriture. Et à toute bête de la terre, et à tout oiseau du ciel et à tout souffle de vie rampant sur la terre, je donne toute verdure d'herbe pour nourriture.» Et ainsi fut. Et Dieu vit tout ce qu'il avait fait; et voici, cela était très bon. Et il fut soir, et il fut matin: jour sixième.

Et furent finis les cieux et la terre et toute leur armée. Et Dieu acheva dans le jour septième son ouvrage qu'il fit; et dans le jour septième il reposa de tout son ouvrage qu'il fit. Et Dieu bénit le jour septième, et il le sanctifia, car en ce jour il reposa de tout son ouvrage, qu'il fit créant.

Et Dieu bénit Noé et ses fils et leur dit: «Fructifiez et augmentez et remplissez la terre. Que votre crainte et votre terreur soient sur toute bête de la terre et sur tout oiseau des cieux. Tout ce qui rampe sur la terre et tous les poissons de la mer, je les donne à votre main. Tout ce qui pullule et vit vous sera nourriture, comme l'herbe verte; je vous ai donné tout. Seulement la chair dont le sang a un souffle, vous n'en mangerez point. Et votre sang qui fait votre souffle, je le redemanderai à toute bête vivante; et de la main de l'homme, dont la main frappe son frère, je redemanderai le souffle de l'homme. Qui verse le sang de l'homme, par l'homme son sang sera versé, car dans la forme de Dieu Dieu fit l'homme.» Et Dieu dit à Noé et à ses fils avec lui: «Et moi, je dresse mon alliance avec vous et avec votre semence après vous, et avec tout souffle de vie qui est avec vous dans l'oiseau, dans le bétail et dans la bête des champs, avec tous les vivants de la terre, sortis de l'Arche. Et je dresserai mon alliance avec vous: et nulle chair désormais n'abîmera la terre.» Et Dieu dit: *«Voici le signe de l'alliance que je donne entre moi et vous et tout souffle de vie avec vous pour les générations du monde: j'ai donné mon arc au nuage et il sera un signe d'alliance entre moi et la terre. Et il arrivera quand j'embrumerai de nuages la terre et que l'arc sera vu dans le nuage: il me souviendra de mon alliance entre moi et vous et tout souffle de vie en toute chair et il n'y aura plus d'eaux de déluge pour abîmer toute chair. Et l'arc sera dans le nuage, et je le verrai, me rappelant l'alliance d'éternité entre Dieu et tout souffle de vie en toute chair sur la terre.»* (La Torah.)

Moishe murmurait doucement les mots, disait avec ferveur les textes admirables. Parfois aussi s'enflait le timbre, tonnait la voix. *«Je te porterai la gerbe enflammée pour que tu brûles les impurs et les adultères.»* Mais sitôt l'imprécation exhalée revenait la douceur, le rythme grandiose. Les cadences tristes racontaient maintenant les grands exodes...

Et l'Éternel dit à Abram: «Va-t'en de ta contrée, et du lieu de ton enfance, et de la maison de ton père, au pays que je te montrerai. Et je te ferai un peuple grand, et je te bénirai, et je grandirai ton nom et tu seras une bénédiction. Et je bénirai tes bénisseurs, et tes maudisseurs, je les maudirai, et en toi seront bénies toutes les familles de la terre.» (La Torah.)

Chantonnante toujours, suave et révérente, la voix de Moishe continuait, répétait les lois premières...

Et ce fut au jour troisième, dans la venue du matin; il y eut des bruits et des éclairs, et une nuée lourde sur la montagne et un son de cor très puissant. Et tout le peuple, dans le camp, trembla. Et Moïse fit sortir du camp le peuple, à la rencontre de Dieu; et ils se tinrent debout, au bas de la montagne. Et le mont Sinaï, de partout, fumait, car sur lui, l'Éternel était descendu dans le feu. Et sa fumée montait comme la fumée d'une fournaise, et tout le mont tremblait très fort... Et Dieu parla toutes les paroles que voici, disant: «Moi, je suis l'Éternel ton Dieu, qui t'ai fait sortir du pays d'Égypte, de la maison d'esclaves. Point n'auras d'autres dieux devant ma face. Point ne te feras de statue, ni aucune image de ce qui est en haut dans les cieux, ni en bas sur la terre, ni dans les eaux, en dessous de la terre. Point ne te prosterneras devant elles et point ne les serviras, car moi, je suis l'Éternel, ton Dieu. Dieu jaloux, cherchant la faute des pères sur les fils jusqu'aux troisièmes et jusqu'aux quatrièmes, pour ceux qui me haïssent, et montrant ma bonté jusqu'aux millièmes, pour ceux qui m'aiment et gardent mes commandements. Point n'apporteras le nom de l'Éternel pour le mensonge, car point n'innocente l'Éternel celui qui, pour le mensonge, apporte son nom. Rappelle-toi le jour du repos pour le sanctifier. Six jours tu travailleras et feras ton ouvrage; mais le jour septième est repos, pour l'Éternel, ton Dieu; point ne feras aucun travail ni toi, ni ton fils, ni ta fille, ni ton serviteur, ni ta servante, ni ton bétail, ni l'étranger dans tes portes. Car en six jours l'Éternel a fait les cieux et la terre, la mer et tout ce qui est en eux; et dans le jour septième, il s'est reposé. C'est pourquoi l'Éternel a béni le jour du repos et l'a sanctifié. Honore ton père et ta mère, afin que s'allongent tes jours sur la terre que l'Éternel ton Dieu te donne. Point ne tueras. Point ne seras adultère. Point ne voleras. Point ne parleras contre ton frère en témoignage de mensonge. Point ne convoiteras la maison de ton frère. Point ne convoiteras la femme de ton frère, ni son serviteur, ni sa servante, ni son bœuf, ni son âne, ni rien de ce qui est à ton frère. » (La Torah.)

Bercé par la parole, l'enfant s'endormait en traçant sur la courtepointe salie et déchirée le signe de l'Étoile.

Mais il dormait mal.

La chaleur humide de Montréal le baignait, s'enroulait autour de lui, l'écrasait.

Cependant que par-dessus la voix de la ville, bourdonnement continu, dominait la voix de Moishe, sortie de l'ombre, sans appartenance, éternelle et immuable, l'aïeul transmettant à l'enfant la science essentielle.

Le Neguev et ses noms antiques, les collines de la Judée et le pays des douze tribus prenaient forme vivante.

Les déserts s'unissaient, se fondaient, s'élançaient très haut jusqu'à devenir une longue femme maigre au visage aigu qui empoignait le ciel à deux mains pour le lancer contre Adonai...

Les collines étaient des ombres maléfiques dans la nuit, et des vallées partaient les lamentations du peuple dispersé.

Et partout les douze tribus fuyaient, sales et affamées, sans montures, sans troupeaux, foule en larmes courant après l'horizon...

Sur le lit, Aaron se tournait et retournait en gémissant.

Et seulement quand les trottoirs devenaient une fois de plus déserts, seulement quand s'amenuisait là-bas la course des autos, retrouvait-il le calme sommeil, l'oasis aux profondeurs douces et sombres.

Il y avait toutefois longtemps déjà que Moishe, le vieux, était retourné à sa besogne, assis devant la table de bois usé qu'il avait érigée sur le grand pan de cette chambre où dormait l'enfant.

Parfois aussi, le vieux qui n'avait plus de travail s'affairait dans la cuisine.

Entre cette pièce et la chambre à coucher d'Aaron, il n'y avait qu'une porte au linteau bancal, aux boiseries hideuses, sans battant pour dissimuler les secrets du sommeil comme pour retenir les écœurantes odeurs de la cuisine. Seule une cretonne fanée pendait, misérable et poisseuse, dans l'embrasure.

Et Moishe, quand le calme revenait au dehors, entr'ouvrait d'une main la tenture, et regardait longuement l'enfant endormi, au corps ferme, aux cheveux crépus et sombres, au nez déjà busqué, fier et droit dans le visage à la peau olivâtre.

Celui-là était bien le fils de la Race, et Moishe en remerciait le Dieu de la Justice qui le lui avait confié.

9

II

Autrefois Moishe avait fui.

De Minsk à Novgorod, et de là à Vladivostok. Mais la Sainte Russie tendait des pièges et tranchait des liens. Un exode silencieux menait les Errants d'une province à l'autre.

Quelques-uns périrent parce qu'ils avaient faim et que la Maison de David subissait les courroux. D'autres purent monter à bord des navires. Auparavant, ils avaient dormi sur les quais. Le jour ils y avaient vécu, immobiles, silencieux, écrasés sur leurs ballots de hardes, attendant. On leur demandait la raison, les causes et le pourquoi, mais ils hochaient la tête.

«Amerik?»

C'était plutôt une interrogation. Entre eux ils parlaient des Cités. Ils répétaient les mots suaves, ils se convainquaient qu'en la Torah se trouvait l'itinéraire.

Je vous ferai sortir de l'Égypte où vous êtes opprimés pour vous faire monter dans le pays qui ruisselle de lait et de miel...

Moishe avait souvent demandé à Sarah si le lait et le miel ruisselaient en Amérique. Il le lui demandait dans la langue antique. Sarah pleurait doucement en réponse et elle cachait son visage dans le voile sombre en songeant au fils en elle qui n'avait pas encore de nom et qui n'aurait pas de pays, comme son père avant lui et le père de son père qui était autrefois venu de Turquie vers les pays de neige.

Puis un jour un bateau les accueillit. Ils se tassèrent dans un coin de la première cale. Un mois plus tard ils avaient oublié le roulis, la faim, le froid des grandes plaques d'acier de la coque et le halètement rageur des machines. Ils avaient oublié, parce qu'ils étaient débarqués à San Francisco et qu'on leur voulait du bien.

Moishe ne demandait plus: «Amerik?» Il riait avec le soleil et il se baignait dans le bruit, dans la couleur et le mouvement, dans l'effort du pays neuf.

Puis, quand l'enfant naquit, ils l'appelèrent David pour perpétuer le nom et pointer le doigt vers Israël qui tendait ses racines jusque dans le sol nouveau.

Moishe était encore jeune et San Francisco n'était pas la métropole d'aujourd'hui. Les bosquets des collines n'abritaient que quelques villas éparses. L'on ne voyait pas grimper les rues vers le ciel et la baie s'étendait, longue et large, sans les grands ponts, sans les installations qui s'y trouvent aujourd'hui: rades et môles, longs quais, hangars qui enchâssent la pointe recourbée et forment un horizon rectiligne ces jours où la brume cesse et permet au soleil de tout inonder.

Les chercheurs d'or encombraient encore les bars et l'on voyait les «trains de mulets», ces caravanes misérables qui ornèrent longtemps la Côte d'Or américaine, défiler par les rues, menés par des prospecteurs crasseux, souillés par la poussière de semaines entières de voyage dans les Rocheuses.

La plupart des échoppes affichaient dans leur montre: «GOLD DUST ACCEPTED HERE». Ainsi les paiements se faisaient plus souvent à la pesée d'or qu'en monnaie d'échange.

Pour Moishe qui arrivait de Russie, ce monde neuf, moderne comme il imaginait demain, était un émerveillement et il mit presque le temps d'une vie avant de découvrir que Sarah n'y avait pas été heureuse.

Le ghetto croissait, mais les Juifs y arrivaient de tous les pays. Souvent Moishe ne comprenait pas leur langue. Le yiddish russe qui voisinait avec le yiddish italien et parfois le yiddish hébraïque des pays du Levant, ou le yiddish hoqueteux du Yémen, laissaient Moishe perplexe.

Il avait cru à l'universalité. Des rabbins instruits lui avaient appris comment les Juifs avaient été dispersés dans tous les coins du monde et que dans tous les pays se trouveraient des synagogues et des frères de race avec qui continuer le rythme des traditions.

Mais ceux-là maintenant devant lui parlaient une langue où souvent il ne percevait que des mots sans comprendre le sens des phrases. Même dans l'hébreu antique, chaque origine amenait ses tournures et ses accents et Moishe restait sidéré.

La croissance du ghetto se faisait en fonction des autres quartiers de la ville et avec eux. Le Chinatown avalait de nouvelles rues, le quartier mexicain occupait un tiers de la ville. Il arriva à Moishe d'être bousculé par un Chinois. Il souriait tristement alors, poursuivant son chemin. Rien de tout cela n'aurait dû l'émouvoir lui qui toute sa vie avait été bousculé par les Gentils.

Mais à la synagogue il s'en trouvait de moins en moins qui restaient attachés aux traditions et aux rites immuables. Des jeunes gens y venaient nu-tête, des femmes s'y voyaient qui portaient chapeau. Chaque semaine qui passait démontrait à Moishe la lente désintégration du Peuple. Même qu'un jour, avant le cérémonial des jours de joie, le vieux cantor de la synagogue étant mort ce fut un rabbin de passage qui le remplaça, contre toute habitude, contre toute logique. Dans le ghetto on n'avait pu trouver un seul homme propre à perpétuer dignement l'héritage.

Sarah qui sortait à peine ne savait pas que la pression grandissait sur le quartier sémite. Elle ne savait pas non plus que Moishe ressentait souvent une angoisse difficile à exprimer. Ne l'avait-on pas, par trois fois, forcé de déménager avec sa famille? Un propriétaire démolissait pour reconstruire à neuf. Celui-là n'en voulait pas particulièrement aux Juifs, mais il les préférait libéralisés car alors, disait-il, ils cuisinent à l'américaine et les murs s'imprègnent de moins d'odeur.

Ceci et cela encore, cette impuissance d'être qui accablait Moishe eussent été un moindre mal. Il avait rêvé en Amérique, pays libre, de devenir plus

14

et mieux. Non pas dans sa besogne qui resterait maintenant semblable à elle-même puisqu'il s'y sentait lié par
l'hérédité, mais en vertu de la science qu'il possédait.
Rabbin peut-être? Ou membre du conseil à la synagogue?
Il s'en trouva d'autres à sa place, nullement plus versés
que lui dans la science, mais avec plus d'entregent.
Moishe, qui jugeait le louvoiement indigne et qui désirait
les honneurs à condition qu'ils fussent accordés sans quémandage, se retira à l'arrière-plan.

Puis, frustré un peu dans tout, il se sentit un
jour frustré en certaines choses plus essentielles: celles
de la vie même.

Il voyait prospérer ce pays d'abondance tandis qu'il restait comme soudé au même degré de
l'échelle. Autour de sa maison, de la Maison qui était
le lieu de la perpétuation et l'enceinte sacrée où la
famille se continuait vers les âges futurs, San
Francisco devenait puissante. Tout y coûtait plus cher.
Le moindre aliment avait doublé de prix, les moindres
services se payaient à prix d'or et le loyer de Moishe
fut une fois de plus augmenté. Et le salaire restait le
même. La table autrefois frugale mais nourrissante
devint misérable. Les meubles qui geignaient de misère
ne furent pas remplacés non plus que les vêtements.

Petit à petit Moishe se vit aller, lui et sa
famille, vers une décadence quasi imperceptible mais
inexorable. David avait grandi vite, en force. Un
garçon bien bâti qui devint tôt un écolier turbulent et
trop tôt encore, au gré de Moishe, un adolescent.

C'était maintenant un jeune homme actif, ardent, emporté. Moishe décelait en lui cette fougue périlleuse, téméraire, annonciatrice des révoltes futures que l'arythmie persistante des événements ou l'intransigeance du destin suffiraient à provoquer.

Il était tout naturel que dans la lignée de Moishe les hommes s'occupassent à d'identiques besognes chez les tailleurs ou dans les ateliers de couture. En conséquence, Moishe n'avait même pas cru opportun de discuter avec David de son avenir, certain qu'il était de le voir embrasser le métier de ses pères.

Mais il en fut autrement.

La prospérité de la ville semblait n'avoir pas encore rejoint l'échoppe du tailleur ou l'atelier de confection. Le travail y était au ralenti et le choix de la main-d'œuvre capricieux.

Ayant quitté l'école en juin, David avait quémandé du travail ici et là, d'une boutique à l'autre, aiguillé par Moishe vers ce métier de la couture qui était leur héritage. Des ateliers sous les combles aux boutiques enfouies dans les sous-sols humides, David avait cherché partout.

Chez les Gentils, on regarda le nez busqué du jeune homme, sa mine indubitablement sémite, la barbe noire qu'il laissait pousser déjà, signe certain de son orthodoxie. Il fut éconduit par des mots vagues, des promesses que David savait n'offrir aucun lendemain: «revenez, laissez votre nom, si quelque chose se présente...»

Chez les Juifs réformés, qui discernaient immédiatement son orthodoxie, on lui préféra de jeunes Juifs émancipés ayant perdu, hors les traits du visage, ce qui leur restait de la race.

— Il faut de la patience, disait Moishe. Il faut toute la patience que les lignées te donnent en exemple... Va vers ton but, mais ne détruis rien derrière toi.

L'angoisse de Moishe se retrouvait chez David, mais soumise à des origines différentes. Pour le jeune homme, c'était le gagne-pain qu'il fallait trouver. Mais n'ayant pas en lui cette patience prêchée par Moishe, de se retrouver oisif au mois d'août le désespérait.

— D'autant plus, disait David, que là où subsiste un reste de sympathie, il n'y a pas de travail...

Alors Moishe dut se résigner et admettre que les temps l'avaient vaincu.

Cédant aux prières de plus en plus pressantes de son fils, il consentit à le libérer de la tradition.

— Mais pour un temps seulement, David. Tu y reviendras.

Les chemins s'ouvraient, larges et beaux, pour David et ses talents. Larges et beaux, et multiples.

Les barrières levées par Moishe n'allaient cependant pas suffire à faire naître d'emblée un emploi digne de ses dons. David traîna sa tête de sémite rituel partout. En septembre, il chômait encore, et la révolte grondait en lui.

Moishe était loin du temps des beaux espoirs. Maintenant, que pouvait faire David? Toutes les démarches avaient été faites de celles qui eussent pu procurer à un Juif de bonne race une besogne seyante. David y avait échoué.

Les beaux chemins s'étaient rétrécis, et Moishe s'attendit au pire. Puisque les emplois dignes étaient refusés à son fils, restait à faire valoir la force des muscles et la valeur de l'homme mesurée à son endurance.

Moishe s'y résignait mal. Un Juif réduit aux travaux de ce genre? Il y a des fiertés antiques qui meurent difficilement.

Moishe aurait préféré pour David des besognes lentes, besognes des doigts: tâches issues du savoir et de l'habileté transmise. Il était fier de son occupation, fier d'en posséder les secrets et rien ne lui semblait plus logique que de voir David suivre ses traces. Les liens se resserraient ainsi, Juifs entre Juifs, père et fils travaillant côte à côte, assidus et fidèles, se protégeant contre les assauts extérieurs, contre toute influence malsaine, contre la promiscuité du Gentil. Fléau des Juifs, ce coudoyage que Moishe exécrait par-dessus tout! Le scandale venait de ceux qui s'y frottaient, en quête de richesses, peu soucieux de préserver les héritages spirituels ou ethniques.

Il fallait se garer surtout de cela.

Mais le rêve de Moishe n'était plus réalisable, et à défaut de ce rempart souhaité, il fallait trouver un moyen terme aussi inoffensif que possible.

David aurait pu être négociant... (et les travaux lourds accomplis par des Gentils ignorants?) ...ou revendeur, ou quoi encore... Mais ces portes restaient closes. Et Moishe se résignait complètement non plus seulement parce que l'impatience de David devenait rageuse, mais parce que la misère se faisait plus grande.

Puis un jour, le fils rentra à la maison en disant qu'il avait trouvé un emploi.

L'on construisait à cette époque les trois derniers des tramways funiculaires. David fut engagé comme manœuvre. Nu jusqu'à la ceinture sous le soleil torride il creusa la rue, entassa des pavés, assujettit des dormants de cèdre; il tint à deux mains la fraise d'acier sur laquelle un Italien tapait à grands coups de masse. À même un gobelet de fer étamé il but l'eau qu'un négrillon aux dents étincelantes transportait à pleins seaux. Courbé sur sa tâche, avec les Italiens, les Polonais et les Portugais qui constituaient l'équipe, il siffla quand une belle cheville de femme passa à hauteur de leurs yeux; il but le vin rouge et, à l'occasion, transgressa même la loi en s'alimentant de nourritures interdites, parce qu'il avait faim et que la besogne était lourde.

Il avait dix-neuf ans quand il parla d'épouser Rebecca, une Juive bessarabienne que Moishe approuvait et que Sarah semblait aimer.

Rebecca était digne de leur maison. Elle était orthodoxe et estimait précieux les rites et les traditions qui lui avaient été transmis.

Fille à la réputation intacte, sage donc, économe, sérieuse; elle était jolie, d'une belle lourdeur et sans coquetterie. David la choisit d'instinct, la préférant aux autres qui affichaient déjà trop d'américanisme. Même avec le souci de ses révoltes, David restait fidèle aux coutumes. Moishe en fut heureux. Mais il lui reprocha sa hâte.

— Rebecca peut attendre. Elle a dix-huit ans, tu en as dix-neuf. Tu commences à peine à gagner. Et si tu chômes? Je ne puis suffire à deux foyers.

— Nous habiterons ici. Je ne chômerai pas de sitôt et nous économiserons.

Aux nouvelles objections de Moishe, David apportait de nouvelles réponses. Mais le père était heureux de voir son fils prendre pour femme une fille élue, une de la Race et qui ne changerait rien aux lois de la descendance. Il protestait sans enthousiasme.

— Nous nous épouserons le mois prochain, dit David un soir.

Le couple s'installa chez Moishe. David payait son écot chaque semaine, à même des gages ne représentant cependant qu'une pitance. Mais son labeur drainait les forces; il avait faim et la table devait être bien garnie. De son côté, Rebecca était bonne fourchette et peu encline aux privations.

La maison sombra un peu plus creux dans la misère.

Puis un soir que Moishe était seul avec Sarah, la femme éclata en sanglots.

— Nous sommes sur un volcan, dit-elle.

Moishe ne comprenait pas. Il avait cru sa femme heureuse. Et soudain il la voyait pleurer.

— Qu'est-ce que tu veux dire? Un volcan?

— Ici... En vingt ans, je n'ai pas connu la paix. Pourquoi n'y a-t-il donc jamais de paix pour nous?

Elle pleurait et Moishe vit bien que ces pleurs avaient été longtemps contenus, qu'elle avait mis bien des années à craindre...

— Mais craindre quoi, Sarah?

— Tout... Tout... Il n'y a rien d'assuré, rien de solide. Nous étions au bord de la misère. David s'est marié...

Moishe hocha la tête. À son habitude, il était assis près de la table, les épaules courbées, la barbe large et forte sur la poitrine étroite. C'était un homme petit, mince, malingre même, mais lent de gestes, d'expression douce.

— Là-bas, dit-il, tu te souviens de là-bas, Sarah? Nous étions jeunes, nous avions la bravoure. Et pourtant?

Il revit la ville morne, le ghetto emmuraillé, les rues tortueuses et sales. Il fallait au soleil qu'il fût droit par-dessus pour faire cascader un peu de joie jusque sur les pavés. Une heure plus tard, tout redevenait sombre et froid. Et les hivers humides, les maisons sans feu...

Les pogroms...

— Pauvres ici, mais libres, murmura Moishe.

— Plus pauvres que jamais et moins libres que jamais, dit Sarah. Est-ce que tu ne te sens pas enchaîné? Il y a toutes sortes de chaînes...

Mais à San Francisco leur vie n'était pas en danger.

— Là-bas, sur un caprice des maîtres, on nous aurait pris David, dit Moishe. Ou bien on t'aurait tuée, toi...

Il n'y avait pas que les pogroms. Une fois, à Minsk, un cousin de Moishe s'était aventuré hors des murs du ghetto. Une troupe de soldats passait. On s'empara du Juif, on le tortura par plaisir, pour le tuer finalement. Le même soir, quelqu'un vint jeter son cadavre par-dessus les murs. À sa famille inquiète, on rapportait ce qui restait de lui.

— Partout un évangile de mort, dit Moishe. Ce que nous avons, le peu que nous avons est infiniment mieux que la vie offerte à Minsk.

Sarah n'était pas convaincue. Cette misère? Ce dénuement? Et les lendemains qui lui semblaient plus sombres encore que toutes les années passées.

— Où allons-nous? demanda-t-elle. À quoi servent toutes ces privations? D'autres gens gagnent bien leur vie. Pourquoi pas nous?

— Je fais le métier de mon père, dit Moishe.

— Il n'y en a pas d'autre pour toi?

Moishe secoua tristement la tête.

— Je ne te reconnais plus, Sarah. Qu'est-ce qu'il y a? La tradition, tu l'oublies? Que serions-nous sans ça?

— Peut-être plus riches... Et la tradition se passe bien de David...

Sarah n'était plus la même. Elle avait trop souffert. Moishe le constatait. C'était le désespoir, le souci qui la faisait parler ainsi. Elle avait été la première à dire qu'en Amérique Moishe pourrait continuer son métier. Qu'en Amérique infiniment plus qu'ailleurs il pourrait conserver l'héritage d'habileté transmis de père en fils depuis tant de générations. Jamais il n'avait été question de richesse.

Et ce soir...

— Tu es fatiguée, dit Moishe. Il vaudrait mieux que tu dormes.

Mais elle secoua la tête.

— Je ne suis pas fatiguée. Ce que je dis, il y a longtemps que je veux le dire.

— David travaille...

Mais elle l'interrompit.

— Oui, je sais. Je le disais tout à l'heure. Il travaille. Mais sa femme attend un enfant, et bientôt il ne pourra plus nous aider. Chaque semaine, nous obtenons un peu moins pour l'argent qui entre ici...

Avec entêtement, Moishe répétait le seul argument qui lui restait.

— David travaille...

Sarah refusait de se laisser convaincre.

— Soit, il travaille, c'est beau, je l'admets. J'en suis fière, mais combien de temps travaillera-t-il encore?

Moishe songea aux années entières où Sarah n'avait pu mettre sur la table un repas complet. Toujours il manquait quelque chose. Et avec quelle ingéniosité elle avait rapiécé, ravaudé, raccommodé chaque pièce des vêtements pour les faire durer. Elle n'avait elle-même qu'une pauvre robe noire pour les Shabbats et, la semaine, elle traînait les pieds dans des savates maculées, son corps balourd et déformé engoncé dans de méchantes robes de cotonnade mille fois recousues, mille fois lessivées et qui n'avaient plus aucun dessin, aucune couleur.

Elle avait raison.

Ils avaient souffert, pour ensuite espérer mieux lorsque David s'était mis à travailler.

— Rebecca attend un enfant, répéta Sarah.

Moishe n'accueillit pas la nouvelle avec la grande joie qu'on aurait pu supposer. Plutôt elle venait ajouter à ses inquiétudes. Une bouche de plus à nourrir advenant des temps mauvais, un enfant qui parlait de nouvelles responsabilités quand on avait peine à suffire aux obligations présentes.

Le lendemain matin, Sarah s'éveilla en sueur. Une fièvre l'agitait. Une douleur au corps la tenaillait. Moishe attendit deux jours puis, comme le mal empirait, il fit venir un médecin.

Sarah transportée à l'hôpital y mourut un mois plus tard, dans de grandes souffrances et en maudissant ceux qui l'entouraient.

On était à la fin de mars. Jamais encore Moishe n'avait soupçonné autant de révolte chez sa femme. Il put la constater là, debout près du lit d'hôpital. Il la vit dans toute sa force nue: une révolte hideuse, hargneuse, une haine de tout et de tous. Et il comprit un peu mieux l'hérédité qui faisait de David un être souvent rétif aux coutumes de la Race, et que Moishe parfois ne reconnaissait pas.

Il se demanda si David saurait résister aux grandes épreuves.

Sarah n'avait révélé ses haines — même cette haine envers Moishe que l'homme comprenait mal, conscient qu'il était d'avoir toujours rempli son devoir suivant les édits de sa religion, suivant la parole du Père — que dans la douleur, alors que toutes les barrières étaient tombées, qu'elle ne découvrait plus aucune subtilité en elle-même, aucun mensonge, aucune réticence aux portes de la mort.

Quand elle mourut, Moishe se retrancha derrière un lourd silence qui dura les mois de la grossesse de Rebecca.

Puis il resta seul avec David et le fils nouveau-né de David, car Rebecca mourut en couches.

Un moment, Moishe crut que David faiblirait et que, dans sa douleur primitive, hurlante, il passerait dans le rang des infidèles, délaissant la rigidité de l'orthodoxie pour chercher consolation dans la vie plus souple mais, aux yeux de Moishe, impie des réformés.

Toutefois David se résigna et devint plus attaché que jamais à la pratique des rites. Avec Moishe, il observa chaque fête, chaque commémoration, obéit à toutes les lois de la synagogue.

L'ère de révolte, était passée. David était redevenu ce qu'avait souhaité de lui son père. Et les mois passèrent, lentement, tristement, sans but et sans véritable joie.

Il n'y avait plus de paix dans cette ville où Rebecca et Sarah étaient mortes. Moishe songeait tout le jour, penché sur ce petit qu'on avait appelé du nom de l'arrière-grand-père, Aaron, porteur des verges et perpétuateur.

— Au Canada, dit un soir David, il y a du nouveau sol, des cités... Nous pourrions recommencer. C'est au Nord. Un grand pays riche.

Alors ils partirent.

Ils traversèrent des montagnes, apprirent de nouveaux mots et connurent de nouvelles attentes.

Pour David, l'exode était premier et il n'en souffrit point. Aaron qui avait quatre ans et qui ignorait encore le poids de son sort battait des mains en voyant défiler le Nouveau-Monde. Quant à Moishe, il avait tristement conscience de perpétuer la tradition des Errants.

Ils choisirent Montréal parce qu'il s'y trouvait des temples et que la loi était inscrite sur les Tables.

Ils choisirent la rue et la maison parce que non loin était observée la loi des sacrifices et Moishe qui était déjà vieux pouvait s'y rendre chaque jour quérir les viandes conformes aux édits.

Il n'avait pas tout de suite fait confiance aux échoppes, et longtemps il avait hésité entre l'une et l'autre encore. Il remontait la rue Saint-Laurent, fasciné par les devantures, examinant les montres, cherchant des yeux le boucher, scrutant les doigts, étudiant le geste...

Vous mangerez tout animal qui a l'ongle fendu et le pied fourchu et qui rumine...

Le geste consacré, et la purification des impurs...

Mais quand il se trouva devant l'échoppe de Malak, et qu'il vit le signe du Conseil des Rabbins sur le mur, le vieux respira profondément et se sentit heureux.

— Frère, dit-il, dis-moi dans la monnaie du pays ce que vaut ce morceau.

Il avait parlé en yiddish et Malak lui répondit dans la même langue, employant les formes russes parce qu'il était lui-même issu des pays blancs.

— J'ai nommé mon fils David, continua Moishe, et son fils se nomme Aaron. Nous sommes venus d'Amérique, mais avant j'étais à Minsk.

Malak était gros. Une barbe de quatre jours était grise à son menton. Il se tenait immobile, sans sourire, grave devant Moishe qui présentait toute sa famille.

— Je suis Malak ici, déclara le boucher. Mon père se nommait Kerisch et ma mère descend de Gedeon qui est venu à Shishinau de Jérusalem.

— *Goot! Goot!* affirma Moishe en anglais cette fois. *It vaz so well begun.*

Malak inclina la tête fièrement, et Moishe étendit les mains dans le geste propitiatoire.

Dans le quadrilatère formé par les rues Saint-Laurent, Mont-Royal, Saint-Denis et Sherbrooke, Moishe retrouva les gens de sa Maison et aussi les gens des petites tribus. Il fréquenta le temple et lut la Torah à haute voix les soirs de Shabbat, après le couchant et les purifications.

Au bout de sept années, David mourut à son tour. Avec Aaron qui avait maintenant onze ans, Moishe resta seul.

Seul d'autant plus que David était mort en impur au cours d'une rixe où il avait versé le sang.

Moishe s'était mis des cendres sur la tête et avait demandé pardon à Adoshem pour cette faute, mais toute gaieté disparut de son cœur.

Il allait désormais se consacrer au petit Aaron qui avait les cheveux frisés et noirs, la peau olivâtre des descendants des grandes tribus et qui parlait maintenant autant le français que l'anglais, étonnant son grand-père par sa nouvelle science: la science des temps modernes, la connaissance des causes qui appartient en propre aux enfants des cours et des pavés.

III

Il arrivait parfois à Moishe et à Aaron de converser en anglais, la langue chevauchante que le vieillard avait péniblement et imparfaitement apprise en débarquant à San Francisco. Il susurrait les mots trop doux pour sa gorge accoutumée aux gutturales et aux syllabes martelées de l'hébreu, aux consonnes dures du yiddish russe.

Quand il parlait anglais, le petit était impatient. Il n'osait railler cet homme triste, profond comme ses sommeils, qui parfois lui enseignait les antiques poèmes de la tradition, ceux qui ne se retrouvent plus dans la Torah mais seulement dans la mémoire des ancêtres.

Une fois qu'il était pressé, parce que ses amis Lucien, Max, Frankie et Horseface l'attendaient en bas et que Moishe s'obstinait à lui parler dans cet anglais lent et pénible, il s'était impatienté.

Moishe lui recommandait de ne pas aller loin, de rester là sous l'unique fenêtre en avant de la maison, et il le faisait dans des accents à peu près incompréhensibles.

— *I muss zee you... I am zo vorried vhen you go avay...*

Il ânonnait, ses lèvres charnues tremblotaient dans la barbe grisonnante.

Aaron piétinait sur place, ne cherchant même pas à cacher sa hâte de sortir. Alors Moishe, lentement, lui répéta l'objurgation en yiddish.

Ce fut pis, car Aaron, grossier pour la première fois de sa vie, lança:

— *Why do you speak Yiddish to me? Isn't English good enough? Why don't you speak white, like everybody else around here?*

Alors Moishe s'était tu. Mais sa longue main osseuse empoigna Aaron. Il le mena vers la chambre à coucher, le projeta sur le lit.

—Tu garderas la fierté de ta race avant tout! Si tu trahis, tu seras trahi à ton tour et Adoshem te refusera les biens et la douceur.

Sa vieille voix tonnait dans la pièce sale et puante. Elle proférait les imprécations hébraïques et le petit eut peur parce qu'il voyait le bras levé, et dans sa mémoire repassait le récit des sacrifices consentis autrefois en expiation par les tribus errant dans le désert, avant que ne se fondent les Trois Cités.

— Ils te cracheront au visage et tu feindras de leur obéir, mais devant le père de ton père tu croiras à ta langue et à ton sang!

Puis, méthodiquement et cruellement, il frappa l'enfant dix fois du plat de sa main.

Longtemps ce soir-là les amis d'Aaron l'appelèrent, mais il resta étendu sur son lit, immobile, silencieux, ne pleurant point, ses grands yeux noirs profonds fixés dans l'ombre, regardant défiler les ancêtres, les chefs et leurs tribus, le Grand Peuple qui avait été élu par Adonai pour dominer la terre.

Il n'osa presque jamais par la suite parler anglais avec son grand-père. Quand il rentrait à la maison, il n'employait que le yiddish, et un jour de Shabbat il demanda à Moishe:

— Je voudrais mieux connaître la langue des Hébreux telle que tu la parles. Isaac va à l'école de la synagogue. Est-ce que je puis y aller moi aussi?

Moishe se rendit lui-même chez le cantor Steinberg afin d'inscrire Aaron aux cours d'hébreu et d'Écriture qui se donnaient à la synagogue.

Chaque soir, au soleil tombé, Aaron, au sein du groupe des trente ou quarante enfants qui fréquentaient les classes, apprit les gutturales de la langue antique, les consonnes dures et hachées. Mains jointes, il lut dans les Livres Saints, hochant constamment de bas en haut sa tête calottée de noir, tel que l'exige la loi.

L'année suivante, Aaron conversait dans la langue ancienne, et Moishe fut heureux car il pourrait désormais transmettre plus facilement les paroles de la Maison à celui qui la perpétuerait.

Circoncis et purifié, Aaron connaissant les lois et les mandats pourrait peut-être un jour revêtir les ornements du rabbin et, entre les candélabres, entonner à la suite du cantor les imprécations d'Adoshem contre les traîtres à sa Parole.

Ils vécurent ainsi, l'enfant et le vieillard, ne se rendant presque pas compte des années qui passaient. À Minsk, à Novgorod, à San Francisco, Moishe avait été comme son père avant lui un être obscur et silencieux qui cousait patiemment les tissus chez les tailleurs, courbé sur une table à l'arrière d'une boutique, sorte de machine humaine qui accomplissait une besogne aride, sans joie, y mettant son meilleur mais sans songer qu'il eût pu souhaiter mieux.

À Montréal, tant que David avait vécu, Moishe n'avait pas travaillé, laissant à ce fils qu'il avait le soin de satisfaire aux besoins de la maison.

Mais quand David mourut, Moishe s'en fut de-ci de-là, quémandant et quêtant des besognes. On lui dit que dans les usines où se taillent à la centaine les costumes d'Amérique on donnait certains travaux à exécuter à la maison. Cela plut à Moishe qui avait le souci d'Aaron et ne le voulait point laisser seul, ne fût-ce que durant ces courtes heures où il n'était pas à l'école des Gentils ou à la classe de la synagogue.

De l'usine à la maison, le vieillard portait sous son bras les ballots renflés de pièces de confection qu'il avait à compléter, cousant ici un revers, là un collet, ailleurs des poches. À tant la pièce, les gages étaient minces parce que Moishe dont les yeux s'étaient usés avec l'âge travaillait lentement. Cependant les besoins étaient grands. Les vêtements d'Aaron ne pouvaient être rapiécés que pendant un temps, de même les chaussures. Puis venait le jour où les tailles étaient vraiment trop petites, les emmanchures trop serrées...

Près de la fenêtre de la chambre où Moishe avait aménagé une table de travail, il passait ses journées à coudre dans la lumière. Le soir venu, quand l'enfant dormait, il s'installait au même endroit, cette fois sous l'abat-jour vert et l'ampoule de faible wattage, et il cousait jusqu'à une heure avancée de la nuit.

Puis, quand venaient onze heures ou minuit, il brisait lui-même et sans s'en rendre compte le silence de la maison. Il murmurait des mots, des cadences; il questionnait et affirmait. Ces fois-là, c'était à Sarah qu'il parlait, se souvenant des yeux de la femme qui n'avait jamais ri, sauf ce matin-là où ils étaient débarqués à San Francisco et où personne ne les avait bousculés.

Après... L'ignorance de la langue, des coutumes, la lenteur de leur vie qui s'accommodait mal à la hâte fébrile autour d'eux... la misère en silence, la mort. (Mais la révolte hideuse avant la mort, la haine...)

Moishe ne s'apercevait pas qu'il parlait tout haut et Aaron qui dormait si bien ne le sut jamais, n'entendit jamais ce que Moishe disait à Sarah.

Et parce qu'il ne savait pas, il ignora longtemps les inquiétudes du vieillard; néanmoins, les soupçonnant, il les respectait.

À cause de sa jeunesse, la vie lui était meilleure. Il savait trouver de la joie dans les jours. À l'école mixte, on lui montrait comment aligner des mots et se servir des chiffres. On lui enseignait l'histoire du peuple dont il ne ferait jamais vraiment partie. Il l'apprenait docilement et avec curiosité. Il enviait confusément ces gens heureux qui n'avaient pas eu à quitter leur sol pour réapprendre à vivre.

Les jours de Shabbat et trois soirs de chaque semaine, il fréquentait l'école de la synagogue où il

poursuivait l'étude de la Torah et de la langue ancestrale. Ce fut grande joie pour Moishe qui lui avait
enseigné les lois dès le jeune âge de le voir remporter
facilement les honneurs de la classe.

La nature avait bien partagé Aaron. Il était
grand maintenant pour ses treize ans et il portait beau,
tête fière et le regard droit. Il avait une bouche mobile,
de grands yeux profonds, et les épaules symétriques. Il
n'avait surtout pas encore appris à craindre et son
regard en était resté brave. Il se sentait en sûreté parmi
les siens. Et ceux de ses amis qui n'étaient pas juifs le
respectaient.

On lui avait raconté que dans d'autres
quartiers de Montréal la vie ne serait pas la même, que
s'il traversait en zone défendue on lui jetterait la pierre
s'il se disait juif. Il y croyait à peine, se souvenant qu'il
lui était arrivé de se rendre au grand Stade des Gentils
pour assister à une joute sportive et qu'on ne s'était pas
occupé de sa race qu'il portait pourtant écrite sur son
visage et dans tous ses gestes.

Ce fut seulement quand les Lemieux vinrent
habiter le cul-de-sac qu'il comprit le sens de la crainte
et encore la comprit-il sans se la bien justifier, fort
qu'il était de sa jeunesse et de l'appui de ses amis.

Ils formaient un bloc homogène. On y trouvait des Allemands, des Canadiens de langue
française, deux Anglais et une dizaine de Juifs comme
lui. Devant Léon Lemieux qui lui cria pour la première
fois: «Maudit Juif écœurant...», Aaron était resté
sourd.

Mais cette indifférence ne calma pas le jeune Lemieux, non plus qu'en sa famille ne s'effectua la guérison du chancre. Le lendemain, les six enfants Lemieux reprenaient le chœur qui devait par la suite n'être que rarement interrompu.

Aaron comprit alors que dans sa forteresse même il était vulnérable, que les murailles et la loi du ghetto ne prévalaient point contre ces intolérants; qu'ils avaient pour eux tout un pays et tout un peuple.

Pour la première fois, Aaron devina l'étendue du mal et il eut peur. Car demain il sortirait dans ce monde qu'il jugeait dès aujourd'hui hostile, non préparé à l'admettre.

Il n'avait pas découvert — trop jeune encore pour comprendre tous les pourquoi — que cet ostracisme pesait infiniment plus sur Moishe que sur lui. Mais les enfants Lemieux estimaient plus facile de s'en prendre à l'enfant plutôt qu'au grand-père.

On voyait sortir Moishe deux fois, trois fois le jour, lorsqu'il allait chercher le travail à parfaire à la maison ou lorsqu'il allait aux provisions.

Peu de Juifs, dans cette rue, étaient restés complètement orthodoxes. Aucun ne portait la redingote et la barbe, le chapeau rond et les bottines à haute tige qu'il conservait encore.

Imposant malgré tout, digne, mais pour des enfants comme ces petits Canadiens qui ne savaient pas reconnaître dans ces accoutrements l'origine même des vêtements cléricaux de leurs prêtres, il devenait un objet de ridicule.

Instruits dès le jeune âge dans la haine du Juif et habitués à le mépriser ou à en rire, ils oubliaient facilement le peu de charité chrétienne qui leur avait été enseigné, et persécutaient pour la seule joie sadique.

Marie Lemieux, arrivée d'un autre quartier, l'esprit borné par le refus d'accepter tout ce qui n'était pas ses coutumes à elle ou ses habitudes, avait vite trouvé chez le vieux Moishe une raison de plus pour haïr cette race et chez Aaron le souffre-douleur tout indiqué. Et comme elle était meneuse d'hommes, qu'elle attirait facilement le mâle à sa suite, elle eut tôt fait de se constituer une cour servile, prête à lui obéir au doigt et à l'œil : le Polonais, un Yougoslave du nom de Jàrik, d'autres encore.

Mais Aaron ne comprit pas son destin de bouc émissaire. Il ne comprit pas qu'il avait été singularisé pour des raisons qui étaient au fond hors de lui-même. Le soir de la première attaque, il mangea peu, et parut si troublé que Moishe en fut inquiet.

— Qu'est-ce qu'il y a ? demanda-t-il.

Quand Aaron répondit et qu'il demanda ensuite: «Est-ce qu'ils nous haïssent tous?» le vieux releva la tête, regarda longuement Aaron, puis il déclara:

— Le Seigneur a dit: «Vous serez dispersés parmi tous les peuples...»

Puis il secoua la tête et continua:

— Non, ne te décourage pas. Je t'enseignerai la patience. C'est de savoir où finit la douleur et où commence la révolte... Et de ne jamais dépasser ce point. Fuir, tout abandonner... Il est tellement plus facile de souffrir que de se révolter.

Longuement Moishe rappela à Aaron les exodes. Il lui parla des grands pogroms. Il lui grava en la mémoire la tragédie des Juifs chassés, poursuivis, déracinés...

— Je ne t'ai pas dit ça pour que tu craignes, dit-il en terminant, mais pour que tu sois fort. Maintenant, tu ne te sentiras plus seul. Et souviens-toi qu'ils ont survécu à tout, ceux qui venaient avant toi, puisque tu es ici, plus libre que tu ne l'as jamais été.

Mais la marque avait été brûlée en l'âme de l'enfant. Le signe maintenant millénaire. Jamais plus il ne retrouva sa fière insouciance, cette désinvolture qu'il avait en enfilant le cul-de-sac, tête haute, sourire aux lèvres.

Il avait franchi une étape. Son regard fouillait les recoins, et son oreille était constamment tendue vers le cri méprisant. Aaron, fils de Juif et Juif lui-même sans qu'il l'ait choisi, soupçonnait désormais son destin et commençait à craindre.

Chaque soir, Moishe continuait à se tenir à la fenêtre pour voir mourir le jour pendant que s'endormait Aaron. Il lui parlait des temps anciens, lui chantait les odes de la délivrance qui n'était pas venue et qui ne viendrait plus jamais maintenant.

Il lui parlait aussi de la terre antique, des collines pierreuses du Neguev aride. Et quand fut libéré le pays des Juifs et qu'on rappela les exilés vers la Terre de Rassemblement, Moishe parla de Tel-Aviv, de Jérusalem, des massifs de la Samarie, et des sommets que l'on aperçoit au loin par temps clair, sortes de forteresses à chapiteaux de glace dressées vers le ciel d'Adoshem.

Il imprégna en l'âme de son petit-fils la crainte salutaire mais aussi le remède à cette crainte et la raison de vivre pour tout le Peuple jusqu'à l'exode final vers le pays offert.

IV

Vint l'hiver, puis le tôt printemps.

C'était le temps de l'année où Sarah était morte sans avoir vraiment retrouvé la libre Cité. Chaque vendredi soir, après le coucher du soleil, dans la lueur falote du chandelier, Moishe récitait la prière de commémoration afin que le Père la transmît à Sarah, morte trop tôt dans le monde où elle avait si longtemps cherché des cieux généreux et propices.

Aaron frémissait en entendant les mots du Kadish.

En lui surgissaient les émois de la Parole et du Respect. Il n'avait pas connu sa grand-mère mais il avait souvent entendu parler d'elle par Moishe. Il savait qu'elle avait souffert et qu'en elle avait vécu peu de joie.

Dans la cuisine étroite, aux murs tachés, au parquet bosselé et crasseux, la Présence planait au-dessus d'eux et la pièce d'aspect repoussant devenait pour un instant un temple magnifique où la voix grave et chantante de Moishe s'enflait en répétant les paroles:

Que soit grandi et sanctifié le nom du Maître, dans le monde qu'il a créé selon sa volonté. Et qu'il fasse régner son règne en votre vie et de vos jours, et

dans la vie de toute la maison d'Israël, bientôt et dans
un temps prochain. Et dites: Amen. — Que soit béni le
nom du Maître, au monde et dans l'éternité. Que soit
béni, loué, honoré, élevé, exalté, illustré, magnifié et
glorifié, le Nom du Saint, béni soit-il, au-dessus de
toute bénédiction et de tout chant, de toute louange et
de toute consolation qui se prononcent dans le monde.
Et dites: Amen. — Que soient reçues les prières et les
supplications de tous ceux d'Israël, devant leur père
qui est au ciel. Et dites: Amen. — Que soit béni le nom
de Dieu, d'ici jusqu'en éternité. Qu'une paix grande
du ciel, et que la vie soient sur nous et sur tout Israël
et dites: Amen. — Mon aide vient de Dieu, qui fit la
terre et fit les cieux. — Celui qui fait la paix dans ses
hauteurs, que sur nous il fasse la paix et sur tout
Israël. Et dites: Amen.

Puis Moishe soufflait les bougies et la grisaille
du crépuscule reprenait possession de la cuisine; une
grisaille où se mêlaient les rouges imprécis des lointains
néons. Quand le vieux faisait jaillir l'électricité, le flot
de lumière crue qui découpait les meubles branlants et
sales les replongeait tous deux dans l'absolu de la vie
besogneuse, haletante; cette vie misérable dans le logis
exigu et jamais nettoyé, et où les cancrelats couvraient
les murs jusqu'à ce qu'on leur fît la chasse et qu'ils rentrassent dans les interstices des boiseries.

— J'ai faim, dit un soir l'enfant.

Moishe semblait perdu dans un rêve étrange.
Debout près de la porte, il fixait l'horloge qui battait
lentement les heures sur le mur, l'horloge en bois

sculpté qu'il avait achetée autrefois chez un regrattier et dont les cuivres étaient noircis, la face enfumée et presque illisible.

Au son de cette voix qui troublait son rêve il sursauta. L'enfant vit que deux larmes coulaient sur les joues de son grand-père.

— Tu pleures? C'est pour Sarah?

— Non... Pas seulement Sarah, mais la foi des temps qui viennent. Y a-t-il une issue?

Moishe cherchant vite la sagesse en lui la retrouva.

— Ils n'ont pas vécu en vain ceux qui sont venus avant nous, puisque nous sommes ici, murmura-t-il. C'est le passé qui nous parle de l'avenir... Seuls les schlemiels peuvent être un obstacle...

Le vieux pleurait doucement, mais en même temps il souriait et il hochait la tête.

— Je voudrais que tu dises des paroles d'homme, Aaron . Où veux-tu aller?

Aaron leva fièrement la tête. Il souriait.

— Je veux aller où tu iras, dit-il. Cela me suffit.

— Bon, approuva Moishe. Tu as ton but. Le cycle... Et ça recommencera jusqu'à ce que le Ciel soit plein de la fin des Temps et que les hommes se prosternent devant Adoshem descendu des cieux.

Il vint à la table et souleva le couvercle du plat où dormait le souper. Il semblait rasséréné et Aaron bénit le Seigneur parce que Moishe souriait maintenant à pleines lèvres et marchait à grands pas en servant les maigres portions du repas.

— *Gefülte fish*, dit le vieux en anglais, *ant kash-kavaal, ant leafened breadt... It is a goot supper... Ant here iss the schudl for dessert...*

Il y avait si longtemps que Moishe n'avait conversé en anglais avec Aaron que l'enfant leva un regard étonné vers lui.

— *You spoke English to me*, dit-il. *Why?*

Moishe plaça sa main à plat sur la table et il eut un sourire bizarre, incomplet, comme s'il découvrait soudain son ignorance.

— Je ne sais pas, dit-il. Est-ce que l'on doit connaître les raisons de toutes choses?

Il sembla réfléchir.

— J'avais une nouvelle à t'annoncer. Je sais que tu aimes bien parler les langues de ce pays, le français et l'anglais. Moi je ne parle pas le français, mais en te parlant en anglais, c'était une concession envers toi, une sorte d'hommage. Je crois que c'est la raison...

Aaron se mit à rire, et dit en yiddish:

— J'étais surpris. Jamais tu ne parles l'anglais depuis...

Il hésita, rougit.

— C'est le passé, dit Moishe. Le secret est de ne jamais sacrifier une chose à une autre. Moi, je suis juif. J'accepte une autre langue que la mienne, mais je reste juif, et je conserve la langue des ancêtres. Voilà l'essentiel.

Aaron approuva de la tête.

— Je sais. C'est ce que je fais, répondit-il gravement.

Moishe s'en fut au poêle, frotta une allumette et fit flamber le gaz. Le feu rayonna sous la théière.

— Tout est spécial ce soir, Aaron. Du thé au citron, et tu vois, sur la table?

Il riait et le rire était si peu habituel qu'il semblait sonner faux. Aaron ne reconnaissait plus son grand-père. Le vieux allait dans la cuisine d'un pas affairé. Il se frottait les mains.

— Tu as parlé d'une nouvelle, dit Aaron, qu'est-ce que c'est?

Moishe s'arrêta, redevint grave. Puis il s'approcha d'Aaron, lui mit les mains sur les épaules.

— C'est le temps du Kadish, répondit-il. Mais c'est aussi le Shuavos.

Aaron eut une exclamation sourde. Il tenait ses ustensiles dans chaque main et, accoudé, la tête portée en avant, il questionnait des yeux, le souffle haletant.

— Shuavos, répéta-t-il après le vieux. La Fête des Temps... Dis-le... Dis-le!

Moishe eut un rire profond qui roula dans la gorge, qui ronronna doucement, qui vint toucher Aaron et qui le purifia, l'éleva soudain.

— Bar-Mitzvah, dit Moishe. Tu es un homme...

Ils soupèrent ensuite en une sorte d'étrange silence. Il ne s'était rien dit de plus et rien de plus n'avait besoin d'être dit. Mais Aaron brûlait de descendre dans la rue, de rejoindre les autres fils de sa race, et Lucien, et maintenant Conrad, et Horseface,

Doug..., tous ceux du cul-de-sac qui étaient ses amis. Il eût voulu tout empiffrer en trois bouchées pour aller plus vite leur dire que bientôt à la synagogue...

Mais Moishe mangeait lentement et Aaron se devait de ne finir qu'après lui, comme l'exigeait le respect.

Il ne sortit qu'à sept heures, mais quelques minutes plus tard la nouvelle était semée que, dès le prochain Shabbat, Aaron serait fait homme devant le Père et qu'il aurait désormais le droit de réciter la Torah aux côtés des aînés.

Homme!

Mais l'enfant en lui n'était pas mort. Bientôt il se mit à courir avec les autres vers l'avenue des Pins. Il avait suffi pour le replacer subitement dans son orbite d'une sirène annonçant la course d'une brigade des incendies à travers les rues encore enneigées. Flanqués au coin de l'avenue, Aaron et ses compagnons regardaient filer à vive allure les véhicules rouges. Quand les voitures eurent disparu au tournant d'une rue éloignée, les garçons quittèrent leur poste d'observation et Aaron se dirigea seul vers l'entrée de son logis.

Marie Lemieux lui barra le chemin. Deux autres gamins l'accompagnaient.

— Fais ton homme!

Elle avait l'âge d'Aaron. Impudente, l'œil dur, la bouche cruelle, elle avait accoutumé de promener son jeune corps élancé devant les amis de jeu en les raillant.

L'entendant le provoquer, Aaron devina qu'elle avait appris la nouvelle.

Il sentait que la fille devant lui souffrait de l'impuissance qui s'accrochait à elle et qui la liait comme l'eût fait une chaîne solide. Plus que l'inimitié naturelle entre adolescents de deux sexes qui s'affrontent, Aaron voyait dans le défi de Marie un décalque des traditions malsaines. Rien d'autre ne pouvait exister entre elle — comme fille des Gentils, quasi pubère et impudente par surcroît — et lui, jeune Juif aux yeux perçants qui surveillait impassiblement son manège quotidien.

— Fais ton homme, maudit Juif! répéta-t-elle, son accent canadien gras et choquant. Il paraît que tu vas te faire consacrer homme samedi? Arrive, défends-toi comme un homme!

Ils furent trois à se jeter sur lui. Marie, son frère, et un jeune Polonais catholique de la rue Saint-Dominique.

Il y avait dans cette maison haute et sans balcon qu'habitaient Moishe et Aaron un large portique où débouchait la cage de l'escalier. La rixe eut lieu dans cette pièce n'appartenant à personne et à tout le monde. Une seule ampoule jetait une lueur pauvre sur les ombres qui s'y bousculaient. La bataille silencieuse, impitoyable, se déroula sans autres témoins.

Aaron dut plier devant le nombre. Commençait chez lui le lent apprentissage de la soumission à l'inévitable.

Seul, il n'appelait personne à son secours. Ou il serait vainqueur ou alors il fuirait honteusement.

Quand il se sentit écrasé par cette puissance le harcelant, il saisit le moment de grimper l'escalier, pour chercher refuge auprès de son grand-père; lâchement, se sentant sali par cette fuite.

À trois portes de là, attendant l'heure de rentrer au foyer et ignorants de ce qui se passait, les amis d'Aaron s'amusaient.

Les quolibets qui montaient jusqu'au palier, rejoignant Aaron, le meurtrirent plus encore que ne l'avaient fait les poings et les pieds ou les corps jetés en bousculade.

C'était la deuxième fois qu'Aaron entendait le chant atroce des Gentils, le son de l'intolérance, la voix même de cette haine qui régnait par le monde, jamais assagie, toujours présente, souvent couvée en prévision des jours à venir, parfois étalée publiquement, savourée, sanctionnée.

Et cette voix qu'il entendait, qui criait à travers les âges, qui réveillait en lui les atavismes honteux de fuite et de dissimulation, apporta en son âme la véritable propitiation des temps.

Ce qui serait confirmé en la synagogue ce samedi-là existait déjà en lui, puissant, énorme: force et fardeau.

Bar-Mitzvah? Oui, merci Adonai qui écouterez les prières et présiderez au cérémonial. Merci Adonai, Seigneur de mon peuple qui ferez de moi un élu des rites de ma foi. Mais ce que vous me direz ne s'adressera pas à un sourd ou à un ignorant.

Bar-Mitzvah qui me mènera vers la vie des hommes, quand déjà je suis cet homme?

Avant d'entrer dans le logis, Aaron se tint un moment devant la porte, cherchant à saisir à travers ce bruit du sang qui lui battait les tempes un autre bruit venu d'en bas. Mais le portique était retombé dans le silence. Les assaillants en étaient sortis. Aaron supposa qu'ils se tenaient maintenant sur le trottoir, attendant... attendant comme toujours et partout ils attendent, guettant l'instant et la faiblesse.

Aaron tendit l'oreille encore une fois. Du rez-de-chaussée ne montait qu'un silence, mille fois pire encore que la rage criée et hurlée. Pire parce que dans le susurrement qui était ce silence, dans l'état vivant de calme, dans la fébrilité de cette fausse paix, Aaron décelait l'écho lointain d'ancêtres torturés, pourchassés, opprimés; comme une lamentation aiguë que les bruits de la ville n'étouffaient point.

J'entends les cris comme une femme en travail.

Ce sont les cris de la fille de Sion; elle gémit, les mains levées...

Malheur à moi! Je défaille devant mes meurtriers!

Pitié pour moi, pitié, seigneur Adonai, Seigneur!

Quand il se décida à entrer, il trouva Moishe à la table de travail. L'aiguille dansait, brillant d'éclats fugitifs sous la lampe. Il ne releva pas la tête, mais sa voix atteignit Aaron.

— Quand on est tombé, ne se relève-t-on pas? Lorsqu'on s'égare, ne revient-on pas sur le chemin? Je ne l'ai pas inventé. Autrefois, le prophète avait compris.

Les mots hébreux chantaient, puissants et fermes. Aaron avança lentement vers la table, traversant l'ombre pour retrouver la lumière.

Quand Moishe leva la tête pour le regarder, il vit que l'enfant qui allait devenir un homme tremblait de tous ses membres. Il regardait son grand-père avec effroi, souhaitant désespérément une réponse aux questions. Des yeux dans la nuit noire qui cherchent la lumière du bon chemin et de la maison chaude.

— Ils t'ont attaqué ? demanda-t-il.

Aaron fit signe que oui.

— J'ai entendu, reprit le vieux, mais je n'y suis pas allé.

L'enfant ne bougea pas. Non plus qu'il montra de l'étonnement. Son regard resta impassible et fier.

— Je n'avais pas le droit de te défendre, continua le vieux. Il te fallait ce premier combat. Est-ce que tu priveras ton frère de la science par sensiblerie? Ainsi, tu sais tout. Il n'y a pas que les mots. Les pogroms ne sont pas des craintes d'enfant dans la nuit...

Aaron gémit et ferma les yeux.

La langue hébraïque trouvait en elle des douceurs inconnues et Moishe dit soudain:

— Pauvre petit... Viens.

Mais ce geste tendre fut brusquement arrêté. Aaron s'était raidi. Il se tenait droit, les épaules subitement rejetées en arrière. Son reproche cingla avec les mots, fit courber la tête de Moishe.

— Je suis un homme, dit-il entre ses dents. C'est-toi qui l'as dit.

Après, ce fut le silence entre les deux. Plus tard, Aaron se dévêtit car était venue l'heure du coucher.

Ce soir-là, Moishe ne vint pas raconter de faits anciens ni réciter les livres de la Sagesse.

Plutôt, il se tourna sur sa chaise et fixa ce grabat où Aaron reposait, les mains sous la tête, le regard porté au plafond, le corps immobile et tendu comme un nerf qui va se rompre.

— Il n'est pas seulement propice d'être un homme, murmura Moishe en hébreu. Le Père a demandé que cela fût une souffrance. Sache que je ne te lègue pas une richesse mais un fardeau.

Il se leva et vint étendre ses mains osseuses au-dessus de l'enfant. Il lui toucha le front, la joue, les lèvres du bout des doigts.

— Samedi, dit-il, à la synagogue, on te donnera les parchemins conservés dans l'Arche du Seigneur et tu les baiseras car ils contiennent la sagesse, la science, et la Loi. Tu liras le Talmud et la Torah, et tu rediras la Loi d'Adoshem aux oreilles et dans le cœur des pêcheurs. Mais tu continueras à porter le fardeau de ta vie. Toute la science est douce et la sagesse un bienfait. Dehors, la science a péri et la sagesse se voile la face. Ne confonds pas la vie que tu mèneras avec la vie de ton âme et cloisonne l'une contre l'autre.

Puis il demanda gravement à l'enfant:
— Es-tu un homme?
Et Aaron répondit d'une voix ferme:
— Oui.

L'enfant ferma les yeux et Moishe retourna à ses besognes patientes et silencieuses, rendant grâce au Père qu'en Aaron se fussent perpétuées la force de son Peuple et son immuabilité. Il songeait avec émotion à ce jour lointain où Aaron avait eu cinq ans.

Bien que David vécût encore à ce moment, c'est Moishe qui avait déposé la goutte de miel sur la première page du Talmud pour qu'à l'enfant la science fût douce. C'est lui qui lui avait appris à épeler les premiers mots, à saisir le sens des phrases obscures.

Dehors, la ville bougeait, des néons faisaient des taches claires sur la fumée qui obscurcissait le ciel, tandis que les étoiles tentaient de percer ce voile.

Sous un réverbère, Marie Lemieux, son frère et le Polonais attendaient.

— Le puant de Juif! déclara Marie. Il sortira pas...

— *He always goes in early anyway,* dit le Polonais d'un ton sarcastique. *He's a sissy!*

— J'peux pas le sentir! déclara la fillette. Il a pas fini avec nous autres...

— *Dirty little Jew,* cracha le Polonais. *He ain't through yet!*

Et il ajouta, en un plus mauvais français encore, par complaisance pour Marie:

— C't'une maudite Juif, c'est toute!

La Cité gémissait d'effort et, avec elle, sous la poussée d'une sève violente, des enfants qui allaient devenir des hommes s'impatientaient.

Mais dans le logis du troisième. Aaron s'était enfin endormi et Moishe pleurait silencieusement en cousant les pièces posées devant lui, constamment renouvelées, une besogne qu'il ne terminerait jamais.

V

Malak le boucher pesa dextrement le bœuf à bouillir.

L'échoppe était étroite et accusait la trace des ans. On y humait les odeurs rances et animales depuis longtemps imprégnées dans le bois des étals.

Une couche de bran de scie recouvrait le parquet dénivelé et usé par l'âge. Dans la vitrine, les lettres de métal émaillé épelaient le signe propice qui invitait les orthodoxes à se conformer aux édits.

Debout devant l'étal, Moïshe, son corps maigre courbé comme à l'accoutumée, restait silencieux. Malak fixait l'homme devant lui de son regard curieux, cherchant la cause de son désarroi.

— Ça ne va pas, Moïshe?

Moïshe secouait la tête à droite et à gauche, regardant par terre, comme s'il eût cherché à chasser des pensées ou à se refuser à toute parole désagréable.

— Le petit vient d'apprendre ce que vivre signifie... Aaron est devenu un homme.

— Samedi, ce sera sa Bar-Mitzvah? On en a parlé ici. De même pour le fils de Lamech et d'Isaac, des Roth d'Allemagne...

Moïshe inclina la tête.

— Faut-il que tous ils apprennent à mourir avant que d'apprendre à vivre?...

— Les schlemiels, dit Malak en crachant dans le bran de scie. Toujours eux.

— Ici, ailleurs... C'est le Père qui l'a dit. Et nous existerons en groupes, mais nous ne serons pas frères de sang avec les peuples chez qui nous vivons.

Il se mit à brandir son vieux poing branlant, sa main décharnée. C'était de la rage impuissante, futile, une sorte de pathétique impotence.

Malak soupira.

— Qu'est-ce qu'ils ont encore fait?

Moishe ne répondit pas. Il fouillait dans un vieux porte-monnaie au fermoir en oreillettes. Il en tirait des pièces de monnaie qu'il alignait sur le comptoir à coté de son paquet.

Quand il releva la tête, il plongea son regard dans celui de Malak et dit lentement:

— *Goddam Jew*. Le Juif maudit... et la malédiction a été jetée sur nous par Adoshem. Mais nous avons quêté l'indulgence et le pardon...

Il s'appuya des paumes sur le meuble, vint plus près encore du visage de Malak.

— Adoshem est sourd, dit-il. Adoshem n'a plus de pardon pour les Maisons qui pourtant l'honorent encore. Où finirons-nous?

— Qu'est-ce qu'ils ont fait? répéta Malak.

— Aaron est pourtant comme eux... quelle difference y a-t-il? La religion? Mais le droit d'être un homme? Cela dépasse toute religion...

Malak corrigea. Un geste de la main.

— Cela devrait être issu des religions, dit-il.

Puis il haussa les épaules, eut un sourire désabusé.

54

— À quoi servent toutes les maximes, toutes les phrases, la foi... Quelle foi? Il n'y en a qu'une, envers le Père.

Il contourna le comptoir, vint près de Moishe et lui mit la main sur l'épaule.

— Je suis ici depuis trente ans, dit-il. Ailleurs, c'était la même chose. Maintenant, raconte-moi.

Rapidement, en phrases haletantes, Moishe narra ce qui était arrivé à Aaron. Quand il eut terminé, Malak soupira.

— Et quel remède? demanda-t-il.

C'était moins une question que le fait posé là, devant eux, éternel et semblablement renouvelé à travers les âges. Là pire qu'ici, ici pire qu'en d'autres pays; mais toujours présent quoique à des degrés variés: une force immuable, restant indomptée à travers toutes les propagandes, tous les efforts.

— Mais c'est encore mieux ici qu'ailleurs, dit Malak. Tu vois? Tu n'as pas eu à te cacher pour cheminer dans la rue jusqu'ici. Et Aaron n'a pas à fuir son école.

Moishe ne lui dit pas ses véritables craintes. Il ne raconta pas quelle hérédité de douleur révoltée dormait en l'enfant. Et qui saurait dire le sens des événements ce jour où la coupe serait pleine?

Malak eut sa bonne voix douce, grasse dans le visage bouffi aux lèvres épaisses.

— Tout ceci passera, dit-il. Tout ceci passera.

Moishe eut un gémissement sourd, animal. Le cri d'une peur nouvelle.

Puis il s'empara de son paquet, le serra contre sa poitrine creuse.

Dans la barbe, sa bouche humide et rouge luisait comme une blessure.

— J'enseigne... reprit-il. J'enseigne à Aaron, pour qu'il perpétue la race, un courage et une patience que je n'ai plus. Je souffre quand il ne souffre pas encore, et je crains quand lui est encore brave. Malak, fils de Kerisch, est-ce qu'il t'arrive de ne plus croire en ton destin?

Et comme effrayé par l'énormité de ce qu'il venait de dire, il sortit en hâte de l'établissement.

Il descendit la rue Saint-Laurent tête basse. Il tourna à l'avenue des Pins et se hâta vers le cul-de-sac. En s'y engageant, il comprit soudain que c'était le destin même qui les avait naguère poussés là et non ailleurs. Un destin antique et perpétué, une force appuyée derrière tout un peuple et qui le mène inexorablement vers son sort. Ils vivaient dans un cul-de-sac, une rue sans issue: ils y étaient acculés, traqués. Et même là où pourtant les fils de sa Maison comme les fils des autres Maisons semblaient dominer, il y avait des Canadiens des deux langues, et aussi des Polonais, des Roumains et des Allemands qui toléraient mal ces Hébreux de la première heure, ces fils du Peuple élu, ces perpétuels errants autrefois venus des terres divines pour s'acheminer vers tous les continents, sans jamais véritablement prendre racine, et prêts à subir les pogroms, à continuer les exodes nés au temps des Pharaons.

Et combien de Jourdains qui ne s'étaient point ouverts au passage?

Et quelle proportion de calcaire provenant d'ossements humains l'humus d'Allemagne ne contenait-il point? Ça ne se comptait plus en cadavres ou en multitudes, mais en tonnes de pourriture amoncelée, haute comme une montagne peut-être ou plus encore. Sans noms, sans lieux, sans perpétuation. Une main gigantesque avait cueilli des grappes sémites pour les broyer en quelque sanglante vendange pour la soif de puissants cruels.

Moishe marchait en se faufilant contre le mur, en évitant les regards. Devant la maison des Lemieux, il se fit petit et malingre, devint une ombre à peine perceptible. C'est en ahanant qu'il grimpa l'escalier de son logis et, quand il y fut entré, en un geste de panique, il verrouilla la porte à double tour. Puis, reculant, il épia longuement cet huis par où pouvaient passer les ennemis de l'Alliance et les infidèles.

Quand Aaron revint de l'école, qu'il entra en sifflotant, sa clé à la main, Moishe était de nouveau assis à la table de travail. Une chaudronnée bouillait sur le poêle à gaz, et rien ne paraissait plus de cette faiblesse à laquelle le vieillard avait un instant cédé.

Moishe ressentit même un véritable bien-être de cette gaieté venue d'Aaron. Il songeait que maintenant il poursuivrait ses enseignements. La goutte de miel garderait sa valeur à travers les temps.

Les ordres divins n'auraient pas été transmis en vain sur la Montagne.

Ce jour-là qui était un mercredi et le lendemain de même, puis le vendredi, rien autre ne vint troubler la paix du logis. Moishe reprit un peu de courage, mais un courage en équilibre instable. Au fond de lui-même subsistait une peur latente et immémoriale.

Aaron ne se retrouva pas face à face avec les Lemieux. Et de ses amis, aucun ne monta frapper à sa porte, car Aaron leur avait expliqué qu'en ces soirs devaient se réapprendre la Parole et se discuter le cérémonial du samedi.

On respectait son isolement. Ceux parmi ses amis qui étaient juifs orthodoxes savaient l'importance des temps qui débutaient pour Aaron. Les autres, réformés ou conservateurs, comprenaient aussi et se rangeaient avec les fidèles du rite ancien. Quant aux Gentils, instruits de leurs propres devoirs en matière de culte, il leur était aisé d'admettre qu'Aaron dût s'isoler pour préparer ce jour important de sa vie.

En sorte que, dès sa sortie de l'école, chaque jour, Aaron rentrait chez Moishe pour n'en plus ressortir. Puis c'était une manière de recueillement qui meublait ses veilles. Il sentait en lui les empreintes vivantes et nerveuses des odes et des chants. Tout son être vibrait parce que Moishe, durant de longues soirées, lui avait répété les récits et les lamentations antiques.

Aaron avait obéi au moule patient mais implacable. En lui maintenant revivait la tradition. En lui se manifestait la juste crainte d'Adonai vengeur, du Père dont la malédiction atteindrait l'infidèle et le pécheur; les plongerait, éternellement maudits, dans le feu de punition.

Le judaïsme avait gravé sa marque profonde, régissant tous les instants, dictant les actes, se muant en état d'esprit plutôt qu'en un ensemble de pratiques.

À l'âge de Moishe, on pouvait croire qu'il serait comme le vieillard, sensible tel un arc bandé et vibrant au moindre élan mystique, à la plus infime variation dans la présence divine en sa vie.

C'était bien là le but qu'avait ambitionné Moishe. Il avait perdu Sarah, et son fils David. Il avait perdu la femme de ce fils David et il ne lui restait plus en partage que ce petit-fils aux grands yeux profonds, à la parole nerveuse et aux émois immenses.

Celui-là, lingot formé au creuset patient, celui-là remplaçant tous les autres et les continuant serait doublement asservi et chanterait la louange d'Adoshem comme jamais Moishe n'avait pu le faire.

Puis vint le samedi.

VI

Dans son lit, Aaron s'était éveillé dès l'aube. Les yeux fixes, fiévreux, il regardait sans voir à travers la fenêtre crasseuse où perçait un jour encore gris, encore terne, mais qui serait plus tard inondé d'un grand soleil de printemps.

Sur l'heure, Aaron ne s'en souciait pas. Restait pour lui l'instant merveilleux de ce matin-là, sa solitude subite alors qu'on le laisserait tout à coup devant les Tables de la Loi et qu'il devrait, pour marquer le passage, pour franchir l'abîme, prouver à tous que sa voix savait chanter les psaumes, que sur sa tête le calot de satin noir s'ajustait bien.

Moishe se leva à sept heures et quand Aaron l'entendit s'affairer dans la cuisine, il se leva aussi, paraissant comme grandi en ce matin-là, marchant plus droit encore, portant les épaules avec une sorte d'insouciance comme il avait vu faire aux hommes marqués de leur état.

— Il ne faudra pas tarder, dit Moishe. Tu seras prêt?

Aaron inclina la tête.

— Je serai prêt, dit-il.

Et les mots voulaient dire encore plus que la simple préparation matinale avant que de partir pour une quelconque besogne ou une cérémonie ordinaire des rites. Il serait prêt. Il l'était déjà depuis longtemps. Prêt en lui-même comme l'agneau est prêt et doit se réjouir d'avoir été choisi, ou comme le guerrier est prêt qui va à l'assaut de l'ennemi, sûr qu'il est de vaincre.

Condition d'homme. Il avait besoin qu'elle devînt complètement sienne.

«Je serai prêt.»

Ils quittèrent la maison à huit heures. À la synagogue, on commencerait le cérémonial à huit heures trente. Moishe voulait passer par la grande porte du temple et s'arrêter un moment pour laisser au rabbin le temps d'inscrire dans les registres le nom d'un homme nouveau qui grossirait la cellule des fidèles.

«Aaron, fils de David, petit-fils de Moishe, descendant de la grande tribu première...»

Le cul-de-sac était presque désert.

Certes, il y avait l'affairement des camionnettes de laitiers, de boulangers. Un jour recommençait à vivre avec ses besoins, ses exigences, les centaines de menues routines que le sort avait fait échoir à chacun. Des femmes balayaient le pas des portes; une fillette courait vers l'épicerie toute proche; un ouvrier soucieux tentait de réparer encore une fois la porte d'un taudis; un chien jappait hoqueteusement, plein d'une subite colère qu'il ne comprenait peut-être pas lui-même.

À l'angle de l'avenue des Pins, c'était un défilé continu de véhicules, presque tous filant vers l'ouest, vers le centre des affaires, et la cacophonie des klaxons empêchait le cul-de-sac d'être aussi paisible qu'il en avait l'air.

Sans se concerter, mais d'un commun accord, Moishe et Aaron sortirent à pas pressés du logis pour ensuite passer tête haute mais prestement devant la maison des Lemieux. On se levait tôt dans cette maison, et la porte close comme les fenêtres apparemment sans vie pouvaient surprendre. Toutefois, personne ne se montra, mais Moishe ne respira vraiment, à grandes lampées d'air, qu'une fois arrivé sur l'avenue des Pins.

Il arrêta Aaron en lui retenant le bras un moment.

— Patience, dit-il. Écoute-moi...

Il lui semblait n'avoir rien dit dans les jours précédents. Il lui semblait que ses enseignements n'avaient abordé qu'une infime fraction du grand sujet à traiter. Aaron allait peut-être mal répondre aux invocations du rabbin. Mais plus encore, lui, l'aïeul, avait-il vraiment convaincu l'enfant des grandes joies du rite? Ne restait-il pas encore des heures de discussion à vivre entre les deux?

Aaron bougea, nerveusement, mais sans véritable impatience.

— Qu'est-ce qu'il y a? demanda-t-il.

Moishe sut reconnaître sa faiblesse d'un instant et la combattit aussitôt. Pour motiver son geste, il tira de sa poche la grosse montre au boîtier d'étain, la plus coûteuse de ses pauvres possessions.

— Il est déjà tard, dit-il. Dépêchons-nous.

Ensemble ils se hâtèrent vers la synagogue. Malgré leur célérité, cependant, ils savouraient ce matin maintenant clair, guilleret, la ville aux nouvelles couleurs, entassée et frileuse sous le soleil pourtant tiède du printemps.

Partout les dernières traces de neige fondaient. L'eau dégoulinait sur les trottoirs, et deux ruisselets longeaient la rue, courant à la recherche des bouches d'égout.

Il y avait un goût de chaud dans l'air, un goût de croustillant, un arôme de nouvelles délices. Mai serait merveilleux et juin doucement lascif sous le soleil.

Silencieusement, en ne cherchant pas de mots pour exprimer leur bien-être, l'homme et l'enfant se dirigèrent vers la rue Saint-Urbain où se trouvait le temple.

Et quand ils furent devant le grand escalier, Aaron ne ralentit même pas sa marche. Du même élan rythmique, ferme et décidé qui l'avait entraîné jusqu'ici, il gravit les marches pendant que son grand-père suivait en murmurant d'obscures psalmodies propitiatoires.

Puis Aaron entra dans la synagogue que le soleil rendait ce matin-là douce et lumineuse.

VII

Que Moishe représentât un type à part chez les Juifs, ses congénères, n'avait pas encore frappé Aaron.

Il fallut la cérémonie de la Bar-Mitzvah et un incident bizarre qui s'y produisit pour éveiller chez lui, sinon un sentiment d'opposition, à tout le moins une curiosité qui devait ensuite ne jamais s'apaiser.

Après les instants du rite et alors que les enfants-faits-hommes étaient conviés à causer avec le Conseil dans la salle de la synagogue, Aaron se trouva un moment seul avec l'un des aînés, un marchand cossu dont il connaissait vaguement et le nom et les réussites.

Ce ne fut même pas l'ébauche d'une conversation, tout au plus quelques remarques; une commisération que montra l'homme et qui devait longtemps après intriguer Aaron.

— Tu as décidé de ce que tu ferais, plus tard? avait-il demandé.

Aaron hésitait, n'osant répondre qu'il n'y avait vraiment pas songé. Il eût voulu prouver en une phrase concrète l'état adulte qu'on lui conférait ce jour-là, dire sa détermination d'aborder tel ou tel gagne-pain. Mais il n'était pas dans sa nature d'inventer des mensonges. En ce jour-là moins qu'en tout autre temps. Dans cet état d'impuissance où il se trouvait, il eut soudain l'intuition de n'être pas à la hauteur de son rôle. D'autant plus que maintenant l'homme devant lui avait un sourire de pitié en lui mettant la main sur l'épaule et qu'il poursuivait:

— Tu trouveras malaisé de concilier les exigences du travail, les conditions de réussite aujourd'hui et les lourdeurs de l'orthodoxie...

La phrase était déjà pleine de signification, sans pour cela tout révéler, puisque l'homme ajouta:

— Avec Moishe, surtout...

Il y avait dans la salle un brouhaha omniprésent, un tapage de rires, d'exclamations. Des enfants couraient que les parents morigénaient. C'était une fête gaie et chacun la vivait pleinement. Aaron avait dû tendre l'oreille pour saisir ce que lui disait l'homme. Puis Moishe venait, l'appelant du doigt, et il le suivit.

En chemin de retour Aaron rassembla ses idées.

L'homme avait paru sérieux, et à vrai dire Aaron n'avait pas trop bien compris sa commisération. Il n'avait pas compris ce que venait faire l'orthodoxie dans ses projets d'avenir, et encore moins quelle pitié pouvait susciter Moishe. Pourtant, Aaron en était sûr, c'était bien ce que le marchand avait semblé dire, que l'orthodoxie serait doublement difficile à cause de Moishe.

Que signifiait tout cela?

À la maison, il erra un moment avant que de questionner son grand-père. Encore n'osa-t-il pas rapporter les moindres paroles de son interlocuteur à la synagogue, s'obstinant à croire, dans une sorte de fidélité instinctive, que l'autre s'était mal exprimé ou qu'il avait lui-même mal compris. Par une sorte de prescience, l'adolescent devinait qu'il y avait là un mystère dont l'aïeul ne pourrait peut-être pas fournir l'explication.

Et cette même prescience l'avertissait que Moishe serait au moins troublé par les paroles de cet homme. Que sa colère soulevée, l'indignation remplacerait la calme lucidité qu'en lui-même Aaron sollicitait de toutes ses forces.

Il chercha des moyens adroits de mettre le sujet devant eux, à charge d'être pleinement discuté. Il venait d'être admis comme homme dans le temple. C'était l'instant même qui se pouvait le mieux choisir pour élaborer des rêves.

Nourri du passé par Moishe, ne pouvait-il espérer que l'avenir préoccuperait autant le grand-père? On ne sépare jamais le temps révolu du temps qui vient. Il n'y a pas de solution de continuité entre la mémoire et l'anticipation.

— Je me demande bien, dit Aaron, ce que je devrais choisir comme carrière...

Le mot avait été lancé tout bonnement, sans que traînassent derrière lui des ferments d'inquiétude ou l'angoisse d'une voie à suivre. C'était plutôt comme une expression demi-indifférente, logique cependant dans la bouche de quelqu'un à qui ce jour même l'on a conféré un état encore inconnu la veille.

Le grand-père avait prévu la discussion. Il la savait inévitable. Mais s'il entretenait un espoir ou prévoyait imposer ses goûts à l'enfant, il n'en dit rien ce matin-là. Au lieu de répondre par la question à laquelle s'attendait Aaron, il dit:

— C'est un mauvais chemin. Les voies sont étroites...

Aaron ne voulut point en rester là.

— Pourquoi? demanda-t-il.

— Pour rester fidèle à ta religion, et tout de même vivre... Le monde a bien changé...

Le visage du vieux s'assombrit. Il regardait tristement Aaron.

— Pourquoi parler de tout ceci aujourd'hui? C'est le temps de la joie. Demain, il sera toujours temps de songer à la douleur...

Mais les paroles de Moishe se rapprochaient trop de celles du marchand pour qu'Aaron consentît au silence, fût-il plein des joies du jour.

— Ma religion, c'est une chose, dit-il. Gagner mon pain en est une autre. Pourquoi...?

— Justement, dit Moishe. Gagner ton pain en est une autre. Il fut un temps, dans les ghettos du monde, où nous pouvions être solidaires et ne traverser les murs que bien sûrs de nous, sûrs que nous n'aurions pas à renier nos rites. Il y avait des persécutions, mais elles nous poussaient hors de nos maisons, elles nous détruisaient, elles nous engageaient à fuir... Aujourd'hui ici, en Amérique, même ailleurs, la solidarité est difficile...

— Mais pourquoi? Pourquoi? Tous les Juifs de Montréal...

Il sous-entendait: «Les Juifs de Montréal vivent, existent, travaillent...»

Le rapprochement entre les paroles de l'homme à la synagogue et celles du grand-père était exaspérant, parce que ni l'un ni l'autre n'avait vraiment précisé le problème, lui donnant, pour le bénéfice de l'enfant, une tournure qui se pût facilement saisir.

Moishe vint s'asseoir près de son petit-fils et le regarda avec douceur.

— C'est tellement compliqué, dit-il, d'être juif orthodoxe, et d'avoir tout de même à suivre le rythme de la vie moderne. Certains Juifs ont préféré accommoder la religion à leur travail, à leur soif de richesse. D'autres, comme moi, croient que la fidélité aux Lois vaut mieux que toute ambition, et reste le choix le plus méritoire. Pour préserver la Foi, le moyen des anciennes générations est encore le plus sûr: préservons la continuité du travail.

Il sourit comme s'il eût voulu réconforter Aaron qui le regardait sans encore comprendre.

— Dans le cœur: le Père et le respect que nous lui devons. Dans les doigts: l'habileté transmise, et le fils qui suit les traces de ses aînés. Voilà exactement le moyen de survie, pour nous.

Il n'avait pas dit «pour toi», mais «pour nous», et Aaron mit deux jours à penser que la survie devait être une préoccupation dont l'essence même niait l'individualité et les ambitions personnelles.

Mais il était trop jeune encore pour le bien comprendre, et trop jeune pour en tirer de l'effroi ou de la crainte.

Par un retour des choses qui ne surprend plus chez les êtres couvés dont les jours ont été, dans la mesure du possible, exemptés de problèmes, Aaron, déjà troublé par les paroles de l'homme à la synagogue et plus troublé par les demi-explications de Moishe, préféra se réfugier dans l'indifférence. Il lui sembla facile de se chasser de la tête toute pensée d'avenir. Il n'avait pas terminé ses études, et il serait toujours temps d'y revenir. Cette indifférence trouva quand même à s'exprimer.

Une semaine durant il fut joyeux et sifflota comme un fol oiseau insouciant des dangers des lendemains et de tout ce qui peut menacer ou l'oiseau ou — par la juste similarité des destins naturels — l'ensemble même des créatures de Dieu.

Puis à l'indifférence succéda la lente connaissance des inquiétudes. Que rien n'ait été dit le matin de la Bar-Mitzvah, ni par l'aîné ni par Moishe, et Aaron aurait vécu sans grandes inquiétudes, se contentant de savourer le printemps, d'anticiper avec joie l'été proche, et de tirer de chaque jour les sourires, les espoirs et les contentements offerts.

Mais ses yeux avaient été ouverts, dessillés. Ils étaient maintenant libres de s'ouvrir tout grands sur les problèmes à solutionner.

Aaron qui n'avait rien remarqué auparavant s'aperçut que d'autres jeunes Juifs, ou des Gentils de sa connaissance, ne semblaient pas soumis aux mêmes heures rigides de prière ou d'observance. Il s'enquit et fut renseigné par Lucien sur le catholicisme.

Cela ne l'intéressa pas.

Un adolescent de sa race, cependant, lui parla des réformés, des Juifs conservateurs. Il semblait bien au fait, parlait avec désinvolture, classant en trois mots chaque catégorie dans sa niche propre. Et en terminant, il demanda:

— Toi, tu es orthodoxe?

— Oui, répondit Aaron.

— Tu n'as pas fini dans la vie...

— Pourquoi? Quelle différence y a-t-il?

L'autre eut un sourire suffisant.

— Les plats en double, les serviettes en double, toutes ces histoires... Vous n'en finissez plus. Dans la maison, ça peut toujours aller... Mais on ne s'enrichit pas dans la maison. Quand tu voudras voyager pour tes affaires, ou manger au restaurant, ou... je ne sais pas, mon vieux, mais vivre? Quand ça t'arrivera tout ça, tu verras comment il devient pesant d'être orthodoxe...

Il y avait là tous les éléments du danger dont avait mille fois parlé Moishe. La perte de la foi, l'infidélité au Père, la désobéissance aux édits. Mais Aaron ne répliqua rien.

— Et puis, continua le jeune Goldberg, tu ne passeras pas ta vie à l'école. Quand tu travailleras, quand tu seras dans le monde... Par exemple, le vendredi soir, si tu es quelque part et que vienne le coucher du soleil, tu

devras rentrer à pied à la maison, si loin que tu sois...
Pas de tramway pour toi, pas d'autobus, rien. Tu es
orthodoxe, les véhicules te sont interdits le temps du
Shabbat. Je ne te dis que ça, mais tout le reste, hein?

— Mais c'est ma religion!

— Et la vie autour de toi? La ville, le pays?

Aaron sentait en lui que Goldberg avait raison.
Mais il n'osait parler.

— Mon père dit que ce n'est pas réaliste
l'orthodoxie. Il a raison. C'était bon pour autrefois.

— Ton père n'a pas raison! Moi, mon
grand-père dit que nous devons continuer la tradition!

Jack Goldberg avait seize ans. On ne l'aurait
pas facilement pris pour un Juif: son air assuré, ses
vêtements de fine coupe, sa mine un peu railleuse
impressionnaient Aaron.

Ce fut lui qui trouva le dernier mot, celui-là
même qu'Aaron ne pouvait contester, sentant confusément qu'il faisait écho à cette nouvelle et inquiétante
vérité en lui.

— N'oublie pas ceci, Aaron, tu ne vis pas
dans un pays juif, ni dans une ville juive.

Alors Aaron reprit lentement, songeusement
le chemin de la maison. Une partie de ses ignorances
était maintenant disparue. Restait à savoir pourquoi
l'homme de la synagogue avait semblé doubler le fardeau en mentionnant Moishe...

Peu à peu Aaron s'aperçut que la commisération
au sujet du grand-père pouvait être juste. L'aïeul n'avait
suggéré aucune solution réelle à cette orthodoxie dont il

admettait par ailleurs — ou feignait d'admettre — qu'elle manquait de souplesse. Il n'avait parlé que de maintenir les coutumes des anciens ghettos où l'artisanat était héréditaire et où la protection de la collectivité passait plus souvent avant les ambitions personnelles de l'individu.

Aaron, un instant immobile sur le dernier palier avant que d'entrer chez lui, devina qu'il y aurait dans l'avenir des pentes bien raides à gravir.

Restait à savoir si Moishe en faciliterait l'escalade.

Après sa Bar-Mitzvah, Aaron s'était replongé dans l'étude et termina brillamment son année scolaire.

Heureux, mais humblement dissimulé dans un coin de la salle, Moishe assista à la distribution des récompenses. Il vit Aaron remporter des honneurs. Il vit les sourires satisfaits des professeurs, et des craintes qu'il avait eues quelques-unes s'évanouirent. Ce pays restait le meilleur puisqu'un Juif, premier de classe, suscitait l'orgueil de ses maîtres.

Puis vint l'été, saison oisive pour Aaron. Plusieurs fois, Moishe le surprit à rêvasser, ne sachant que faire de lui-même.

— Il y a la montagne, dit-il. Tu pourrais y aller marcher...

C'est une caractéristique bien spéciale de Montréal, cette montagne sauvage, conservée intacte, où nul véhicule n'a accès à moins qu'il ne soit tiré par les chevaux, et qui se dresse en plein centre de la grande ville de deux millions d'âmes.

Symbole de la sauvage grandeur du Canada. Symbole des forêts immenses, des montagnes au Nord, de cette mamelle féconde, nourricière des villes de béton, de plastique et d'acier qui gîtent aux rives des lacs, au cœur des plaines et le long des fleuves.

Contraste canadien, puissance industrielle qui doit chaque battement de vie à un sous-sol encore à demi exploré, à la grande énergie des eaux inépuisables dévalant de cent et mille montagnes désertiques, à des forêts si grandes que tout calcul se refuse à y dénombrer les arbres, eux aussi source de richesse.

Donc, cette ville moderne, palpitante, en pleine croissance où Moishe et autrefois David avaient choisi de vivre. Grand port de mer, centre de raffinage, terminus ferroviaire, métropole canadienne qui porte en son axe ce mont qu'on nomme Royal! Protégé par la ville à ses pieds, conservé par elle; un rappel qu'au Nord existe le Canada véritable, les forêts et la toundra, les nappes d'huile grandes comme un pays, la montagne et ses torrents, les rivières qui sont des fleuves et les fleuves tels des estuaires.

Un parc, lisait-on en des bouquins plaisants. Un simple parc que ce mont Royal. Mais à la mesure du Canada.

Un parc où chante le hibou et où glapit le renard, pendant que d'en bas monte le bruit synthétique de la ville moderne.

Des allées y percent des trouées. Parfois l'on entend sur le gravier les sabots de quelque monture. Des cavaliers chevauchent dans les futaies. C'est une incursion.

De la ville autour monte chaque jour une multitude de gens à la recherche de la paix. Sous les frondaisons cheminent les amoureux. D'autres qui sont vieux et sereins y viennent aussi rêver près de la nature. Ils écoutent les oiseaux, observent les écureuils; ils se garent des mouffettes et, si c'est un jour de veine, peut-être apercevront-ils un furet guettant sa proie ou un renard jaune qui déguerpit, tête basse, ou encore, au delà des grands arbres, l'envol d'un épervier.

— Va à la montagne, répéta Moishe pour qui cette masse vert sombre avait été souvent aussi un symbole. Tu y trouveras la paix.

Il n'y avait pas assez d'argent en cette maison pour procurer des joies coûteuses à l'adolescent. Et Moishe n'avait pas voulu qu'il travaillât durant les vacances. Aaron en avait parlé pourtant.

— Cet été, je pourrais me rendre utile...

Moishe avait refusé net.

— Tu n'es pas prêt à travailler. Quand ce sera le temps...

Il avait, lui, commencé plus jeune qu'Aaron, mais c'est qu'à ce moment la pauvreté était abjecte. Il se souvenait que les kopeks ainsi gagnés avaient été d'un précieux apport à la famille.

Aujourd'hui qu'il pouvait, péniblement il est vrai mais en somme suffisamment, assurer la vie de chaque jour, pourquoi imposer à l'enfant un labeur qui se serait avéré prématuré, il en était certain.

Aaron suivit donc le conseil que lui donnait son grand-père. Le lendemain, il alla le long de l'avenue des Pins, traversa le parc Jeanne-Mance et gravit le mont Royal. Il devait refaire ce voyage bien des fois durant cet été-là.

VIII

On était à la fin de juillet quand, pour la première fois, Moishe s'aperçut qu'Aaron changeait. C'était quasi imperceptible. Une cadence sourde, ralentie, que Moishe vint à constater.

L'enfant allait presque tous les jours dans la montagne. Il y marchait seul. Il avait tout d'abord joui des sous-bois, du soleil qui perçait à travers la feuillée, des sentiers calmes et souvent déserts. Il avait entendu le chant de nouveaux oiseaux qu'il avait bien aimé.

Mais vint un moment où l'attrait du nouveau s'émoussa. Cheminant de-ci de-là, toujours seul, il laissa courir son imagination et se vit roi, chevalier ou aviateur. Il imagina des scènes. Il venait de conquérir un grand pays. Il rencontrait le roi de ce pays qui lui rendait les armes. D'un côté de la grande allée menant au palais royal, une rangée de ministres, de généraux d'armée, des nobles de la cour. De l'autre côté, toutes les dames, de fières et altières demoiselles. Et tous et toutes, même vaincus par Aaron, ne pouvaient s'empêcher d'admirer sa prestance, son courage, son génie militaire.

Il cheminait entre les deux haies, se rendait jusqu'au roi.

«Sire...»

Autant de jours, autant de rêves.

À chaque nouveau matin, le rêve renouvelé, nourri par la solitude, rythmé par la marche lente, accompagné du chant des cigales.

«Il faut que je touche au conquérant.»

«Je suis le conquérant.»

La phrase devenait un leitmotiv: *Je suis un conquérant.*

Puis lui vint une sensation puérile et il s'entendit rire aux éclats parce que l'une des filles du rêve avait perdu une pantoufle (il avait lu *Cendrillon* trois ans auparavant, dans un livre que Lucien lui avait prêté). C'était enfantin.

Dès lors il fut pilote. Les avions à réaction des bases proches survolaient le mont Royal. Aaron les pilotait. Il fonçait sur des navires en haute mer, il harcelait des villes, il traversait le mur du son, explorait la stratosphère. Puis son appareil (marqué des deux cercles enlacés vert-rouge, l'avion du Maître suprême des Armées), sorte de libellule docile, venait se poser le long de l'allée où étaient rangés les notables, les généraux et les filles altières...

«Sire, je suis Aaron Cashin!»

(La guerre était une manœuvre assez obscure pour Aaron. Il la voyait encore à travers les récits d'épopée. Il avait passé la dernière, seule qu'il eût pu connaître, bien à l'abri au Canada. Et comme tous les Canadiens, il n'avait connu d'elle qu'un léger rationnement de certains denrées et l'abus des nouvelles, soigneusement assemblées selon les diktats de la censure et de la stratégie, et dispersées méthodiquement par les journaux et la radio. Il n'avait pas été en âge non plus de faire partie de la grande armée des engagés volontaires.)

«Sire, je suis Aaron Cashin, Grand-Maître des Armées.»

Et le roi s'inclinait gravement pendant qu'Aaron, immobile dans l'allée, le fixait de ses yeux au regard froid, impérieux.

Un jour, un policier à cheval survint. Il arrêta sa bête.

— *What are you looking at? I've been watching you for ten minutes.*

Aaron sursauta, sortit de son rêve.

— Je ne parle pas l'anglais.

C'était faux, mais le policier qui était Irlandais ne se sentait pas de goût particulier pour le français ce jour-là. Il continua sa ronde sans plus importuner Aaron.

Que ces rêves vinssent à mener Aaron vers d'autres rêves, ceux-là plus précis, plus inquiétants, il n'y avait qu'un pas.

Cette solitude sur le mont Royal, et le désir latent qu'il se découvrait d'être un jour si grand qu'on dût s'incliner devant lui n'allaient pas demeurer un passe-temps et sans plus.

Il se prit à poser des questions. Que serait-il plus tard? Que deviendrait-il? Pour être un jour un grand homme, que faut-il faire?

Il se regardait. Vêtements rapiécés, souliers déjà trop petits. Il se regardait et ne se voyait pas tel qu'il l'aurait voulu. Ce qu'il était, comment il était vêtu, la vie qu'il menait devenaient des obstacles en apparence insurmontables.

Et Moishe, peut-être l'obstacle le plus grand de tous...

Quand vint cette pensée soudaine, Aaron la repoussa, se sentant confusément coupable de l'avoir eue.

«Il est bon pour moi», murmura-t-il.

Mais le lendemain, les autres jours, la solitude fut de plus en plus peuplée par ses angoisses. Que devenir? Où aller? Comment être grand?

Si grand toutefois que cela soit de la puissance. C'était là l'essentiel.

L'imagination était lancée à bride abattue. Aaron ne se connaissait plus de faiblesses, rien n'était impossible. Il serait grand: il dominerait.

Puis il s'examinait de nouveau, se voyait tel que le sort l'avait fait, minable, sans un sou en poche.

Alternance des songes. Des abîmes aux sommets.

Savant qui découvre quelque merveille nouvelle de la chimie ou de la physique. Ingénieur construisant le plus grand barrage du monde entier, si extraordinaire que jamais on n'en conçoive de pareil, fût-ce dans dix mille ans! Général de grandes armées...

Il revenait à cette hantise. Dominer.

Mais toujours il dominait par l'esprit, par le génie: toujours pour lui la grandeur était issue de l'intelligence et de l'habileté.

Il se souvint qu'il y avait une bibliothèque juive, rue Esplanade à l'angle de la rue Mont-Royal. Il s'y rendit, se procura des livres qui parlaient des grands hommes. De Genghis Khan à Pasteur, de Disraéli à Ben Gourion.

Il les lut dans la montagne. Un livre par deux jours. Une soif le dévorait. À la bibliothèque, on fut surpris.

— Vous les lisez-tous? demanda la bibliothécaire.

Aaron fit oui de la tête, et la fille le regarda d'un air stupéfait, puis elle murmura, n'osant insister:

— Je ne sais comment vous faites...

Quand il revenait à la maison, ses indécisions de la journée l'avaient marqué. Et, lentement, le changement s'opérait en lui. Son regard se creusait, un pli barrait son front. Il avait su rire, badiner avec Lucien, ou Saul, le nouveau voisin, ou Horseface. Maintenant il les fuyait. Il les sentait d'un monde étranger à lui-même, enracinés lui semblait-il dans une petitesse qu'il lui fallait dépasser à tout prix. Le matin il disparaissait vers la montagne. Et le soir, si les camarades étaient là quand il rentrait, il prétextait l'urgence; il fallait monter, Moishe attendait.

Dans la maison, cependant, il redevenait l'adolescent de la montagne, soucieux, trop grave pour son âge, distrait.

Moishe l'observait en silence, inquiet de savoir. C'était surtout l'ignorance. Moishe eût mieux su combattre l'ennemi tangible.

Un jour qu'Aaron était parti dans la montagne, le vieillard fut chez son ami Malak et lui raconta son inquiétude.

— Aaron a changé, dit-il.

— C'est depuis la Bar-Mitzvah? demanda le boucher.

Il était songeur, il regardait au loin par sa vitrine. Il remontait les ans, jusqu'à la jeunesse, et la synagogue malpropre de sa ville natale, si loin, si oubliée...

— Moi j'avais été placé en apprentissage le lendemain, dit-il. Ce n'était pas comme ici, ce n'était pas comme aujourd'hui. Il y avait des raisons à la cérémonie...

Moishe expliqua:

— Aaron mange, et vit, et rit lorsqu'il faut rire, songe lorsqu'il faut songer... C'est son regard qui n'est plus le même. A-t-il tout à coup découvert de nouvelles sciences dans sa science à lui, celle que je lui ai donnée?

Le vieux était inquiet. Il n'avait que vaguement décrit le problème. Et s'il parlait de nouvelle science, lui comprenait ce que Malak peut-être ne saurait comprendre.

Pourtant le boucher eut le gémissement sourd et long des Hébreux de l'ancienne pensée.

— Oyiii... Oye... Oye... Je sais. Tous ceux qui font dire aux prophètes de nouveaux mots, ou de nouvelles pensées pour les mots.

Il savait qu'en disant: *réformé*, cela peinerait Moishe. Mais le vieux avait saisi l'allusion.

— Non, je ne crains pas cela, dit-il. Je me suis mal expliqué. Tu as pourtant droit à ma confiance. Tout est une science pourvu qu'on y apporte la joie de connaître. Je me demande s'il n'en est pas trop entré au cœur d'Aaron. En lui enseignant la patience je lui ai peut-être enseigné la lâcheté...

Malak se tut. Rien ne pouvait être dit pour rassurer l'ami, ou lui montrer l'erreur. Malak connaissait peu Aaron. Il ne l'avait vu que les rares fois où le garçon était allé chercher de la viande consacrée. Le boucher n'aurait pu consoler Moishe.

— Je ne sais pas, dit-il en étendant les mains en un geste d'impuissance. Toi tu pourrais le savoir...

— Moi? Je ne suis que deux yeux, que deux oreilles, qu'une bouche. Voilà qu'Aaron est loin de tous mes sens...

Il partit sans expliquer la véritable raison de ses craintes.

Pour rentrer chez lui, il marcha tête basse comme il en avait maintenant pris l'habitude, insouciant de toute la vie qui l'entourait, ne voyant même pas ceux qui faisaient le salut des deux doigts en passant près de lui, en guise de respect à son âge et à sa science. Car le bruit s'était répandu dans tout le quartier que Moishe possédait plus de science que maints rabbins, et qu'il perpétuait dans son petit-fils son savoir et sa ferveur.

À la maison, il trouva Aaron qui lisait un journal.

— Il n'y a rien, dit Aaron quand Moishe entra. Je lis et je ne trouve pas...

— Que cherches-tu?

— Je ne sais pas...

Il haussa les épaules, alla se coller le front à la vitre.

— Ici et là, des peuples dressés les uns contre les autres...

Il vira les talons, les dents prêtes à mordre.

— Et c'est stupide, c'est idiot. Toi tu voudrais la paix... Moi aussi... Et on ne parle que de guerre, que de sang, que d'oppression, que de révolte, que de peuples affamés, que d'enfants couverts de plaies, que de pays sans espoir...

Moishe ne répondit pas. La révolte d'Aaron, adolescent, était dangereuse. Moishe se garda bien de la soulever davantage. Il mit des plats sur la table, déposa tristement les aliments du soir: la viande froide qu'il rapportait de chez Malak, des tranches de pain... Dans une tasse, du café fort.

— Viens manger, dit-il, je ne veux pas te répondre.

— Je sais, dit Aaron.

Mais il ne montrait pas de rancœur. Il vivait sa propre vie. Sa révolte n'avait pas besoin de Moishe. Il pouvait rager seul. Et Moishe se demanda si cette rage libérée n'était pas une conséquence de la Bar-Mitzvah.

D'être un homme, murmura-t-il, comprends-moi, Aaron. D'être un homme...

Mais Aaron l'interrompit.

— D'être un homme, cria-t-il, me donne le droit de penser!

— Tu n'as pas acquis ce droit au jour du Shabbat où l'on t'a placé parmi nous. Tu l'avais auparavant, à ta guise d'en user...

Aaron ne continua pas. Il mangea, sans faim c'était évident.

Puis il s'en fut dans sa chambre et s'étendit tout habillé sur son lit. Plus tard, il se releva, se dévêtit et se recoucha pour la nuit.

Moishe soudain plus seul que jamais travailla patiemment jusqu'aux premières heures du matin.

Il cherchait avec un désespoir acharné quels mots il fallait dire à son petit-fils. Mais s'il songeait à prêcher la tolérance, immédiatement se dressait l'autre mot, l'antonyme maudit, qu'Aaron connaissait déjà.

Prêcher une patience que l'on a oubliée? Prêcher une attente quand beaucoup trop ont attendu en vain? Prêcher un monde meilleur, et où lui poser ses bornes géographiques?

«Je lui ai trop parlé de tristesse, de crainte et de servitude. Il est trop sensible et maintenant il en sait trop... et pas assez.»

Quand au matin Aaron s'éveilla, il était épuisé, ses yeux étaient hagards. Il se regarda dans la glace fêlée au-dessus du bureau bancal et vit qu'il avait le joues creuses. «Je ne veux pas commencer à vivre», murmura-t-il.

Ce jour-là, il allait fêter ses quinze ans.

IX

L'après-midi de septembre se parait d'un grand soleil, tout tiède et douillet. On se serait cru en juin quand les fleurs sont neuves et que le ciel est trop bleu.

Seulement, il y avait dans la tête bien garnie de quelques arbres, ici une feuille jaune, là une autre presque rouge. Et ces deux feuilles démentaient juin et auguraient de l'automne proche qui chasserait de la ville toute la douceur. À la suite des feuilles tombées, viendraient les premières bourrasques. Puis ce serait, à plein ciel, la manne blanche de la neige que la fumée viendrait ensuite salir. Puis la glace, le temps froid, sombre et laid, le verglas.

Aaron sortit de l'école où il entreprenait ce qui devait être sa dernière année d'études. Il chemina le long de l'avenue des Pins, traversa l'immense quadrilatère à l'avenue du Parc, s'engagea dans un sentier qui menait vers le mont Royal.

Il marcha longtemps, passa le monument à Jeanne Mance, puis grimpa cette pente où, l'hiver, glissent les traîneaux et les toboggans. Puis il escalada d'autres pentes, rejoignit, au faîte du mont, les chemins paisibles et déserts à ce temps de l'année.

Comme d'habitude ce n'était pas voulu, ce n'était pas fait avec un but ultime et une raison de trajet.

Il cheminait instinctivement, se laissant vivre, ne pensant à rien sauf à ces choses qu'il voyait, les feuilles agonisantes des arbres, les dernières fleurs, le soleil qui était tamisé avant que de rejoindre le sol; l'hiver qui venait.

Des oiseaux voletaient. Aaron vit même un papillon attardé.

Puis, alors que l'allée exécutait brusquement une courbe raide, à mi-chemin entre la plaine et le sommet, il aperçut quelqu'un qui somnolait sur le talus, au pied d'un arbre.

C'était une fille dont il ne voyait que les tresses noires et deux longues jambes fines repliées, découvrant des cuisses nues sous la jupe. Il allait passer outre quand une voix l'arrêta.

— Bonjour!

La fille s'était redressée sur un coude en l'entendant venir. Il vit qu'elle avait son âge à lui ou presque, qu'elle souriait et qu'ils étaient bien seuls dans cette montagne de paix.

— Bonjour, répéta la fille avec insistance.

Aaron s'arrêta, fut indécis un moment puis se dirigea lentement vers le talus.

— Viens t'asseoir, dit l'inconnue. Il y a toute la montagne, et c'est grandement de place pour seulement toi et moi... Allez, viens!

Des mots auxquels il n'était pas habitué, un accent qui chantait et qui n'était point canadien; elle parlait un français doux, presque susurrant. Elle était comme Aaron, de teint olivâtre, mais avec deux tresses noires, des yeux immenses, sombres, une bouche sensuelle et des gestes félins quand elle se laissa retomber sur le dos, les mains sous la nuque.

Aaron s'assit non loin d'elle.

— Bonjour, dit-il, et hésitant à la tutoyer. Vous... tu te reposes ici?

— Vas-y, le tu est de rigueur avec moi... Tu as quel âge? Quinze ans?

Elle le dévisageait: des yeux de femme et une bouche d'enfant.

— Moi, disons que j'en ai seize.

Elle arracha une brindille et se mit à la mordiller.

— Tu es juif?

Une fois de plus Aaron fit signe de la tête.

— Moi aussi je suis juive.

Puis elle se cambra les reins, d'un geste brusque se redressa. Assise, elle toisa Aaron.

— Tu es d'ici, du Canada?

— Oui.

Elle eut un mouvement d'impatience.

— Est-ce que je te fais peur? Ne reste pas là comme un hibou empaillé. Je ne te mangerai pas!

Alors il se mit à rire.

— Il me faut le temps, dit-il. Je suis pris par surprise...

La fille dodelina de la tête.

— Moi je laisse tomber les conventions facilement. Je m'ennuyais, j'avais le goût de me faire dire des belles choses et j'étais seule... Tu es passé par ici... et voilà.

Cette audace rebutait Aaron. Non qu'il s'en trouvât offusqué ou scandalisé, mais il cherchait en vain des mots semblables, des façons aussi cavalières. Alors que tout autour de lui n'était que douceur et patience, la nature sommeillante ne l'inspirait pas. Il ne connaissait pas les sources où puiser les mots d'à-propos qu'il eût fallu pour tenir tête à la fille.

— Je suis Viedna, dit-elle. Et toi?

— Aaron.

— Moi, je viens de France.

— Par l'origine, répondit le garçon, je suis juif russe, puis juif américain. Mais je suis venu tôt au Canada. Maintenant je suis canadien.

Viedna eut un rire secret, railleur.

— Juif canadien! Il faut dire: «*juif* canadien», juif toujours.

Aaron haussa les épaules.

— Non, dit Viedna, non. J'ai raison. Moi, je suis juive française et toi tu es juif canadien. Je ne puis pas plus être française que toi canadien.

Et elle éclata de rire.

— Tu te rends compte?

— Il y a longtemps que tu es au Canada? demanda Aaron.

Elle compta sur ses doigts.

— Six mois. Papa cherchait un meilleur pays.

Il se fit comme un grand silence, une pesanteur animale, réelle, comme dotée de sa vie propre, comme respirant, comme poussant son sang dans des veines. Une présence vivante qui vint se poser sur Aaron. Et il avait suffi de cinq mots.

— Qu'est-ce que tu dis? demanda-t-il à la fille, bien qu'il eût compris dès la première fois.

— Papa cherchait un meilleur pays.

Elle n'ajouta rien mais bougea le corps tout près d'Aaron. Il vit la poitrine déjà mûre et, sous le chandail mince, le dessin du linge plus mince encore. L'ensemble de ces vêtements tenait à grand'peine la gorge frémissante, souple, de la fille.

Leurs yeux se rencontrèrent. Ceux de Viedna fixaient Aaron avec une sorte d'étrange insistance. À travers le jour des paupières mi-fermées, la prunelle brillait.

— Tu es beau garçon, dit-elle. Un homme déjà...

— J'ai quinze ans, je te l'ai dit, quinze ans aujourd'hui.

— Plus loin, derrière le chemin, dit Viedna, il y a une sorte de petit vallon. Il y fait plus chaud qu'ici, et plus tranquille...

Aaron sentait un bourdonnement lui marteler la tête. Il la suivit aveuglément, ne cherchant plus de mots, mais se laissant entraîner par cette main moite, chaude, pressante qui le guidait.

Quand il rentra chez lui, il lui semblait que, dans un pays de rêve, il marchait sur des voies irréelles. Ses genoux le portaient à peine et il se sentait aux joues une rougeur inaccoutumée.

Moishe lui dit:

— Tu rentres bien tard...

— J'ai marché dans la montagne, répondit Aaron. Je suis fatigué.

Il se coucha aussitôt après le souper, mais il ne dormit pas tout de suite.

Longtemps, sur le plafond qui paraissait blanc dans la pénombre, son souvenir projeta l'image de Viedna.

X

Le lendemain, et le surlendemain qui était un dimanche, et pendant plusieurs jours ensuite, dès quatre heures sonnées, Aaron retournait vers Viedna.

Ils vivaient dans leur montagne, sommet désert qui se dressait vers le ciel, crevant la ville de béton de sa verdure intouchée.

«Une oasis», songeait Aaron. «Une oasis dans le Neguev.» Chaque maison: une dune; chaque homme, chaque femme: un insecte des sables, et le mouvement comme celui du sable charrié par le vent. Mais la couleur... et il ne voyait pas la couleur.

Le désert et, au milieu, cette oasis: la montagne.

Et dans l'oasis, Viedna.

Aaron se sentait loin de Marie Lemieux, loin aussi des filles de sa race jouant encore à la poupée sur le pas des portes, alors que déjà leur lourde poitrine sémite crève le contour des robes.

Pour Aaron, Viedna dépassait la femme même, parce que la femme eût été inaccessible à lui qui ne connaissait pas encore le langage des aînés. Et de retrouver Viedna, plus que femme puisqu'il l'avait à sa portée... Faite de sang, faite de chair, faite de chaleur, et pourtant instruite des mots qui savaient rejoindre Aaron. Et les pensées qu'il pouvait partager...

Elle lui parlait des pays qu'elle avait connus.

— Tu as donc tant voyagé, Viedna?

Elle s'attristait alors un moment.

— J'aimerais voyager, moi, disait Aaron.

Le temps était encore assez doux pour qu'ils n'aient pas à marcher constamment. Dans un repli, dans un vallon creux et discret, ils s'étendaient dans l'herbe. C'était tout chauffé de soleil, un nid prêt à les abriter. Mais Viedna semblait soudainement pleine de dépit.

— J'ai des souvenirs de dix pays... Beaucoup sont très beaux. Mais nous avons quitté ces pays.

Aaron ne disait rien quand Viedna semblait triste. Il ne savait rien dire.

— Papa cherchait toujours...

— Est-ce qu'il a trouvé?

D'où ils étaient, ils dominaient Montréal. Ils voyaient les toits à leurs pieds, les hauts édifices, la ville ornée de tant d'arbres, et comme une grande paix puissante qui montait des masses de béton, d'acier, de ces rues dont les sons ne leur parvenaient point.

— Ici au Canada, il n'a pas trouvé? insistait Aaron.

Viedna secouait la tête. Non, il n'avait pas trouvé. Non, il cherchait encore.

— Mais que veut-il donc? demanda Aaron. Ici...

Il n'acheva pas.

Il aurait voulu énumérer des raisons, dire pourquoi le grand Peuple était ici plus heureux qu'ailleurs, et il ne pouvait pas.

— Il veut oublier, et faire oublier qu'il est juif, disait Viedna avec dépit.

Auparavant, si Viedna avait prononcé ces mots; le premier jour de leur rencontre, si elle avait parlé de cette hantise de son père, Aaron en eût été scandalisé.

Mais aujourd'hui qu'il savait leur long pèlerinage, cet exode toujours renouvelé: s'installer, tendre des racines, puis s'arracher et recommencer ailleurs... Cinq fois en sept ans...

— Je me souviens encore de la Grèce, avait dit un jour Viedna. Nous y étions quand j'avais sept ans. Mais je me souviens surtout de l'Italie... Nous avons été partout. Au Maroc, à Gibraltar, en Haïti...

— Parle-moi des pays, disait Aaron.

Il se fermait les yeux. Viedna avait une voix rauque, un peu sauvage, modulée.

Quand elle parlait, Aaron se sentait reporté en arrière, vers les pays arides, les collines, et la marche lente des tribus: le bêlement des troupeaux de moutons, et le camp au soir venu avec un grand feu pour chasser le frais de la nuit; la voix des filles — la voix de Viedna — chantant les mélodies antiques, les rythmes étranges, les mots hébreux venus à travers les âges, depuis la création du monde.

Combien de fois Moishe, lui aussi, d'une voix rauque portant en elle l'éternel sanglot des Errants, avait chanté ces mélopées millénaires, chants de la Terre Promise, danses des campements de nomades, chants d'amour, chansons de berger...

Il écoutait Viedna, il se souvenait du *Shomer ma mileil*, presque un chant d'amour et pourtant, autrefois, c'est un berger qui l'avait inventé, debout dans un rayon de lune, au faîte d'une colline d'où il surveillait l'immobilité nocturne de son troupeau.

> *Shomer ma mileil.*
> *Sahar noogeh barakeeyah,*
> *Kochav notzetz, oro yageeha,*
> *Ho, nooma tzoni nooma,*
> *Machar im shachar ho nooma.*
>
> *Shomer ma mileil.*
> *Reenenat tzipor baneshef,*
> *Homeh libee, koolee rav Keshev,*
> *Hoi, oorah libee oorah,*
> *Machar im shachar ho corah.**

Il lui semblait entendre Viedna dire ces vers tendres et doux... «...dors mon troupeau, dors et rêve... Qu'importe, ô berger, la lune pâle au ciel... D'ici le jour, dors, ô mon troupeau, et rêve... À l'aube, quand chanteront les oiseaux, mon coeur battra au rythme des chants... Éveille-toi mon coeur, éveille-toi. Avec l'aube qui vient, éveille-toi... *Machar im shachar ho corah...*»

Assis près de la fille, il laissait courir son rêve. Remembrance ancestrale peut-être, sorte de mémoire atavique. Au temps où sa mère Rebecca le portait, la vieille Sarah parlait souvent des anciens récits. Moishe

---

* ©1953 — Folkways Records and Service Corps, New York.

ensuite, resté seul avec l'enfant, avait raconté la vie de ces âges révolus. Il parlait du *shofar* et du *shoferot*, des *tuppims*, du *kinnor*, ces instruments antiques: corne de bélier évidée pour former une trompette; le *shoferot* de même fabrication, mais plus long, plus gros, à la voix plus grave; les tambours, petits et aigres, ou sourds comme le tonnerre de temps chaud; le *kinnor* à quatre cordes, sorte de lyre ou de luth dont parle la Torah.

Souvenirs de Moishe, et non seulement des récits. Sarah n'avait-elle pas appris des chants à Rebecca en même temps que les légendes? Transmissions judaïques, d'un âge à l'autre, survie malgré le siècle des traditions du Peuple Élu.

Moishe qui était là avait retenu la mélodie de ces chants et leurs paroles, et c'était à Aaron qu'il les avait transmis.

Et ce qu'ils disaient des fêtes nocturnes dans le cercle des feux de camp — ils parlaient des filles nues sous le simple fourreau de laine fine, dansant et chantant, rythmant la fête de leurs doigts sur la peau tendue des *tuppims* — ce qu'ils disaient évoquait en Aaron le regret que ces ères aient vécu.

Et n'était-il pas que ce jour, en la montagne, à cause du soleil filtré par les feuilles, à cause du silence et à cause de l'odeur chaude de Viedna, revenait le souvenir, prenait corps l'évocation.

Il eût suffi à Viedna de chanter, de cette voix qu'elle avait et qu'Aaron aimait tant; il eût suffi d'un feu dansant et du bêlement des moutons sur un coteau — un peu de lune et la brise sentant bon le Liban —

pour que périsse le temps, s'effacent les siècles et que renaisse le passé.

Dressé, tendu, sa chair soudain en feu, Aaron empoignait le bras nu de la fille.

— Écoute!

Mais il ne savait pas comment dire. Alors, misérablement, à Viedna aux aguets, il dit:

— Parle-moi des pays...

La fille fermait les yeux et, la nuque dans les mains, elle laissait couler les souvenirs, tout chauds encore en sa jeune tête.

— En Italie, il y a des montagnes qui s'étendent à perte de vue, et même s'il y a des pinèdes, toute la terre nue est cultivée, et l'on voit des milliers et des milliers d'oliviers couvrant les pentes, et des vignes là où les oliviers finissent. Quand la pente est trop raide, l'on aménage des plats, l'on fait du flanc de la montagne comme un escalier où s'étagent encore des rangées d'oliviers, ou des vignes...

— La couleur, disait Aaron, quelle est-elle?

— Elle est toute la couleur, et rien ne se compare à elle. Pas même les tableaux des peintres. C'est du jaune, et du brun, et parfois des roux et le vert; mais vert qui porte en lui d'autre jaune, et parfois du vert qui reflète le bleu du ciel. Et le ciel est immuable. Il n'y a que le ciel, sans un nuage, et seulement le ciel, et l'on sent le Père qui est là, derrière le bleu...

Aaron s'était redressé, surpris.

— Tu ne crois pas au Père, tu l'as dit.

Alors la fille éclata de rire.

— Je ne crois pas à la vertu, dit-elle, et pourtant j'en parle comme d'un bien. C'est une habitude. Je n'ai pas encore réussi à m'en défaire.

Aaron avait voulu un jour parler des tribus anciennes d'Adoshem, toute l'histoire en son esprit, telle que Moishe l'y avait implantée, toute fraîche, forte encore et belle, et douce parfois...

Mais Viedna avait ricané.

— Je ne crois à rien, ma famille ne croit à rien. Les malheurs des Juifs viennent de la croyance. Mon père fera oublier qu'il est juif à la seule condition de n'être plus juif. Et moi de même. Pourquoi la synagogue, si la synagogue ne nous amène que des persecutions, des pogroms? Pourquoi la loi du Shabbat qui nous fait opprimer, et le Shuavos, ou le Yom Kippur qui soulèvent souvent la colère des Gentils contre nous ou leur mépris?

Elle avait eu un geste railleur.

— Je mange du porc, dit-elle, et j'aime bien ça.

Aaron mit deux semaines avant de confier ses rêves à Viedna.

Un jour, elle lui demanda:

— As-tu décidé de ce que tu feras dans la vie?

Aaron hésita avant de répondre. D'ailleurs, connaissait-il une réponse à cette question?

— Je ne sais pas, dit-il finalement. Chose certaine, je ne resterai pas ce que je suis.

Il lui raconta comment il vivait et avec qui. Il lui parla de son grand-père. Il lui en parla avec douceur, presque avec tendresse. Mais à mesure qu'il donnait à l'homme — pour le bénéfice de la fille — sa véritable place dans la vie de tous les jours, Aaron identifiait avec effroi le sentiment qui l'agitait envers le vieillard. Un sentiment qu'il avait maintes fois repoussé, mais qui maintenant s'implantait en lui.

Ce fut Viedna qui rompit les digues.

— Tel qu'il est, et comme tu me le décris, il sera toujours entre toi et tes ambitions.

Aaron protesta, mais faiblement.

— Pourquoi le serait-il?

— Mais d'abord, que veux-tu faire plus tard?

Comment expliquer une ambition qui n'a pas de nom, mais seulement une grande qualification, une condition d'existence, un moyen d'être, de devenir, mais sans que cela se nomme banquier ou roi, savant ou dictateur?

— Je veux être... grand, dit Aaron.

— Puissant?

— Oui, puissant.

Il se sentait rougir.

— Tu n'as pas à être timide, dit la fille. C'est une ambition légitime. Moi aussi je veux être riche.

Elle ne comprenait donc pas?

— Je ne parle pas de richesse, dit Aaron. Je parle de... de grandeur, de puissance.

Elle eut un air surpris et le dévisagea.

— Ce que tu viens de dire, c'est sérieux?

— Mais oui.

— Être riche, dit Viedna, c'est la même chose. Et c'est mieux encore...

Puis elle eut un geste d'impuissance.

— Seulement, toi, tu ne le seras jamais.

— Pourquoi?

— Tu es orthodoxe, tu suivras les traditions. Tu ne seras rien, mais tu seras un bon Juif.

Quand il avait parlé de son grand-père et décrit leur vie dans la maison pauvre; quand il avait parlé des enseignements reçus, de la science du vieillard, de sa foi, Viedna l'avait écouté attentivement.

— Pourquoi dis-tu ça? demanda Aaron. Tu sais que ce n'est pas vrai. Nous vivons dans un pays où tout est possible. Le professeur l'a dit à l'école. Le premier ministre est fils de cultivateur. Plusieurs de nos grands hommes sont partis de rien...

— De leurs grands hommes, corrigea Viedna.

— Des leurs, des nôtres, c'est la même chose! protesta-t-il avec violence.

— Non, ce n'est pas la même chose. Eux pouvaient monter sans obstacle. Toi, tu restes juif. Si, en plus, tu te heurtes aux traditions, à tes pratiques religieuses...

Elle adoptait un ton docte qui ne lui allait pas.

— Pourquoi parlons-nous de ces choses? demanda Aaron.

Il la prit dans ses bras, mais elle se dégagea.

— Il y a des conditions de survie, dit-elle. Tu trouves que je parle trop sérieusement? Je n'y peux rien, c'est ma façon. Chez moi, mon père me ridiculise parce qu'il me trouve trop sérieuse pour mon âge. Mais moi je sais ce que je suis, ce que je veux... Au fond, c'est la même chose que lui...

— Et qu'est-ce que tu veux, Viedna?

Elle se laissa tomber sur le dos dans les feuilles mortes qui commençaient à joncher le sous-bois.

— Pour devenir puissant, il y a deux choses essentielles qu'il faut découvrir. D'abord un pays où le devenir, ensuite un moyen de faire oublier qu'on est juif...

Elle soupira:

— Mais c'est compliqué, Aaron. Surtout la deuxième chose. Faire oublier que tu es juif, et en même temps rester juif, tout en ne laissant jamais ta condition t'asservir, mais en asservissant ta condition.

— C'est très compliqué, oui.

— Tu serais riche si tu le voulais, continua Viedna. Mais tel que tu es, avec ton grand-père, avec les idées qu'il t'impose, tu ne seras jamais rien. Seulement Aaron qui aura été autrefois jeune, autrefois ambitieux...

Elle lui prit la main, la serra doucement.

— Je te le disais tantôt. Tu feras oublier que tu es juif quand tu ne seras plus juif toi-même, Aaron Cashin...

Quand ils se quittèrent, ils étaient aussi songeurs l'un que l'autre. À tel point qu'Aaron se trompa plusieurs fois de sentier en retournant à la maison.

Le lendemain, ils reprirent leur discussion, plus violente maintenant que Viedna avait su poser ses premiers jalons. Et même, une fois, elle lança à Aaron:

— Tu dis m'aimer! Telle que je suis, avec

mes idées, si je te dis viens, est-ce que tu viendras?
Est-ce que tu me suivras?

Deux semaines durant. Deux semaines où
chaque jour Aaron cédait un peu plus, mais où, en
même temps, l'image de sa puissance possible, de sa
richesse puissante comme le disait Viedna, grandissait
en lui.

Un jour, au lieu de trouver Viedna dans le
petit vallon, il la vit debout dans un sentier tout près, le
corps tendu, les lèvres frémissantes, qui l'attendait.

— Viens, dit-elle, c'est le jour où je te le dis...

Il hésitait, ne comprenant pas.

— Je suis seule toute la journée à la maison,
dit-elle, nous y serons mieux.

Et elle l'entraîna.

C'était un appartement moderne, non loin de
la montagne, rue Hutchison. Viedna en fit les honneurs
avec une aisance qui surprit Aaron sans qu'il le laissât
voir. Quand la fille vint s'asseoir près de lui, il vit que
son corsage était plus ouvert, qu'en chemin elle avait
défait des attaches et que, sous le chemisier, elle était
nue.

Nue et ferme, une poitrine en offrande.

— Je suis bien ici, dit-elle, blottie contre toi,
je me sens revivre. Nous avons trop attendu.

Aaron comprenait et pourtant il s'y refusait.
Était-ce un appel? Une offre? Il hésitait encore.

— Je veux t'embrasser, dit-il. Comme je
t'embrassais, là-bas dans la montagne...

Les mots étaient gauches, pourtant ils conte-
naient toute son indécision, son désarroi.

— Mieux, murmura Viedna. Je veux que tu m'embrasses mieux encore.

Et ce fut elle qui prit la main d'Aaron pour l'attirer dans l'échancrure du corsage. Ce fut elle qui s'allongea tout contre lui, pressa son corps contre la chair présente d'Aaron.

Alors ce fut le déchaînement.

D'un grand élan qui ne se raisonnait plus, il porta la fille jusque sur le lit dans la chambre avoisinante. En gestes brusques, saccadés, presque rageurs, il la déshabilla. Puis, au gémissement implorateur de Viedna, il se déshabilla à son tour.

Une plainte continue remplit la chambre, une plainte qui était issue de Viedna. La douleur des premiers gestes dans la connaissance d'une chair ardente et novice à la fois. Il la prit avec acharnement.

Une fusion merveilleuse et rapide qui les laissa tous deux brisés, pantelants.

Ainsi advint leur première connaissance.

Et ce soir-là, de nouveau conscient de sa propre chair brûlante et débordante de la science acquise, Aaron s'endormit en rêvant aux jardins des anciennes légendes, alors que l'homme et la femme vivaient nus et sans contrainte.

Dans les jours qui suivirent, il revit la fille, mais dans la montagne, au creux des bosquets. Il lui semblait qu'il ne pourrait plus vivre sans elle.

Tout ce temps, Moishe veillait.

Il était inquiet d'Aaron, de ses sommeils agités, de la démarche qu'il avait au matin, presque arrogante, un pas d'homme, de mâle...

Un jour, il décida de le suivre.

Quand Aaron rejoignit Viedna au vallon secret de la montagne, Moishe observa la scène de loin.

Il épiait.

Il vit le geste des mains d'Aaron, l'accoutumance en elles quand elles touchèrent Viedna.

Alors il sortit de sa cachette.

XI

Moishe ne dit rien à Aaron.

Il le ramena à la maison. Entre eux, le silence pesait.

Quand il était apparu, Viedna s'était écriée:

— Qui est ce vieux fou?

(Moishe, si maigre, long dans sa redingote d'alpaga noir, les cheveux d'un gris sale bouclés devant les oreilles, le chapeau droit sur la tête, la barbe lui descendant sur la poitrine. Et dans les pieds les bottines lacées à haute tige. Image des autres âges, détonnant sur le monde moderne. Aaron avait parlé de l'ancêtre, mais il ne l'avait pas décrit.)

— C'est mon grand-père, avait répondu Aaron d'une voix terne.

Puis il s'était levé et il avait suivi l'aïeul. Ce furent des heures difficiles pour Aaron, difficiles aussi pour Moishe. L'un comme l'autre eût voulu trouver des mots, expliquer; démolir cette muraille de silence qui s'était érigée entre eux.

Ils ne trouvèrent aucune issue. Aaron se coucha sans avoir pu raconter à son grand-père qui était Viedna, et pourquoi il la rencontrait. Et Moishe ne put avertir Aaron comme il l'aurait voulu du danger de la femme, et des principes qui doivent régir la vie de l'homme avant le mariage.

Et pourtant, chez l'un comme chez l'autre se pressaient des mots. Aaron tout à sa joie de Viedna, et voulant confusément la partager; Moishe tout à son effroi de cette fille à peine entrevue, du corps souple, de la poitrine nue, des longues jambes, de l'attitude relâchée, impudique même, alors que Viedna était étendue dans l'herbe. Une grâce animale, et de l'animal le même danger sourd, latent.

Que devenait donc l'arrière-petit-fils des ancêtres?

Au matin, les mêmes défenses les tenaient éloignés l'un de l'autre. Aaron qui semblait perdu en quelque pensée dont aucune ne se révélait sur son visage. Et Moishe qui susurrait des mots incompréhensibles dans sa barbe, mais où Aaron reconnaissait parfois les consonnes roulantes de l'hébreu... Quel prophète invoquait le vieux? Et quelles règles de vie se répétait-il, lui qui n'arrivait pas à concevoir cette faiblesse d'Aaron devant la chair après tous les enseignements et toute la doctrine?

Ils mangeaient sans joie.

— Je veux travailler, dit Aaron soudain.

La phrase prit Moishe par surprise. Il sursauta, eut cette diphtongue étirée, en fausset, qui est, l'expression même de la stupéfaction chez un Juif:

— Haannnn?

Aaron répéta lentement, en énonçant bien toutes les syllabes.

— Je ne veux plus étudier. Je veux travailler.

Moishe resta bouche ouverte, la commissure des lèvres laissant traîner une sorte de bave blanchâtre, une bave alimentaire qui coula sur le menton, atteignit les poils crasseux de la barbe.

— Travailler, dit-il enfin, travailler? Où?

— Je ne sais pas. Je verrai. Je chercherai.

—Tu chercheras? Et tes études? Mais surtout le métier de tous ceux avant toi? La lignée... Je t'en nommerai vingt qui sont venus auparavant. David, ton père, et moi, et mon père à moi...

— Mon père n'a pas toujours fait ce métier!

— Quand il ne l'a pas fait, nous avons toujours eu du malheur. Quand il est revenu aux besognes qui étaient celles de la lignée, nous avons vécu heureux.

Il fit un geste comme avec l'aiguille.

— Voilà ton sort. Je vais t'enseigner les secrets. Ensuite, tu m'aideras. Il y aura du travail pour deux. Ici, sur la table...

Il se leva, hurla:

— Sur la table, dans la chambre! Toi et moi et l'ombre de tous les autres. Ton métier qui est accordé à ton nom et à ton sang selon le père et les fils qui ont succédé au père. L'aiguille, le tissu, coudre et gagner ainsi ton pain!

Aaron, silencieux, regardait Moishe. C'était la première fois que le vieillard exprimait aussi précisément ses projets pour l'avenir d'Aaron. Naguère, il disait: «Il faut étudier, posséder la science. Tu assouviras tes faims de savoir. Et ensuite, tu travailleras comme eux à remplir tes devoirs.»

C'était vague, et jamais Aaron n'avait vraiment porté attention. Mais ce matin-là, voici que le vieux révélait sa pensée, son désir, la tradition qu'il entendait conserver. Aaron apprendrait à manier l'aiguille.

— Mais en attendant continua le vieux, il te faut étudier. Tu seras un égal, non un silencieux qui ne discute pas quand le rabbin groupe les hommes autour de lui. Tu auras ta voix, tes mots, ta science. Et ça te viendra de moi.

Il fit un geste tranchant.

— Tout t'est venu de moi. Tout te viendra de moi, même ton pain...

À quatre heures, en sortant de l'école, Aaron ne s'en fut pas à la maison. Plutôt, il tourna vers la gauche et se hâta comme d'habitude vers la montagne.

Mais Viedna n'était pas là et Aaron dut attendre six jours avant que la fille ne revienne dans les chemins jonchés de feuilles mortes.

Elle contourna un bosquet. Elle était en jupe et un coupe-vent de suède recouvrait le chandail. Le vent balayait la montagne à grands élans froids. Viedna avait noué ses nattes et elle avait les yeux brillants, fiévreux.

— Je suis venu plusieurs fois, dit Aaron qui se tenait près de l'arbre. Je t'ai cherchée.

Elle vint devant lui, les mains aux poches, un sourire indéfinissable sur les lèvres.

— Je ne puis quitter la maison comme je veux à ce temps-ci de l'année. Aujourd'hui j'ai menti pour venir te rejoindre. Je n'aime pas mentir. C'est une faute pire que toutes les autres. Quand je mens je me sens sale. C'est la seule chose qui me donne cette sensation.

Elle toucha à la joue d'Aaron.

— Je ne me souvenais plus de ta figure. Tu vois, six jours? Et nous voudrions faire des promesses éternelles!

Elle éclata de rire et l'entraîna vers un repli du terrain.

— Viens là, dit-elle. Si le vieux t'a suivi, il n'a pas fini de te chercher.

Mais sitôt assis, Aaron éprouva le désir de partir. Il était troublé. Avant que de grimper vers leur rendez-vous, il avait anticipé la rencontre avec une joie nerveuse. Si elle n'avait pas été là, il aurait maudit le sort. Et maintenant qu'elle y était, qu'il lui parlait, qu'il possédait sa présence comme un bien tangible et une richesse renouvelée, il doutait de sa joie.

— Tu dis que le vieux, c'est ton grand-père?

— Oui.

— Il veut faire de toi un rabbin?

— Non, je ne crois pas. Il y a peut-être plus de mérite à connaître la Parole et à n'être pas rabbin. Il veut que je sois tailleur, comme lui...

— Il a une échoppe?

— Non. Il coud, à la pièce... pour les fabriques... je te l'ai déjà dit.

— Et il ambitionne que tu sois comme lui?

— Comme mon père le fut un temps, comme lui avant mon père, comme l'autre d'auparavant et tous les hommes de la lignée...

Viedna ricana.

— Métier de pauvre...

— Je sais. Je lui ai dit hier que je voulais travailler. Depuis quelque temps il me semble que ce serait mieux. Je suis fort, et nous avons besoin dans la maison que je travaille.

— Et lui, qu'est-ce qu'il dit?

— Que j'apprendrai son métier, le métier de l'aiguille. Que je travaillerai à ses côtés. Que je ne dérogerai pas à la règle...

Viedna se roula dans les feuilles et se retrouva à plat ventre, le menton dans les mains, regardant Aaron qui était assis, lui, les genoux dans les bras.

— Tu sais comment triompher de tout et de tous?

Il la fixait, attendant les paroles. Maintenant, quand elle parlait, il ne pouvait être indifférent. La phrase dure, catégorique de la fille lui semblait comme une force qu'il absorbait en ses veines. Et maintenant, il comprenait les avertissements des Prophètes et la colère muette de Moishe.

— Je le tiens des autres, poursuivit Viedna. De tous ceux qui ont réussi par ce moyen.

Elle traçait des géographies étranges sur le sol, l'aspect de pays qu'il ne devinait pas.

— Quel moyen?

— Tu vois? Ça pourrait être la France, l'Italie... peu importe. Ça pourrait être des pays nouveaux surgis de la mer. Partout où tu iras...

— Moishe me l'a dit.

— Il y aura toujours des barrières contre toi. Parfois tu seras empêché de vivre, ou parfois tu seras forcé de vivre, mais d'une vie dont tu ne voudras pas...

— Quelle sorte de fille es-tu, demanda Aaron. Celles qui vont à l'école avec moi...

— Oh, moi, j'ai vieilli trop vite. À cinq ans j'étais dans un camp de concentration en Allemagne. On y a brûlé ma mère. Il me reste mon père. Il a cessé de rire depuis bien longtemps. À ses côtés, j'ai voyagé... Voici ma vie... Pourquoi serais-je comme les autres?

Elle soupira et lissa son front avec la paume d'une main.

— La punition de l'homme c'est de posséder le souvenir.

Il faisait déjà sombre dans la montagne. Un policier passa non loin mais il ne les vit pas. Viedna se mit à pleurer et Aaron se sentit impuissant devant elle.

— Pourquoi pleures-tu? demanda-t-il d'une voix angoissée. Pourquoi pleures-tu?

— D'être heureuse, dit Viedna au bout d'un temps. Quand je parle aux autres, les aînés, mon père, ses amis, il me disent que je suis sotte, que je devrais être de mon âge, que je n'ai pas le droit de raisonner comme un rabbin... Avec toi, je puis tout dire et tu m'écoutes... Est-ce que tu me respectes, Aaron?

La question le bouleversa. Respecter Viedna, qu'il aimait de toute son âme?

— Oui, je te respecte, Viedna. Toi, tu me donnes de la force...

(Mais quelle force? Et qu'aurait-il répondu si on lui avait demandé d'identifier ce qu'il recevait d'elle?)

Il la fit asseoir à côté de lui. La nuit tombait rapidement. La montagne sombrait dans un abîme noir et le ciel semblait s'éloigner, disparaître avec toutes ses clartés, plus haut, bien plus haut là où c'est le néant.

— Tu as dit tantôt, Viedna, qu'il existait un moyen... Parles-tu toujours de la richesse?

— Oui, Aaron. Partout où tu iras, les barrières. Dans tous les pays des hommes et partout où ils prêchent le christianisme, les Écritures, l'amour du prochain et la tolérance, tu trouveras la même haine contre toi, contre d'autres...

— Même ici, dit Aaron.

— Même ici. Mais souviens-toi. Si tu es pauvre et opprimé, c'est une dure vie. Mais si tu es riche et opprimé?

Aaron frissonna.

— Tu as froid? demanda la fille.

— Non.

— Alors, pourquoi frissonnes-tu?

— Je songe à Moishe qui met au rang des crimes contre Adoshem le désir de l'argent.

— Il te tient donc tant, Moishe? murmura Viedna. Qui croiras-tu? J'ai vu les autres pays. Et j'ai entendu des persécutés, mais des vrais... Ils sortaient d'Allemagne, et encore le mois dernier, de Russie. Ils sortaient des camps. Ils y avaient été torturés, ils avaient souffert. Riches, ils auraient peut-être pu fuir, acheter leur liberté. Dans un autre pays ils auraient trouvé de nouvelles barrières, mais avec la fortune qu'importe si des gens nous interdisent leur maison ou leurs amusements?

Elle se blottit contre Aaron, soudain toute tiède, tout aimante.

— L'argent, Aaron, la seule force. Et comme dit mon père, le seul dieu.

— Non!

Mais elle rit doucement dans son oreille.

— L'argent, l'amour, Aaron, et quoi d'autre encore, hein? Dis-moi un mot...

— La foi, la tradition...

Mais la voix d'Aaron était faible. Il ne savait plus résister.

— L'argent, insista Viedna. Les richesses de la terre. Ce sont les seules qui nous soient destinées. Les richesses de la terre, et l'amour des humains... Ton amour, mon amour...

Et elle gémit dans son oreille.

— Dis-moi que je ne suis pas folle, Aaron!

XIII

Hier encore, songeait Moishe, hier encore un petit vagissant que je tenais dans mes bras. Quand l'ai-je porté au *mohel*? L'an dernier? L'année précédente?

Et les temps d'ensuite, la croissance de l'enfant. Un corps droit, des épaules saines, les cheveux crépus et brillants, les yeux immenses, et cette bouche charnue, sensible.

«Moishe, qui a fait le soleil? Moishe, raconte la loi de Judah! Moishe, qu'est-ce que je suis?»

Et Dieu dit: «Faisons un homme dans notre forme, comme notre ressemblance; et qu'il domine sur le poisson de la mer et sur l'oiseau des cieux et sur la bête, et sur toute la terre et sur tout reptile rampant sur la terre.» Et Dieu créa l'homme dans sa forme; dans la forme de Dieu, il le créa; mâle et femelle, il les créa. Et Dieu les bénit, et Dieu leur dit: «Fructifiez et multipliez et remplissez la terre et vainquez-la; et dominez sur le poisson de la mer et sur l'oiseau des cieux et sur toute bête qui rampe sur la terre.» (Torah.)

Souvent, Aaron se tenait debout dans la cuisine, près de la table. Il se regardait les jambes, le corps, les mains. Combien de fois l'avait-il posée cette question: «Moishe, qu'est-ce que je suis?»

Marbre de sculpteur que Moishe ciselait patiemment. À même une sorte de bas-relief où se renvoyaient les images glorieuses et, se détachant du motif, nouveau meneur: Aaron fier et beau!

Tant de souvenirs et chercher sans trouver l'instant noir.

Où était la seule douleur venue d'Aaron?
L'explication lente, mesurée: «Tu es le fils des grandes tribus. Tu as quitté tes pays pour habiter celui-ci, mais le signe de ta Maison demeure et c'est toi qui la perpétueras sur terre. Voici ce que tu es. Un homme, et plus qu'un homme, tu es Aaron sur qui Adonai mit un jour toutes ses complaisances...»

Les Fêtes de chaque année, la joie suave de se tenir devant l'Arche, le petit à ses côtés, sombre et beau, les yeux fixés sur ce rite millénaire.

Soucoth, Purim, Yom-Kippour, Shuavos, la gaieté du Rosch Ha-shanna! Et la Bar-Mitzvah qui l'avait fait un homme...

C'était tout chaud encore au cœur du vieux; quelques jours, des semaines: un passé immédiat, un moment de grande joie. Mais d'Aaron que le rite avait fait homme ce matin-là, que restait-il?

Moishe passa de longs jours à observer son petit-fils, à essayer de deviner pourquoi il avait soudain suivi dans la montagne cette fillette, pourquoi il avait oublié tous les enseignements. D'instinct, Moishe savait qu'il ne devait pas le demander. Qu'Aaron, pressé de questions, se refuserait peut-être cette fois à toute réponse et que les fardeaux deviendraient plus lourds encore à porter.

Et ce désir de travailler?

Quel mauvais vent soufflait donc?

Moishe songea à des concessions. Il hocha sa tête émaciée, il fit des murmures approbateurs. Ils étaient à souper tous les deux. Aaron à sa façon habituelle depuis quelque temps, assis de coin au bout de la table, les bras étendus, mangeant, le menton collé à l'assiette, en grandes lampées goulues.

— Si tu veux travailler, dit Moishe... Écoute!

Aaron leva les yeux. Moishe revenait à la charge.

— Si c'est de gagner des sous qui t'intéresse... Le soir, ici, je pourrais demander un peu plus de travail à la fabrique, te montrer comment... Plutôt que de ne rien faire... Bientôt tu connaîtras le métier. Tu prendrais ta place complètement à mes côtés?

Aaron ne disait rien.

— J'ai songé à cela poursuivit Moishe. Et ainsi la tradition ne se perdra point. Et je t'enseignerai ton métier comme je t'ai enseigné ta religion, comme...

Il allait dire: «comme je t'ai enseigné à vivre», mais il se souvint de la fille dans la montagne, alors il reprit:

— Comme je t'ai enseigné tout le reste...

— Et si le métier ne me plaît pas? trancha Aaron.

La surprise immobilisa Moishe. Il avait parlé et tout le temps qu'Aaron l'avait écouté, Moishe avait cru qu'il devenait docile comme autrefois. Mais voici qu'une rage le secouait. Il tremblait de tous ses membres.

— As-tu le choix? Me plaisait-il à moi? Sommes-nous sur la terre pour jouir, pour y faire ce qui nous plaît? Tu viens après moi. Tu seras ce que je suis. Que le métier te plaise ou non!

Aaron se renfrogna.

Depuis quelque temps il ne trouvait plus de mots pour discuter avec l'aïeul. Comme si l'abîme des générations était désormais infranchissable.

Moishe repoussa sa chaise, se mit à gesticuler. Un torrent d'imprécations lui cascadait de la bouche. Les longues phrases hébraïques, imitées de la voix du Père, et de ses accents:

— Tu vas travailler parmi les schlemiels? demanda-t-il à la fin. Tu vas te vendre à eux? Vendre ta sueur, tes efforts? Tu seras leur marchandise dont ils profiteront?

Aaron eut un rire bref.

— *Danke*, dit-il en yiddish, *danke*, je ne serai pas leur marchandise, et je ne resterai pas ici chaque jour un peu plus pauvre...

Moishe se laissa tomber sur la chaise. Il haletait.

— L'argent, dit-il, tu songes à ça? Moi je songe au pain, à la viande... Vivre, seulement vivre. Je ne le compte pas en argent. La monnaie du pays...

Il frémit sur sa chaise.

— Mais qu'est-ce que tu es, maintenant? À qui appartiens-tu?

Aaron restait immobile, les yeux fixés ailleurs, ne cherchant pas à répondre.

Dans la cuisine puante de toutes les odeurs accumulées depuis cinquante ans que le taudis tenait bon, il n'y avait aucun son, sauf la respiration sifflante, hoqueteuse de Moishe.

— Est-ce que je t'ai enseigné le mal? demanda-t-il à son petit-fils. Je ne te reconnais plus. Il frappa la table du plat de la main.

— C'est la fille! cria-t-il. Elle t'enseigne le mal? Elle détruit tout ce que j'ai édifié... Qui est-elle?

— Elle... ou d'autres, fit Aaron.

Il soupira, montra la porte.

— Il fallait qu'un jour je passe le seuil. Je ne pouvais être mis en cage. Et. il y en a d'autres qui vivent en ce pays. D'autres de mon sang, de ma race... Je lisais, dans les journaux, que tous ne pensent pas comme moi, comme vous...

Il traça lentement le signe de l'Étoile de David sur la table humide et Moishe gémit.

— Sacrilège, dit-il.

— Où est la charpente de la Maison de David? demanda Aaron. Et le toit qui m'abriterait? Et la maison d'Aaron? Puisque je perpétue la Maison, dis-moi si elle me protégera du froid en hiver cette maison, si j'y trouverai un lit pour dormir, et si, dans les armoires, j'aurai du pain et du fromage doux, et du lait pour me désaltérer?

Le visage du vieillard devenait livide.

— Tu vas tout renier, Aaron?

— Je ne renierai rien. Mais puisqu'il ne faut pas croire à l'argent et que la Maison d'Aaron n'a ni toit, ni feu...

Il se leva, marcha vers la porte. Froidement, il répéta les mots de Viedna:

— Pauvre et opprimé, c'est un bien dur destin. Riche et opprimé... Tu vois, la richesse achète les compensations...

Il se redressa, parut très grand contre la porte, très fier.

— Je serai riche, dit-il.

XIV

À mesure que vinrent les temps froids avec les promesses tenues de neige, de vents hurlants, d'heures glaciales, les rencontres d'Aaron et de Viedna s'espacèrent.

Ils avaient connu pendant un temps une folle idylle, irraisonnée, chaude de toute leur passion neuve. Réunis par la nature c'était elle qui maintenant les séparait, car à ce temps de l'année on ne pouvait vivre longtemps au dehors. Et où aller, grand dieux! se demandait Aaron, quand on n'a pas un sou en poche...

Un jour de décembre, Viedna apprit au garçon qu'elle partait.

— Nous allons à New York, mon père et moi. Il a une transaction de diamants industriels à compléter là-bas. Nous y serons un mois.

Aaron pensa que ce mois serait interminable et qu'il souffrirait de l'absence de Viedna. Elle lui fixa un jour de rencontre à cinq semaines de là et il fut tout étonné de se retrouver au rendez-vous à la date indiquée sans avoir ressenti autant de cet ennui profond qu'il avait prévu.

Mais dans les sentiers enneigés, sur les pentes à peine battues par les skieurs et dans les chemins encore fréquentés par de rares fervents de l'équitation, Viedna n'y était pas.

Au bout du troisième jour, Aaron attendit quelques instants près d'un bosquet. C'était à la courbe, celle qui passe devant la grande croix lumineuse et va rejoindre, par dix méandres imprévus, l'autre chemin en contre-bas.

Quand il fut las d'attendre en vain, il mit les mains aux poches, haussa doucement les épaules et s'en fut.

Ce n'était pas de l'indifférence. S'il en avait été ainsi, la défection de Viedna n'eût pas provoqué cette rage sourde, presque froide, qui avait eu le temps de se greffer en lui depuis ces jours qu'il se rendait en vain au lieu de rendez-vous.

Le mois d'absence lui avait paru court, mais c'était par contraste avec le désespoir qu'il avait prévu et qui ne l'avait pas atteint. Confusément, avait-il senti le besoin de ce hiatus? Il n'aurait su le dire. Son amie partie, il avait consacré ses heures libres à réfléchir.

Chaque mot de Viedna, chaque phrase, chaque déclaration de principe; il réincarnait la voix prenante de la fille, sa passion intense, il entendait les mots... Mais surtout cette formule qui serait magique, maintenant il le savait:

«Pauvre et opprimé, tu seras misérable. Riche et opprimé...»

Il l'avait répétée textuellement à Moishe.

Il l'avait répétée parce que constamment la phrase résonnait en lui, sorte de poussée de force, rythme imposé qu'il entendait suivre.

Viedna avait raison.

Bien sûr elle exagérait en disant que le seul dieu-argent devait être adoré. Mais c'était dans sa nature d'exagérer. Aaron pouvait répartir les hommages en n'ôtant rien aux deux puissances.

L'une, éternelle, avait été gravée en lui par Moishe, incrustée dans son âme et dans sa chair (même qu'aucune des étreintes de Viedna ne parviendrait jamais à effacer complètement ce remords qui lui était venu durant l'absence).

L'autre puissance: la richesse. Celle-là sans âme, sans exigences de respect, un moyen seulement (d'ailleurs, Viedna ne l'avait-elle pas elle-même ainsi nommée?). Un outil avec lequel façonner une vie.

Contre toute intolérance opposer soit une puissance d'argent, soit une compensation puisée dans les plaisirs, dans la possession des choses rares, dans le luxe de l'existence.

Le chemin était droit pour Aaron, clairement indiqué. Il était même étonné que jamais il ne lui soit apparu quand il le cherchait pour le but à atteindre.

Isolé en lui-même par toutes ces réflexions, il n'avait pas eu conscience du temps qui passait. La date du retour de Viedna était venue soudain, le surprenant alors qu'il s'imaginait devoir attendre encore. C'est qu'il avait moins pensé à la fille elle-même qu'à ce qu'elle lui disait lors de leurs rencontres.

Mais pendant ces jours d'attente vaine dans la montagne, il avait eu le temps de la désirer de nouveau. C'était maintenant l'orgueil qui souffrait chez lui. Tranquillement, le mâle qui dort chez tout adolescent s'était dressé, prenant tellement de place qu'il semblait à Aaron impossible de le contenir.

C'était ce mâle maître de tout, distributeur des faveurs, ordonnateur des destinées, qui avait été meurtri par le retard désinvolte et inexpliqué de Viedna.

Toutefois cette première réaction se résorba vite en une bouderie d'enfant. En colère contre la fille, il crut la punir en interrompant sa vigie.

Puis il se souvint qu'elle ignorait son adresse.

Alors il surmonta son orgueil et alla sonner à l'appartement où, deux mois plus tôt et même moins, ils apprenaient ensemble les gestes de l'amour.

Ce fut une fille tout autre, plus vieille, méfiante, qui vint ouvrir.

— Viedna? fit-elle d'un air étonné.

— Elle habitait ici, fit Aaron, gêné.

— Oh, le Juif et sa fille? Ils sont déménagés.

— Vous sauriez où ils sont maintenant?

— Ils partaient pour New York, dit la fille. Je ne sais rien: Je donne le courrier qui vient pour eux au concierge.

De son côté, le concierge ne savait rien.

C'était un homme gras et puissant, le torse moulé dans un tricot crasseux. Il chiquait.

— Je garde les lettres ici. Le Juif doit venir les chercher un jour. Je ne sais rien de plus.

— Si vous appreniez son adresse, vous la garderiez en note? Je reviendrais vous la demander.

L'homme haussa les épaules.

— Comme tu voudras.

Aaron allait partir. L'homme l'arrêta.

— Toi aussi, tu es juif?

— Oui.

Le concierge resta silencieux, fixant Aaron. Puis, sans détourner les yeux, de côté il cracha par terre.

Un moment, Aaron resta sans bouger, puis brusquement, une honte plein le visage, il sortit au dehors, cherchant de l'air, l'incognito des rues, la forteresse des multitudes.

Quand il revint à la maison, il tremblait de froid. Il avait passé trois heures à marcher dans les rues, se butant au grand vent du Nord. Il avait arpenté, fouillé, espérant toujours entendre la voix de Viedna lui criant bonjour de loin. Il se sentait maintenant plein d'une rage énorme contre lui-même, contre la vie.

Ce fut le même soir que Moishe lui parla de nouveau d'elle.

Le vieux n'avait pas abordé le sujet depuis des mois. Il vivait — rythme des journées, des heures d'aube au crépuscule des purifications; observance rigide du code des Lévites, des diktats transmis qui jamais ne doivent être transgressés — il échangeait avec Aaron les mots usuels de tous les jours. Mais rien d'autrefois, et la communion des deux êtres ne s'effectuait plus.

Il y avait en Moishe comme une étrange colère froide, persistante, issue de l'incertitude, sorte de monstre dressé devant le vieux. Une menace. Où poser le pied, quel mot choisir? À l'enfant qui se révoltait, que dire?

Voyait-il encore Viedna ?

Les fréquentes absences d'Aaron le laissaient supposer. De ne pas réellement le savoir rassurait un peu Moishe. Il eût demandé: «Vois-tu la fille?» que la réponse serait venue, bien nette. Il ne doutait pas de la franchise d'Aaron. Mais de savoir comportait des obligations.

À toute science son ignorance. On ne mesure sa faiblesse qu'à éprouver sa force. Moishe avait peur. C'était une peur lâche, il le savait, mais trop d'années maintenant avaient sapé en lui les dernières résistances. Il avait voulu de grandes joies de ce petit-fils; il l'avait façonné hors de toute atteinte, sorte de mémento aux siècles écoulés. Et en quelques jours (comptés en heures, ces jours, et en fraction d'heure. Chaque geste une étape: une promenade à la montagne, la rencontre de Viedna. À quel instant le mauvais, le fiel, le poison dans l'âme?), en quelques jours la statue détruite, ou plutôt transformée, devenue une idole des temps modernes. Baal? Mais pourquoi Baal? Entre toutes les idoles la plus odieuse à Moishe.

Il ne pouvait oublier la phrase d'Aaron.

«Riche et opprimé, c'est infiniment mieux que pauvre et persécuté. L'argent achète les compensations.»

Moishe craignait maintenant. Que dire à l'enfant? Contre un tel poison, l'antidote de la foi? La foi... le pain, la vie, le bonheur. On mesure le bonheur à la taille du Père éternel. Perclus d'âge, Moishe entrevoyait la récompense. Mais, lui, il avait été moulé hors de toute atteinte, plus encore qu'Aaron. Il originait des pays où tous, Juifs ou Gentils, souffraient de la faim, du froid, des privations. Le sort de l'un ne s'enviait pas dans la maison de l'autre.

Ici, voilà que les valeurs ne se pesaient plus de la même façon et que personne ne se trouvait hors d'atteinte. La tentation était là: Westmount et ses châteaux, Outremont et les rues larges et ombragées, d'autres banlieues encore. Le Juif, disait-on, y détient la plus forte proportion du luxe. Le Juif réformé, s'entend, ou conservateur. Moishe y avait mené Aaron autrefois. L'enfant avait dix ans.

— Voici ceux qui se sont égarés, car il y en a. Ils ont des richesses, mais ils seront punis. Adoshem crache sa colère sur les infidèles, et ceux-là ont oublié la Parole.

Moishe avait vu passer de ces Juifs roulant de luxueuses automobiles. Il pouvait deviner leurs amusements, leurs joies humaines, la jouissance de l'argent. Tout se résumait à ça. Il devinait aussi qu'ils étaient persécutés. D'une autre façon peut-être, mais qui les atteignait par d'autres moyens. Le signe de l'Errant peut-il jamais être effacé?

Il n'avait pas songé qu'un jour Aaron eût pu les envier.

Pour Moishe qui avait connu les huttes de terre aux toits de chaume de son pays de naissance, le logis sordide dans le cul-de-sac était luxueux. Lui qui avait vécu en Russie, sous les tsars, et ensuite sous les bolcheviks, savait bien que ce logis aux murs crépis, pourvu d'électricité, d'eau courante, de parquets de bois et de commodités dont il ne soupçonnait même pas l'existence quarante ans auparavant, représentait plus qu'il n'avait jamais eu encore.

Il s'était imaginé qu'Aaron voyait du même œil ce lieu de vie qu'il lui offrait. Mais l'adolescent avait goûté à des fruits étranges; fruits qui pendent à des arbres malsains, poussant en terre impie. L'amour charnel hors du mariage, l'argent!

«Un jour, je serai riche!»

Chez d'autres Juifs on se serait réjoui d'une telle ambition. Chez Moishe, il n'y avait toutefois que de la crainte. Tant de science avait été communiquée à l'enfant, toute la tradition et les Écritures, le savoir rabbinique, riche floraison qui vivait en lui; et pourtant, que de choses tues, que de choses négligées par Moishe qui ne les avait pas crues nécessaires à la bonne vie du petit.

Puis l'enfant est devenu un homme...

L'ancêtre ne croyait pas à la force des instincts, et jamais il n'aurait admis que le sentiment d'Aaron — nommé l'évasion, nommé la peur de l'intolérance et quoi encore — pût posséder une hérédité millénaire qui fait du Juif un puissant mais malheureux, et des Juifs souvent les premières victimes de cette puissance.

Des mois durant, Moishe resta silencieux, préférant le doute à une certitude qui l'eût engagé dans des discussions où il n'était pas sûr d'avoir le dernier mot.

Mais vint février, et ce soir ultime où Aaron rentra sans avoir trouvé Viedna au rendez-vous, et Moishe se résolut à parler.

— As-tu revu cette... fille? demanda-t-il.

Il aurait voulu d'autres mots, une façon plus subtile de poser sa question. Plutôt, une sorte de hoquet de colère l'emporta, et la phrase jaillit, nue, cinglante. Moishe, qui pourtant regrettait sa façon de parler, fut le premier surpris d'entendre Aaron lui répondre avec défi:

— Oui, je l'ai revue.

Le vieux hocha la tête. Silencieux, les mains tremblantes, il paraissait à bout de forces sur sa chaise. Il s'y était laissé tomber sitôt la vaisselle du repas lavée et replacée dans l'armoire aux portes mal pendues.

— La reverras-tu?

Tout tenait à ça! L'influence, mais la durée de cette influence, la force des attirances, la reprise. Aaron était-il esclave de cette femelle? Puisque tout tenait à ça: le mâle, la femelle, et le mâle qui a soif d'argent pour mieux retenir la femelle.

— Non, dit Aaron. Non, je ne crois pas.

— Alors... quoi? Tu ne la reverras plus?

Le vieillard souriait presque béatement. Mais une crainte soudaine l'envahit.

— Il y en a une autre? Tu en as connu une autre?

— Non.

Moishe se leva et tourna une fois autour de la cuisine, sans but précis. Il sentait son vieux cœur se débattre. Quelles questions poser? As-tu connu la fille? Est-ce que tu es encore ce que tu étais il y a six mois? Recommenceras-tu? Soit, tu n'en connais pas d'autres, mais tu en connaîtras peut-être. Et alors?

L'orbe du désir: une joie de science nouvelle, l'assouvissement, le repos et l'éternel recommencement. Borné par des heures d'intimité, borné par les mois de liaison, borné par les ères de la vie. Moishe n'était pas sans le savoir. Depuis cinq mois il creusait sa mémoire, cherchant entre toutes choses les pensées qu'il avait eues à seize ans.

À ce moment, il cheminait dans un ghetto russe. Les filles, ses congénères, passaient à ses côtés. Quelles étaient les pensées de l'adolescent d'alors?

Il se souvenait de n'avoir pas connu la femme avant son mariage. Il se souvenait que le désir n'avait pas été absent de lui. Un jour, au tournant d'une rue étroite, bordée en hauteur de maisons sordides, une fille était venue. Sa jupe balayait le pavé et elle portait une cruche sur la tête, à la manière antique. Son corsage était lourd. On y devinait la moiteur des seins déjà mûrs. Elle n'avait que seize ans, comme alors Moishe. Elle avait de grands yeux fiers, sombres et profonds, le nez admirablement busqué. Sur son dos, la masse des cheveux noirs, des cheveux luisants comme s'ils eussent été trempés dans l'huile pour que le soleil les irisât.

Longtemps ce soir-là Moishe s'était tourné et retourné dans son lit, parce que la fille, en passant, lui avait souri. Le corsage s'était entrouvert un moment et, après le sourire, il avait soudain aperçu la chair ferme et grasse des seins.

Elle se nommait Sarah et Moishe attendit douze ans avant que de l'épouser. Mais l'orbe de ses désirs avait été le même, il le supposait, que celui des désirs assouvis d'un plus audacieux.

Ceux d'Aaron par exemple...

Mais comment demander à l'enfant si le calme revenu demeurerait?

Comment savoir s'il prendrait de nouveau le chemin de la femme?

Moishe se sentit impuissant. Contre l'intolérance et les craintes d'Aaron dans ses nuits de cauchemars, Moishe connaissait les mots de douceur, ceux qui ramènent la paix de l'âme. Mais contre l'émancipation soudaine de son petit-fils il ne savait plus quels mots choisir.

Il préféra se taire. Songeusement, il se remit au travail. Longtemps ce soir-là, il travailla pendant que l'enfant — mais aussi un homme, au corps long et sinueux, à la tête déjà altière; homme dans son corps, dans sa forme, dans sa force — pendant que l'enfant lisait.

Vers dix heures, Moishe leva la tête.

— Si tu veux, Aaron...

Aaron sursauta, regarda son grand-père. Mais ses yeux ne disaient rien. Sans rebuter tout à fait, ils n'encourageaient pas.

— Si tu veux, continua le vieux en hésitant, je vais commencer à te montrer ton métier... ce soir.

Le temps passait, et Moishe perdait de plus en plus l'autorité qu'il avait eue, cette parole catégorique, tranchante, cette domination qu'il avait su imposer à son petit-fils. Non sans la ménager par des douceurs soudaines et souvent inattendues. Maintenant, il semblait craindre de parler, craindre le faux pas qui projette dans l'abîme, qui fait trébucher et périr; périr à tout jamais.

Moishe connaissait la portée des gestes, lui plus que tout autre, issu des pogroms, chassé de deux pays, Errant selon la volonté même du Père. Lorsque le geste restait entre les murs de la maison, qui craindre et pourquoi craindre? Aaron, sans être un Gentil, n'appartenait déjà plus à la seule enceinte. Il avait franchi des portes, il avait goûté aux vies interdites. Et par une sorte d'atavisme qu'il eût mille fois préféré annihiler en lui, Moishe avait peur. Non pas d'Aaron, mais de l'acte même d'Aaron, de sa révolte. Il se souvenait de la révolte de Sarah à l'agonie, de l'autre — matée celle-là — de David.

Car périr n'a que deux sens.

Il y a la mort du corps, toute vie sucée des veines, extirpée; les mouvements, la pensée, l'être lui-même retourné à l'humus d'où il est venu. Et l'autre mort: celle-là issue de la Puissance. Celle-là vient du Père lui-même, lorsqu'il ne reconnaît plus son image et prive l'homme des récompenses promises.

Et telle était la foi du vieillard qu'il eût préféré voir Aaron mort devant lui, mais mort sous l'œil bienveillant d'Adoshem, plutôt que de le voir ainsi rebelle, déjà engagé sur d'autres voies et par son indifférence même devenu presque un ennemi dans la Maison.

La peur donc de ce vieillard, peur veule, fruit de l'ignorance où il était des moyens à prendre pour ramener Aaron à la foi; peur atroce qui le faisait balbutier, hésiter, chercher ses mots pour finalement dire les mêmes toujours, et s'adresser à son petit-fils sur un ton peureux en se garant presque à chaque mot contre une violence pourtant improbable de l'enfant.

— Tu pourrais t'installer ici, à côté de moi. Je t'enseignerais. Le travail que je fais dans le moment est facile. Ce serait un bon commencement...

Devant le silence d'Aaron qui le regardait toujours, il poursuivit:

— Tu finiras l'école en juin. Ensuite, tout l'été tu t'appliqueras à apprendre avec moi. À l'automne, tu chercheras ton propre travail. Nous pourrions mettre deux tables, l'une face à l'autre... La chambre serait rapetissée, mais tu serais bien pour y travailler...

Têtu, Aaron s'obstinait à ne rien dire, et, comme à l'accoutumée, Moishe se hâtait d'aller au bout de sa pensée.

— Ou encore, hasarda le vieillard qui ne voyait cependant en son offre qu'un dernier recours, ou encore je trouverai un tailleur de haut savoir chez qui tu seras un apprenti. Ça te permettra d'aller... plus haut... d'être plus... prospère... Un jour, continua-t-il avec du désespoir dans la voix, tu seras peut-être... riche, si tu es un bon tailleur.

Le mot *riche* lui avait glissé entre les dents, comme s'il eût voulu le mordre, le retenir là, le détruire. Mais puisque c'était la seule attirance...

— C'est long. Tu feras... quoi, deux ans d'apprentissage? Ensuite, tu pourras travailler avec le tailleur...

Les paroles de Moishe se perdaient dans le silence lourd. Il transpirait abondamment. L'envie lui venait de hurler à Aaron: «Mais parle, réponds! Dis quelque chose!» Le jeune garçon restait immobile. Maintenant, il avait les yeux perdus. Revoyait-il les pays dont avait déjà parlé Viedna? Ou revoyait-il seulement Viedna? Seulement elle, mais en fonction de l'absence, en fonction de l'ennui?

— Je n'irai pas chez un tailleur, dit-il soudain.

Moishe joignit ses mains et les éleva lentement devant lui.

— Dis-le, fit-il. Dis-le, j'ai cru mal comprendre...

— Je n'irai pas chez un tailleur, et je n'apprendrai pas ton métier. Je ne suivrai pas la lignée... Parle un mois durant, dis tout, je me fermerai les oreilles. Métier de pauvre...

Le vieillard tentait d'interrompre Aaron, mais rien ne voulait s'exprimer par cette gorge contractée, subitement paralysée.

Puis l'étonnement douloureux (mais la réponse formelle détruisant tous les doutes et ne laissant plus que la certitude incroyable: Aaron, traître à la lignée, Aaron se libérant de chaînes qu'il devait pourtant subir), la stupéfaction de Moishe se muèrent en ce profond désespoir qu'il avait prévu, ce jour où le petit-fils montrant déjà des signes de rébellion il avait pu croire à toutes les défections possibles dans l'avenir.

Au matin de la Bar-Mitzvah, tant de joie n'avait donc été qu'une semence de douleur? Qu'un portail par où l'on pouvait mieux entraîner l'homme vers sa géhenne? Ils sont lourds les fardeaux, quand on a trop longtemps craint leur poids, plus lourds encore que les efforts imprévus. Moishe pouvait toucher au fond de son désespoir, puisque rien maintenant ne faisait croire qu'Aaron ne se rendrait pas jusqu'au bout des ambitions déjà exprimées.

Être riche, quand on est juif orthodoxe, cela ne signifie-t-il pas précisément l'abandon des préceptes? Car voici un pays — une Amérique de chrome et d'aluminium — voici un pays courant vers ses destinées, insouciant des rites, des religions, des croyances... Que viennent faire les purifications du crépuscule dans les grands restaurants affairés?

Moishe cherchait comme ça les exemples concrets. Il voyait Aaron découvrir la richesse, il le voyait s'agripper à cette grande machine humaine, en arracher ses succès, ses vœux, ses ambitions. L'image montrait toujours Aaron au centre de la bataille, et dans le décor il n'y avait pas de place pour le temple, et l'humilité des gens de la Maison avait vécu.

Contre le fléau de l'homme, contre Baal, l'idole maudite; contre tout ce qui a été adoré par les infidèles et qu'Adonai a détruit — *Seigneur, je sens monter la clameur des impies! Détruisez-les, Seigneur!*

— contre l'homme, mais l'homme lui-même animal qui a peut-être le seul tort de raisonner... Moishe implorait pour Aaron la Foi: «Donnez-lui la Foi, Seigneur!» Et le retour au désespoir: contre l'homme, contre l'ambition de l'homme, la soif de l'or, cette soif jamais étanchée, que faire?

— Tu seras puni! geignit-il. Aaron, tu seras puni...

Mais le désespoir lui avait enlevé toute colère. Ne restait plus en lui que la douceur infinie comme sa peine elle-même, la douceur des impuissants, des condamnés. Une douceur d'une tristesse incroyable, presque lâche dans ses accents. Alors qu'il avait naguère maudit, maintenant Moishe implorait.

— Reste ici, avec moi, Aaron. C'est ta place...

— Partout où nous allons, nous les Juifs, fit le garçon, nous sommes punis. Toi qui es pauvre, encore plus que les autres qui sont riches. Manger des mets fins, se vêtir luxueusement, voyager, vivre?

Il répéta en le criant presque le mot-clé de toutes ses ambitions:

— Vivre? Peux-tu vivre?

Il se leva, jeta la revue sur le lit et vint s'appuyer au bout de la table.

— Tu parles d'école? Je n'y vais plus depuis deux semaines. Je cherchais du travail. Mais quelque chose qui me mènerait vers... vers mon but. Je l'ai trouvé. Je commence demain matin.

Moishe ne demanda pas où était ce travail. Il ne chercha pas à savoir. Plutôt, il se réfugia dans sa douleur, s'en fit — comme autrefois les sages de la tribu quand les hommes se laissaient aller au péché — une tente étroite et close, un abri qui le sépara d'Aaron, l'éloigna de toute parole, de toute explication qu'il n'aurait pu admettre.

Peut-être pour la première fois depuis qu'il avait été seul avec son petit-fils, Moishe sentit que la partie était irrémédiablement perdue. Vaguement, il perçut les éclaircissements que lui donnait Aaron.

— C'est du travail chez un courtier en valeurs. Pour l'instant, c'est obscur, et ça ne signifie pas grand-chose. Mais je puis atteindre là tous les sommets...

Moishe n'avait rien compris à ce que disait Aaron.

Il n'avait rien voulu comprendre.

XV

Dans la maison, rien ne ressemblait plus au passé tout imprégné de la Parole et des Actes des Anciens.

Entre ces années où Moishe sculptait patiemment l'âme d'Aaron et faisait de lui un Juif selon l'héritage légué par les congrégations et selon les lois reçues sur la Montagne, et ce présent redoutable et désespérant, s'était creusé une sorte de large abîme, une gorge aux mystérieuses profondeurs que le vieillard n'aurait pas su franchir.

Ce n'était plus le devenir qu'il avait modelé selon ses désirs immenses de reporter en l'enfant toute la tradition millénaire. Du chemin parcouru il ne restait maintenant qu'un vague tracé dont Aaron — Moishe en était sûr — ne se souvenait même plus.

La voix du Prophète, la voix des créatures terrestres: et opposer l'une à l'autre sans risquer les grands périls? Il n'appartenait plus à Moishe de puiser en lui-même des forces nouvelles. Ce qu'il avait donné atteignait la mesure même de ses sciences. En donner plus aurait requis du vieillard un savoir qu'il ne possédait plus, encore qu'il l'eût déjà possédé.

Inconscient de l'être, mais puisant en de seules Écritures les chemins à suivre, Moishe avait oublié qu'un homme dépasse sa tradition. Il n'avait pas compris que la jeunesse seule d'Aaron constituait un piège. Il y avait eu Viedna. (Moishe savait le nom de la fille. Il l'avait arraché à Aaron au mois de septembre. Il lui avait extirpé le secret comme s'arrache un lambeau de viande fraîche des dents de la bête. Il lui avait fallu presque frapper, hurler sa colère, subjuguer. Et de ce travail n'était né qu'un pauvre secret bien peu grave, celui d'un prénom qu'Aaron avait murmuré en gémissant.)

Viedna aurait pu s'appeler Ida, ou Ruth, et quoi encore! Viedna aurait pu ne jamais exister et le nom secret aurait été celui d'un garçon semblable à Aaron. Aaron subissait les influences. Et parce qu'il était Aaron, qu'il avait quinze ans, et que le devenir n'avait pas été conçu selon ses besoins à lui qui devait marcher à la tête des tribus; puisque même la loi ancienne le prévoyait et pardonnait aux audacieux; parce que rien ne lui avait été dit qui n'ait d'abord été cent fois chanté et mille fois transcrit de parchemin en parchemin et transmis de synagogue en synagogue et de congrégation en congrégation, voici qu'Aaron rejetait les emprises, secouait les liens, et restait hors d'atteinte sur l'autre rive de ce canyon énorme qui maintenant le séparait de Moishe.

S'il y avait eu communion entre les deux (mais que faire de l'emprise des rythmes, de l'envoûtement de la parole hébraïque, musique elle-même, incessante mélodie de charmeur qui va jeter l'animal en transe?), s'il avait existé, entre le vieillard et l'enfant, un besoin de s'unir par la mystique transmise dans les paroles sacrées, à quel moment y avait-il eu, sur le plan de la pensée humaine, séparée de toute mystique, libérée d'Adonai et de tous ceux qui forment le pageant millénaire du judaïsme, la cohésion absolue entre le grand-père et son petit-fils?

Cela, Aaron n'aurait pu le reprocher à Moishe, car l'enfant ne savait pas encore les causes véritables de sa révolte.

Et Moishe, lui qui avait été nourri à ces mamelles ensuite offertes à l'enfant, n'avait pas songé qu'il y avait un monde sur cette terre, et une vie qui se vivait, et une évolution qui suivait son cours, non selon un rythme constant et régulier, mais par à-coups. Et ce qui avait été le cadre dans lequel Moishe avait vécu était maintenant disparu, un entrechat de l'évolution et, à sa place, une vie moderne.

Moishe croyait encore en l'immuabilité des préceptes, et la défection des siens ne lui apparaissait pas comme une conséquence des temps, mais comme l'impiété qui, selon des normes raisonnables, ne peut rien changer à la force spirituelle du judaïsme.

La révolte d'Aaron lui semblait donc infiniment plus impossible qu'elle ne l'était en réalité. Il en éprouva une complète impuissance, et ne put opposer au silence de son petit-fils que son propre silence; à lui, ce *vide* réprobateur, ce néant qui fut, selon les Écritures, l'arme la plus terrible du Père quand, las de tonner ses imprécations, il sembla se retirer des cieux et laissa les tribus à leur sort contre les ennemis dans le désert.

Les semaines passèrent. L'hiver enserrait Montréal. Un hiver capricieux, désagréable. Saison de neige, suivie brusquement de bruine, de verglas, ou de pluie tiède délavant la neige, inondant les rues, faisant déborder les bouches d'égout.

Une journée, le froid atteignait des bas inconnus jusque-là, dès le lendemain, un soleil radieux apportait une chaleur rendue malsaine par son apparition intempestive. Ou bien alors la ville s'appesantissait sous une pluie large, chaude, cafardeuse.

Tous les matins, Aaron se rendait au travail. Et le soir, il revenait les joues creusées par la fatigue, les yeux fiévreux.

Les départs étaient silencieux et les retours de même. Moishe marchait tête basse dans la maison. Quand il parlait à Aaron, c'était pour les choses essentielles. Jamais maintenant ils ne conversaient.

Un soir, Aaron rentra dix minutes plus tôt. Il poussa la porte doucement, presque silencieusement. C'était sa façon. Il ne dérogeait pas plus à ses habitudes cette fois-là que les autres.

Il surprit Moishe assis près de la table, tête basse, et il vit sur les cheveux du vieillard les cendres d'expiation.

Alors une colère folle envahit l'adolescent.

— Qu'est-ce que tu expies? cria-t-il. Mes fautes? Quelles fautes ai-je donc commises?

Il aurait fallu que Moishe lui expliquât, non pas la tradition qui s'avérait dans son esprit à lui incompatible avec la vie en Amérique, mais une seule parole du Père, un mot issu d'Adonai, signé de son nom, prouvant que lui, Aaron, en travaillant à la tâche qu'il avait choisie commettait un quelconque péché.

Mais Moishe ne répondit pas.

Peu à peu la colère d'Aaron se calma, faute de trouver ou des mots pour l'exprimer ou des réponses de Moishe qui eussent pu en alimenter davantage le jaillissement.

Le lendemain soir, Aaron arriva portant sous bras un appareil de télévision qu'il avait acheté chez un regrattier de la rue Craig. Un tout petit appareil portatif.

Moishe regarda avec une suspicion non déguisée cette machine qui lui semblait vaguement sacrilège dans la maison.

— Ça te distraira, dit Aaron. Tout le jour, à travailler...

Le vieux ne comprenait pas.

— Qu'est-ce que c'est?

Aaron s'affaira à installer l'appareil, allongea le fil de prise, découvrit l'endroit propice dans la pièce. Bientôt la musique jaillit, puissante, puis sur l'écran bleuté l'image électronique.

— Qu'est-ce que c'est ? répéta Moishe.

— La télévision, dit Aaron avec aisance. Maintenant que je travaille, tu n'as plus à coudre le soir. Tu pourras te distraire...

Moishe gémit, passa sa main sur les yeux. Sur l'écran, des filles en tutu dansaient. Ensuite, quelqu'un se mit à chanter. Le décor stylisé montrait des bosquets fleuris où perchaient des oiseaux de vynilite.

— Tu as oublié, dit Moishe. Tu as tout oublié...

Aaron souriait.

— Qu'est-ce que j'ai oublié?

— Des mots d'autrefois, des vérités, fit Moishe d'une voix morne. Sur le Sinaï, tout fut pourtant dit bien clairement. Écoute et tu te souviendras... *«Point ne te feras de statue, ni aucune image de ce qui est en haut dans les cieux, ni en bas sur la terre, ni dans les eaux, en dessous de la terre.»* Ai-je besoin d'y ajouter?

Résolument, Moishe tourna le dos à l'écran. Et la soirée se passa ainsi. Le vieux, dos tourné, lut son journal pendant qu'Aaron, fasciné, ne quittait pas l'écran des yeux.

Au printemps, Aaron avait économisé encore une somme assez importante. Cette fois, il l'apporta à la maison: une liasse de billets que les yeux de Moishe regardèrent froidement.

— C'est le printemps, dit Aaron. Nous allons nous vêtir à neuf tous les deux. J'ai besoin d'un costume, de chemises, d'un paletot... Et tu en as encore plus besoin que moi.

Il prit la vieille veste d'alpaga qui traînait sur le dos d'une chaise.

— Il est temps que tu te débarrasses de ça, fit-il.

Mais Moishe n'eut qu'un cri.

— Moi, m'habiller comme les Gentils?

Il s'agrippait à la veste que tenait toujours Aaron et il la tirait à lui avec des sons pleurards, des gémissements d'enfant que l'on persécute. Une grande angoisse se lisait dans ses yeux.

Aaron vit, ce soir-là, combien Moishe était faible. Et que son silence, sa détermination, l'acharnement qu'il mettait à rester éloigné de son petit-fils ne cachaient qu'une lassitude grandissante.

— Pourquoi me fais-tu ça, à moi? Tu ne m'en as pas déjà assez fait?

Quand Aaron lâcha le vêtement, le vieillard s'enfuit dans la chambre en serrant contre lui la veste usée. Et longtemps Aaron l'entendit sangloter.

À la fin, n'y tenant plus, il se leva et sortit.

Ses pas le menèrent rue Saint-Laurent, vers un restaurant faussement hongrois où il mangea et but avec d'autres Juifs émancipés comme lui. Le spectacle de variétés était plaisant, et une grosse rousse vint s'asseoir à sa table.

— Tu veux de la compagnie...?

Aaron avait paru timide. Au premier abord, il s'était raidi en voyant le sans-gêne de la fille.

Puis il comprit tout à coup quel métier elle faisait, et il tâta l'argent dans son gousset.

À travers les sanglots d'un orchestre gémissant une chanson tzigane, il entendit — parce que les sons furent puisés à la même source, et que rien ne change qui n'a d'abord été nourri de la grande clameur juive montant des sables brûlants jusqu'aux oreilles du Père — les sanglots de Moishe, et il voulut en oublier jusqu'aux accents mêmes, jusqu'à la cause dont on lui imputait la responsabilité, alors qu'il n'avait voulu que se choisir un destin.

— Oui, dit-il. Je veux de la compagnie... Et pour longtemps...

La fille roucoula plutôt qu'elle ne rit, et bougea sa poitrine opulente.

— Chéri... je suis là pour ça. Viens!

XVI

Aaron ne laissa la fille qu'aux petites heures.

En la quittant, il avait un dégoût à l'âme, aux mains des restes de caresses lourdes, dans la chair une brûlure. Comme ils étaient loin, les instants avec Viedna!

Il y avait eu dans cette passion d'adolescents réunis par le sort une propreté des gestes qu'Aaron n'avait pu retrouver avec la fille d'un soir. Et d'ailleurs, sans s'en douter, il avait traversé des barrières, rompu des liens. Cette aventure stupide, il ne la recommencerait jamais. Elle avait été désolante, vulgaire.

Il avait acheté ce qui ne s'achète pas. Aaron, pour avoir touché aux extrêmes — sa joie première, une tendresse immense dans les lits de feuilles mortes et le ciel impassible pour jeter du bleu et de l'or partout où les yeux se posaient, mais surtout sur ces hautes branches où chantaient les oiseaux — pour avoir connu l'amour cérébral, libéré, de Viedna, et pour avoir connu l'amour acheté au poids et à l'heure de la fille rousse, avait peut-être acquis une sagesse qui vient à bien peu d'adolescents comme lui.

Il rentra à la maison.

La ville continuait à vivre, mais en sourdine. Les autos filaient, moins nombreuses que dans le jour, plus furtives, plus rapides, comme si elles avaient été des insectes de nuit fuyant les néons trop crus, trop brillants. Aaron marchait à pas lents, essayant d'oublier son dégoût, retrouvant avec l'air frais de la nuit un peu de sa lucidité.

Il marchait en comparant Viedna fleurant bon la peau propre, et cette fille ample, porcine qui s'abattait sur lui, qui le dévorait, qui imitait avec une absence de toute mesure une passion qu'elle n'éprouvait point.

Et la question se posa, cruelle: Pourquoi n'avait-il pas vraiment cherché à revoir Viedna? (Comment trouver une fille dont on ne sait rien, ni le nom de famille, ni le lieu de vie, ni la véritable nationalité, sauf qu'elle est juive, mais juive de quelle autorité, de quel pays?)

Il se remémora la rupture. Non, ce n'était pas une rupture. Pourquoi avait-il boudé Viedna? Ce voyage, le retour... mais Viedna avait pu retarder. Peut-être était-elle finalement allée à la montagne, qui sait?

Où la retrouver?

Elle ne vivait pas dans le ghetto. Son père et elle, s'ils étaient rentrés de New York, devaient habiter un autre appartement. C'était tout ce que savait Aaron. Mais où? Près de la montagne? C'est encore vaste. Combien de rues? Toutes les pentes menant de la montagne aux différents plateaux de la ville sont bordées de maisons à appartements. Cedar? Côte des Neiges? Ou de l'autre côté, en direction d'Outremont? Le concierge saurait peut-être...?

Plus il connaissait cette angoisse nouvelle de Viedna, plus les heures qu'il venait de vivre lui apparaissaient dans toute leur horreur.

Le lendemain après le travail, lorsqu'il rentra à la maison, Aaron se sentit un nouveau besoin de tendresse. Enfant inquiet qui cherche des réconforts, des consolations... Il se sentait petit, faible. Plus encore, et bien intimement, il se sentait souillé. Quelque chose d'impur s'était emparé de sa chair. Comme jamais avec Viedna il n'avait ressenti d'effroi ou de dégoût, que rarement il n'avait osé qualifier leurs gestes d'impurs, une crainte lui venait de ne jamais plus la retrouver. Comme s'il comprenait soudain qu'avec elle seulement la joie sincère était possible, et qu'avec d'autres il trouverait toujours le dégoût.

Le vieux cousait.

Aaron vint doucement au bout de la table.

— Je veux te parler, dit-il.

Il n'avait pas la même voix... Sa brusquerie était disparue. Moishe leva la tête et vit devant lui un garçon, un enfant tendre qui le regardait sans haine, ou sans l'indifférence des derniers temps, cette indifférence qui blessait le vieux plus que ne l'eussent fait toute démonstration d'inimitié, tout acte positif.

— Qu'est-ce qu'il y a, Aaron?

Mais il tenait toujours entre ses mains le tissu, l'aiguille. Aaron prit le vêtement que Moishe façonnait, le lui enleva des mains, le posa sur la table.

— Je veux finir, dit le vieux doucement. Il faut manger.

— Nous mangerons plus tard.

Moishe soupira, piqua son aiguille dans une pelote salie. Un nouvel Aaron se tenait devant lui, peut-être plus déroutant encore qu'il n'avait été dans sa révolte des derniers mois. Il essayait de revenir en arrière, de retrouver les accents pour parler avec son petit-fils, mais il ne trouvait rien.

Il répéta:

— Qu'est-ce qu'il y a?

Aaron se tint un moment appuyé sur ses mains. Il ne pouvait se confesser: dire au vieillard l'aventure de la veille, parler de cette rousse, parler aussi de Viedna, confirmer la justesse de toutes les colères de Moishe... Non, Aaron ne s'en sentait pas capable. Plutôt, et comme s'il eût cherché un terrain d'entente, il demanda au grand-père:

— Hier, je t'ai offert de venir t'habiller à neuf avec moi. Je paierai, j'ai ce qu'il faut. Tu as refusé, pourquoi?

Moishe désarmé par la douceur eut un geste vague. Un geste de vieillard. Ses yeux chassieux, fatigués par tant de veilles au-dessus du travail, s'embuèrent soudain.

— Il ne reste plus rien? demanda-t-il.

Il se posa la main sur le front, inclina la tête en la secouant doucement.

— *Oï! Oï! Oï!* Aaron, *vat iss dat?*

— Tu aurais besoin de vêtements...

— Ceux que j'ai là, dit le vieux...

Il s'interrompit, se leva et alla dans la chambre: Aaron l'entendit qui fouillait dans un placard. Quand il revint, il portait sur son bras la veste d'alpaga verdie d'âge, la redingote longue, boutonnée à gauche, le chapeau rond. Lentement, en des gestes respectueux, il les posa l'un à côté de l'autre sur la table.

— Le chapeau, dit-il c'était celui de mon père: ceux qui avaient la science le portaient, dans le ghetto. Le chapeau, et la barbe, les cheveux ainsi...

Il toucha les deux touffes de cheveux gris frisés, de chaque côté des oreilles.

— La marque de la science, dit-il, de la connaissance des lois et des traditions. Ce que je t'ai enseigné.

Il toucha la veste, la redingote.

— Et aussi ces habits. Je portais sur moi le signe du respect d'autrui. C'était acquis. J'avais étudié, je connaissais l'hébreu, je parlais la langue des Anciens. Mais plus encore, j'étais de la lignée d'une Maison, une lignée sans tache qui pouvait remonter jusqu'à ses origines. Ces vêtements...

Il eut un geste las.

— Si tu avais été autrement... peut-être qu'aujourd'hui... Peut-être que j'accepterais...

Il enfila la veste, la redingote, posa le chapeau sur sa tête. Il se tenait droit. Puis il toucha à sa barbe.

— Ce que tu vois, dit-il à Aaron, je te l'ai pourtant déjà dit... j'appartiens à ma lignée. Dans la rue, on me saluait. On me salue encore, parce que je possède la science... Abandonner même ça?

Il sourit tristement.

— Viens continuer la lignée, dans le travail, dans la Foi, dans l'observance, Aaron, et peut-être que je changerai de costume. Il y aura autre chose. Il y aura toi, et ce que j'aurai fait de toi...

Aaron leva les bras.

— Je ne peux pas. J'ai un but. Mon travail me plaît. J'y apprends comment devenir riche. Un jour, peut-être que je serai le maître du monde.

Il l'avait dit sans modestie et, bizarrement, les mots possédaient une sorte de force digne qui impressionna Moishe, mais aussitôt le vieux se cabra.

— Adoshem punit ceux qui veulent se hisser jusqu'à lui sans avoir été appelés, dit-il. Je resterai vêtu comme je l'ai toujours été.

Plus tard, Aaron qui semblait triste murmura:

— N'est-il pas possible de vivre quand même?

Mais Moishe sursauta, puis il cria:

— Tu l'as dit! Je ne puis l'oublier: tu seras le maître du monde! Chez les schlemiels, avec les schlemiels, à cause d'eux!

Il trancha l'air de sa vieille main ridée.

— Sois ce que tu dois être, et nous vivrons, comme tu dis.

L'abîme se creusait toujours entre eux, s'élargissait constamment, devenant un néant à jamais insondable.

La tentative d'Aaron, faite sans art, sans tact, ne devait plus se répéter.

Il avait eu besoin de tendresse et n'avait pas su comment s'y prendre pour l'obtenir. Il s'en fut tôt après le diner au cinéma.

Quand il revint, Moishe dormait et Aaron marcha sur la pointe des pieds pour ne point l'éveiller.

XVII

Aaron retrouva Viedna par pur hasard.

Le printemps était revenu et avec lui le renouveau du soleil, des fleurs et des couleurs.

Montréal reverdie, ses arbres déjà lourds de bourgeons gras, semblait en proie à quelque ardente fièvre. Jamais les filles n'y avaient été aussi belles, les hommes aussi désinvoltes.

Le long des trottoirs, les eaux couraient qui venaient de la montagne par les pentes, jusque dans les rues des plateaux successifs d'où elles allaient ensuite se perdre au grand égout du fleuve.

Géographies inexorables, hydrauliques aux destins prévus, immuables. Aaron y songeait en longeant la Place d'Armes. Il avait un reste de temps, vingt minutes de loisir avant de réintégrer le bureau et se remettre au travail. Il enjambait des ruisseaux et des flaques et s'arrêtait parfois pour observer l'éternel voyage de l'élément mystérieux. «Jusqu'au bout du monde!» songeait-il.

L'eau, le destin de l'eau, la marche stupidement inchangeable de toute la chimie, de toute la physique de la terre. L'homme? Un magicien parfois, mais combien mesquin son pouvoir, petites ses réalisations. Voici de l'eau venue du ciel: des pluies du ciel, de la neige du ciel. De l'eau qui a dévalé la montagne et que je retrouve ici. Demain, je la retrouverai au fleuve, et, plus tard, elle baignera Québec puis se perdra dans le Golfe. L'océan y ajoutera le sel, l'iode, l'apprêtera quoi! avant que de la digérer. L'eau, mon eau, l'eau que je regarde, à qui je dis bonjour; l'eau qui reflète mon soleil, le soleil de Montréal au printemps, le soleil des jolies filles et des verdures neuves, disparaîtra dans l'océan. Elle ira baigner des pays bizarres, elle lavera des pieds nus courant sur les sables quelque part en Méditerranée ou ailleurs. Qui sait? Comment suivre des gouttes, comment s'incorporer à elles, voyager avec elles?

Un jour, le soleil — mon soleil — sucera cette eau — mon eau — hors des vasques de l'océan; il la tirera à lui pour en faire des nuages. Puis il laissera le vent les porter au-dessus des pays. Partout un ciel, partout des vents, et mon nuage peut aller partout. Mais s'il revient ici? Alors le nuage crèvera et l'eau retrouvera la montagne...

Bonjour la montagne, ma sœur la montagne, et cela recommencera et, dans deux ans ou dix ans, ici même, si je pouvais marquer l'eau de mon signe, peut-être que je la retrouverais...

Aaron s'amusait, laissait courir son imagination, s'étonnait encore des sciences dont l'homme n'a fait sa pâture que depuis peu. Changer le cours des eaux? Changer l'eau en... en quoi? Il énumérait en sa tête tout ce qui est issu de l'eau; les gaz, les sels, les forces aussi, forces thermique, forces nucléaires, l'eau additionnée de matières étranges et devenue soudain quelque puissance de destruction.

Une pluie torrentielle le tira de sa rêverie.

Après le soleil magnifique, la course d'un nuage noir et bas qui crevait sur la ville. La chute d'une averse chaude, pressée, lourde comme les mois à venir; ondée d'avril et promesse de couleurs plus éclatantes encore, de gazons robustes, de fleurs épanouies.

Alors ce fut le désarroi, la débandade. La foule qui se pressait sur la Place d'Armes dut trouver abri. Aaron courut en biais pour traverser la rue vers un portail où il y avait place.

Il se heurta contre Viedna qui se tenait là, rieuse, les yeux brillants.

Il eut d'abord du mal à la reconnaître.

— Viedna!

Elle non plus n'avait pas tout de suite remarqué ce grand garçon élancé, bien vêtu, paletot de bonne coupe, le front dégagé des boucles qui autrefois l'encombraient.

Elle n'eut pas l'exclamation joyeuse à laquelle il se serait attendu. Plutôt, elle le regarda d'un air bizarre, semblant vouloir s'assurer que la rencontre était plaisante.

— Viedna! répéta Aaron. Je suis content de te voir!

Elle le détailla sans sourire.

— Tu as changé, dit-elle.

— Oui, c'est possible. Mais toi aussi tu as changé.

À la montagne, il avait aimé ses nattes épaisses, pesantes. Maintenant les cheveux étaient coupés. Cela modifiait le visage de la jeune fille. Et au lieu des vêtements presque négligés de l'année précédente, on devinait le prix du manteau, de la robe, des chaussures marquées non seulement au signe du luxe mais aussi à celui de la sobre élégance.

— J'ai vieilli, dit Viedna, comme si cela expliquait tout.

Puis elle sembla se raviser, regretter le visage presque déconfit qu'elle avait montré en voyant Aaron.

— Tu as le temps de m'offrir une consommation? dit-elle d'un ton enjoué. Emmène-moi, j'ai environ une heure, pas plus. Après, j'ai rendez-vous chez mon bottier.

Même le langage, subtilement altéré, plus adulte. Viedna tout à coup avait les allures d'une fille de vingt-cinq ans, sans pour cela qu'elle parût jouer un rôle non assujetti à sa mesure.

Aaron restait perplexe.

Lui aussi avait vieilli, mais il se sentait incapable d'affronter cette nouvelle Viedna. Son évolution, comme homme, avait subi l'influence du milieu. Il parlait plus sobrement, il s'habillait bien, imitant d'instinct ceux avec qui il frayait chaque jour: courtiers, spéculateurs en affaires de bourse, placiers en valeurs. Curieux, imitatif, il avait tout de suite modelé et sa pensée et ses actes sur ce qui l'entourait, et qui actionnait le monde de la finance où son destin le poussait.

Mais il était nettement déclassé par la sophistication de Viedna dont les seize ans avoués déjà avaient pu être un mythe.

— Je suis pressé, dit-il. Je dois retourner au bureau. Je travaille chez Cosfield-Patterson, les courtiers...

— Je connais, dit Viedna. Ou plutôt, mon père y transige parfois. C'est par ouï-dire...

— Je veux te revoir cependant. Nous avons été bêtes. Je ne savais même pas ton nom de famille, je ne pouvais pas te retrouver...

Viedna eut un geste désinvolte.

— J'ai passé presque tout l'hiver à New York finalement. Nous ne sommes rentrés que le mois dernier. Mais si tu veux me revoir...

Elle dicta rapidement une adresse. Aaron reconnut les quartiers luxueux.

— Tu me téléphoneras auparavant, dit-elle. Je ne suis pas toujours libre. Nous irons au club...

La pluie cessait. Il se quittèrent.

Aaron fut troublé tout le reste de la journée. Le soir, il se rendit au cinéma pour être dans une obscurité où réfléchir serait peut-être plus facile. Mais il fut pris par le film et ce n'est que plus tard, revenant à pied à la maison, qu'il put enfin mettre un peu d'ordre dans ses idées.

Il avait espéré des joies immenses à revoir Viedna un jour. Il avait imaginé chaque seconde de cette première rencontre, les aveux renouvelés, la tendresse reconquise: Viedna se pressant contre lui, tremblante, émue, donnée tout entière et à jamais aux amours retrouvées.

Mais l'image s'était aujourd'hui dessinée bien autrement. Ce n'était plus Viedna. Dans la tête d'Aaron la cadence chantait, incessante, lancinante, cruelle: Viedna est morte.

À sa place, une jeune fille mince, recouverte d'une sorte de carapace qu'Aaron savait ne jamais devoir percer. Il pouvait grimper jusqu'aux sphères de Viedna — il disait *grimper* et sentait bien que c'était faux, que Viedna n'habitait aucune sphère plus élevée mais seulement un monde à part où Aaron s'il lui plaisait pouvait un jour pénétrer — mais à savoir si, rendu là, il retrouverait Viedna...

Et voici que soudain il put se demander, l'âme tranquille: «Est-ce que cela importe?» Viedna existait en fonction d'un souvenir. Ce souvenir était perdu. Contre toutes ces filles dont elle était maintenant la semblable, Aaron pouvait opposer des filles aux yeux paisibles, jolies tout de même, et précieuses; comme celles qui l'entouraient au bureau, comme celles qu'il apercevait tous les midis, rue Saint-Jacques ou Place d'Armes: filles à bonheur, filles à sincérité, filles à plein amour.

Alors, pourquoi Viedna?

Mieux que toute lame bien tranchante, la seule sophistication de Viedna, nouvelle et imprévue pour Aaron, suffisait à trancher les attaches.

Le souvenir était toujours là, mais il appartenait au même Aaron qui avait tenu dans ses bras une adolescente perdue aujourd'hui, disparue, remplacée quelques mois plus tard par celle qui avait dit, comme si cela l'excusait de tout:

— J'ai vieilli.

Cependant, Aaron ne voulut point, sur la seule foi d'une rencontre hâtive, et juger Viedna définitivement et détruire ce qui en lui tendait encore vers elle.

XVIII

Au téléphone, Viedna se montra courtoise sans empressement.

— Je ne t'offre pas le club, dit Aaron. Je préférerais que nous passions la soirée à causer.

Un silence.

— Eh bien? insista Aaron.

Viedna semblait ennuyée.

— Les soirées à la maison... dit-elle. Mais elle se ravisa soudain. Soit, viens ce soir, chez moi, je t'attends.

Aaron s'imaginait assez trouver une habitation en tous points dissemblable à celle qu'il occupait avec Moishe. Mais jamais il n'aurait cru un tel contraste possible et, dès son entrée, toute l'image du passé, celle de Moishe l'homme, de Moishe le porteur des mystiques, lui devinrent une sorte de souvenir nébuleux, une seconde existence sans réalités et sans vie, un mauvais rêve qu'il aurait vécu mais duquel il s'éveillait pour se retrouver ici, enfin dans son élément.

Car la tragédie tenait à ça, qu'il n'entrait pas chez Viedna en se sentant intimidé ou projeté hors de ses orbites. Bien au contraire, le luxe même de la maison, la richesse de chaque objet, des meubles, des bibelots, le goût exquis qui avait présidé à l'agencement de l'ensemble lui redonnèrent une assurance qu'il avait perdue en songeant à cette rencontre fortuite avec Viedna.

Aaron, l'enfant qui jouait hier encore dans le cul-de-sac puant, sale, aux portes de taudis non moins sordides, se sentait ici une personnalité neuve: la sienne peut-être, celle qui pouvait lui appartenir en propre par quelque mystérieux accident de naissance, et qu'il retrouvait tout à coup.

Assis dans le fauteuil turquoise, baigné dans cet éclairage doux, savamment calculé, causant avec une fille dont les moindres gestes atteignaient à la perfection totale du mouvement, de la grâce, mais conçue en données modernes, jamais le retour au logis de Moishe ne lui répugna autant.

De vivre ici...

Vivre.

Rien n'avait été la vie, auparavant. On pouvait tonner contre l'infidèle ou le renégat, mais ceci? Y avait-il une loi du Père qui fût en termes égaux avec ces lois de confort, de beauté, de progrès?

Aaron comprenait mieux maintenant qu'il ne pouvait y avoir de communion entre l'orthodoxe — Moishe psalmodiant ses textes prophétiques, le Moishe des anciens âges resté immobile dans le temps, le temps du Père? À qui poser la question pour obtenir les franches réponses, débarrassées de tout préjugé? — entre le Juif éternel et ce judaïsme adapté aux besoins de l'être. D'être juif devait-il donc signifier privations, crasse, souffrance? Cette beauté, cette propreté, ce luxe même n'étaient-ils pas plus purs que les taudis immondes où Moishe renvoyait d'instinct tous les fidèles à l'enseignement des Lois?

Le Père, Adonai de perfection infinie, tout-puissant — et ne jamais mépriser cette seule qualité, siège et matrice de toutes les obédiences requises des Juifs errants — Adonai de perfection infinie! Il fallait reconnaître la perfection et partir de ce point, mais partir de là et non d'édits profanes inventés par des lévites en mal de mégalomanie. Un Adonai de perfection croit-il indispensable à ses enfants la misère immonde, les rats, les chambres sans soleil, les pays d'obscurantisme?

Fils d'Adonai, pourquoi ne pas habiter les maisons dignes?

Et Aaron se souvint que Salomon le juste n'habitait pas une tente de peau de chèvre et que sa Loi avait été sanctionnée par Adonai. L'or de Saül? Et de David aux autres, en passant par tous les sangs des rois de Judée? Alors pourquoi aujourd'hui Moishe nommait-il ignoble la richesse, indignes le désir et l'ambition de la bonne vie?

L'âme d'Aaron était rassérénée. Il lui avait manqué de toucher à cette vie qu'il ambitionnait, de la constater de près, d'exister un moment à travers ses manifestations.

Et même si Viedna était devenue en quelque sorte une étrangère, il ne s'en trouvait pas plus malheureux.

Tout amour avec elle était maintenant impossible. On n'aime une femme qu'une fois, en la voulant toujours semblable à elle-même. Si elle gravite et reparaît plus tard, modifiée quant à l'image formée d'abord, l'amour s'effrite. Aaron ne s'expliquait pas le phénomène. Il le constatait tout bonnement peut-être parce qu'il n'avait pas atteint encore l'âge du cynisme. Il cherchait dans ce salon magnifique la fille qu'il avait aimée à la montagne et, il fallait bien l'admettre, ailleurs, dans une autre maison, plus modeste... La toute première fois... Mais c'était surtout de la montagne qu'il aimait se souvenir. De Viedna au creux des tapis de mousse... Sincère, terriblement sincère, jusque dans ses excès. Sincère au point de le scandaliser lui, Aaron, qui n'avait à ce moment que des rêves bien imprécis. Au lieu qu'aujourd'hui c'étaient des formes tangibles qui se dressaient devant lui, des contours auxquels son âme n'était pas accoutumée.

Plus tard, il serait sûrement facile d'aimer une fille comme Viedna. Mais ce ne serait pas elle, parce que chez elle ne se retrouvait plus la fille d'autrefois, et celle qui se tenait là devant lui ne satisfaisait pas encore aux nouvelles exigences qu'il s'était formulées.

Lentement, à la faveur d'une conversation à bâtons rompus, sans but précis, Aaron chercha cependant à se prouver à lui-même qu'il avait raison.

— Tu vois, dit-il soudain, j'ai réussi un peu dans mes ambitions.

Ils venaient de causer de son travail, de la salle des ventes, du tableau de courtage. Déjà Aaron employait le jargon du métier. Non seulement il pouvait paraître à l'aise dans ce milieu des assoiffés de spéculation, mais il l'était véritablement. Par une sorte de poussée aveugle, il avait choisi sans connaître, décidé sans voir, et quand la situation lui avait été décrite, c'est d'emblée et avec enthousiasme qu'il l'avait acceptée.

— Je vois, dit Viedna. Tu te débrouilles. Et ça te change, tu sais... Tu n'as pas... comment dirais-je?... vieilli tellement.

Elle sous-entendait «comme moi» mais ne le disait pas.

— Cependant, continua-t-elle, tu me sembles plus... est-ce que je devrais dire: plus sérieux?

— Viedna, dit Aaron, je...

Elle ne le laissa pas poursuivre.

— J'avais oublié... Voilà deux ou trois fois que je veux te dire une chose, et nous passons à d'autres sujets... Je ne m'appelle plus Viedna. Je m'appelle Cécile...

Il y eut un moment étrange dans la pièce. Aaron n'était pas seulement surpris, mais un vague malaise s'était emparé de lui. Viedna... Ce n'était pas un nom juif, et pourtant Aaron l'aimait ce nom, sa bouche y était faite.

— Pourquoi t'appelles-tu Cécile?

— Parce que nous sommes français maintenant, mon père et moi. Il n'est pas ici ce soir, mais tu devrais voir comme ça lui va... On ne dirait jamais un... Juif.

Elle avait prononcé le mot avec une sorte de mépris.

— Vous êtes français? répéta Aaron. Mais...
pourquoi?

— Je me souviens de t'en avoir parlé, Aaron.
La seule condition de survie: n'être plus juif... Le Juif
atteindra à tout, à condition de n'être plus juif. Alors
nous... nous sommes français, tu vois? Mon père tire
certaines ficelles pour que nous obtenions la nationalité
française. Il y a droit, mais c'est très compliqué à prouver, des tas de paperasses... Nous habitons un peu
partout depuis si longtemps...

Elle soupira, sourit, toucha ses cheveux d'un
mouvement un peu dolent.

— Tel que je le connais, il va réussir.
Après...?

Elle jeta une main en l'air d'un geste de finalité.

— Après, tout nous est permis.

Plus tard, ce soir-là, Aaron fut pris d'un nouveau désir bizarre, tourmenté, pour cette fille. Sans la
vouloir vraiment, il eût été désappointé, le cas échéant,
de la trouver bienveillante et docile.

Il avait un sourd besoin de douleur, comme si
une exaspération de tout son être rendait nécessaire
une purification. La saignée d'antan, panacée de tous
les maux.

— Aaron, dit Viedna, je t'en prie, calme-toi.
J'ai un amant!

Le mal était complet. Le mal atteignait l'âme,
et creux dans l'âme. Bien plus encore que d'un amour
d'ailleurs éteint, la douleur provenait d'un orgueil latent chez Aaron, l'orgueil de tout mâle qui voudrait
assujettir la femelle même en ne la désirant plus.

Il la regarda d'un air hébété. Il avait tout anticipé, sauf une telle éventualité.

— Mais oui, fit Viedna. Ne sois pas vieux jeu. Tu crois que j'estime la vertu à un tel point? La vertu existe peut-être dans l'amour, mais elle est une denrée périmée...

Les mots sonnaient faux et elle le sentit bien.

— D'ailleurs, c'est un ami de mon père. Un monsieur très bien, très riche, qui peut nous rendre de grands services.

D'un certain cynisme de Viedna dans la montagne à cet aveu de saloperie, il n'y avait pas tellement loin. Mais Aaron ne le savait pas.

Quand il la quitta, vers minuit, après un bonsoir qui avait dans sa froideur même les accents de finalité de l'adieu le plus catégorique, il se sentit écœuré.

Et ce fut ainsi qu'il put retourner vers le cul-de-sac, vers Moishe, vers le logis crasseux, alors que deux heures plus tôt il s'en serait senti bien incapable.

XIX

Après une cérémonie du Shabbat, à la synagogue, Moishe rencontra Malak. Le boucher n'était pas pressé. C'était après le couchant. Malak pouvait causer sans se hâter vers son échoppe, fermée qu'elle était jusqu'au lundi.

Il entraîna Moishe vers le parc Jeanne-Mance. Des bancs bordaient les allées, on y pouvait trouver, à cette heure du soir tombé, une quasi solitude.

— Aaron? demanda Malak, comment va-t-il?

À la faveur des visites faites par Moishe à la boucherie de son ami, il s'était échangé — à chaque jour suffisant une portion du grand récit — des lamentations sur le destin que choisissait l'adolescent.

Malak, dont l'orthodoxie pour plus tempérée qu'elle parût comparée à celle de Moishe n'en était pas moins fort rigide, avait pleinement sympathisé avec le vieillard.

Et ce soir-là, alors que la nuit de printemps tombait sur la ville, ils purent échanger de lentes confidences.

Moishe s'était appuyé le menton sur la canne qu'il portait maintenant, un support dont ses jambes tremblantes avaient besoin, et qu'il maniait gauchement, plus en manière de houlette que de canne, surtout lorsqu'il devait escalader les trottoirs ou grimper les escaliers de son taudis.

— Aaron, répéta Malak, que fait-il?

Moishe montra le sud, le centre de la ville, là d'où venait la grande clameur de la Cité vivante.

— Il travaille tous les jours... là, chez les schlemiels.

La question de Malak n'était qu'un préambule. La veille encore il avait demandé à Moishe si toujours Aaron poursuivait sa révolte.

— Kerisch, mon père, m'a gardé de ces dangers. Je suis ce que je suis à cause de lui. Mais tu vois, Moishe, voilà la plaie du monde. Les siècles s'écoulent, les années, rien ne ressemble plus à rien. Est-ce que c'était ainsi autrefois?

Moishe soupira.

— C'était bien autrement, continua Malak. Ainsi moi, j'avais le bâton quand je n'obéissais pas. D'ailleurs, je n'ai jamais cherché à partir.

— Partir... murmura Moishe. Cela viendra.

Il avait parlé si bas que cela semblait pour lui-même seulement, une menace qu'il décrivait. Partir?

— Tu crois que c'est ce qu'Aaron fera?

— Je ne sais pas, dit Moishe Je ne sais plus rien. J'essaie de le reconnaître, il n'est plus le même. Il entre, il mange, il vit, il dort. Il est là. Je peux le toucher. J'étends la main, il est là, son corps, sa chaleur. C'est mon petit-fils Aaron. On me le dirait que je ne le croirais plus. C'est lui, et ce n'est plus lui. Il n'y a plus rien de semblable. Il a été fait homme, il a commencé à vivre de ce jour... Tu vois où il est, qu'est-ce qu'il fait? Ce qu'il deviendra? C'est inévitable. Je le compare aux Juifs que je connais. Mes frères et les tiens. Non, il est devenu semblable aux autres...

Il cracha dans le gravier de l'allée, un jet malhabile qui lui mouilla la barbe plutôt que l'allée déjà sèche et poussiéreuse à ce temps de l'année.

— Tu sais de quels Juifs je veux parler.

Même encore, il était impossible à Moishe de prononcer le nom. Auparavant, une horreur dans ses dimensions d'orthodoxie, le détournement devant celui qui offense Adoshem, et la certitude profonde que celui-là périra. Ce saint et universel mépris devenu aujourd'hui pire encore, et justement cette chose innommable que Moishe n'eût jamais crue possible: Aaron réformé, abandonnant tout...

Timidement Malak interposa:

— Tu ne peux le ramener? Il n'existe aucun moyen? D'autres ont pu errer. C'est une faiblesse de l'homme. Et s'il comprenait la raison? Des générations sont venues avant lui. Il continue ces générations. C'est un rôle grand, et noble...

Mais Moishe fit non de la tête, lentement, le geste du désespoir.

— Je lui ai tout dit, dit-il de sa vieille voix cassée, mais où parfois revenaient les accents chauds, le timbre prenant qui, hier encore, exaltaient Aaron.

Et il lui avait tout dit. Cela demeurait la grande et terrible vérité. Qu'un orthodoxe dont la famille, tiède dans ses observances, pût traverser dans le camp ennemi, cela se comprend... Mais qu'Aaron...

Il le dit à Malak.

— Aaron, vois-tu, Malak... Regarde...

Il appuya sa canne sur le banc, étendit ses mains blanches, paumes en l'air sur les deux genoux.

— Je l'ai fait cet enfant-là. De mes mains. Je l'ai tenu dans mes bras, tout petit. Je lui ai tout donné qui doit être donné à l'enfant. J'ai été sa mère qui le berça, et parce que David gagnait notre vie à tous, plus tard j'ai été aussi son père et son grand-père. Ensuite, à la mort de David... écoute, qu'étais-je pour lui, tu le sais?

Il traça le signe de l'Étoile.

— Un guide. Un fanal sur lequel se diriger. J'étais le père et la mère, j'étais le grand-père. Mais j'étais aussi le conseiller, le rabbin, le professeur. Aujourd'hui il y en a peu de son âge, même parmi les meilleurs orthodoxes, qui en savent autant que lui. Et pourtant j'ai étudié vingt ans à la synagogue, à Minsk. Et je me suis assis avec les Ancêtres, et ceux du Conseil, et j'ai discuté avec eux. Sans rougir, parce que je n'étais pas un ignorant. Tout ce que je savais, je l'ai transmis à Aaron... Il ne me reste plus rien à lui apprendre...

Des mots yiddish roulaient dans la gorge de Malak, des mots de consolation, de secours dans l'épreuve, de sympathie.

— Aaron, dit Moishe soudain, Aaron est mort.

— Ne dis pas ça, s'exclama Malak effrayé. Il est encore Aaron.

— Il est mort.

Péniblement, son corps lourd de tout le fardeau, il se leva.

— Je retourne à la maison, dit-il. Il y a un étranger qui habite là. Il dit se nommer Aaron. Je l'ai peut-être déjà connu. Je ne le connais plus...

Il partit en titubant comme un homme ivre, ou comme un homme si vieux qu'il en est à faire ainsi les derniers pas avant que de tomber, chemin parcouru et vie faite.

XX

Dans le logis du cul-de-sac, plus rien n'existait que le silence triste de Moishe, ses soupirs si proches des sanglots, et le lent passage des heures — des rares heures, en fait — où Aaron était encore à la maison.

Le jeune homme s'était inscrit à des cours du soir. Il étudiait les secrets bancaires, les méthodes plus poussées de la finance. Bien résolu à devenir grand en ce labeur qu'il avait choisi, il appliquait tous ses instants à parfaire ses connaissances, à s'établir solidement dans ce monde qu'il devrait fréquenter toute sa vie.

Ceux des soirs qui restaient libres, il les passait à la maison, à lire ou à étudier. Besogne facile, car le silence où Moishe se repliait se faisait de plus en plus complet à mesure que la fuite du temps prouvait au vieillard l'inutilité de tout combat.

C'était l'état de trêve. Il restait en Moishe trop de colère inassouvie, trop de ressentiment envers Aaron qu'il chargeait maintenant de tous les crimes, pour que le silence lui-même pût durer. Il fallait qu'un jour les deux hommes vidassent la querelle. Non qu'Aaron le désirât vraiment. Il aurait voulu surtout prouver à Moishe qu'il ne reniait rien, sauf peut-être l'abus des rites et la rigueur des obligations, toutes choses dont il ne pouvait plus admettre la nécessité.

Sans rêver d'amener son grand-père vers les temples réformés ou conservateurs, Aaron souhaitait qu'on l'y laissât aller, lui, librement, et délivré de cette amertume qui détruisait les seuls liens subsistant encore entre les deux hommes.

Mais ce rêve, il le savait impossible.

Ce qui était pis encore et qu'Aaron ne prévoyait même pas, c'était que la sainte colère de Moishe donnerait naissance à des actes plus positifs que jamais auparavant. L'ancêtre mettait bien au-dessus des amours humaines, si légitimes fussent-elles, l'orgueil sacré du Père et sa colère divine.

Il allait trancher de lui-même les dernières attaches le retenant à son petit-fils, devenant ainsi, lui Moishe, le Justicier même, ne laissant pour compte des rêves mille fois caressés jadis qu'une terrible complétion du vide et l'irréductibilité des gestes posés.

Un samedi soir, il invita sèchement Aaron à l'accompagner à la synagogue. Sans douceur, sans amitié.

— Viens-tu au temple avec moi?

Aaron hésita un moment, puis:

— Non... Non, je ne peux pas...

Le vieux partit, appuyé sur sa canne, et Aaron l'entendit descendre péniblement, marche à marche. Un moment il songea à lui venir en aide, à tenir son bras pendant la descente. Mais il savait maintenant la futilité du geste. Moishe se serait dégagé brusquement, il aurait marmonné des injures.

Plus tard, le vieillard revint pour trouver son petit-fils encore à la maison, absorbé dans sa lecture.

— Autrefois, dit Moishe.

Il étendit les bras et les éleva vers le ciel.

— Tu me suivais.

Des larmes lui coulaient sur les joues, pressées, chaudes. Aaron comprit que toute la rancœur amassée par Moishe allait s'exhaler. Un pressentiment lui vint que son grand-père poserait un acte étrange. Cette seule façon de préluder, les gestes, tels ceux qu'il avait connus durant son enfance. Et les paroles...

— Tu étais tout petit, et curieux... Tu voulais savoir le nom de chaque chose. Quand je te disais: «Nous allons à la synagogue», tu pleurais de joie. Tu étais tellement content que tu te tenais là, devant la porte, et tu pleurais de joie...

Il se redressa les épaules. Ses vieilles mains osseuses, jaunies, tachées, étaient croisées sur la poitrine. Un grand calme émanait de lui. Une sorte de fermeté dans la paix, mais une paix nouvelle, inconnue dans la maison jusqu'ici, la paix du désespoir, cette résignation complète qui ne vient que par étapes, mais qui s'installe un jour en l'homme, comme une sorte d'immobilité végétale, dénuée de toute évolution cependant et n'ayant pas, à l'instar de l'être animé, une faculté de résurgence de son coma.

Mais puisque entre les deux hommes rien ne subsistait de commun, Moishe avait résolu d'un geste le dernier arrachement possible, le rejet au loin du fruit taré, de la plante rongée par les vers.

— Tu ne peux plus rester ici, dit-il.

Il l'avait dit si froidement, d'une voix tellement étale, qu'Aaron tout d'abord ne comprit pas. Mais quand petit à petit l'essence des mots l'atteignit, le jeune Juif se redressa, tout son être cabré.

— Ce n'est pas ce que j'ai voulu, dit-il. Pourquoi n'essayes-tu pas de comprendre?

Mais le vieux restait sans bouger, le visage dur, les yeux presque vitreux tellement le regard avait perdu tout éclat, toute émotion.

— Fallait-il absolument en venir à ça? demanda Aaron. Qu'est-ce que j'ai fait au juste? J'ai refusé de travailler à tes côtés. C'est donc si grave? Pourtant d'autres synagogues permettent au Juif de vivre dans le monde qui l'entoure sans qu'il passe pour ce qu'il n'est pas. Je te l'ai déjà dit: Est-ce que je commets un péché? Nomme-le! Dis-moi si je manque de respect! Dis-le, mais ensuite prouve-moi que tu as raison!

Moishe gardait sur Aaron un regard méprisant où rien ne se lisait plus des tendresses d'autrefois. Pour le vieillard, il était même douteux qu'Aaron, comme petit-fils, existât encore.

— Quand mon père David a travaillé comme manœuvre à San Francisco — c'est toi qui me l'as conté... — est-ce que tu l'as renvoyé de la maison? Si je me souviens, vous étiez bien heureux grand-mère et toi qu'il se trouve du travail. Mais alors, moi? Moi je veux réussir, devenir quelqu'un. Je le dis sans mentir. J'ai une ambition, et voilà!

Mais Moishe répéta:

— Il n'y a plus de place pour nous deux dans la maison. Il n'y a qu'une religion, la religion du judaïsme orthodoxe. Les autres...

Il cracha devant lui, un geste d'un indescriptible mépris, pénétré de toutes les furies, de toutes les imprécations.

— Le prophète a dit, un jour: *Israël a faim et son nom est anathème!* Tu es parmi ceux qui affament le corps d'Israël, sa force est sapée par des gens comme toi. Et ce sont ceux-là qui font dire aux Gentils que les Juifs disparaissent tranquillement de la face de la terre, qu'ils se détruisent eux-mêmes à mesure que meurent les générations. La salvation, c'est la synagogue orthodoxe et la rigidité des rites. J'avais cru reporter en toi tous mes désappointements, les offrir en gage pour que tu émerges, nouvel homme, plus fort que tes ancêtres: Aaron porteur des verges, continuateur et perpétuateur. Tu es devenu... qu'est-ce que tu es? Un Juif...?

Il eut un rictus et plaça sa main, paume ouverte, devant les yeux.

— Quand changeras-tu de nom?

Aaron bondit sur sa chaise. Le vieillard possédait une clairvoyance qu'il ne lui avait pas soupçonnée. N'était-ce pas la veille, au bureau, que quelqu'un avait dit, y allant carrément:

— Tu aurais pu grimper d'un échelon, mais... tu vois qui a été promu adjoint du caissier? Avec un autre nom, tu pourrais aller de l'avant facilement. Pas ici maintenant, mais ailleurs. C'est un conseil qui en vaut un autre. Si tu ne tiens pas à passer pour un Juif absolument, change de nom, dis-toi anglais ou canadien-français, les promotions viendront par surcroît...

Et Aaron avait passé la soirée à se persuader qu'un nom, ça se change, et que sans cesser de croire au Père et sans transgresser toutes les Lois, le mode de vie juif pouvait se modifier.

Un rêve, un instant d'irréel, l'examen de conscience.

Me voici qui suis les traces de Viedna. Deviendrais-je comme elle?

Il s'en était voulu de n'avoir pas compris, du temps des principes posés par Viedna, qu'elle avait peut-être raison et qu'en cessant en apparence d'être juif il pouvait atteindre à mieux et plus.

Mais il y en avait pourtant qui étaient demeurés juifs, et dont le nom était encore un sujet d'admiration pour le monde entier. Écrivains, savants, musiciens, politiques...

Aaron se convainquait que ceux-là, Juifs, païens, Papous ou Portugais, ils auraient de toute façon conquis le monde. Mais les autres?

Il se nommait, il répétait l'identité: *Aaron Cashin*... Ceux-là, ceux du menu peuple, le fretin qui va devenir requin ou rester goujon...?

Le monde avait peut-être raison, et d'alléger le fardeau du judaïsme pouvait non seulement aider à la survie mais satisfaire à toutes les exigences de cette dernière.

Cette évolution était-elle donc, cependant, si naturelle que Moishe dût en deviner le cours exact?

Jusqu'à ce changement de nom qu'avait bien vaguement analysé Aaron et que maintenant le vieillard semblait considérer comme un acte d'avenir à peu près certain.

— Quand changeras-tu de nom? répéta-t-il.

Puis il retrouva sa voix d'antan, la voix roulante, ronde comme un son de tempête, la voix qui terrorisait Aaron.

— Sors! criait-il. Prends ton linge, tes livres, tout, va-t'en! Il n'y a plus de place pour toi dans ma Maison!

Il poussait Aaron, il le dirigeait vers la chambre, ouvrait des tiroirs, tirait les vieux sacs de faux cuir qui avaient autrefois servi à leurs exodes. Il le forçait à les remplir, lui aidait à les fermer. Et toujours il répétait:

— Il n'y a plus de place pour toi... Va-t'en, je ne te connais plus, je ne sais plus ton nom... Va-t'en!

Jusqu'à minuit, Aaron, désemparé, se chercha une chambre par la ville.

XXI

Moishe mit trois mois à regretter son geste.

Trois mois de terrible esseulement.

Il travaillait encore, mais à petites journées. Il assemblait quelques pièces, puis passait une heure à errer dans la maison, touchant aux meubles, allant voir à la fenêtre, épiant derrière la porte si un pas montait vers le logis.

Il appelait Aaron. Mais d'une petite voix rauque, usée, une voix méconnaissable.

Aucune pensée particulière ne lui venait vraiment, aucun remords, aucun projet. Et quoi qu'il fasse il ne ressentait aucune haine contre son petit-fils.

Il y avait seulement ce vide effrayant de la maison, et le désir d'Aaron jamais assagi ou effacé, sorte de rengaine triste comme la fin des jours et des espoirs. Un appel. Seulement le nom!

«Aaron...»

Il ne disait pas: «Aaron, reviens, je te fais telle ou telle promesse!» Il ne disait pas: «Reviens, Aaron, tu seras le prodigue et j'ouvrirai toute grande ma porte et nous vivrons à nouveau!» Il disait seulement, de sa voix si bizarre maintenant:

« Aaron...!»

Mais il le disait de plus en plus faiblement avec de moins en moins d'espoir. À chaque jour les yeux un peu plus ternes, le geste un peu plus fébrile, la démarche un peu plus titubante.

Et son vieux dos était courbé, la barbe hirsute touchait à la poitrine, se nichait là, et les longues mains décharnées pendaient, ballantes et sans force, entre deux besognes.

Un jour il parvint à descendre l'escalier pour se rendre à l'échoppe de Malak.

— Il faut que tu parles à Aaron, dit-il au boucher qui le regardait avec pitié... Il travaille... là!

Il avait tiré de sa poche un papier où était inscrit le nom du courtier où Aaron était employé.

Malak téléphona.

On chercha Aaron Cashin. Ou plutôt on dit à Malak qu'il n'était pas là, qu'il ne travaillait plus là depuis longtemps. Mais comme le boucher insistait, ce fut le préposé au personnel qui finalement renseigna Malak.

Quand il raccrocha, son visage était crispé et ses mains étaient serrées comme des poings qui vont frapper.

— Si je le tenais ici, devant moi... disait-il.

— Qu'est-ce qu'il y a... frère? demandait Moishe. Dis-le...?

Il bredouillait les mots, et sa tête levée haut pour mieux voir, parce que les yeux perdaient de jour en jour un peu de force, semblait à Malak comme quelque relique antique, quelque statue de l'angoisse.

«Il va mourir!» songea l'homme. Mais il se résigna à parler, car Moishe le tenait par les revers du gilet et il tentait de le secouer en criant:

— Dis-le! Dis-le... Où est-il?

— Il ne travaille plus là!

— Ah...? Mais alors où...? On t'a dit où il travaille?

— C'était... le gérant... Il ne sait pas où Aaron travaille.

Puis il ajouta ce qui restait le pire, ce qui confirmait pour le vieux tous les présages, soulignait toutes les défections du jeune homme.

— Il dit qu'Aaron a changé de nom... qu'il est allé travailler ailleurs... Comme on ne sait pas quel est son nouveau nom... alors on ne peut le trouver...

Malak avait décrit le drame en hésitant sur les mots, et son vieil ami l'avait écouté en se raidissant, cherchant en lui-même la force de partir, de tourner les talons et de fuir comme une bête blessée, d'aller se cacher quelque part où personne ne le verrait souffrir, pas même l'ami Malak, son seul confident, celui qui pouvait le mieux comprendre que cette souffrance était issue d'une innommable honte.

D'Aaron maintenant, plus rien ne restait.

Et dans l'esprit de Moishe presque plus de souvenirs, seulement la remémoration du brusque revirement qui avait fait, d'un petit-fils soumis, un Juif infidèle, un Juif... Mais Moishe se sauvait, à petits pas chancelants, vers son logis.

Aaron, un Juif...?

Malak avait eu le pressentiment que Moishe ne vivrait pas longtemps.

Quand le vieillard était sorti de l'échoppe, il semblait comme saoul, et s'en était allé, insensible à ce qui l'entourait, ne tenant à la vie que par un espoir de désespéré, une sorte d'ancre de tempête à laquelle on ne croit plus.

Le boucher hésita durant une heure, puis il jeta son tablier sur l'étal, chassa trois clientes qui attendaient ses services, mit l'échoppe sous verrous et s'en fut chez Moishe.

La porte du logis était ouverte et l'odeur de hareng moisi, d'ail et de shudl descendait, presque tangible, dans l'escalier.

Moishe était assis près de la table, dans une cuisine où nulle lumière crue ne parvenait. Il semblait séché contre son squelette, avec seulement deux trous sombres pour les yeux.

— Viens, dit Malak, viens dormir, frère. Demain, reposé, tu pourras te mettre à la recherche d'Aaron...

Le vieux ne bougea pas. Seuls ses yeux cherchèrent Malak et le fixèrent, immenses, angoissés.

— Demain, continua le boucher, tu pourras dire à la police que ton petit-fils est parti. À cet âge, on a le devoir de te le ramener...

— Les polices de tous les pays, fit soudain la voix grave de Moishe, une voix que Malak n'avait pas entendue de longtemps, les polices de tous les pays, toutes les polices du monde... On me le ramènera? Personne ne pourra jamais me le ramener...

Il leva les mains au ciel en un geste lent, lui-même une dernière prière:

— Seul, le Père le pourrait maintenant...

Et brusquement les épaules fléchirent, la voix devint cassée, chevrotante, cette voix des derniers temps que Malak connaissait bien.

— Je le lui demande, tu sais. Je lui demande le retour d'Aaron. Mais Adonai ne m'entend plus.

Il ne releva pas la tête, ses yeux étaient fixés nulle part, ils étaient vides. Même la vie du corps quittait lentement le regard qui devenait terne, vitreux.

— Tu comprends, Malak? Voilà le drame. Adonai ne nous entend plus.

Et il répéta en pleurant, déjà le râle de la mort au fond de la gorge:

— Adonai ne nous entend plus...

Florence, février 1954.
Montréal, mars 1957.

DOSSIER

AARON
Dramatique radiophonique

*Diffusé sur les ondes de CKAC le samedi 13 avril 1952 (Samedi Saint) dans le cadre de la série «Les Chroniques de Saint-Léonide», *Aaron* a remporté le premier prix (catégorie Émissions dramatiques) des Canadian Radio Awards, ex æquo avec la dramatique *Breeches from Bond Street*, par Elsie Park Gowan, produite par la station CFAC de Calgary. Au début des années 1950, Yves Thériault tirait son principal revenu de l'écriture radiophonique. À la lecture du texte qui suit, on comprendra que, tout sceptique et non-pratiquant qu'il ait été lui-même, Yves Thériault ne perdait pas de vue que sa subsistance dépendait de sa popularité auprès des auditeurs — très catholiques — du Québec de ce temps...

N. de l'Éd.

DISTRIBUTION:

AARON: Pierre Pérusse
JETHRO: Boudha Bradon
FRÈRE CYRIUS: Roger Garceau
MARIE LEMIEUX: Ginette Letondal
MAURICE: Yves Turcot
NARRATEUR: François Rozet
CONSEILLER LINGUISTIQUE (hébreu et yiddish):
    Irwin Brown
BRUITEUR: Yves Vézina
DIRECTION TECHNIQUE: Yvon Rousseau
RÉALISATION: Ollivier Mercier-Gouin

MUSIQUE — Majestueuse.

ANNONCEUR — À l'occasion de la Semaine Sainte
    qui vient de se terminer, et pour former un
    prélude à Pâques 1952, CKAC vous offre un
    texte écrit par Yves Thériault, et qui s'intitule
    Aaron.

MUSIQUE — Un jet: puis fade.

*SON — En cross-fade avec la musique: traffic; cris
    d'enfants; donner impression d'une vie
    grouillante.*

ANNONCEUR — C'est Montréal, et c'est le ghetto
    de Montréal. Ce quartier étrange, odorant,

fascinant, où peut-être les accents hébraïques chantent plus que tout autre, mais où se perçoivent aussi les gutturales germaniques et les consonnes fortes des Slaves. En îlots audacieux, les sons assurés du canadien et de l'anglais. On dirait qu'autrefois, par générosité, quelque dieu immense aurait étendu deux mains au-dessus de la grande Europe; il y aurait cueilli ici et là des hommes et des femmes, et les enfants à venir aux entrailles des femmes, et il aurait projeté ces grappes éparses en un tas grouillant, bruyant, qui aurait ensuite habité les maisons et mangé les repas, vécu ses jours et dormi en toute paix. Un tas grouillant qui a peut-être appris notre vie, mais n'a jamais désappris la sienne...

SON — *Établir les sons.*

MUSIQUE — *Ensuite submerger avec la musique; tenir un temps; puis out.*

ANNONCEUR — Passant là-dedans, le Juif imperturbable, un peu étrange, comme retenu au-dehors de l'enceinte par quelque chaîne millénaire... Et le fils de ce Juif, plus aryen, déjà moins résigné, moins impassible. Et puis, l'enfant qui est le petit-fils et qui se nomme Aaron. Il a tout appris de ce pays, la langue et les coutumes, et voilà qu'il croit tout savoir, sauf qu'il ignore toujours la grande vérité de sa race...

SON — *Établir le traffic; en même temps: course rapide approchant.*

MAURICE — Aïe, Aaron, tu fais mieux de t'cacher!

AARON — Pourquoi?

MAURICE — Les nouveaux dans l'grand logement au-dessus de chez Möe... La fille t'a vu, hier. Elle pis le Polonais d'la rue Coloniale...

AARON — Big shot?

MAURICE — Y t'attendent dans l'entrée chez vous.

AARON — Pour quoi faire?

MAURICE — Pour te battre.

AARON — Me battre? Pourquoi me battre?

MAURICE — La fille dit qu'elle endurera pas de maudits Juifs dans ses alentours. C'est des gens qui viennent de l'est. Des Lemieux... Tu parles d'une idée!...

AARON — Parce que j'suis juif?

MAURICE — Oui...

SON — *Des pas s'éloignent.*

MAURICE — Aïe, Aaron, tu t'en vas pas, là!

AARON — *(Demi-loin.)* Mon grand-père m'attend...

MAURICE — *(Crie.)* Y sont deux fois grands comme toi tous les deux!... Aïe, Aaron, fais pas le fou!... On va aller faire un tour, y vont s'tanner d'attendre!.. *(Plus fort.)* Aaron!... *(Dans l'écho.)* Aaron!

MUSIQUE — *Un jet: deux accords.*

ANNONCEUR — Comme un cri dans la nuit et l'appel de toute une race... Et pourquoi n'est-il écouté? Pourquoi faut-il qu'Aaron ne l'entende jamais et marche vers son destin?...

MUSIQUE — *Out d'un coup sec.*

SON — *Bataille silencieuse: seulement quelques grognements, des exclamations sourdes.*

SON — *Après un temps: bien détacher: course dans l'escalier: enfant seul.*

FILLE — *(Loin: dans écho chamber qui augmente à mesure que l'enfant grimpe.)* Viens te battre, le Juif! Arrive, lâche! Lâche! Peureux!... T'as peur de venir te défendre comme un homme!

AARON — *(Pendant les cris de la fille: dans micro ordinaire, comme une plainte haletante continue.)* Jethro!... Jethro!... *(Puis en juif: hystérie montante.)* Grand-père!... Grand-père!...

SON — *Pendant les cris et les plaintes d'Aaron: la course continue.*

SON — *Porte ouvre et ferme fort.*

FILLE — *Le son de la porte qui ferme coupe sec les cris.*

AARON — *Comme s'il était appuyé contre la porte: sanglote hystériquement.*

JETHRO — *(Demi-loin hurle.)* Shut up!

AARON — *Aaron se tait brusquement.*

JETHRO — *(En approchant, doux.)* Ils t'ont attaqué?

AARON — Ya... ya...

JETHRO — Je les entendais. *(Longue pause.)* Tu es surpris que je ne sois pas descendu te défendre?

AARON — *(En juif.)* Que votre volonté soit faite...

JETHRO — Non, pas ma volonté... Si je t'avais défendu, tu n'aurais rien appris. Maintenant,

tu sais... Combien de fois ont-ils crié que tu
étais le Juif maudit?... Je parle des autres
jours, des autres temps, avant cette fille...

AARON — Jamais... Maurice se bat avec moi, mais
c'est pour des smokes, ou autre chose... Pas
parce que j'suis juif...

JETHRO — Là, tu comprends?

AARON — *(Songeur.)* — Horseface is nice to me.
And so's Gus, and Karl and... everybody
else...

JETHRO — Je suis presque content que tout ceci soit
arrivé aujourd'hui... Le mois prochain, ce
sera pour toi la Bar-Mitzvah...

AARON — *(Sidéré.)* La Bar-Mitvah?... *(En juif.)*
Grand-père!

JETHRO — Le temps est venu... tu es maintenant un
homme... Il fallait que tu saches le sens de ta
vie. Tu es juif!

AARON — *(Dans un murmure.)* Oui...

JETHRO — Tu avais séché tes larmes, et j'en vois
d'autres qui coulent de nouveau. Pourquoi?

AARON — Qu'est-ce qu'elle avait contre moi, la
fille?

JETHRO — Le Seigneur a dit qu'il nous projetait dans
le désert, comme des grappes de fruits pour-
ris. Et nous l'implorons depuis des siècles de
nous ramener à lui...

AARON — J'ai peur de Jehovah...

JETHRO — Non... toi, tu as peur de la vie. Tu as peur
de cette fille et de tous ceux, comme elle, tous

ceux qui t'attaqueront: les hommes, les femmes, ceux qui ne sont pas des Juifs et qui se sont donné la mission d'être plus grands et plus divins que Dieu lui-même... Tu as peur de ces gens... Ils ont fait périr ta race. Non, ils ont cru la faire périr, mais tu vois qu'ils n'ont pas réussi! Les autres avant toi ont survécu, puisque tu es ici...

AARON — *(En juif.)* Merci.

JETHRO — Ça te console? Je voudrais que tu puisses être consolé d'un passé. Au lieu, tu dois pouvoir oublier un avenir. *(Pause.)* J'aurais voulu te léguer des palais d'or et le respect de la terre... Sache que je ne te lègue pas une richesse, mais un fardeau.

AARON — Dans un mois, ce sera la Bar-Mitzvah?

JETHRO — Oui. La veille, ce sera un vendredi comme ce soir. Et nous allumerons les candélabres, et tu te placeras au bout de la table, alors que je serai à l'autre bout. *(Pause.)* Viens.

SON — Des pas: un temps, puis s'arrêtent.

JETHRO — Je verserai le vin dans la coupe...

SON — Liquide dans coupe de métal.

JETHRO — Et parce que nous sommes seuls ici, moi le grand-père et toi l'enfant qui est son petit-fils et dont il a la garde, la coupe ne passera que de mes mains aux tiennes, et reviendra ici... Il n'y aura que la lueur des bougies, comme ce soir, et nous ne serons que deux...

(Ému.) comme nous sommes depuis si longtemps. Mes cheveux blancs, et tes treize ans de fougue... Deux, maintenant, ce qui reste de la Maison et du nom qui a été perpétué... J'ai voulu que tu sois nommé Aaron, à cause de l'autre dont tu descends et qui a été favorisé du Seigneur... Seulement deux, Aaron, descendant des grandes tribus, survivant des exodes, fils de la race et perpétuateur... *(Dans un murmure.)* Deux pour célébrer le katish... dans un mois, ce sera ton tour, du haut de la table, à réciter les prières...

JETHRO — *Récite ici la prière du katish.*

MUSIQUE — *Vient submerger.*

ANNONCEUR — Cette nuit-là, l'enfant dormit tard, parce que le vieux se tint à son chevet, et dans la langue antique il récita au petit les grands exodes et la cruauté des pogroms. Il peignit le tableau de sang et d'horreur, la fresque immense et infinie où est consignée l'histoire tragique de la race juive et de ses fils sans pays et sans foyer. *(Pause.)* Quand Aaron s'éveilla, samedi vivait au dehors, samedi criait et pétaradait. Jour-liesse pour tous les enfants, fête de l'oisiveté et des heures libres...

SON — *Vie grouillante: enfants, camions, traffic: maintenir puis fade un peu.*

MAURICE — Aïe, tu t'es pas fait faire mal par la grande Lemieux?

AARON — Non.

MAURICE — T'en as ben peur de ton grand-père? Tu risques de te faire malmener rien que pour lui obéir...

AARON — Ah, tu comprendrais pas, même si je t'expliquais.

MAURICE — T'en as peur?

AARON — C'est pas ça... Mais on vit tout seuls ensemble... Y m'a enseigné l'hébreu lui-même... J'pense qu'y voudrait faire un rabbin de moi...

MAURICE — Oui?

AARON — Tu sais que le soir, j'sors pas, hein? Bon, ben y m'enseigne les prophètes... et puis toutes sortes de choses... La Torah, le Talmud.

MAURICE — C'est-y ben difficile à apprendre, le catéchisme juif?

AARON — On a pas de catéchisme. Seulement la Bible. Comme vous aut', mais l'Ancien Testament...

MAURICE — Oui?

AARON — Tu l'savais pas?

MAURICE — Non... Aïe, ça me fait penser... M'aiderais-tu, toi?... J'ai une leçon à apprendre. J'voudrais que tu m'la fasses réciter... Savoir que j'pourrais être sûr de moi lundi, ben j'arrêterais d'étudier ça puis on pourrait aller au parc...

AARON — J'vas t'aider.

MAURICE — J'ai demandé à ma mère, mais c'est samedi pis a fait son ménage... Tiens, c'est dans c'livre-là...

SON — *Des pages tournées.*

AARON — Ici?

MAURICE — Non... tiens, à partir d'ici...

AARON — *(Lisant.)* «Heureux ceux qui pleurent...» Qu'est-ce que c'est?

MAURICE — C'est le Sermon sur la Montagne. C'est dans l'Évangile. Le frère Cyrius nous le fait apprendre par cœur. Il dit que si on sait ça, pis si on fait comme ça dit de faire, on n'a jamais besoin d'autre chose pour... pour se sauver... pour aller au ciel.

AARON — *(Songeur.)* «Heureux ceux qui pleurent...» Le sais-tu par cœur?

MAURICE — J'pense que oui... J'vas essayer... «Heureux ceux qui pleurent, car ils seront consolés. Heureux ceux qui sont doux, car ils posséderont la terre...»

AARON — Attends, Maurice... laisse-moi lire jusqu'au bout. *(Murmure comme s'il lisait.)* Heureux serez-vous quand on vous persécutera et qu'on dira faussement de vous toute sorte de mal à cause de moi. *(Un temps.)* L'Évangile...

MAURICE — Les quatre Évangiles en un seul. *(Comme indifférent.)* C'est un de nos livres de classe.

AARON — C'est toute ta religion, ça, hein?

203

MAURICE — Oui...

SON — *Feuilles tournées.*

MAURICE — Aïe, tu vas perdre la place...

AARON — Ça fait rien, j'la retrouverai. *(Comme s'il lisait.)* Quel est le premier de tous ces commandements... Écoute, Israël, le Seigneur notre Dieu, c'est l'unique Seigneur, et tu aimeras le Seigneur ton Dieu de tout ton cœur, de toute ton âme, de tout ton esprit et de toute ta force... Et voici le second commandement: Tu aimeras ton prochain comme toi-même. Il n'est pas d'autre commandement plus grand que ceux-là.

MAURICE — *(Après longue pause.)* Aaron, t'as ben l'air... euh...

AARON — Ils t'ont jamais enseigné à avoir peur de ton Dieu, toi, Maurice?

MAURICE — Peur?... Non...

AARON — Veux-tu me le prêter ton livre?

MAURICE — L'Évangile?

AARON — Oui...

MAURICE — Ben, aide-moi à repasser ça, puis j'te le prêterai pour jusqu'à lundi. Fais attention que ça choque pas ton grand-père!

AARON — J'le lirai pas devant lui...

MAURICE — C'est correct. Repassons ça, puis ensuite on ira jouer au parc. Oké?

AARON — Sure!

MUSIQUE —

SON — *Enfants qui crient, qui jouent: cour d'école à la récréation.*

SON — *Par-dessus les cris: sifflet; deux coups brefs puis long coup.*

SON — *Les cris s'apaisent.*

FRÈRE — *(Crie.)* Les nouveaux servants, rendez-vous en quatrième B voir le frère Michel! Oké. Les autres... continuez à jouer!

SON — *Les cris reprennent.*

MAURICE — Frère Cyrius...

FRÈRE — Oui?

MAURICE — Frère Cyrius, j'voudrais vous... vous parler une minute...

FRÈRE — Oui, je t'écoute.

MAURICE — C'est à propos de mon ami Aaron, c'est un... c'est un p'tit Juif qui reste en face de chez nous sur la rue Saint-Urbain... puis... l'autre jour y s'est mis à lire l'Évangile... puis...

FRÈRE — Viens dans la salle...

SON — *Grosse porte ouvre, puis referme: coupe cris des enfants.*

SON — *Des pas sur le ciment.*

FRÈRE — Bon... qu'est-ce que tu me racontes, là?

MAURICE — Ben, y s'est mis à lire l'Évangile... Y'a tout lu, puis y'a l'air tout à l'envers... Y voulait lire mon catéchisme, pis mon Histoire Sainte. J'y ai prêtés. Y l'a tout lu aussi...

FRÈRE — Tu as bien fait.

MAURICE — J'pense que... j'pense qu'y voudrait être catholique... Là, moi, j'sais pus quoi faire... Y passe son temps à me poser des questions... J'sais pus quoi répondre... J'ai beau être servant... J'sais pas toute...

FRÈRE — Est-ce que tu penses qu'il viendrait ici, me voir, samedi?

MAURICE — J'peux l'amener...

FRÈRE — *(Après une pause.)* Ce serait une belle chose si tu pouvais... en faire un catholique, Maurice.

MAURICE — Depuis qu'y est comme ça, là, à m'poser des questions... puis toute... moi aussi j'suis comme à l'envers.

FRÈRE — Heureux enfant... *(Tendre.)* Le Bon Dieu t'a confié une belle tâche....

MAURICE — J'voulais faire un missionnaire...

FRÈRE — Quel âge as-tu?

MAURICE — Douze ans.

FRÈRE — Amène-moi Aaron, samedi... Et puis, prie bien, hein, c'est le secret...

MAURICE — Oui, frère... Puis j'ai pas cherché à le convertir... Y s'est mis à lire puis y'est venu comme nerveux... puis y voulait tout lire... Ce qui l'a frappé, surtout, c'est «aimez-vous les uns les autres...»

FRÈRE — Oui... évidemment... Pour lui, c'était important...

MUSIQUE —

SON — Des pas.

SON — Frappe à la porte.

SON — Après pause: porte ouvre.

JETHRO — Qu'est-ce qu'il y a?

FRÈRE — Vous êtes le grand-père d'Aaron?

JETHRO — Oui.

FRÈRE — Je voudrais entrer vous parler.

JETHRO — Toi, entrer ici dans ma maison?

FRÈRE — Oui.

JETHRO — Va-t'en.

FRÈRE — Je connais ta loi. L'ennemi n'entre pas ouvertement. Il vient la nuit. Il revêt les accoutrements de la tribu, il parle la langue et feint d'adorer le Seigneur Jéhovah... Mais, tu vois, je ne feins rien et je ne me déguise pas. Il est important que je puisse te parler.

JETHRO — *(Pause.)* Entre.

SON — Des pas.

SON — Porte ferme.

JETHRO — Parle.

FRÈRE — Je connais Aaron depuis trois semaines.

JETHRO — *(Après longue pause.)* Qu'est-ce que tu viens faire? Où est mon petit-fils?

FRÈRE — Dehors, en bas... il attend.

JETHRO — Qu'est-ce qu'il attend?

FRÈRE — Il m'attend, je crois...

JETHRO — *(Longue pause.)* Tu veux me l'enlever?

FRÈRE — Je n'ai pas dit ça.

JETHRO — J'ai trouvé des livres qui parlent de Jésus. Il les avait cachés, mais je les ai trouvés. *(Longue pause, comme avec effet.)* Samedi, à la synagogue, il allait participer à la Bar-Mitzvah... Il est maintenant un homme selon nos lois...

FRÈRE — Je sais.

JETHRO — Que veux-tu faire de lui?

FRÈRE — Rien sans ta permission. Il voudrait étudier à notre école. Déjà il parle le français. Il voudrait mieux connaître Jésus...

JETHRO — *(Un temps.)* Autrefois, le Seigneur nous a abandonnés. *(Un temps.)* Quand je suis venu au pays, Sarah était avec moi. Sarah, ma femme, la grand-mère d'Aaron... Nous avions fui de Pologne en Allemagne, et ensuite d'Allemagne en France. Plus tard, nous sommes venus au Canada. Partout, nous avions souffert, Mais quand nous sommes venus ici et que des gens ont été bons pour nous... des Gentils... Sarah a pleuré. C'était la première fois que je la voyais pleurer... Il est étrange dans la vie d'une femme que seule la joie puisse la faire pleurer. Que tant de mal soit venu auparavant que même les larmes n'expriment plus la douleur. *(Un temps.)* Nous avons eu un fils, et je l'ai nommé Lévi, pour perpétuer ma Maison qui est celle d'Aaron en descendance directe... Ce fils a épousé Rébecca, qui était d'une autre maison, celle de Juda... Elle eut un fils, et celui-là fut nommé Aaron. Puis Sarah est morte et Rébecca à son tour. Lévi a péri dans un accident. Il ne m'est resté que le petit. Il avait six ans. Il en a maintenant treize... Voilà sept ans que nous sommes seuls ensemble...

FRÈRE — *(Bas.)* Pardonne-moi.

JETHRO — Au moins, comprends-tu pourquoi je te dis ces choses?

FRÈRE — Oui.

JETHRO — J'ai voulu tout lui enseigner. Chaque soir, je l'ai endormi en lui racontant les grands exodes, et les pogroms, et la tragédie de ma race. Plus tard, je lui ai enseigné l'hébreu et les Livres... Il sait le nom des Maisons et peut t'en donner les descendances jusqu'au temps des derniers scribes...

FRÈRE — Je sais, il me l'a dit...

SON — *En arrière-plan: disque par un cantor (suggère chant du* pasàr, *cantor Rosenblatt).*

JETHRO — Je lui ai enseigné la parole de Dieu, et l'histoire merveilleuse de nos tribus errant dans le désert, de Moïse qui vint les sauver. *(Sourdement.)* Et je lui ai dit que de nouveau nos tribus erraient dans le désert et que seuls les murs de la synagogue formaient un rempart, et que seuls les chants rituels restaient la voix...

FRÈRE — Et moi je lui offre la présence de Dieu...

JETHRO — Tais-toi! Après, que lui resterait-il?

FRÈRE — Tout!

JETHRO — Non, non, non, non...

FRÈRE — Je suis la résurrection et la vie... Allez, enseignez toutes les nations... Quiconque invoquera le nom du Seigneur, celui-là sera sauvé...

JETHRO — Ce sont les paroles de ceux qu'ils ont nommé les Apôtres... Ceux-là qui suivaient le prophète Jésus...

FRÈRE — Le Messie Jésus, fils de Dieu...

JETHRO — *(Crie.)* Je n'ai que le petit, pourquoi me l'enlevez-vous?

FRÈRE — Qui parle de te l'enlever? Il sera ici, avec toi!

JETHRO — Mais il ne sera pas de moi. Il sera à mes côtés et nous ne parlerons plus la même langue. Quand je me serai purifié, il sera toujours impur. Il touchera aux aliments et les souillera. Il écoutera ma prière et ne la comprendra pas!... Je lui ai tout enseigné. Je lui ai dit ce que nous étions, et ce que nous pouvions être. Il a connu l'intolérance. Il a même souffert de la violence des tiens... Il est juif, cela, tu ne l'effaceras jamais!...

FRÈRE — Pardonne-moi, je sais que je te fais mal...

JETHRO — Qu'est-ce que tu en feras?

FRÈRE — *(Soupir.)* Il voudrait étudier parmi nous, vivre parmi nous, penser comme nous. *(Longue pause.)* Mais il ne peut rien sans ta permission. Et moi non plus...

JETHRO — *(Bas.)* Sion sera comme un champ labouré
Jérusalem ne sera plus qu'un tas de décombres
Et la colline du Temple un sommet boisé...

FRÈRE — Ton Dieu d'angoisse! Ton Dieu de colère et de malédiction! Voilà tout ce que tu peux offrir? La crainte et le goût du sang dans la bouche. Et quoi d'autre? Raconte la vie de ton peuple! Depuis les temps bibliques jusqu'à nos jours! Une vie de crainte de Dieu. Mais pas la crainte d'un Dieu juste et miséricordieux, la crainte de Yaweh, glaive à la main, Dieu vengeur et implacable, sanguinaire, qui encore aujourd'hui fait de tes chants une lamentation d'une incroyable tristesse.

JETHRO — *(Excédé.)* Tais-toi, tais-toi, tais-toi!

FRÈRE — *(Doux.)* Et le petit qui pourrait vivre dans la douceur... Sais-tu ce qui l'attire à nous? Une phrase... «Aimez-vous les uns les autres...» Laisse-le vivre dans la paix et l'amour de Dieu... Puisque maintenant il a découvert un Dieu qu'il peut aimer...

JETHRO — Que ferez-vous de lui, un catholique?

FRÈRE — Oui.

JETHRO — Et si je refuse?

FRÈRE — Il restera avec toi, comme il serait resté même en l'amenant à nous... Mais il ne sera plus jamais le même... Il sera malheureux, je crois... C'est ce que tu veux?

JETHRO — *(Bas.)* Non.

FRÈRE — Répète-le!

JETHRO — Je songe à ce que je voulais faire de lui... Perpétuer la Maison, mais aussi la science... Quand il eut cinq ans, je lui ai montré à lire, j'ai ouvert la Torah, et sur une page j'ai déposé du miel pour que la science lui soit douce et qu'il y goûte avec délice. *(Violent.)* Tu ne sais donc pas tout ce que j'avais mis d'espoir en lui? Je savais qu'un jour il serait grand parmi les siens...

FRÈRE — Il sera plus grand encore que tu ne le croyais, car il aura trouvé son Dieu...

JETHRO — Baal, Baal!... Des faux dieux que Jéhovah détruira...

FRÈRE — Tu sais que ce n'est pas vrai. Tu sais que le petit a reconnu le vrai Dieu. *(Longue pause.)* Admets-le.

JETHRO — Et si j'accepte, il restera ici quand même? Il sera heureux?

FRÈRE — Je crois qu'il sera heureux, oui. Je crois qu'il sera plus heureux que tu ne l'as jamais vu...

JETHRO — *(Très las.)* Va... va lui dire de monter... que je veux l'accueillir...

MUSIQUE — *Maintenir pour marquer le passage du temps.*

SON — *Cross-fade avec musique: orgue d'église, pièce bien religieuse; deuxième plan.*

SON — *Tous divers: donner l'impression d'une église.*

MAURICE — *(Tout bas.)* Aaron, es-tu content?

AARON — *(Même jeu.)* Oui...

MAURICE — *(Après longue pause.)* Ma communion solennelle avec ta première communion, le matin de Pâques... C'est beau, ça. J'l'oublierai jamais, Aaron...

SON — *L'orgue finit la pièce religieuse.*

AARON — Regarde... mon grand-père qui entre dans le banc à côté...

MAURICE — Ah, ben...

AARON — Ça y fait de la peine, tu sais...

SON — *Loin: voix du prêtre:* DOMINUS VOBISCUM; OREMUS: *continue en latin; inintelligible.*

JETHRO — *(Deuxième plan, récite la prière du katish en sanglotant.)*

MAURICE — *(Premier plan, tout bas.)* Aïe, y prie en juif dans l'église!

AARON — *(Même jeu.)* Laisse-le faire, Maurice. Dis rien. C'est sa seule façon de prier, lui... mais tu sais pas c'que ça veut dire, pour lui, pour n'importe quel Juif comme lui, de venir prier dans ton église, même si c'est en juif... Merci, mon Dieu, merci.

MUSIQUE — *Vient submerger.*

NARRATEUR — Et ainsi, une âme à la fois, et un cœur à la fois, mais chaque étape une victoire. Et le Peuple de Dieu redeviendra-t-il un grand Peuple après avoir été chassé et dispersé? Le ghetto continue à vivre, imperturbable. Les mêmes bruits en émanent et le même Juif impassible et résigné parcourt ses trottoirs. À quel instant de son histoire se retrouvera-t-il aux côtés du disciple de Jésus? Ils ont tous deux, pour honorer le Père, le même élan, et jusqu'à la même prière, puisque ces mots...

JETHRO — *(Voix douce: demi-loin, récite la prière du katish.)*

NARRATEUR — *(Après un temps: par-dessus la voix.)*... ces mots sont répétés en notre foi au même Créateur et selon la même mystique...

AARON — *(Mêle sa voix à la voix de Jethro.)* Notre Père qui êtes aux Cieux, que votre nom soit sanctifié *(lent fade out)*, que votre règne arrive, que votre volonté soit faite sur la terre comme au...

MUSIQUE — *Vient submerger.*

ANNONCEUR — Vous venez d'entendre une émission du Samedi Saint, écrite spécialement pour le poste CKAC par Yves Thériault. Ce texte radiophonique a été tiré d'un roman en préparation, de monsieur Thériault, qui sera publié au cours de l'hiver prochain. Tout comme le roman, l'émission radiophonique s'intitulait: *Aaron.*

AARON
Texte de l'édition de 1954[*]

[*]Première édition, avant corrections et ajouts, Québec, Institut littéraire du Québec, 1954. Prix de la Province de Québec 1954.

I

Chaque soir le vieux se tenait devant la fenêtre largement ouverte.

C'était l'été torride de Montréal et la fraîcheur moite du soir qui succédait à l'enfer de soleil devenait l'unique délivrance du peuple des taudis, des rues étroites et des ruelles.

Mais venait cette brise pourtant étouffante, pleine des fumées d'usines et des puanteurs de la grande étuve, et alors les rues grouillaient: parents, enfants, la multitude des troglodytes cherchant répit à l'immense poids du jour. Ce qui avait été un enfer en torpeur se muait en masse tonitruante, hurlante: une sorte de symphonie hystérique de rires gras, de cris d'enfants, de klaxons, de moteurs, de sirènes d'ambulances.

Impassible à la fenêtre, Jethro regardait sans voir, écoutait sans entendre.

Sur le lit, l'enfant à qui il interdisait d'aller hurler avec les autres restait les yeux grands ouverts, écoutant le pouls de cette vie nerveuse qui battait jusqu'à lui, écoutant aussi le vieux qui psalmodiait doucement, demeuré malgré le siècle la voix impotente qui crie à Yaweh dans le désert.

Israël avait faim et son nom était anathème...

Par la fenêtre, les sons du cul-de-sac montaient, terrifiants, sauvages, déments: les cris, les imprécations, les rires, la musique des récepteurs de radio, l'incongruité des chansonnettes françaises se mêlant aux aboiements des chiens du voisinage, à la musique effrénée du jazz sortie quelque part d'un juke-box.

Non loin, l'avenue des Pins soutenait sa note grave et farouche, jusqu'à ce qu'un bruit de klaxon vînt la crever qui s'étirait ensuite en longueur comme une plainte semblable à la sienne.

D'une voix chantonnante, Jethro récitait les prophéties et il parlait du Yaweh de terreur et d'angoisse.

Je te porterai la gerbe enflammée pour que tu brûles les impurs et les adultères...

Les cadences tristes racontaient les grands exodes et l'enfant s'endormait en traçant sur la courte-pointe salie et déchirée le signe de l'Étoile de David et de la Maison qui n'a jamais péri.

Mais il dormait mal avec cette voix des prophètes qui se vrillait en lui et avec la souvenance imposée des grands déserts. Le Neguev prenait forme humaine et se transformait, de vide jaune et hostile qu'il avait été, en une grande femme maigre qui tenait le ciel à deux mains pour le lancer contre le Père...

Le sommeil de l'enfant venu, Jethro retournait à sa besogne de toujours ou bien il s'affairait pour un temps dans la cuisine sombre. Il n'y avait entre cet appartement et la chambre qu'une porte au linteau bancal, aux boiseries hideuses, sans battant pour contenir les secrets du sommeil. Seule une cretonne fanée pendait, misérable et poisseuse, dans l'embrasure.

*

Autrefois Jethro avait fui.

De Minsk à Novgorod, et de là à Vladivostok. Mais la Sainte Russie tendait des pièges et tranchait des liens. Un exode silencieux menait les Errants d'une province à l'autre.

Quelques-uns périrent parce qu'ils avaient faim et que la Maison de David subissait les courroux. D'autres purent monter à bord des navires. Auparavant, ils avaient dormi sur les quais. Le jour ils y avaient vécu, immobiles, silencieux, écrasés sur leurs ballots de hardes, attendant. On leur demandait la raison, les causes et le pourquoi, mais ils hochaient la tête.

«Amerik?»

C'était plutôt une interrogation. Entre eux ils parlaient des Cités. Ils répétaient les mots suaves, ils se convainquaient qu'en la Torah se trouvait l'itinéraire.

Je vous ferai sortir de l'Égypte où vous êtes opprimés pour vous faire monter dans le pays qui ruisselle de lait et de miel...

Jethro avait souvent demandé à Sarah si le lait et le miel ruisselaient en Amérique. Il le lui demandait dans la langue du Père. Sarah pleurait doucement en réponse et elle cachait son visage dans le voile sombre en songeant au fils en elle qui n'avait pas encore de nom et qui n'aurait pas de pays, comme son père avant lui et le père de son père qui était autrefois venu de Turquie vers les pays de neige.

Puis un jour un bateau les accueillit. Ils se tassèrent dans un coin de la première cale. Un mois plus tard ils avaient oublié le roulis, la faim, le froid des grandes plaques d'acier de la coque et le halètement rageur des machines. Ils avaient oublié, parce qu'ils étaient débarqués à San Francisco et qu'on leur voulait du bien.

Jethro ne demandait plus: «Amerik?» Il riait avec le soleil et il se baignait dans le bruit, dans la couleur et le mouvement, dans l'effort du pays neuf.

Puis, quand l'enfant naquit, ils le nommèrent David pour perpétuer la Maison et pointer le doigt vers Israël qui tendait ses racines jusque dans le sol nouveau.

Jethro était encore jeune et San Francisco n'était pas la métropole d'aujourd'hui. Les bosquets des collines n'abritaient que quelques villas éparses. L'on ne voyait pas grimper les rues vers le ciel et la baie s'étendait, longue et large, sans les grands ponts, sans les installations qui s'y trouvent aujourd'hui: rades et môles, longs quais, hangars qui enchâssent la pointe recourbée et forment un horizon rectiligne ces jours où la brume cesse et permet au soleil de tout inonder.

Les chercheurs d'or encombraient encore les bars et l'on voyait les «trains de mulets», ces caravanes misérables qui ornèrent longtemps la Côte d'Or américaine, défiler par les rues, menés par des prospecteurs crasseux, souillés par la poussière de semaines entières de voyage dans les Rocheuses.

La plupart des échoppes affichaient dans leur montre: «GOLD DUST ACCEPTED HERE» et les paiements se faisaient plus souvent à la pesée d'or qu'en monnaie d'échange.

Pour Jethro qui arrivait de Russie, ce monde neuf, moderne comme il imaginait demain, était un émerveillement et il mit presque le temps d'une vie avant de découvrir que Sarah n'y avait pas été heureuse.

Le ghetto croissait, mais les Juifs y arrivaient de tous les pays. Souvent Jethro ne comprenait pas leur langue. Le yiddish russe qui voisinait avec le yiddish italien et parfois le yiddish hébraïque des pays du Levant, ou le yiddish hoqueteux du Yémen, laissaient Jethro perplexe.

Il avait cru à l'universalité. Des rabbins instruits lui avaient appris comment les Juifs avaient été dispersés dans tous les coins du monde et que dans tous les pays se trouveraient des synagogues et des frères de race avec qui continuer le rythme des traditions.

Mais ceux-là maintenant devant lui parlaient une langue où souvent il ne percevait que des mots sans comprendre les phrases. Même dans l'hébreu antique, chaque origine amenait ses tournures et ses accents et Jethro restait sidéré.

La croissance du ghetto se faisait en fonction des autres quartiers de la ville et avec eux. Le Chinatown avalait de nouvelles rues, le quartier mexicain occupait un tiers de la ville. Il arriva à Jethro d'être bousculé par un Chinois. Il souriait tristement alors, poursuivant son chemin. Rien de tout cela n'aurait dû l'émouvoir lui qui toute sa vie avait été bousculé par les Gentils.

Mais à la synagogue il s'en trouvait de moins en moins qui restaient attachés aux traditions et aux rites immuables. Des jeunes gens y venaient nu-tête, des femmes s'y voyaient qui portaient chapeau. Chaque semaine qui passait démontrait à Jethro la lente désintégration du Peuple. Même qu'un jour, avant le cérémonial des jours de joie, le vieux cantor de la synagogue étant mort ce fut un rabbin de passage qui le remplaça, contre toute habitude, contre toute logique. Dans le ghetto on n'avait pu trouver un seul homme propre à perpétuer dignement l'héritage.

Sarah qui sortait à peine ne savait pas que la pression grandissait sur le quartier sémite. Elle ne savait pas non plus que Jethro ressentait souvent une angoisse difficile à exprimer. Ne l'avait-on pas, par trois fois, forcé de déménager avec sa famille? Un propriétaire démolissait pour reconstruire à neuf. Celui-là n'en voulait pas particulièrement aux Juifs, mais il les préférait réformés car alors, disait-il, ils cuisinent à l'américaine et les murs s'imprègnent moins d'odeurs...

Ceci et cela encore, cette impuissance d'être qui accablait Jethro eussent été un moindre mal. Il avait rêvé en Amérique, pays libre, de devenir plus et mieux. Non pas dans sa besogne qui resterait maintenant semblable à elle-même puisqu'il s'y sentait lié par l'hérédité, mais en vertu de la science qu'il possédait. Rabbin peut-être? Ou membre du conseil à la synagogue? Il s'en trouva d'autres à sa place, non plus versés que lui dans la science, mais avec plus d'entregent. Jethro qui jugeait le louvoiement indigne et qui désirait les honneurs à condition qu'ils fussent accordés sans quémandage se retira à l'arrière-plan.

Puis, frustré un peu dans tout, il se sentit un jour frustré en certaines choses plus essentielles: celles de la vie même.

Il voyait prospérer ce pays d'abondance tandis qu'il restait comme soudé au même degré de l'échelle. Autour de sa maison, de la Maison qui était le lieu de la perpétuation et l'enceinte sacrée où la famille se continuait vers les âges futurs, San Francisco devenait puissante. Tout y coûtait plus cher. Le moindre aliment avait doublé de prix, les moindres services se payaient à prix d'or et le loyer de Jethro fut une fois de plus augmenté. Et le salaire restait le même. La table autrefois frugale mais nourrissante devint misérable. Les meubles qui geignaient de misère ne furent pas remplacés non plus que les vêtements.

Petit à petit Jethro se vit aller, lui et sa famille, vers une décadence quasi imperceptible mais inexorable. David avait grandi vite, en force. Un garçon bien bâti qui devint tôt un écolier turbulent et trop tôt encore, au gré de Jethro, un adolescent.

C'était maintenant un jeune homme actif, ardent, emporté. Jethro décelait en lui cette fougue périlleuse, téméraire, annonciatrice des révoltes futures que l'arythmie persistante des événements ou l'intransigeance du destin suffiraient à provoquer.

Il était tout naturel que dans la lignée de Jethro les hommes s'occupassent à d'identiques besognes chez les tailleurs ou dans les ateliers de couture. En conséquence, Jethro n'avait même pas cru opportun de discuter avec David de son avenir, certain qu'il était de le voir embrasser le métier de ses pères.

Mais il en fut autrement.

La prospérité de la ville semblait n'avoir pas encore rejoint l'échoppe du tailleur ou l'atelier de confection. Le travail y était au ralenti et le choix de la main-d'œuvre capricieux.

Ayant quitté l'école en juin, David avait quémandé du travail ici et là, d'une boutique à l'autre, aiguillé par Jethro vers ce métier de la couture qui était leur héritage. Des ateliers sous les combles aux boutiques enfouies dans les sous-sols humides, David avait cherché partout.

Chez les Gentils, on regarda le nez busqué du jeune homme, sa mine indubitablement sémite, la barbe noire qu'il laissait pousser déjà, signe certain de son orthodoxie. Il fut éconduit par des mots vagues, des promesses que David savait n'offrir aucun lendemain: «...revenez, laissez votre nom, si quelque chose se présente...»

Chez les Juifs réformés, qui discernaient immédiatement son orthodoxie, on lui préféra de jeunes Juifs émancipés ayant perdu, hors les traits du visage, ce qui leur restait de la race.

— Il faut de la patience, disait Jethro. Il faut toute la patience que les lignées te donnent en exemple... Va vers ton but, mais ne détruis rien derrière toi.

L'angoisse de Jethro se retrouvait chez David, mais soumise à des origines différentes. Pour le jeune homme, c'était le gagne-pain qu'il fallait trouver. Mais n'ayant pas en lui cette patience prêchée par Jethro, de se retrouver oisif au mois d'août le désespérait.

— D'autant plus, disait David, que là où subsiste un reste de sympathie, il n'y a pas de travail...

Alors Jethro dut se résigner et admettre que les temps l'avaient vaincu.

Aux prières de plus en plus pressantes de son fils, il consentit à le libérer de la tradition.

— Mais pour un temps seulement, David. Tu y reviendras.

Les chemins s'ouvraient, larges et beaux, pour David et ses talents. Larges et beaux, et multiples. Les barrières levées par Jethro n'allaient cependant pas suffire à faire naître d'emblée un emploi digne de ses dons. David traîna sa tête de sémite rituel partout. En septembre, il chômait encore, et la révolte grondait en lui.

Jethro était loin du temps des beaux espoirs. Maintenant, que pouvait faire David? Toutes les démarches avaient été faites de celles qui eussent pu procurer à un Juif de bonne race une besogne seyante. David y avait échoué.

Les beaux chemins s'étaient rétrécis, et Jethro s'attendit au pire. Puisque les emplois dignes étaient refusés à son fils, restait à faire valoir la force des muscles et la valeur de l'homme mesurée à son endurance.

Jethro s'y résignait mal. Un Juif réduit aux travaux de ce genre? Il y a des fiertés antiques qui meurent difficilement.

Jethro aurait préféré pour David des besognes lentes, besognes des doigts: tâches issues du savoir et de l'habileté transmise. Il était fier de son occupation, fier d'en posséder les secrets et rien ne lui semblait plus logique que de voir David suivre ses traces. Les liens se resserraient ainsi, Juifs entre Juifs, père et fils travaillant côte à côte, assidus et fidèles, se protégeant contre les assauts extérieurs, contre toute influence malsaine, contre la promiscuité du Gentil. Fléau des Juifs, ce coudoyage que Jethro exécrait par-dessus tout! Le scandale originait de ceux qui s'y frottaient, en quête de richesses, peu soucieux qu'ils étaient de préserver les héritages spirituels ou ethniques.

C'est de cela qu'il fallait se garer surtout.

Mais le rêve de Jethro n'était plus réalisable, et à défaut de ce rempart souhaité, il fallait trouver un moyen terme aussi inoffensif que possible.

David aurait pu être négociant... (et les travaux lourds accomplis par des Gentils ignorants?) ...ou revendeur, ou quoi encore... Mais ces portes restaient closes. Et Jethro se résignait complètement non plus seulement parce que l'impatience de David devenait rageuse, mais parce que la misère se faisait plus impérieuse.

Puis un jour, le fils rentra à la maison en disant qu'il avait trouvé un emploi.

L'on construisait à cette époque les trois derniers des tramways funiculaires. David fut engagé comme manœuvre. Nu jusqu'à la ceinture sous le soleil torride il creusa la rue, entassa des pavés, assujettit des dormants de cèdre; il tint à deux mains la fraise d'acier sur laquelle un Italien tapait à grands coups de masse. À même un gobelet de fer étamé il but l'eau qu'un négrillon aux dents étincelantes transportait à pleins seaux. Courbé sur sa tâche, avec les Italiens, les Polonais et les Portugais qui constituaient l'équipe, il siffla quand une belle cheville de femme passa à hauteur de leurs yeux; il but le vin rouge et, à l'occasion, transgressa même la loi en s'alimentant de nourritures interdites, parce qu'il avait faim et que la besogne était lourde.

Il avait dix-neuf ans quand il parla d'épouser Rebecca, une Juive bessarabienne que Jethro approuvait et que Sarah semblait bien aimer.

Rebecca était digne de la Maison. Elle était orthodoxe et estimait précieux les rites et les traditions qui lui avaient été transmis.

Fille à la réputation intacte, sage donc, économe, sérieuse; elle était jolie, d'une belle lourdeur et sans coquetterie. David la choisit d'instinct, la préférant aux autres qui affichaient déjà trop d'américanisme. Même avec le souci de ses révoltes, David restait fidèle aux coutumes. Jethro en fut heureux. Mais il lui reprocha sa hâte.

— Rebecca peut attendre. Elle a dix-huit ans, tu en as dix-neuf. Tu commences à peine à gagner. Et si tu chômes? Je ne puis suffire à deux foyers.

— Nous habiterons ici. Je ne chômerai pas de sitôt et nous économiserons.

Aux nouvelles objections de Jethro, David apportait de nouvelles réponses. Mais le père était heureux de voir son fils prendre pour femme une fille

élue, une de la Race et qui ne changerait rien aux lois
de la descendance. Il protestait sans enthousiasme.

— Nous nous épouserons le mois prochain,
dit David un soir.

Le couple s'installa chez Jethro. David payait
son écot chaque semaine, à même des gages ne
représentant cependant qu'une pitance. Mais son
labeur drainait les forces; il avait faim et la table devait
être bien garnie. De son côté, Rebecca était bonne
fourchette et peu encline aux privations.

La maison sombra un peu plus creux dans la
misère.

Puis un soir que Jethro était seul avec Sarah,
la femme éclata en sanglots.

— Nous sommes sur un volcan, dit-elle.

Jethro ne comprenait pas. Il avait cru sa
femme heureuse. Et soudain il la voyait pleurer.

— Qu'est-ce que tu veux dire? Un volcan?

— Ici.. En vingt ans, je n'ai pas connu la
paix. Pourquoi n'y a-t-il donc jamais de paix pour
nous?

Elle pleurait et Jethro vit bien que ces pleurs
avaient été longtemps contenus, qu'elle avait mis bien
des années à craindre...

— Mais craindre quoi, Sarah?

— Tout... Tout... Il n'y a rien d'assuré, rien de
solide. Nous étions au bord de la misère. David s'est
marié...

Jethro hocha la tête. À son habitude, il était
assis près de la table, les épaules courbées, la barbe
large et forte sur la poitrine étroite. C'était un homme

petit, mince, malingre même, mais lent de gestes, d'expression douce.

— Là-bas, dit-il, tu te souviens de là-bas, Sarah? Nous étions jeunes, nous avions la bravoure. Et pourtant...?

Il revit la ville morne, le ghetto emmuraillé, les rues tortueuses et sales. Il fallait au soleil qu'il fût droit par-dessus pour faire cascader un peu de joie jusque sur les pavés. Une heure plus tard, tout redevenait sombre et froid. Et les hivers humides, les maisons sans feu...

Les pogroms...

— Pauvres ici, mais libres, murmura Jethro.

— Plus pauvres que jamais et moins libres que jamais, dit Sarah. Est-ce que tu ne te sens pas enchaîné? Il y a toutes sortes de chaînes...

Mais à San Francisco leur vie n'était pas en danger.

— Là-bas, sur un caprice des maîtres, on nous aurait pris David, dit Jethro. Ou bien on t'aurait tuée, toi...

Il n'y avait pas que les pogroms. Une fois, à Minsk, un cousin de Jethro s'était aventuré hors des murs du ghetto. Une troupe de soldats passait. On s'empara du Juif, on le tortura par plaisir, pour le tuer finalement. Le même soir, quelqu'un vint jeter son cadavre par-dessus les murs du ghetto. À sa famille inquiète, on rapportait ce qui restait de lui.

— Partout un évangile de mort, dit Jethro. Ce que nous avons, le peu que nous avons est infiniment mieux que la vie offerte à Minsk...

Sarah n'était pas convaincue. Cette misère? Ce dénuement? Et les lendemains qui lui semblaient plus sombres encore que toutes les années passées.

— Où allons-nous? demanda-t-elle. À quoi servent toutes ces privations? D'autres gens gagnent bien leur vie. Pourquoi pas nous?

— Je fais le métier de mon père, dit Jethro.

— Il n'y en a pas d'autre pour toi?

Jethro secoua tristement la tête.

— Je ne te reconnais plus, Sarah. Qu'est-ce qu'il y a? La tradition, tu l'oublies? Que serions-nous sans ça?

— Peut-être plus riches... Et la tradition se passe bien de David...

Sarah n'était plus la même. Elle avait trop souffert. Jethro le constatait. C'était le désespoir, le souci qui la faisait parler ainsi. Elle avait été la première à dire qu'en Amérique Jethro pourrait continuer son métier. Qu'en Amérique infiniment plus qu'ailleurs il pourrait conserver l'héritage d'habileté transmis de père en fils depuis tant de générations. Jamais il n'avait été question de richesse.

Et ce soir...

— Tu es fatiguée, dit Jethro. Il vaudrait mieux que tu dormes.

Mais elle secoua la tête.

— Je ne suis pas fatiguée. Ce que je dis, il y a longtemps que je veux le dire.

— David travaille...

Mais elle l'interrompit.

— Oui, je sais. Je le disais tout à l'heure. Il travaille. Mais sa femme attend un enfant, et bientôt il ne pourra plus nous aider. Chaque semaine, nous obtenons un peu moins pour l'argent qui entre ici...

Avec entêtement, Jethro répétait le seul argument qui lui restait.

— David travaille...

Mais Sarah refusait de se laisser convaincre.

— Soit, il travaille, c'est beau, je l'admets. J'en suis fière, mais combien de temps travaillera-t-il encore?

Jethro songea aux années entières où Sarah n'avait pu mettre sur la table un repas complet. Toujours il manquait quelque chose. Et avec quelle ingéniosité elle avait rapiécé, ravaudé, raccommodé chaque pièce des vêtements pour les faire durer. Elle n'avait elle-même qu'une pauvre robe noire pour les Shabbats et, la semaine, elle traînait les pieds dans des savates maculées, son corps balourd et déformé engoncé dans de méchantes robes de cotonnade mille fois recousues, mille fois lessivées et qui n'avaient plus aucun dessin, aucune couleur.

Elle avait raison.

Ils avaient souffert, pour ensuite espérer mieux lorsque David s'était mis à travailler.

— Rebecca attend un enfant, répéta Sarah.

Jethro n'accueillit pas la nouvelle avec la grande joie qu'on aurait pu supposer. Plutôt elle venait ajouter à ses inquiétudes. Une bouche de plus à nourrir advenant des temps mauvais, un enfant qui parlait de nouvelles responsabilités quand on avait peine à suffire aux obligations présentes.

Le lendemain matin, Sarah s'éveilla en sueurs. Une fièvre l'agitait. Une douleur au corps la tenaillait. Jethro attendit deux jours puis, comme le mal empirait, il fit venir un médecin.

Sarah transportée à l'hôpital y mourut un mois plus tard, dans de grandes souffrances et en maudissant ceux qui l'entouraient.

On était à la fin de mars. Jamais encore Jethro n'avait soupçonné autant de révolte chez sa femme. Il put la constater là, debout près du lit d'hôpital. Il la vit dans toute sa force nue: une révolte hideuse, hargneuse, une haine de tout et de tous. Et il comprit un peu mieux l'hérédité qui faisait de David un être souvent rétif aux coutumes de la Race, et que Jethro parfois ne reconnaissait pas.

Il se demanda si David saurait résister aux grandes épreuves.

Sarah n'avait révélé ses haines — même une haine envers Jethro que l'homme comprenait mal, conscient qu'il était d'avoir toujours rempli son devoir suivant les édits de sa religion, suivant la parole du Père — que dans la douleur, alors que toutes les barrières étaient tombées, qu'elle ne découvrait plus aucune subtilité en elle-même, aucun mensonge, aucune réticence aux portes de la mort.

Quand elle mourut Jethro se retrancha derrière un lourd silence qui dura les mois de la grossesse de Rebecca.

Puis il resta seul avec David et le fils nouveau-né de David, car Rebecca mourut en couches.

Un moment, Jethro crut que David faiblirait et que, dans sa douleur primitive, hurlante, il passerait dans le rang des infidèles, délaissant la rigidité de l'orthodoxie pour chercher consolation dans la vie plus souple mais, aux yeux de Jethro, impie des réformés.

Toutefois David se résigna et devint plus attaché que jamais à la pratique des rites. Avec Jethro, il observa chaque fête, chaque commémoration, obéit à toutes les lois de la synagogue.

L'ère de révolte, était passée. David était redevenu ce qu'avait souhaité de lui son père. Et les mois passèrent, lentement, tristement, sans but et sans véritable joie.

Il n'y avait plus de paix dans la Cité où Rebecca et Sarah étaient mortes. Jethro songeait tout le jour, penché sur ce petit qu'on avait appelé du nom de l'arrière-grand-père, Aaron, porteur des verges et perpétuateur.

— Au Canada, dit un soir David, il y a du nouveau sol, des cités... Nous pourrions recommencer. C'est au Nord. Un grand pays riche.

Alors ils partirent.

Ils traversèrent des montagnes, apprirent de nouveaux mots et connurent de nouvelles attentes.

Pour David, l'exode était premier et il n'en souffrit point. Aaron qui avait quatre ans et qui ignorait encore le poids de son sort battait des mains en voyant défiler le Nouveau-Monde. Quant à Jethro, il avait tristement conscience de perpétuer la tradition des Errants.

Ils choisirent Montréal parce ce que le Temple s'y trouvait et que la loi de Moishe était inscrite sur les Tables.

Ils choisirent la rue et la maison parce que non loin était observée la loi des sacrifices et Jethro qui était déjà vieux pouvait s'y rendre chaque jour quérir les viandes conformes aux édits.

Il n'avait pas tout de suite fait confiance aux échoppes, et longtemps il avait hésité entre l'une et l'autre et l'autre encore. Il remontait la rue St-Laurent, fasciné par les devantures, examinant les montres, cherchant des yeux le boucher, scrutant les doigts, étudiant le geste...

Vous mangerez tout animal qui a l'ongle fendu et le pied fourchu et qui rumine...

Et le geste consacré, et la purification des impurs...

Mais quand il se trouva devant l'échoppe de Malak, et qu'il vit le signe du Conseil des Rabbins sur le mur; lorsque la viande lui fut offerte et que Malak fit dessus le signe de la Maison et qu'il la tendit pour qu'elle ne fut point souillée par les mains impures de Jethro, le vieux respira profondément et se sentit heureux.

— Frère, dit-il, dis-moi dans la monnaie du pays ce que vaut ce morceau.

Il avait parlé en yiddish et Malak lui répondit dans la même langue, employant les formes russes parce qu'il était lui-même issu des pays blancs.

— J'ai nommé mon fils David, continua

Jethro, et son fils se nomme Aaron. Nous sommes venus d'Amérique, mais avant j'étais à Minsk.

Malak était gros. Une barbe de quatre jours était grise à son menton. Il se tenait immobile, sans sourire, grave devant Jethro qui présentait toute sa famille.

— Je suis Malak ici, déclara le boucher. Mon père se nommait Kerisch et ma mère descend de Gedeon qui est venu à Shishinau de Jérusalem.

— Goot! Goot! affirma Jethro en anglais cette fois. It vaz so vell begun. It iss de house of Aaron, iss it not?

Malak inclina la tête fièrement, et Jethro étendit les mains dans le geste propitiatoire.

— J'ai rendu le sang à la Maison, dit-il, pour qu'elle voisine celle de David. Je voulais perpétuer le nom et voilà pourquoi j'ai fait nommer le petit Aaron. Mon père se nommait ainsi.

Dans le quadrilatère formé par les rues St-Laurent, Mont-Royal, St-Denis, Sherbrooke, Jethro retrouva les gens de sa Maison et aussi les gens des petites tribus. Il fréquenta le Temple et lut la Torah à haute voix les soirs de Shabbat, après le couchant et les purifications.

Au bout de sept années, David mourut à son tour. Avec Aaron qui avait maintenant onze ans, Jethro resta seul.

Seul d'autant plus que David était mort en impur au cours d'une rixe où il avait versé le sang. Jethro s'était mis des cendres sur la tête et avait demandé pardon à Yaweh pour cette faute, mais toute gaieté disparut de son cœur.

Il allait désormais se consacrer au petit Aaron qui avait les cheveux frisés et noirs, la peau olivâtre des descendants des grandes tribus et qui parlait maintenant autant le français que l'anglais, étonnant son grand-père par sa nouvelle science: la science des temps modernes, la connaissance des causes qui appartient en propre aux enfants des cours et des pavés.

II

Souvent il arrivait à Jethro et à Aaron de converser en anglais, la langue chevauchante que le vieillard avait péniblement et imparfaitement apprise en débarquant à San Francisco. Il susurrait les mots trop doux pour sa gorge accoutumée aux gutturales et aux syllabes martelées de l'hébreu, aux consonnes dures du yiddish russe.

Quand il parlait anglais, le petit était impatient. Il n'osait railler cet homme triste, profond comme ses sommeils, qui parfois lui enseignait les antiques poèmes de la tradition, ceux qui ne se retrouvent plus dans la Torah mais seulement dans la mémoire des ancêtres.

Une fois qu'il était pressé, parce que ses amis Lucien, Max, Frankie et Horseface l'attendaient en bas et que Jethro s'obstinait à lui parler dans cet anglais lent et pénible, il s'était impatienté.

Jethro lui recommandait de ne pas aller loin, de rester là sous l'unique fenêtre en avant de la maison, et il le faisait dans des accents à peu près incompréhensibles.

— I muss zee you... I am zo vorried vhen you go avay...

Il ânonnait, ses lèvres charnues tremblotaient dans la barbe grisonnante.

Aaron piétinait sur place, ne cherchant même pas à cacher sa hâte de sortir. Alors Jethro, lentement, lui répéta l'objurgation en yiddish.

Ce fut pis, car Aaron, grossier pour la première fois de sa vie, lança:

— Why do you speak Yiddish to me? Isn't English good enough? Why don't you speak white, like everybody else around here?

Alors Jethro s'était tu. Mais sa longue main osseuse empoigna Aaron.

Il le mena vers la chambre à coucher, le projeta sur le lit.

— Tu garderas la fierté de ta race avant tout! Si tu trahis, tu seras trahi à ton tour et le Père te refusera les biens et la douceur.

Sa vieille voix tonnait dans la pièce sale et puante. Elle proférait les imprécations hébraïques et le petit eut peur parce qu'il voyait le bras levé, et dans sa mémoire repassait le récit des sacrifices consentis autrefois en expiation par les tribus errant dans le désert, avant que ne se fondent les Trois Cités.

— Ils te cracheront au visage et tu feindras de leur obéir, mais devant le père de ton père tu croiras à ta langue, à ton Dieu et à ton sang!

Puis, méthodiquement et cruellement, il frappa l'enfant dix fois du plat de sa main.

Longtemps ce soir-là les amis d'Aaron l'appelèrent, mais il resta étendu sur son lit, immobile, silencieux, ne pleurant point, ses grands yeux noirs profonds fixés dans l'ombre, regardant défiler les ancêtres, les chefs et leurs tribus, le Grand Peuple qui avait été élu par Yaweh pour dominer la terre.

Il n'osa presque jamais par la suite parler anglais avec son grand-père. Quand il rentrait à la maison, il n'employait que le yiddish, et un jour de Shabbat il demanda à Jethro:

— Je voudrais mieux connaître la langue des Hébreux telle que tu la parles. Jethro va à l'école de la synagogue. Est-ce que je puis y aller moi aussi?

L'année suivante, Aaron conversait dans la langue ancienne, et Jethro fut heureux car il pourrait désormais transmettre plus facilement les paroles de la Maison à celui qui la perpétuerait.

Circoncis et purifié, Aaron connaissant les lois et les mandats pourrait peut-être un jour revêtir les ornements du rabbin et, entre les candélabres, entonner à la suite du cantor les imprécations de Yaweh contre les traîtres à sa Parole.

Ils vécurent ainsi, ne se rendant presque pas compte des années qui passaient. À Minsk, à Novgorod, à San Francisco, Jethro avait été comme son père avant lui un être obscur et silencieux qui cousait patiemment les tissus chez les tailleurs, courbé sur une table à l'arrière d'une boutique, sorte de machine humaine qui accomplissait une besogne aride, sans joie, y mettant son meilleur mais sans songer qu'il eût pu souhaiter mieux.

À Montréal, tant que David avait vécu, il n'avait pas travaillé, laissant à ce fils qu'il avait le soin d'apporter les besoins à la maison.

Mais quand David mourut, il s'en fut de-ci de-là, quémandant et quêtant des besognes. On lui dit que dans les usines où se taillent à la centaine les costumes d'Amérique on donnait certains travaux à exécuter à la maison. Cela plut à Jethro qui avait le souci d'Aaron et ne le voulait point laisser seul, ne fût-ce que durant ces courtes heures où il n'était pas à l'école.

De l'usine à la maison, le vieillard portait sous son bras les ballots renflés de pièces de confection qu'il avait à compléter, cousant ici un revers, là un collet, ailleurs des poches. À tant la pièce, les gages étaient minces parce que Jethro dont les yeux s'étaient usés avec l'âge travaillait lentement. Cependant les besoins étaient grands. Les vêtements d'Aaron ne pouvaient être rapiécés que pendant un temps, de même les chaussures. Puis venait le jour où les tailles étaient vraiment trop petites, les emmanchures trop serrées...

Près de la fenêtre de la chambre où Jethro avait aménagé une table de travail, il passait ses journées à coudre dans la lumière. Le soir venu, quand l'enfant dormait, il s'installait au même endroit, cette fois sous l'abat-jour vert et l'ampoule de faible wattage, et il cousait jusqu'à une heure avancée de la nuit.

Puis, quand venaient onze heures ou minuit, il brisait lui-même et sans s'en rendre compte le silence de la maison. Il murmurait des mots, des cadences; il questionnait et affirmait. Ces fois-là, c'était à Sarah qu'il parlait, se souvenant des yeux de la femme qui n'avait jamais ri, sauf ce matin-là où ils étaient débarqués à San Francisco et où personne ne les avait bousculés.

Après... L'ignorance de la langue, des coutumes, la lenteur de leur vie qui s'accommodait mal à la hâte fébrile autour d'eux... la misère en silence, la mort. (Mais la révolte hideuse avant la mort, la haine...)

Jethro ne s'apercevait pas qu'il parlait tout haut et Aaron qui dormait si bien ne le sut jamais, n'entendit jamais ce que Jethro disait à Sarah.

Et parce qu'il ne savait pas, il ignora longtemps les inquiétudes du vieillard; néanmoins, les soupçonnant, il les respectait.

À cause de sa jeunesse, la vie lui était meilleure. Il savait trouver de la joie dans les jours. À l'école mixte, on lui montrait comment aligner des mots et se servir des chiffres. On lui enseignait l'histoire du peuple dont il ne ferait jamais vraiment partie. Il l'apprenait docilement et avec curiosité. Il enviait confusément ces gens heureux qui n'avaient pas eu à quitter leur sol pour réapprendre à vivre.

Les jours de Shabbat et trois soirs de chaque semaine, il fréquentait l'école de la synagogue où il poursuivait l'étude de la Torah et de la langue ancestrale. Ce fut grande joie pour Jethro qui lui avait enseigné les lois dès le jeune âge de le voir remporter facilement les honneurs de la classe.

La nature avait bien partagé Aaron. Il était grand maintenant pour ses treize ans et il portait beau, tête fière et le regard droit. Il avait une bouche mobile, de grands yeux profonds, et les épaules symétriques. Il n'avait surtout pas encore appris à craindre et son regard en était resté brave. Il se sentait en sûreté parmi les siens. Et ceux de ses amis qui n'étaient pas juifs le respectaient.

On lui avait raconté que dans d'autres quartiers de Montréal la vie ne serait pas la même, que s'il traversait en zone défendue on lui jetterait la pierre s'il se disait juif. Il y croyait à peine, se souvenant qu'il lui était arrivé de se rendre au grand Stade des Gentils pour assister à une joute sportive et qu'on ne s'était pas occupé de sa race qu'il portait pourtant écrite sur son visage et dans tous ses gestes.

Ce fut seulement quand les Lemieux vinrent habiter le cul-de-sac qu'il comprit le sens de la crainte et encore la comprit-il sans se la bien justifier, fort qu'il était de sa jeunesse et de l'appui de ses amis.

Ils formaient un bloc homogène. On y trouvait des Allemands, des Canadiens français, deux Anglais et une dizaine de Juifs comme lui. Devant Léon Lemieux qui lui cria pour la première fois: «Maudit Juif écœurant...», Aaron était resté sourd.

Mais cette indifférence ne calma pas le jeune Lemieux, non plus qu'en sa famille ne s'effectua la guérison du chancre. Le lendemain, les six enfants Lemieux reprenaient le chœur qui devait par la suite ne s'interrompre que rarement.

Aaron comprit alors que dans sa forteresse même il était vulnérable, que les murailles et la loi du ghetto ne prévalaient point contre ces intolérants; qu'ils avaient pour eux tout un pays et tout un peuple.

Pour la première fois, Aaron devina l'étendue du mal et il eut peur. Car demain il sortirait dans ce

monde qu'il jugeait dès aujourd'hui hostile, impréparé
à l'admettre.

Il n'avait pas découvert — trop jeune encore
pour comprendre tous les pourquoi — que cet
ostracisme pesait infiniment plus sur Jethro que sur lui.
Mais les enfants Lemieux estimaient plus facile de
s'en prendre à l'enfant plutôt qu'au grand-père.

On voyait sortir Jethro deux fois, trois fois le
jour, lorsqu'il allait chercher le travail à parfaire à la
maison ou lorsqu'il allait aux provisions.

Peu de Juifs, dans cette rue, étaient restés
complètement orthodoxes. Aucun ne portait la redingote et la barbe, le chapeau rond et les bottines à haute
tige qu'il conservait encore.

Imposant malgré tout, digne, mais pour des
enfants comme ces petits Canadiens qui ne savaient
pas reconnaître dans ces accoutrements l'origine
même des vêtements cléricaux de leurs prêtres, il
devenait un objet de ridicule.

Instruits dès le jeune âge dans la haine du Juif
et habitués à le mépriser ou à en rire, ils oubliaient
facilement le peu de charité chrétienne qui leur avait
été enseigné, et persécutaient par seule joie sadique.

Marie Lemieux, arrivée d'un autre quartier,
l'esprit borné par le refus d'accepter tout ce qui n'était
pas ses coutumes à elle ou ses habitudes, avait vite
trouvé chez le vieux Jethro une raison de plus pour
haïr cette race et chez Aaron le souffre-douleur tout
indiqué. Et comme elle était meneuse d'hommes,
qu'elle attirait facilement le mâle à sa suite, elle eut tôt

fait de se constituer une cour servile, prête à lui obéir au doigt et à l'œil : le Polonais, un Yougoslave du nom de Jàrik, d'autres encore.

Mais Aaron ne comprit pas son destin de bouc émissaire. Il ne comprit pas qu'il avait été singularisé pour des raisons qui étaient au fond hors de lui-même. Le soir de la première attaque, il mangea peu, et parut si troublé que Jethro en fut inquiet.

— Qu'est-ce qu'il y a? demanda-t-il.

Quand il répondit et qu'il demanda ensuite: «Est-ce qu'ils nous haïssent tous?» le vieux releva la tête, regarda longuement Aaron, puis il déclara:

— Le Seigneur a dit: «Vous serez dispersés parmi tous les peuples...»

Puis il secoua la tête et continua:

— Non, ne te décourage pas. Je t'enseignerai la patience. C'est de savoir où finit la douleur et où commence la révolte... Et de ne jamais dépasser ce point. Fuir, tout abandonner... Il est tellement plus facile de souffrir que de se révolter.

Longuement Jethro rappela à Aaron les exodes. Il lui parla des grands pogroms. Il lui grava en la mémoire la tragédie des Juifs chassés, poursuivis, déracinés...

— Je ne t'ai pas dit ça pour que tu craignes, dit-il en terminant, mais pour que tu sois fort. Maintenant, tu ne te sentiras plus seul. Et souviens-toi qu'ils ont survécu à tout, ceux qui venaient avant toi, puisque tu es ici, plus libre que tu ne l'as jamais été.

Mais la marque avait été brûlée à l'âme de l'enfant. Le signe maintenant millénaire. Jamais plus il ne retrouva sa fière insouciance, cette désinvolture qu'il avait en enfilant dans le cul-de-sac, tête haute, sourire aux lèvres.

Il avait franchi une étape. Son regard fouillait les recoins, et son oreille était constamment tendue vers le cri méprisant.

Aaron, fils de Juif et Juif lui-même sans qu'il l'ait choisi, soupçonnait désormais son destin et commençait à craindre.

Chaque soir, Jethro continuait à se tenir à la fenêtre pour voir mourir le jour pendant que s'endormait Aaron. Il lui parlait des temps anciens, lui chantait les odes de la délivrance qui n'était pas venue et qui ne viendrait plus jamais maintenant.

Il lui parlait aussi de la terre antique, des collines pierreuses du Neguev aride. Et quand fut libéré le pays des Juifs et qu'on rappela les exilés vers la Terre de Rassemblement, Jethro parla de Tel-Aviv, de Jérusalem, des massifs de la Samarie, et des sommets que l'on aperçoit au loin par temps clair, sortes de forteresses à chapiteaux de glace dressées vers le ciel de Yaweh.

Il imprégna en l'âme de son petit-fils la crainte salutaire mais aussi le remède à cette crainte et la raison de vivre pour tout le Peuple jusqu'à l'exode final vers le pays offert.

III

Vint l'hiver, puis le tôt printemps.

C'était le temps de l'année où Sarah était morte sans avoir vraiment retrouvé la libre Cité. Chaque vendredi soir, après le coucher du soleil, dans la lueur falote du chandelier, Jethro récitait la prière de commémoration afin que le Père la transmette à Sarah, morte trop tôt dans le monde où elle avait si longtemps cherché des cieux généreux et propices.

Ô Dieu! que votre nom soit magnifié et sanctifié; faites régner votre règne; que la rédemption fleurisse, et que le Messie vienne promptement...

Aaron frémissait en entendant les mots du Kadish. En lui surgissaient les émois de la Parole et du Respect. Il n'avait pas connu sa grand-mère mais il avait souvent entendu parler d'elle par Jethro. Il savait qu'elle avait souffert et qu'en elle avait vécu peu de joie.

Dans la cuisine étroite, aux murs tachés, au parquet bosselé et crasseux, la Présence planait au-dessus d'eux et la pièce d'aspect repoussant devenait pour un instant un temple magnifique où la voix grave et chantante de Jethro s'enflait en répétant les paroles:

Que Ton nom soit élevé et que Ton règne arrive... que Ta volonté soit...

Puis Jethro soufflait les bougies et la grisaille du crépuscule reprenait possession de la cuisine; une grisaille où se mêlaient les rouges imprécis des lointains néons. Quand le vieux faisait jaillir l'électricité, le flot de lumière crue qui découpait les meubles branlants et sales les replongeait tous deux dans l'absolu de la vie besogneuse, haletante; cette vie misérable dans le logis exigu et jamais nettoyé, et où les cancrelats couvraient les murs jusqu'à ce qu'on leur fît la chasse et qu'ils rentrassent dans les interstices des boiseries.

— J'ai faim, dit un soir l'enfant.

Jethro semblait perdu dans un rêve étrange. Debout près de la porte, il fixait l'horloge qui battait lentement les heures sur le mur, l'horloge en bois sculpté qu'il avait achetée autrefois chez un regrattier et dont les cuivres étaient noircis, la face enfumée et presque illisible.

Au son de cette voix qui troublait son rêve il sursauta. L'enfant vit que deux larmes coulaient sur les joues de son grand-père.

— Tu pleures? C'est pour Sarah?

— Non... Pas seulement Sarah, mais la foi des temps qui viennent... Y a-t-il une issue?

Mais Jethro, cherchant vite la sagesse en lui la retrouva.

— Ils n'ont pas vécu en vain ceux qui sont venus avant nous, puisque nous sommes ici, murmura-t-il. C'est le passé qui nous parle de l'avenir... Seuls les schmiels peuvent être un obstacle...

Le vieux pleurait doucement, mais en même temps il souriait et il hochait la tête.

— Je voudrais que tu dises des paroles d'homme, Aaron... Où veux-tu aller?

Aaron montra du doigt vers l'Est, vers les terres de Rassemblement et les rêves qu'il faisait d'habiter l'Israël.

— Bon, approuva Jethro. Tu as ton but... Le cycle... Et ça recommencera jusqu'à ce que le Ciel soit plein de la fin des Temps et que les hommes se prosternent devant Yaweh descendu des cieux.

Il vint à la table et souleva le couvercle du plat où dormait le souper. Il semblait rasséréné et Aaron bénit le Seigneur parce que Jethro souriait maintenant à pleines lèvres et marchait à grands pas en servant les maigres portions du repas.

— Gefülte fish, dit le vieux en anglais, ant kash-kavaal, ant leafened breadt... It is a goot supper... Ant here iss the schudl for dessert...

Il y avait si longtemps que Jethro n'avait conversé en anglais avec Aaron que l'enfant leva un regard étonné vers lui.

— You spoke English to me, dit-il. Why?

Jethro plaça sa main à plat sur la table et il eut un sourire bizarre, incomplet, comme s'il découvrait soudain son ignorance.

— Je ne sais pas, dit-il. Est-ce que l'on doit connaître les raisons de toutes choses?

Il sembla réfléchir.

— J'avais une nouvelle à t'annoncer. Je sais que tu aimes bien parler les langues de ce pays, le français et l'anglais. Moi je ne parle pas le français, mais en te parlant en anglais, c'était une concession envers toi, une sorte d'hommage. Je crois que c'est la raison...

Aaron se mit à rire, et dit en yiddish:

— J'étais surpris. Jamais tu ne parles l'anglais depuis...

Il hésita, rougit.

— C'est le passé, dit Jethro. Le secret est de ne jamais sacrifier une chose à une autre. Moi, je suis juif. J'accepte une autre langue que la mienne, mais je reste juif, et je conserve la langue des ancêtres. Voilà l'essentiel.

Aaron approuva de la tête.

— Je sais. C'est ce que je fais, répondit-il gravement.

Jethro s'en fut au poêle, frotta une allumette et fit flamber le gaz. Le feu rayonna sous la théière.

— Tout est spécial ce soir, Aaron. Du thé au citron, et tu vois, sur la table?

Il riait et le rire était si peu habituel qu'il semblait sonner faux. Aaron ne reconnaissait plus son grand-père. Le vieux allait dans la cuisine d'un pas affairé. Il se frottait les mains.

— Tu as parlé d'une nouvelle, dit Aaron, qu'est-ce que c'est?

Jethro s'arrêta, redevint grave. Puis il s'approcha d'Aaron, lui mit les mains sur les épaules.

— C'est le temps du Kadish, répondit-il. Mais c'est aussi le Shuavos. La Fête des Temps doit être observée.

Aaron eut une exclamation sourde. Il tenait ses ustensiles dans chaque main et, accoudé, la tête portée en avant, il questionnait des yeux, le souffle haletant.

— Shuavos, répéta-t-il après le vieux. La Fête des Temps... Dis-le... Dis-le!

Jethro eut un rire profond qui roula dans la gorge, qui ronronna doucement, qui vint toucher Aaron et qui le purifia, l'éleva soudain.

— Bar-Mitzvah, dit Jethro. Tu es un homme...

Ils soupèrent ensuite en une sorte d'étrange silence. Il ne s'était rien dit de plus et rien de plus n'avait besoin d'être dit. Mais Aaron brûlait de descendre dans la rue, de rejoindre les autres fils de sa race, et Lucien, et maintenant Conrad, et Horseface, Doug... tous ceux du cul-de-sac qui étaient ses amis. Il eût voulu tout empiffrer en trois bouchées pour aller plus vite leur dire (ils seraient incrédules, il le savait) que bientôt à la synagogue...

Mais Jethro mangeait lentement et Aaron se devait de finir après lui comme le respect l'exigeait.

Il ne sortit qu'à sept heures, mais quelques minutes plus tard la nouvelle était semée que, dès le prochain Shabbat, Aaron serait fait homme devant le Père et qu'il aurait désormais le droit de réciter la Torah aux côtés des aînés.

Homme!

Mais l'enfant en lui n'était pas mort. Bientôt il se mit à courir avec les autres vers l'avenue des Pins.

Il avait suffi pour le replacer subitement dans son orbite d'une sirène annonçant la course des pompiers à travers les rues encore enneigées. Flanqués au coin de l'avenue, Aaron et ses compagnons regardaient filer à vive allure les véhicules rouges qui parlaient d'incendie dans la cité. Quand les voitures eurent disparu au tournant d'une rue éloignée, les garçons quittèrent leur poste d'observation et Aaron se dirigea seul vers l'entrée de son logis.

Marie Lemieux lui barra le chemin. Deux autres gamins l'accompagnaient.

— Fais ton homme!

Elle avait l'âge d'Aaron. Impudente, l'œil dur, la bouche cruelle, elle avait accoutumé de promener son jeune corps élancé devant les amis de jeu en les raillant.

L'entendant le provoquer, Aaron devina qu'elle avait appris la nouvelle. «Fille de Beelphegor», songea-t-il, «elle veut connaître l'homme par la violence...»

Il sentait que la fille devant lui souffrait de l'impuissance qui s'accrochait à elle et qui la liait comme l'eût fait une chaîne solide. Plus que l'inimitié naturelle entre adolescents de deux sexes qui s'affrontent, Aaron voyait dans le défi de Marie un décalque des traditions malsaines. Rien d'autre ne pouvait exister entre elle — comme fille des Gentils, quasi pubère et impudente par surcroît — et lui, jeune Juif aux yeux perçants qui surveillait impassiblement son manège quotidien.

— Fais ton homme, maudit Juif! répéta-t-elle.
Y paraît que tu vas t'faire consacrer homme samedi?
Arrive, défends-toi comme un homme!

Ils furent trois à se jeter sur lui. Marie, son frère,
et un jeune Polonais catholique de la rue St-Dominique.

Il y avait dans cette maison haute et sans balcon qu'habitaient Jethro et Aaron un large portique où
débouchaient les escaliers. La rixe eut lieu dans cette
pièce n'appartenant à personne et que tout le monde
utilisait. Une seule ampoule jetait une lueur pauvre sur
les ombres qui s'y bousculaient. La bataille silencieuse, impitoyable, se déroula sans autres témoins.

Aaron dut plier devant le nombre. Commençait
chez lui le lent apprentissage de la soumission à l'inévitable. Seul, il n'appelait personne à son secours. Ou il
serait vainqueur ou alors il fuirait honteusement. Quand
il se sentit écrasé par cette puissance le harcelant, il saisit
le moment de grimper l'escalier, pour chercher refuge
auprès de son grand-père; lâchement, se sentant sali par
cette fuite.

À trois portes de là, attendant l'heure de rentrer au foyer et ignorants de ce qui se passait, les amis
d'Aaron s'amusaient.

Les quolibets qui montaient jusqu'au palier,
rejoignant Aaron, le meurtrirent plus encore que ne
l'avaient fait les poings et les pieds ou les corps jetés
en bousculade.

C'était la deuxième fois qu'Aaron entendait
le chant atroce des Gentils, le son de l'intolérance, la
voix même de cette haine qui régnait par le monde,

jamais assagie, toujours présente, souvent couvée en prévision des jours à venir, parfois étalée publiquement, savourée, sanctionnée.

Et cette voix qu'il entendait, qui criait à travers les âges, qui réveillait en lui les atavismes honteux de fuite et de dissimulation, apporta en son âme la véritable propitiation des temps.

Ce qui serait confirmé en la synagogue ce samedi-là existait déjà en lui, puissant, énorme: force et fardeau.

Bar-Mitzvah? Oui, merci Seigneur Dieu du Peuple Élu qui écouterez les prières et présiderez au cérémonial. Merci Seigneur Dieu de mon peuple qui ferez de moi un élu des rites de ma foi. Mais ce que vous me direz ne s'adressera pas à un sourd ou à un ignorant.

Bar-Mitzvah qui me mènera vers la vie des hommes, quand déjà je suis cet homme?

Avant d'entrer dans le logis, Aaron se tint un moment devant la porte, cherchant à saisir à travers ce bruit du sang qui lui battait les tempes un autre bruit venu d'en bas. Mais le portique était retombé dans le silence. Les assaillants en étaient sortis. Aaron supposa qu'ils se tenaient maintenant sur le trottoir, attendant... attendant comme toujours et partout ils attendent, guettant l'instant et la faiblesse.

Aaron tendit l'oreille encore une fois. Du rez-de-chaussée ne montait qu'un silence, mille fois pire encore que la rage criée et hurlée. Pire parce que dans le susurrement qui était ce silence, dans l'état vivant de calme, dans la fébrilité de cette fausse paix, Aaron décelait l'écho lointain d'ancêtres torturés, pourchassés, opprimés; comme une lamentation aiguë que les bruits de la ville n'étouffaient point.

J'entends les cris comme une femme en travail.

Ce sont les cris de la fille de Sion; elle gémit, les mains levées...

Malheur à moi! Je défaille devant mes meurtriers!

Pitié pour moi, pitié, seigneur Yaweh, Seigneur!

Quand il se décida à entrer, il trouva Jethro à la table de travail. L'aiguille dansait, brillant d'éclats fugitifs sous la lampe. Il ne releva pas la tête, mais sa voix atteignit Aaron.

— Quand on est tombé, ne se relève-t-on pas? Lorsqu'on s'égare, ne revient-on pas sur le chemin? Je ne l'ai pas inventé. Autrefois, le prophète avait compris.

Les mots hébreux chantaient, puissants et fermes. Aaron avança lentement vers la table, traversant l'ombre pour retrouver la lumière.

Quand Jethro leva la tête pour le regarder, il vit que l'enfant qui allait devenir un homme tremblait de tous ses membres. Il regardait son grand-père avec effroi, souhaitant désespérément une réponse aux questions. Des yeux dans la nuit noire qui cherchent la lumière du bon chemin et de la maison chaude.

— Ils t'ont attaqué ? demanda-t-il.

Aaron fit signe que oui.

— J'ai entendu, reprit le vieux, mais je n'y suis pas allé.

L'enfant ne bougea pas. Non plus qu'il montra de l'étonnement. Son regard resta impassible et fier.

— Je n'avais pas le droit de te défendre, continua le vieux. Il te fallait ce premier combat. Est-ce que tu priveras ton frère de la science par sensiblerie? Ainsi, tu sais tout. Il n'y a pas que les mots. Les pogroms ne sont pas des craintes d'enfant dans la nuit...

Aaron gémit et ferma les yeux.

La langue yiddish trouvait en elle des douceurs inconnues et Jethro dit soudain:

— Pauvre petit... Viens.

Mais ce geste tendre fut brusquement arrêté. Aaron s'était raidi. Il se tenait droit, les épaules subitement rejetées en arrière. Son reproche cingla avec les mots, fit courber la tête de Jethro.

— Je suis un homme, dit-il entre ses dents. C'est-toi qui l'as dit. Je suis un homme. J'ai droit à la Bar-Mitvah... et je l'aurai.

Après, ce fut le silence entre les deux. Plus tard, Aaron se dévêtit et se coucha. Le lendemain était mardi et jour d'école.

Ce soir-là, Jethro ne vint pas raconter de faits anciens ni réciter les livres de la Sagesse.

À la place, il se tourna sur sa chaise et fixa ce grabat où Aaron reposait, les mains sous la tête, le regard porté au plafond, le corps immobile et tendu comme un nerf qui va se rompre.

— Il n'est pas seulement propice d'être un homme, murmura Jethro en hébreu. Le Père a demandé que cela fût une souffrance. Sache que je ne te lègue pas une richesse mais un fardeau.

Il se leva et vint étendre ses mains osseuses au-dessus de l'enfant. Il lui toucha le front, la joue, les lèvres du bout des doigts.

— Samedi, dit-il, à la synagogue, on te donnera les parchemins conservés dans l'Arche du Seigneur et tu les baiseras car ils contiennent la sagesse, la science, et la Loi. Tu liras le Talmud et la Torah, et tu rediras la Loi de Yaweh aux oreilles et dans le cœur des pécheurs. Mais tu continueras à porter le fardeau de ta vie. Toute la science est douce et la sagesse un bienfait. Dehors, la science a péri et la sagesse se voile la face. Ne confonds pas la vie que tu mèneras avec la vie de ton âme et cloisonne l'une contre l'autre.

Puis il demanda gravement à l'enfant:

— Es-tu un homme?

Et Aaron répondit d'une voix ferme:

— Oui.

L'enfant ferma les yeux et Jethro retourna à ses besognes patientes et silencieuses, rendant grâce au Père qu'en Aaron se soient perpétuées la force de son Peuple et son immuabilité. Il songeait avec émotion à ce jour lointain où Aaron avait eu cinq ans. Bien que David vécût encore à ce moment, c'est Jethro qui avait déposé la goutte de miel sur la première page du Talmud pour qu'à l'enfant la science fût douce. C'est lui qui lui avait appris à épeler les premiers mots, à saisir le sens des phrases obscures.

Dehors, la ville bougeait, des néons faisaient des taches claires sur la fumée qui obscurcissait le ciel, tandis que les étoiles tentaient de percer ce voile.

Sous un réverbère, Marie Lemieux, son frère et le Polonais attendaient.

— Le puant de Juif! déclara Marie. Y sortira pas...

— He always goes in early anyway, dit le Polonais d'un ton sarcastique. He's a sissy!

— J'peux pas le sentir! déclara la fillette. Y'a pas fini avec nous autres...

— Dirty little Jew, cracha le Polonais. I'll get him again...

Et il ajouta, en un plus mauvais français encore, par complaisance pour Marie:

— C't'une maudite Juif, c'est toute!

La Cité gémissait d'effort et, avec elle, sous la poussée d'une sève violente, des enfants qui allaient devenir des hommes s'impatientaient.

Mais dans le logis du troisième. Aaron s'était enfin endormi et Jethro pleurait silencieusement en cousant les pièces posées devant lui, constamment renouvelées, une besogne qu'il ne terminerait jamais.

IV

Malak le boucher pesa dextrement le bœuf à bouillir.

L'échoppe était étroite et accusait la trace des ans. On y humait les odeurs rances et animales depuis longtemps imprégnées dans le bois des étals.

Une couche de bran de scie recouvrait le parquet dénivelé et usé par l'âge. Dans la vitrine, les lettres de métal émaillé épelaient le signe propice qui invitait les orthodoxes à se conformer aux édits.

Debout devant l'étal, Jethro, son corps maigre courbé comme à l'accoutumée, restait silencieux. Malak fixait l'homme devant lui de son regard curieux, cherchant la cause de son désarroi

— Ça ne va pas, frère? demanda le boucher.

Jethro secouait la tête à droite et à gauche, regardant par terre, comme s'il eût cherché à chasser des pensées ou à se refuser à toute parole désagréable.

— Le petit vient d'apprendre à vivre... Aaron est devenu un homme.

— Samedi, ce sera sa Bar-Mitzvah? On en a parlé ici. De même pour le fils de Lamech et d'Isaac, des Roth d'Allemagne...

Jethro inclina la tête.

— Faut-il que tous ils apprennent à mourir avant d'apprendre à vivre...?

— Les schmiels, dit Malak en crachant dans le bran de scie. Toujours les schmiels...

— Ici, ailleurs... dit Jethro. C'est le Père qui l'a dit. Et nous existerons en groupes, mais nous ne serons pas frères de sang avec les peuples chez qui nous vivons.

Il se mit à brandir son vieux poing branlant, sa main décharnée. C'était de la rage impuissante, futile, une sorte de pathétique impotence.

Malak soupira.

— Qu'est-ce qu'ils ont encore fait?

Jethro ne répondit pas. Il fouillait dans un vieux porte-monnaie au fermoir en oreillettes. Il en tirait des pièces de monnaie qu'il alignait sur le comptoir à coté de son paquet.

Quand il releva la tête, il plongea son regard dans celui de Malak et dit lentement:

— Goddam Jew. Le Juif maudit... et la malédiction a été jetée sur nous par Adoshem. Mais nous avons quêté l'indulgence et le pardon...

Il s'appuya des paumes sur le meuble, vint plus près encore du visage de Malak.

—Yaweh est sourd, dit-il. Yaweh n'a plus de pardon pour les Maisons qui pourtant l'honorent encore. Où finirons-nous?

— Qu'est-ce qu'ils ont fait? répéta Malak.

— Aaron est comme eux pourtant... quelle difference y a-t-il? La religion? Mais le droit d'être un homme? Cela dépasse toute religion...

Malak corrigea. Un geste de la main.

— Cela devrait être issu des religions, dit-il.

Puis il haussa les épaules, eut un sourire désabusé.

— À quoi servent toutes les maximes, toutes les phrases, la foi... Quelle foi? Il n'y en a qu'une, envers le Père.

Il contourna le comptoir, vint près de Jethro et lui mit la main sur l'épaule.

— Je suis ici depuis trente ans, dit-il. Ailleurs, c'était la même chose.

Rapidement, en phrases haletantes, Jethro narra ce qui était arrivé à Aaron. Quand il eut terminé, Malak soupira.

— Et quel remède? demanda-t-il.

C'était moins une question que le fait posé là, devant eux, éternel et semblablement renouvelé à travers les âges. Là pire qu'ici, ici pire qu'en d'autres pays; mais toujours présent quoique à des degrés variés: une force immuable, restant indomptée à travers toutes les propagandes, tous les efforts.

— Mais c'est encore mieux ici qu'ailleurs, dit Malak. Tu vois? Tu n'as pas eu à te cacher pour cheminer dans la rue jusqu'ici. Et Aaron n'a pas à fuir son école.

Jethro ne lui dit pas ses véritables craintes. Il ne raconta pas quelle hérédité de douleur révoltée dormait en l'enfant. Et qui saurait dire le sens des événements ce jour où la coupe pourrait être pleine?

Malak eut sa bonne voix douce, grasse dans le visage bouffi aux lèvres épaisses.

— Tout ceci passera, dit-il. Tout ceci passera...

Mais Jethro eut un gémissement sourd, animal. Le cri d'une peur nouvelle.

Puis il s'empara de son paquet, le serra contre sa poitrine creuse.

Dans la barbe, sa bouche humide et rouge luisait comme une blessure.

— J'enseigne... reprit-il. J'enseigne à Aaron, pour qu'il perpétue la race, un courage et une patience que je n'ai plus. Je souffre quand il ne souffre pas encore, et je crains quand lui est encore brave. Malak, fils de Kerisch, est-ce qu'il t'arrive de ne plus croire en ta Maison?

Et comme effrayé par l'énormité de ce qu'il venait de dire, il sortit en hâte de l'établissement.

Il descendit la rue St-Laurent tête basse. Il tourna à l'avenue des Pins et se hâta vers le cul-de-sac. En s'y engageant, il comprit soudain que le destin les avait naguère poussés là et non ailleurs. Un destin antique et perpétué, une force appuyée derrière tout un peuple et qui le mène inexorablement vers son sort. Ils vivaient dans un cul-de-sac, une rue sans issue: ils y étaient acculés, traqués. Et même là où pourtant les fils de sa Maison comme les fils des autres Maisons semblaient dominer, il y avait des Canadiens des deux langues, et aussi des Polonais, des Roumains et des Allemands qui toléraient mal ces Hébreux de la première heure, ces fils du Peuple élu, ces perpétuels errants autrefois venus des terres divines pour s'acheminer vers tous les continents, sans jamais véritablement prendre racine, et prêts à subir les pogroms, à continuer les exodes nés au temps des Pharaons.

Et combien de Jourdains qui ne s'étaient point ouverts au passage?

Et quelle proportion de calcaire — provenant d'ossements humains — l'humus d'Allemagne ne contenait-il point? Ça ne se comptait plus en cadavres ou en multitudes, mais en tonnes de pourriture amoncelée, haute comme une montagne peut-être ou plus encore. Sans noms, sans lieux, sans perpétuation. Une main gigantesque avait cueilli des grappes sémites pour les broyer en quelque sanglante vendange pour la soif de puissants cruels.

Jethro marchait en se faufilant contre le mur, en évitant les regards. Devant la maison des Lemieux, il se fit petit et malingre, devint une ombre à peine perceptible. C'est en ahanant qu'il grimpa l'escalier de son logis et, quand il y fut entré, en un geste de panique il verrouilla la porte à double tour. Puis, reculant, il épia longuement cet huis par où pouvaient passer les ennemis de l'Alliance et les infidèles à la Loi du Père.

Quand Aaron revint de l'école, qu'il entra en sifflotant, sa clé à la main, Jethro était de nouveau assis à la table de travail. Une chaudronnée bouillait sur le poêle à gaz, et rien ne paraissait plus de cette faiblesse à laquelle le vieillard avait un instant cédé.

Jethro ressentit même un véritable bien-être de cette gaieté venue d'Aaron. Il songeait que maintenant il poursuivrait ses enseignements. La goutte de miel garderait sa valeur à travers les temps.

Jethro n'aurait pas en vain transmis les ordres divins reçus sur la Montagne.

Ce jour-là qui était un mercredi et le lendemain de même, puis le vendredi, rien ne vint troubler la paix du logis. Jethro reprit un peu de courage, mais un courage en équilibre instable. Au fond de lui-même subsistait une peur latente et immémoriale.

Aaron ne se retrouva pas face à face avec les Lemieux. Et de ses amis, aucun ne monta frapper à sa porte, car il leur avait expliqué qu'en ces soirs devaient se réapprendre la Parole et se discuter le cérémonial du samedi.

On respectait son isolement. Ceux parmi ses amis qui étaient juifs orthodoxes savaient l'importance des temps qui débutaient pour Aaron. Les autres, réformés ou conservateurs, comprenaient sans savoir et se rangeaient avec les fidèles du rite ancien. Quant aux Gentils, instruits de leurs propres devoirs en matière de culte, il leur était aisé d'admettre qu'Aaron dût s'isoler pour préparer ce jour important de sa vie.

En sorte que, dès sa sortie de l'école, Aaron rentrait chez Jethro pour n'en plus sortir. Puis c'était une manière de recueillement qui meublait ses veilles. Il sentait en lui les empreintes vivantes et nerveuses des odes et des chants. Tout son être vibrait parce que Jethro, durant de longues soirées, lui avait répété les récits et chanté les lamentations antiques.

Aaron avait obéi au moule patient mais implacable. En lui maintenant revivait la tradition. En lui se manifestait la juste crainte du Père vengeur, du

Seigneur dont la malédiction atteindrait l'infidèle et le pécheur, les plongerait, éternellement maudits, dans le feu de punition.

Le judaïsme avait gravé sa marque profonde, régissant tous les instants, dictant les actes, se muant en état d'esprit plutôt qu'en un ensemble de pratiques.

À l'âge de Jethro, on pouvait croire qu'il serait comme le vieillard, sensible tel un arc bandé et vibrant au moindre élan mystique, à la plus infime variation dans la présence de Yaweh en sa vie.

C'était bien là le but qu'avait ambitionné Jethro. Il avait perdu Sarah, et son fils David. Il avait perdu la femme de ce fils David et il ne lui restait plus en partage que ce petit-fils aux grands yeux profonds, à la parole nerveuse et aux émois immenses.

Celui-là, lingot formé au creuset patient, celui-là remplaçant tous les autres et les continuant serait doublement asservi à Yaweh et chanterait sa louange comme jamais Jethro n'avait pu le faire.

Puis vint le samedi.

V

Dans son lit, Aaron s'était éveillé dès l'aube. Les yeux fixes, fiévreux, il regardait sans voir à travers la fenêtre crasseuse où perçait un jour encore gris, encore terne, mais qui serait plus tard inondé d'un grand soleil de printemps.

Sur l'heure, Aaron ne s'en souciait pas. Restait pour lui l'instant merveilleux de ce matin-là, sa solitude subite alors qu'on le laisserait tout à coup devant les Tables de la Loi et qu'il devrait, pour marquer le passage, pour franchir l'abîme, prouver à tous que sa voix savait chanter les psaumes, que sur sa tête le calot de satin noir s'ajustait bien.

Jethro se leva à sept heures et quand Aaron l'entendit s'affairer dans la cuisine, il se leva aussi, paraissant comme grandi en ce matin-là, marchant plus droit encore, portant les épaules avec une sorte d'insouciance comme il avait vu faire aux hommes marqués de leur état.

— Il ne faudra pas tarder, dit Jethro. Tu seras prêt?

Aaron inclina la tête.

— Je serai prêt, dit-il.

Et les mots voulaient dire encore plus que la simple préparation matinale avant que de partir pour une quelconque besogne ou une cérémonie ordinaire des rites. Il serait prêt. Il l'était déjà depuis longtemps. Prêt en lui-même comme l'agneau est prêt et doit se réjouir d'avoir été choisi, ou comme le guerrier est prêt qui va à l'assaut de l'ennemi, sûr qu'il est de vaincre.

Condition d'homme. Il avait besoin qu'elle devînt complètement sienne.

«Je serai prêt.»

Ils quittèrent la maison à huit heures. À la synagogue, on commencerait le cérémonial à huit heures trente. Jethro voulait passer par la grande porte du temple et s'arrêter un moment pour laisser au rabbin le temps d'inscrire dans les registres le nom d'un homme nouveau qui grossirait la cellule des fidèles.

«Aaron, fils de David, petit-fils de Jethro, descendant de la Grande Maison...»

Le cul-de-sac était presque désert.

Certes, il y avait l'affairement des camionnettes de laitiers, de boulangers. Un jour recommençait à vivre avec ses besoins, ses exigences, les centaines de menues routines que le sort avait fait échoir à chacun. Des femmes balayaient le pas des portes; une fillette courait vers l'épicerie toute proche; un ouvrier soucieux tentait de réparer encore une fois la porte d'un taudis; un chien jappait hoqueteusement, plein d'une subite colère qu'il ne comprenait peut-être pas lui-même.

À l'angle de l'avenue des Pins, c'était un défilé continu de véhicules, presque tous filant vers l'ouest, et la cacophonie des klaxons empêchait le cul-de-sac d'être aussi paisible qu'il en avait l'air.

Sans se concerter, mais d'un commun accord, Jethro et Aaron sortirent à pas pressés du logis pour ensuite passer tête haute mais prestement devant la maison des Lemieux. On se levait tôt dans cette maison, et la porte close comme les fenêtres apparemment sans vie pouvaient surprendre. Toutefois, personne ne se montra, mais Jethro ne respira vraiment, à grandes lampées d'air, qu'une fois arrivé sur l'avenue des Pins.

Il arrêta Aaron en lui retenant le bras un moment.

— Patience, dit-il. Écoute-moi...

Il lui semblait n'avoir rien dit dans les jours précédents. Il lui semblait que ses enseignements n'avaient abordé qu'une infime fraction du grand sujet à traiter. Aaron allait peut-être mal répondre aux invocations du rabbin. Mais plus encore, lui, Jethro, avait-il vraiment convaincu l'enfant des grandes joies du rite? Ne restait-il pas encore des heures de discussion à vivre entre les deux?

Aaron bougea, nerveusement, mais sans véritable impatience.

— Qu'est-ce qu'il y a? demanda-t-il.

Jethro sut reconnaître sa faiblesse d'un instant et la combattit aussitôt. Pour motiver son geste, il tira de sa poche la grosse montre au boîtier d'étain, la plus coûteuse de ses pauvres possessions.

— Il est déjà tard, dit-il. Dépêchons-nous.

Ensemble ils se hâtèrent vers la synagogue. Malgré leur célérité, cependant, ils savouraient ce matin maintenant clair, guilleret, la ville aux nouvelles couleurs, entassée et frileuse sous le soleil pourtant tiède du printemps.

Partout les dernières traces de neige fondaient. L'eau dégoulinait sur les trottoirs, et deux ruisselets longeaient la rue, courant à la recherche des bouches d'égout.

Il y avait un goût de chaud dans l'air, un goût de croustillant, un arôme de nouvelles délices. Mai serait merveilleux et juin doucement lascif sous le soleil.

Silencieusement, en ne cherchant pas de mots pour exprimer leur bien-être, l'homme et l'enfant se dirigèrent vers la rue Esplanade où se trouvait le temple.

Et quand ils furent devant le grand escalier, Aaron ne ralentit même pas sa marche. Du même élan rythmique, ferme et décidé qui l'avait entraîné jusqu'ici, il gravit les marches pendant que Jethro le suivait en murmurant d'obscures psalmodies propitiatoires.

Puis Aaron entra dans la synagogue que le soleil rendait ce matin-là douce et lumineuse.

VI

Que Jethro représentât un type à part chez les Juifs, ses congénères, n'avait pas encore frappé Aaron.

Il fallut la cérémonie de la Bar-Mitzvah et un incident bizarre qui s'y produisit pour éveiller chez lui, sinon un sentiment d'opposition, à tout le moins une curiosité qui devait ensuite ne jamais s'apaiser.

Après les instants du rite et alors que les enfants-faits-hommes étaient conviés à causer avec le Conseil dans la salle de la synagogue, Aaron se trouva un moment seul avec l'un des Aînés, un marchand cossu dont il connaissait vaguement et le nom et les réussites.

Ce ne fut même pas l'ébauche d'une conversation, tout au plus quelques remarques; une commisération que montra l'homme et qui devait longtemps après intriguer Aaron.

— Tu as décidé de ce que tu ferais, plus tard? avait-il demandé.

Aaron hésitait, n'osant répondre qu'il n'y avait vraiment pas songé. Il eût voulu prouver en une phrase concrète l'état adulte qu'on lui conférait ce jour-là, dire sa détermination d'aborder tel ou tel gagne-pain. Mais il n'était pas dans la nature du garçon d'inventer des mensonges. En ce jour-là moins qu'en tout autre temps. Dans cet état d'impuissance où il se trouvait, il eut soudain l'intuition de n'être pas à la hauteur de son rôle. D'autant plus que maintenant l'Aîné avait un sourire de pitié en lui mettant la main sur l'épaule et qu'il poursuivait:

— Tu trouveras malaisé de concilier les exigences du travail, les conditions de réussite aujourd'hui et les lourdeurs de l'orthodoxie...

La phrase était déjà pleine de signification, sans pour cela tout révéler, puisque l'Aîné ajouta:

— And with Jethro, it will be even more... difficult.

Il y avait dans la salle un brouhaha omniprésent, un tapage de rires, d'exclamations. Des enfants couraient que les parents morigénaient. C'était une fête gaie et chacun la vivait pleinement. Aaron avait dû tendre l'oreille pour saisir ce que lui disait l'homme. Puis Jethro venait, l'appelant du doigt, et il le suivit.

En chemin de retour Aaron rassembla ses idées.

L'homme avait paru sérieux, et à vrai dire Aaron n'avait pas trop bien compris sa commisération. Il n'avait pas compris ce que venait faire l'orthodoxie dans ses projets d'avenir, et encore moins quelle pitié pouvait susciter Jethro. Pourtant, Aaron en était sûr, c'était bien ce que le marchand avait semblé dire.

Mais alors, que signifiait tout cela?

À la maison, il erra un moment avant que de questionner son grand-père. Encore n'osa-t-il pas rapporter les moindres paroles de son interlocuteur à la synagogue, s'obstinant à croire, dans une sorte de fidélité instinctive à l'égard de Jethro, que l'autre s'était mal exprimé ou que lui-même avait mal compris.

Par une sorte de prescience, l'adolescent devinait qu'il y avait là un mystère dont Jethro ne pourrait peut-être pas fournir l'explication.

Et cette même prescience l'avertissait que Jethro serait au moins troublé par les paroles de cet homme. Que sa colère soulevée, l'indignation remplacerait la calme lucidité qu'en lui-même Aaron sollicitait de toutes ses forces.

Il chercha des moyens adroits de mettre le sujet devant eux, à charge d'être pleinement discuté. Il venait d'être admis comme homme dans le temple. C'était l'instant même qui se pouvait le mieux choisir pour élaborer des rêves.

Nourri du passé par Jethro, ne pouvait-il espérer que l'avenir préoccuperait autant le grand-père? On ne sépare jamais le temps révolu du temps qui vient. Il n'y a pas de solution de continuité entre la mémoire et l'anticipation.

— Je me demande bien, dit Aaron, ce que je devrais choisir comme carrière...

Le mot avait été lancé tout bonnement, sans que traînassent derrière lui des ferments d'inquiétude ou l'angoisse d'une voie à suivre. C'était plutôt comme une expression demi-indifférente, logique cependant dans la bouche de quelqu'un à qui ce jour même l'on a conféré un état encore inconnu la veille.

Le grand-père avait prévu la discussion. Il la savait inévitable. Mais s'il entretenait un espoir ou prévoyait imposer ses goûts à l'enfant, il n'en dit rien ce matin-là. Au lieu de répondre par la question à laquelle s'attendait Aaron, il dit:

— C'est un mauvais chemin. Les voies sont étroites...

Aaron ne voulut point en rester là.

— Pourquoi? demanda-t-il.

— Pour rester fidèle à ta religion, et tout de même vivre... Le monde a bien changé...

Le visage du vieux s'assombrit. Il regardait tristement Aaron.

— Pourquoi parler de tout ceci aujourd'hui? C'est le temps de la joie. Demain, il sera toujours temps de songer à la douleur...

Mais les paroles de Jethro se rapprochaient trop de celles du marchand pour qu'Aaron consentît au silence, fût-il plein des joies du jour.

— Ma religion, c'est une chose, dit-il. Gagner mon pain en est une autre. Pourquoi...?

— Justement, dit Jethro. Gagner ton pain en est une autre. Il fut un temps, dans les ghettos du monde, où nous pouvions être solidaires et ne traverser les murs que bien sûrs de nous, sûrs que nous n'aurions pas à renier nos rites. Il y avait des persécutions, mais elles nous poussaient hors de nos maisons, elles nous détruisaient, elles nous engageaient à fuir... Aujourd'hui ici, en Amérique, même ailleurs, la solidarité est difficile...

— Mais pourquoi? Pourquoi? Tous les Juifs de Montréal...

Il sous-entendait: «Les Juifs de Montréal vivent, existent, travaillent...»

Le rapprochement entre les paroles de l'Aîné et celles du grand-père était exaspérant, parce que ni l'un ni l'autre n'avait vraiment précisé le problème, lui donnant, pour le bénéfice de l'enfant, une tournure qui se pût facilement saisir.

Jethro vint s'asseoir près de son petit-fils et le regarda avec douceur.

— C'est tellement compliqué, dit-il, d'être juif orthodoxe, et d'avoir tout de même à suivre le rythme de la vie moderne. Certains Juifs ont préféré accommoder la religion à leur travail, à leur soif de richesse. D'autres, comme moi, croient que la fidélité aux Lois vaut mieux que toute ambition, et reste le choix le plus méritoire. Pour préserver la Foi, le moyen des anciennes générations est encore le plus sûr: préservons la continuité du travail.

Il sourit comme s'il eût voulu réconforter Aaron qui le regardait sans encore comprendre.

— Dans le cœur: le Père et le respect que nous lui devons. Dans les doigts: l'habileté transmise, et le fils qui suit les traces de ses aînés. Voilà exactement le moyen de survie, pour nous.

Il n'avait pas dit «pour toi», mais «pour nous», et Aaron mit deux jours à penser que la survie devait être une préoccupation dont l'essence même niait l'individualité et les ambitions personnelles.

Mais il était trop jeune encore pour le bien comprendre, et trop jeune pour en tirer de l'effroi ou de la crainte.

Par un retour des choses qui ne surprend plus chez les êtres couvés dont les jours ont été — dans la mesure du possible — exemptés de problèmes, Aaron, déjà troublé par les paroles de l'Aîné et plus troublé par les demi-explications de Jethro, préféra se réfugier dans l'indifférence. Il lui sembla facile de se chasser de la tête toute pensée d'avenir. Il n'avait pas terminé ses études, et il serait toujours temps d'y revenir. Cette indifférence trouva quand même à s'exprimer.

Une semaine durant il fut joyeux et sifflota comme un fol oiseau insouciant des dangers des lendemains et de tout ce qui peut menacer ou l'oiseau ou — par la juste similarité des destins naturels — l'ensemble même des créatures de Dieu.

Puis à l'indifférence succéda la lente connaissance des inquiétudes. Que rien n'ait été dit le matin de la Bar-Mitzvah, ni par l'Aîné ni par Jethro, et Aaron aurait vécu sans grandes inquiétudes, se contentant de savourer le printemps, d'anticiper avec joie l'été proche, et de tirer de chaque jour les sourires, les espoirs et les contentements offerts.

Mais ses yeux avaient été ouverts, dessillés. Ils étaient maintenant libres de s'ouvrir tout grands sur les problèmes à solutionner.

Aaron qui n'avait rien remarqué auparavant s'aperçut que d'autres jeunes Juifs, ou des Gentils de sa connaissance, ne semblaient pas soumis aux mêmes heures rigides de prière ou d'observance. Il s'enquit et fut renseigné par Lucien sur le catholicisme.

Cela ne l'intéressa pas.

Un adolescent de sa race, cependant, lui parla des réformés, des Juifs conservateurs. Il semblait bien au fait, parlait avec désinvolture, classant en trois mots chaque catégorie dans sa niche propre. Et en terminant, il demanda:

— Toi, tu es orthodoxe?

— Oui, répondit Aaron.

— T'as pas fini dans la vie...

— Pourquoi? Quelle différence y a-t-il?

L'autre eut un sourire suffisant.

— Les plats en double, les serviettes en double, toutes ces histoires... Vous n'en finissez plus. Dans la maison, ça peut toujours aller... Mais on ne s'enrichit pas dans la maison. Quand tu voudras voyager pour tes affaires, ou manger au restaurant, ou... je ne sais pas, mon vieux, mais vivre? Quand ça t'arrivera tout ça, tu verras comment il devient pesant d'être orthodoxe...

Il y avait là tous les éléments du danger dont avait mille fois parlé Jethro. La perte de la foi, l'infidélité au Père, la désobéissance aux édits. Mais Aaron ne répliqua rien.

Il reprit lentement, songeusement le chemin de la maison.

Une partie de ses ignorances était maintenant disparue. Restait à savoir pourquoi l'Aîné avait semblé doubler le fardeau en mentionnant Jethro.

«Il y a aussi Jethro...»

277

Peu à peu Aaron s'aperçut que la commisération de l'Aîné au sujet du grand-père pouvait être juste. Jethro n'avait suggéré aucune solution réelle à cette orthodoxie dont il admettait par ailleurs — ou semblait admettre — qu'elle manquait de souplesse. Il n'avait parlé que de maintenir les coutumes des anciens ghettos où l'artisanat était héréditaire et où la protection de la collectivité passait plus souvent avant les ambitions personnelles de l'individu.

Aaron, un instant immobile sur le dernier palier avant que d'entrer chez lui, devina qu'il y aurait dans l'avenir des pentes bien raides à gravir. Et il se demanda si Jethro en faciliterait l'escalade.

*

Après la Bar-Mitzvah, Aaron se replongea dans l'étude et termina brillamment son année scolaire.

Heureux, mais humblement dissimulé dans un coin de la salle, Jethro assista à la distribution des récompenses. Il vit Aaron remporter des honneurs. Il vit les sourires satisfaits des professeurs, et des craintes qu'il avait eues quelques-unes s'évanouirent. Ce pays restait le meilleur puisqu'un Juif, premier de classe, suscitait l'orgueil de ses maîtres.

Puis vint l'été, saison oisive pour Aaron. Plusieurs fois, Jethro le surprit à rêvasser, ne sachant que faire de lui-même.

— Il y a la montagne, dit-il. Tu pourrais y aller marcher.

Il n'y avait pas assez d'argent en cette maison pour procurer des joies coûteuses à l'adolescent. Et Jethro n'avait pas voulu qu'il travaillât. Aaron en avait parlé.

— Cet été, durant les vacances, je pourrais me rendre utile...

Mais Jethro avait refusé net.

— Tu n'es pas prêt à travailler. Quand ce sera le temps...

Il avait, lui, commencé plus jeune qu'Aaron, mais c'est qu'à ce moment la pauvreté était abjecte. Il se souvenait que les kopeks ainsi gagnés avaient été d'un précieux apport à la famille.

Aujourd'hui qu'il pouvait, péniblement il est vrai mais en somme suffisamment, assurer la vie de chaque jour, pourquoi imposer à l'enfant un labeur qui se serait avéré prématuré, il en était certain.

Aaron suivit donc le conseil de son grand-père. Le lendemain, il marcha le long de l'avenue des Pins, traversa le parc Jeanne-Mance et gravit la montagne. Il devait refaire ce voyage bien des fois durant cet été-là.

VII

On était à la fin de juin quand, pour la première fois, Jethro s'aperçut qu'Aaron changeait. C'était quasi imperceptible. Une cadence sourde, ralentie, que Jethro vint à constater.

L'enfant allait presque tous les jours dans la montagne. Il y marchait seul. Il avait tout d'abord joui des sous-bois, du soleil perçant à travers la feuillée, des allées calmes et souvent désertes. Il avait entendu le chant de nouveaux oiseaux qu'il avait bien aimé.

Mais vint un moment où l'attrait du nouveau s'émoussa. Il laissa courir son imagination, se vit roi, ou chevalier ou aviateur. Il imagina des scènes. Il venait de conquérir un grand pays. Il rencontrait le roi de ce pays qui lui rendait les armes. D'un côté de la grande allée menant au palais royal, une rangée de ministres, de généraux d'armée, des nobles de la cour. De l'autre côté, toutes les dames, de fières et altières damoiselles. Et tous et toutes, même vaincus par Aaron, ne pouvaient s'empêcher d'admirer sa prestance, son courage, son génie militaire.

Il cheminait entre les deux haies, se rendait jusqu'au roi.

«Sire...»

Autant de jours, autant de rêves.

Une fille aux longues jambes se glissait jusqu'à lui.

«Il faut que je touche au conquérant.»

«Je suis le conquérant.»

La phrase devenait un leitmotiv: *Je suis un conquérant.*

Puis lui vint une sensation puérile et il s'entendit rire aux éclats parce que l'une des filles du rêve avait perdu une pantoufle (il avait lu *Cendrillon* trois ans auparavant, dans un livre que Lucien lui avait prêté). C'était enfantin.

Dès lors il fut pilote. Les avions d'après-guerre passaient au-dessus du mont Royal. Aaron les pilotait. Il fonçait sur des navires en haute mer, il harcelait des villes. Puis son appareil (marqué des deux cercles enlacés vert-rouge, l'avion du Maître suprême des Armées), sorte de libellule docile, venait se poser le long de l'allée où étaient rangés les notables, les généraux et les filles altières...

«Sire, je suis Aaron Cashin!»

(La guerre était une manœuvre assez obscure pour Aaron. Il la voyait encore à travers les récits d'épopée. Il avait passé la dernière, seule qu'il eût pu connaître, bien à l'abri au Canada. Et comme tous les Canadiens, il n'avait connu d'elle qu'un léger rationnement de certaines denrées et l'abus des nouvelles, soigneusement assemblées selon les diktats de la censure et de la stratégie.)

«Sire, je suis Aaron Cashin, Grand-Maître des Armées.»

Et le roi s'inclinait gravement pendant qu'Aaron, immobile dans l'allée, le fixait de ses yeux au regard froid, impérieux.

Un jour, un policier à cheval survint. Il arrêta sa bête.

— What are you looking at ? I've been watching you for ten minutes.

Aaron sursauta, sortit de son rêve.

— Je ne parle pas l'anglais.

C'était faux, mais le policier qui était Irlandais ne se sentait pas de goût particulier pour le français ce jour-là. Il continua sa ronde sans plus importuner Aaron.

Que ces rêves vinssent à mener Aaron vers d'autres rêves, ceux-là plus précis, plus inquiétants, il n'y avait qu'un pas.

Cette solitude sur le mont Royal, et le désir latent qu'il se découvrait d'être un jour si grand qu'on dût s'incliner devant lui n'allaient pas demeurer un passe-temps et sans plus.

Il se prit à poser des questions. Que serait-il plus tard? Que deviendrait-il? Pour être un jour un grand homme, que faut-il faire?

Il se regardait. Vêtements rapiécés, souliers déjà trop petits. Il se regardait et ne se voyait pas tel qu'il l'aurait voulu. Ce qu'il était, comment il était vêtu, la vie qu'il menait devenaient des obstacles en apparence insurmontables.

Et Jethro, peut-être l'obstacle le plus grand de tous...

Quand vint cette pensée soudaine, Aaron la repoussa, se sentant confusément coupable de l'avoir eue.

«Il est bon pour moi», murmura-t-il.

Mais le lendemain, les autres jours, la solitude fut de plus en plus peuplée par ses angoisses. Que devenir? Où aller? Comment être grand?

Si grand toutefois que cela soit de la puissance. C'était là l'essentiel.

L'imagination était lancée à bride abattue. Aaron ne se connaissait plus de faiblesses, rien n'était impossible. Il serait grand: il dominerait.

Puis il s'examinait de nouveau, se voyait tel que le sort l'avait fait, minable, sans un sou en poche.

Alternance des songes. Des abîmes aux sommets.

Savant qui découvre quelque merveille nouvelle de la chimie ou de la physique. Ingénieur construisant le plus grand barrage du monde entier, si extraordinaire que jamais on puisse en concevoir de pareil, fût-ce dans dix mille ans! Général de grandes armées...

Il revenait à cette hantise. Dominer.

Mais toujours il dominait par l'esprit, par le génie: toujours pour lui la grandeur était issue de l'intelligence et de l'habileté.

Il se souvint qu'il y avait une bibliothèque juive, rue Esplanade à l'angle de la rue Mont-Royal. Il s'y rendit, se procura des livres qui parlaient des grands hommes. De Genghis Khan à Pasteur, de Disraéli à Ben Gourion.

Il les lut dans la montagne. Un livre par deux jours. Une soif le dévorait. À la bibliothèque, on fut surpris.

— Vous les lisez-tous? demanda la bibliothécaire.

Aaron fit oui de la tête, et la fille le regarda d'un air stupéfait, puis elle murmura, n'osant insister:

— Je ne sais comment vous faites...

Quand il revenait à la maison, ses indécisions de la journée l'avaient marqué. Et, lentement, le changement s'opérait en lui. Son regard se creusait, un pli barrait son front. Il avait su rire, badiner avec Lucien, ou Saul, le nouveau voisin, ou Horseface. Maintenant il les fuyait. Il les sentait d'un monde étranger à lui-même, enracinés lui semblait-il dans une petitesse qu'il lui fallait dépasser à tout prix.

Le matin il disparaissait vers la montagne. Et le soir, si les camarades étaient là quand il rentrait, il prétextait l'urgence; il fallait monter, Jethro attendait.

Dans la maison, cependant, il redevenait l'adolescent de la montagne, soucieux, trop grave pour son âge, distrait.

Jethro l'observait en silence, inquiet de savoir. C'était surtout l'ignorance. Jethro eût mieux su combattre l'ennemi tangible.

Un jour qu'Aaron était parti dans la montagne, le vieillard fut chez son ami Malak et lui raconta son inquiétude.

— Aaron a changé, dit-il.

— C'est depuis sa Bar-Mitzvah? demanda le boucher.

Il était songeur, il regardait au loin par sa vitrine. Il remontait les ans, jusqu'à la jeunesse, et la synagogue malpropre de sa ville natale, si loin, si oubliée...

— Moi j'avais été placé en apprentissage le lendemain, dit-il. Ce n'était pas comme ici, ce n'était pas comme aujourd'hui. Il y avait des raisons à la cérémonie...

Jethro expliqua:

— Aaron mange, et vit, et rit lorsqu'il faut rire, songe lorsqu'il faut songer... C'est son regard qui n'est plus le même. A-t-il tout à coup découvert de nouvelles sciences dans sa science à lui, celle que je lui ai donnée?

Le vieux était inquiet. Il n'avait que vaguement décrit le problème. Et s'il parlait de nouvelle science, lui comprenait ce que Malak peut-être ne saurait comprendre.

Pourtant le boucher eut le gémissement sourd et long des Hébreux de l'ancienne pensée.

— Oyiii... Oye... Oye... Je sais. Tous ceux qui font dire aux prophètes de nouveaux mots, ou de nouvelles pensées pour les mots.

Il savait qu'en disant: *reformé*, cela peinerait Jethro. Mais le vieux avait saisi l'allusion.

— Non, je ne crains pas cela, dit-il. Je me suis mal expliqué. Tu as pourtant droit à ma confiance. Tout est une science pourvu qu'on y apporte la joie de connaître. Je me demande s'il n'en est pas trop entré au cœur d'Aaron. En lui enseignant la patience je lui ai peut-être enseigné la lâcheté...

Malak se tut. Rien ne pouvait être dit pour rassurer l'ami, ou lui montrer l'erreur. Malak connaissait peu Aaron. Il ne l'avait vu que les rares fois où le garçon était allé chercher de la viande consacrée. Le boucher n'aurait pu consoler Jethro.

— Je ne sais pas, dit-il en étendant les mains en un geste d'impuissance. Toi tu pourrais le savoir...

— Moi? dit Jethro. Je ne suis que deux yeux, que deux oreilles, qu'une bouche. Voilà qu'Aaron est loin de tous mes sens...

Il partit sans expliquer la véritable raison de ses craintes.

Pour rentrer chez lui, il marcha tête basse comme il en avait maintenant pris l'habitude, insouciant de toute la vie qui l'entourait, ne voyant même pas ceux qui faisaient le salut des deux doigts en passant près de lui, en guise de respect à son âge et à sa science. Car le bruit s'était répandu dans tout le quartier que Jethro possédait plus de science que maints rabbins, et qu'il perpétuait dans son petit-fils son savoir et sa ferveur.

À la maison, il trouva Aaron qui lisait un journal.

— Il n'y a rien, dit Aaron quand Jethro entra. Je lis et je ne trouve rien...

— Que cherches-tu?

— Je ne sais pas...

Il haussa les épaules, alla se coller le front à la vitre.

— Ici et là, des peuples dressés les uns contre les autres...

287

Il vira les talons, les dents prêtes à mordre.

— Et c'est stupide, c'est idiot. Toi tu voudrais la paix... Moi... Les autres... Et on ne parle que de guerre, que de sang, que d'oppression, que de révolte, que de peuples affamés, que d'enfants couverts de plaies, que de pays sans espoir...

Jethro ne répondit pas. La révolte d'Aaron, adolescent, était dangereuse. Jethro se garda bien de la soulever davantage. Il mit des plats sur la table, déposa tristement les aliments du soir: la viande froide qu'il rapportait de chez Malak, des tranches de pain... Dans une tasse, du café fort.

— Viens manger, dit-il, je ne veux pas te répondre.

— Je sais, dit Aaron.

Mais il ne montrait pas de rancœur. Il vivait sa propre vie. Sa révolte n'avait pas besoin de Jethro. Il pouvait rager seul. Et Jethro se demanda si cette rage libérée n'était pas une conséquence de sa Bar-Mitzvah.

— D'être un homme, murmura-t-il, comprends-moi, Aaron. D'être un homme...

Mais Aaron l'interrompit.

— D'être un homme, cria-t-il, me donne le droit de penser!

— Tu n'as pas acquis ce droit au jour de Shabbat où l'on t'a placé parmi nous. Tu l'avais auparavant, à ta guise d'en user...

Aaron ne continua pas. Il mangea, sans faim c'était évident. Puis il s'en fut dans sa chambre et s'étendit tout habillé sur son lit. Plus tard, il se releva, se dévêtit et se recoucha pour la nuit.

Jethro, soudain plus seul que jamais, travailla patiemment jusqu'aux premières heures du matin.

Il cherchait avec un désespoir acharné quels mots il fallait dire à son petit-fils. Mais s'il songeait à prêcher la tolérance, immédiatement se dressait l'autre mot, l'antonyme maudit, qu'Aaron connaissait déjà.

Prêcher une patience que l'on a oubliée? Prêcher une attente quand beaucoup trop ont attendu en vain? Prêcher un monde meilleur, et où lui poser ses bornes géographiques?

«Je lui ai trop parlé de tristesse, de crainte et de servitude. Il est trop sensible et maintenant il en sait trop... et pas assez.»

Quand au matin Aaron s'éveilla, il était épuisé, ses yeux étaient hagards. Il se regarda dans la glace fêlée au-dessus du bureau bancal et vit qu'il avait le joues creuses. «Je ne veux pas commencer à vivre», murmura-t-il.

Ce jour-là, il allait fêter ses quinze ans.

VIII

L'après-midi de septembre se parait d'un grand soleil, tout tiède et douillet. On se serait cru en juin quand les fleurs sont neuves et que le ciel est trop bleu.

Seulement, il y avait dans la tête bien garnie de quelques arbres, ici une feuille jaune, là une autre presque rouge. Et ces deux feuilles démentaient juin et parlaient de l'automne tout proche qui allait chasser de la ville toute la douceur. À la suite des feuilles tombées viendraient les premières bourrasques. Puis ce serait, à plein ciel, la neige blanche comme une manne que la fumée viendrait ensuite salir. Puis la glace, le temps froid, sombre et laid, le verglas.

Aaron sortit de l'école où il entreprenait ce qui devait être sa dernière année d'études. Il chemina le long de l'avenue des Pins, traversa l'immense quadrilatère à l'avenue du Parc, s'engagea dans un sentier qui menait vers le mont Royal.

Il marcha longtemps, passa le monument à Jeanne Mance, puis grimpa la pente d'hiver là où glissent les traîneaux quand le temps est venu et que la neige est propice. Puis il escalada d'autres pentes, rejoignit les chemins paisibles et déserts à ce temps de l'année.

Comme d'habitude ce n'était pas voulu, ce n'était pas fait avec un but ultime et une raison de trajet. Il errait à vraiment dire. Il cheminait instinctivement, se laissant vivre, ne pensant à rien sauf aux choses qui le frappaient, aux feuilles agonisantes des arbres, aux dernières fleurs, au soleil qui était tamisé avant que de rejoindre le sol, à cet hiver qui viendrait.

Des oiseaux voletaient. Aaron vit même un papillon attardé.

Puis, alors que l'allée retrace brusquement ses pas dans courbe raide, à mi-chemin entre la plaine et le sommet, il aperçut quelqu'un qui somnolait sur le talus, au pied d'un arbre.

C'était une fille dont il ne voyait que les tresses noires et deux longues jambes fines pliées à ce point aux genoux que l'audace du geste découvrait des cuisses nues sous la jupe. Il allait passer outre quand une voix l'arrêta.

— Bonjour!

La fille s'était redressée sur un coude en l'entendant venir. Il vit qu'elle avait son âge à lui, ou presque, qu'elle souriait et qu'ils étaient bien seuls dans cette montagne de paix.

— Bonjour, répéta la fille avec insistance.

Aaron s'arrêta, fut indécis un moment puis se dirigea lentement vers le talus.

— Viens t'asseoir, dit l'inconnue. Il y a toute la montagne, et c'est grandement de place pour seulement toi et moi... Allez, viens!

Des mots auxquels il n'était pas habitué, un accent qui chantait et qui n'était point canadien; elle parlait un français doux, presque susurrant. Elle était comme Aaron, de teint olivâtre, mais avec deux tresses noires, des yeux immenses, sombres, une bouche sensuelle et des gestes félins quand elle se laissa retomber sur le dos, les mains sous la nuque.

Aaron s'assit non loin d'elle.

— Bonjour, dit-il, et hésitant à la tutoyer. Vous... tu te reposes ici?

— Vas-y, le tu est de rigueur avec moi... T'as quel âge? Quinze ans?

Elle le dévisageait: des yeux de femme et une bouche d'enfant.

Il fit oui de la tête.

— Moi disons que j'en ai seize.

Elle arracha une brindille et se mit à la mordiller.

— Tu es juif? demanda-t-elle.

Une fois de plus Aaron fit signe de la tête.

— Moi aussi je suis juive.

Puis elle se cambra les reins, d'un geste brusque se redressa. Assise, elle toisa Aaron.

— Tu es d'ici, du Canada?

— Oui.

Elle eut un mouvement d'impatience.

— Est-ce que je te fais peur? Ne reste pas là comme un hibou empaillé. Je ne te mangerai pas!

Alors il se mit à rire.

— Il me faut le temps, dit-il. Je suis pris par surprise...

La fille dodelina de la tête.

— Moi je laisse tomber les conventions facilement. Je m'ennuyais, j'avais le goût de me faire dire des belles choses et j'étais seule... Tu es passé... Voilà.

Cette audace rebutait Aaron. Non qu'il s'en trouvât offusqué ou scandalisé, mais il cherchait en vain des mots semblables, des façons aussi cavalières. Alors que tout autour de lui n'était que douceur et patience, la nature sommeillante ne l'inspirait pas. Il ne connaissait pas les sources où puiser les mots d'à-propos qu'il eût fallu pour tenir tête à la fille.

— Je suis Viedna, dit-elle. Et toi?

— Aaron.

— Moi, je viens de France. Je suis juive française.

— Par l'origine, répondit le garçon, je suis juif russe, puis juif américain. Mais je suis venu tôt au Canada. Maintenant je suis canadien.

Viedna eut un rire secret, railleur.

— Juif canadien!

Aaron haussa les épaules.

— Non, fit-elle, non. J'ai raison. Moi, je suis juive française et toi tu es juif canadien. Je ne puis pas plus être française que tu ne peux être canadien.

Et elle éclata de rire.

— Tu te rends compte?

— Il y a longtemps que tu es au Canada? demanda Aaron.

Elle compta sur ses doigts.

— Six mois. Papa cherchait un meilleur pays.

Il se fit comme un grand silence, une pesanteur animale, réelle, comme dotée de sa vie propre, comme respirant, comme poussant son sang dans des veines. Une présence vivante qui vint se poser sur Aaron. Et il avait suffi de cinq mots.

— Qu'est-ce que tu dis? demanda-t-il à la fille, bien qu'il eût compris dès la première fois.

— Papa cherchait un meilleur pays.

Elle n'ajouta rien mais bougea le corps tout près d'Aaron. Il vit une poitrine déjà mûre sous le chandail, et sous le chandail mince le dessin du linge plus mince encore, et l'ensemble de ces vêtements tenait à peine la gorge frémissante, souple, de Viedna.

Leurs yeux se rencontrèrent. Ceux de Viedna fixaient Aaron avec une sorte d'étrange insistance. À travers le jour des paupières mi-fermées, la prunelle brillait.

— Tu es beau garçon, dit-elle. Un homme déjà...

— J'ai quinze ans aujourd'hui.

— Plus loin, derrière le chemin, dit Viedna, il y a une sorte de petit vallon. Il y fait plus chaud qu'ici, et plus tranquille...

Aaron sentait un bourdonnement lui marteler la tête. Il la suivit aveuglément, ne cherchant plus de mots, mais se laissant entraîner par cette main moite, chaude, pressante qui le guidait.

Quand il rentra chez lui, il lui semblait qu'il marchait sur des voies irréelles dans un pays de rêve. Ses genoux le portaient à peine et il se sentait aux joues une rougeur inaccoutumée.

Jethro lui dit:

— Tu rentres bien tard...

— J'ai marché dans la montagne, répondit Aaron. Je suis fatigué.

Il se coucha aussitôt après le souper, mais il ne dormit pas tout de suite.

Longtemps, sur le plafond qui paraissait blanc dans la pénombre, son souvenir projeta l'image de Viedna.

Fait homme de par les rites, fait homme de par la nature, Aaron, intrigué par ce monde issu de Dieu et envoûté par l'une des créatures de ce monde, ne put dormir que très tard, quand la fatigue reprit ses droits.

IX

Le lendemain, et le surlendemain qui était un dimanche, et plusieurs jours ensuite, dès quatre heures sonnées, Aaron retournait vers Viedna.

Ils vivaient dans leur montagne, sommet désert qui se dressait vers le ciel, crevant la ville de béton de sa verdure intouchée.

«Une île», songeait Aaron, «une île dans la mer, ou mieux encore une oasis dans le Neguev.» Chaque maison: une dune; chaque homme, chaque femme: un insecte des sables, et le mouvement comme celui du sable charrié par le vent. Mais la couleur... et il ne voyait pas la couleur.

Le désert et au milieu cette oasis: la montagne; le phénomène étrange d'un mont sauvage émergeant de la ville moderne comme demain.

Et dans l'oasis, Viedna.

Aaron se sentait loin de Marie Lemieux, loin aussi des filles de sa race jouant encore à la poupée sur le pas des portes, alors que déjà leur poitrine sémite crève le contour des robes.

Pour Aaron, Viedna dépassait la femme même, parce que la femme eût été inaccessible à lui qui ne connaissait pas encore le langage des aînés. Et de retrouver Viedna, plus que femme puisqu'il l'avait à sa portée... Faite de sang, faite de chair, faite de chaleur, et pourtant instruite des mots qui savaient rejoindre Aaron... Et les pensées qu'il pouvait partager...

Elle lui parlait des pays qu'elle avait connus.

— Tu as donc tant voyagé? demandait-il.

Elle s'attristait alors un moment.

— J'aimerais voyager, moi, disait Aaron.

Le temps était encore assez doux pour qu'ils n'aient pas à marcher constamment. Dans un repli, dans un vallon creux et discret, ils s'étendaient dans l'herbe. C'était tout chauffé de soleil, un nid prêt à les abriter.

Mais Viedna semblait soudainement pleine de dépit.

— J'ai des souvenirs de dix pays... Beaucoup sont très beaux. Mais nous avons quitté ces pays.

Aaron ne disait rien quand Viedna semblait triste. Il ne savait rien dire.

— Papa cherchait toujours...

— Est-ce qu'il a trouvé?

D'où ils étaient, ils dominaient Montréal. Ils voyaient les toits à leurs pieds, les hauts édifices, la ville ornée de tant d'arbres, et comme une grande paix puissante qui montait des masses de béton, d'acier, de ces rues dont les sons ne leur parvenaient point.

— Ici, au Canada, il n'a pas trouvé? insistait Aaron.

Viedna secouait la tête. Non, il n'avait pas trouvé. Non, il cherchait encore.

— Mais que veut-il donc? demanda Aaron. Ici...

Il n'acheva pas. Il aurait voulu énumérer des raisons, dire pourquoi le grand Peuple était ici plus heureux qu'ailleurs, et il ne pouvait pas.

— Il veut oublier, et faire oublier qu'il est juif, disait Viedna avec dépit.

Auparavant, si Viedna avait prononcé ces mots; le premier jour de leur rencontre, si elle avait parlé de cette hantise de son père, Aaron en eût été scandalisé.

Mais aujourd'hui qu'il savait leur long pèlerinage, cet exode toujours renouvelé: s'installer, tendre des racines, puis s'arracher et recommencer ailleurs... Cinq fois en sept ans...

— Je me souviens encore de la Grèce, avait dit un jour Viedna. Nous y étions quand j'avais sept ans. Mais je me souviens surtout de l'Italie... Nous avons été partout. Au Maroc, à Gibraltar, en Haïti...

— Parle-moi des pays, disait Aaron.

Il se fermait les yeux. Viedna avait une voix rauque, un peu sauvage, modulée. Quand elle parlait, Aaron se sentait reporté en arrière, vers les pays arides, les collines, et la marche lente des tribus: le bêlement des troupeaux de moutons, et le camp au soir venu avec un grand feu pour chasser le frais de la nuit; la voix des filles — la voix de Viedna — chantant les mélodies antiques, les rythmes étranges, les mots hébreux venus à travers les âges, depuis la création du monde.

— Parle-moi des pays, Viedna.

La fille aussi fermait les yeux et la nuque dans les mains elle laissait couler les souvenirs, tout chauds encore en sa jeune tête.

— En Italie, il y a des montagnes qui s'étendent à perte de vue, et même s'il y a des pinèdes, toute la terre nue est cultivée, et l'on voit des milliers et des milliers d'oliviers couvrant les pentes, et des vignes là où les oliviers finissent. Quand la pente est trop raide, l'on aménage des plats, l'on fait du flanc de la montagne comme un escalier où s'étagent encore des rangées d'oliviers, ou des vignes...

— La couleur, disait Aaron, quelle est-elle?

— Elle est toute la couleur, et rien ne se compare à elle. Pas même les tableaux de peintres. C'est du jaune, et du brun, et parfois des roux et le vert; mais vert qui porte en lui d'autre jaune, et parfois du vert qui reflète le bleu du ciel. Et le ciel est immuable. Il n'y a que le ciel, sans un nuage, et seulement le ciel, et l'on sent le Père qui est là, derrière le bleu...

Aaron s'était redressé, surpris.

— Tu ne crois pas au Père, tu l'as dit.

Alors la fille éclata de rire.

— Je ne crois pas à la vertu, dit-elle, et pourtant j'en parle comme d'un bien. C'est une habitude. Je n'ai pas encore réussi à m'en défaire.

Car Aaron avait voulu un jour parler des tribus anciennes, et de Yaweh, toute l'histoire en son esprit, telle que Jethro l'y avait implantée, toute fraîche, forte encore et belle, et douce parfois...

Mais Viedna avait ricané.

— Je ne crois à rien, ma famille ne croit à rien. Les malheurs des Juifs viennent de la croyance. Mon père fera oublier qu'il est juif à la seule condition de n'être plus juif. Et moi de même. Pourquoi la synagogue, si la synagogue ne nous amène que des persecutions, des pogroms? Pourquoi la loi du Shabbat qui nous fait opprimer, et le Shuavos, ou le Yom Kippur qui soulèvent souvent la colère des Gentils contre nous ou leur mépris?

Elle avait eu un geste railleur.

— Je mange du porc, dit-elle, et j'aime bien ça.

Aaron mit deux semaines avant de confier ses rêves à Viedna.

Un jour, elle lui demanda:

— As-tu décidé de ce que tu feras dans la vie?

Aaron hésita avant de répondre. D'ailleurs, connaissait-il une réponse à cette question?

— Je ne sais pas, dit-il finalement. Chose certaine, je ne resterai pas ce que je suis.

Il lui raconta comment il vivait et avec qui. Il lui parla de son grand-père. Il lui en parla avec douceur, presque avec tendresse. Mais à mesure qu'il donnait à l'homme — pour le bénéfice de la fille — sa véritable place dans la vie de tous les jours, Aaron identifiait avec effroi le sentiment qui l'agitait envers le vieillard. Un sentiment qu'il avait maintes fois repoussé, mais qui maintenant s'implantait en lui.

Ce fut Viedna qui rompit les digues.

— Tel qu'il est, et comme tu me le décris, il sera toujours entre toi et tes ambitions.

Aaron protesta, mais faiblement.

— Pourquoi le serait-il?

— Mais d'abord, que veux-tu faire plus tard?

Comment expliquer une ambition qui n'a pas de nom, mais seulement une grande qualification, une condition d'existence, un moyen d'être, de devenir, mais sans que cela se nomme banquier ou roi, savant ou dictateur?

— Je veux être... grand, dit Aaron.

— Puissant?

— Oui, puissant.

Il se sentait rougir.

— Tu n'as pas à être timide, dit la fille. C'est une ambition légitime. Moi aussi je veux être riche.

Elle ne comprenait pas.

— Je ne parle pas de richesse, dit Aaron. Je parle de... de grandeur, de puissance.

Elle eut un air surpris et le dévisagea.

— Ce que tu viens de dire, c'est sérieux?

— Mais oui.

— Être riche, dit Viedna, c'est la même chose. Et c'est mieux encore...

Puis elle eut un geste d'impuissance.

— Seulement, tu ne le seras jamais.

— Pourquoi?

— Tu es orthodoxe, tu suivras les traditions. Tu ne seras rien, mais tu seras un bon Juif.

Quand il avait parlé de son grand-père et décrit leur vie dans la maison pauvre; quand il avait parlé des enseignements reçus, de la science du vieillard, de sa foi, Viedna l'avait écouté attentivement.

— Pourquoi dis-tu ça? demanda Aaron. Tu sais que ce n'est pas vrai. Nous vivons dans un pays où tout est possible. Le professeur l'a dit à l'école. Le premier ministre est fils de cultivateur. Plusieurs de nos grands hommes sont partis de rien...

— De leurs grands hommes, corrigea Viedna.

— Des leurs, des nôtres, c'est la même chose! protesta-t-il avec violence.

— Non, ce n'est pas la même chose. Eux pouvaient monter sans obstacle. Toi, tu restes juif. Si, en plus, tu te heurtes aux traditions, à tes pratiques religieuses...

Elle adoptait un ton docte qui ne lui allait pas.

— Pourquoi parlons-nous de ces choses? demanda Aaron.

Il la prit dans ses bras, mais elle se dégagea.

— Il y a des conditions de survie, dit-elle. Tu trouves que je parle trop sérieusement? Je n'y peux rien, c'est ma façon. Chez moi, mon père me ridiculise parce qu'il me trouve trop sérieuse pour mon âge. Mais moi je sais ce que je suis, ce que je veux... Au fond, c'est la même chose que lui...

— Et qu'est-ce que tu veux? demanda Aaron.

Elle se laissa tomber sur le dos dans les feuilles mortes qui commençaient à joncher le sous-bois.

— Pour devenir puissant, il y a deux choses essentielles qu'il faut découvrir. D'abord un pays où le devenir, ensuite un moyen de faire oublier qu'on est juif...

Elle soupira:

— Mais c'est compliqué, Aaron. Surtout la deuxième chose. Faire oublier que tu es juif, et en même temps rester juif, tout en ne laissant jamais ta condition t'asservir, mais en asservissant ta condition.

— C'est très compliqué, oui, répondit Aaron.

— Tu seras riche si tu le veux, continua Viedna. Mais tel que tu es, avec ton grand-père, avec les idées qu'il t'impose, tu ne seras jamais rien. Seulement Aaron qui aura été autrefois jeune, autrefois ambitieux...

Elle lui prit la main, la serra doucement.

— Je te le disais tantôt. Tu feras oublier que tu es juif quand tu ne seras plus juif toi-même, Aaron Cashin...

Quand ils se quittèrent, ils étaient aussi songeurs l'un que l'autre. À tel point qu'Aaron se trompa plusieurs fois de sentier en retournant seul à la maison.

Le lendemain, ils reprirent leur discussion, plus violente maintenant que Viedna avait su poser ses premiers jalons. Et même, une fois, elle lança à Aaron:

— Tu dis m'aimer! Telle que je suis, avec mes idées, si je te dis *viens*, est-ce que tu viendras? Est-ce que tu me suivras?

Deux semaines durant. Deux semaines où chaque jour Aaron cédait un peu plus, mais où, en même temps, l'image de sa puissance possible, de sa richesse puissante comme le disait Viedna, grandissait en lui.

Un après-midi, Jethro qui avait suivi Aaron au sortir de l'école le surprit affalé contre la fille dans un bosquet de la montagne.

X

Jethro ne dit rien à Aaron.

Il le ramena à la maison. Entre eux, le silence pesait.

Quand il était apparu, Viedna s'était écriée:

— Qui est ce vieux fou?

(Jethro, si maigre, long dans sa redingote d'alpaga, les cheveux d'un gris sale bouclés devant les oreilles, le chapeau droit sur la tête, la barbe lui descendant sur la poitrine. Et dans les pieds les bottines à haute tige, lacées. Image des autres âges, détonnant sur le monde moderne. Aaron avait parlé de l'ancêtre, mais il ne l'avait pas décrit. De là la surprise de Viedna.)

— C'est mon grand-père, avait répondu Aaron d'une voix terne.

Puis il s'était levé et il avait suivi le vieillard. Ce furent des heures difficiles pour Aaron, difficiles aussi pour Jethro. L'un comme l'autre eût voulu trouver des mots, expliquer; démolir cette muraille de silence qui s'était érigée entre eux.

Ils ne trouvèrent aucune issue. Aaron se coucha sans avoir pu raconter à Jethro qui était Viedna, et pourquoi il la rencontrait. Et Jethro ne put avertir Aaron comme il l'aurait voulu du danger de la femme, et des principes qui doivent régir la vie de l'homme avant le mariage.

Et pourtant, chez l'un comme chez l'autre se pressaient des mots. Aaron tout à sa joie de Viedna, et voulant confusément la partager; Jethro tout à son effroi de cette fille à peine entrevue, du corps souple, de la poitrine trop évidente, des longues jambes, de l'attitude relâchée, impudique même, alors que Viedna était étendue dans l'herbe. Une grâce animale, et de l'animal le même danger sourd, latent.

Que devenait donc l'arrière-petit-fils des ancêtres?

Au matin, les mêmes défenses les tenaient éloignés l'un de l'autre. Aaron qui semblait perdu en quelque pensée dont aucune ne se révélait sur son visage. Et Jethro qui susurrait des mots incompréhensibles dans sa barbe, mais où Aaron reconnaissait parfois les consonnes roulantes de l'hébreu... Quel prophète invoquait le vieux? Et quelles règles de vie se répétait-il, lui qui n'arrivait pas à concevoir cette faiblesse d'Aaron devant la chair après tous les enseignements et toute la doctrine?

Ils mangeaient sans joie.

— Je veux travailler, dit Aaron soudain.

La phrase prit Jethro par surprise. Il sursauta, eut cette diphtongue étirée, en fausset, qui est, l'expression même de la stupéfaction chez un Juif:

— Haannnn?

Aaron répéta lentement, en énonçant bien toutes les syllabes.

— Je ne veux plus étudier. Je veux travailler.

Jethro resta bouche ouverte, la commissure des lèvres laissant traîner une sorte de bave blanchâtre, une bave alimentaire qui coula sur le menton, atteignit les poils crasseux de la barbe.

— Travailler, dit-il enfin, travailler? Où?

— Je ne sais pas. Je verrai. Je chercherai.

—Tu chercheras? Et tes études? Mais surtout le métier de tous ceux avant toi? La lignée... Je t'en nommerai vingt qui sont venus auparavant. David, ton père, et moi, et mon père à moi...

— Mon père n'a pas toujours fait ce métier!

— Quand il ne l'a pas fait, nous avons toujours eu du malheur. Quand il est revenu aux besognes qui étaient celles de la lignée, nous avons vécu heureux.

Il fit un geste comme avec l'aiguille.

— Voilà ton sort. Je vais t'enseigner les secrets. Ensuite, tu m'aideras. Il y aura du travail pour deux. Ici, sur la table...

Il se leva, hurla:

— Sur la table, dans la chambre! Toi et moi et l'ombre de tous les autres. Ton métier qui est accordé à ton nom et à ton sang selon la Maison et les fils qui ont succédé au père. L'aiguille, le tissu, coudre et gagner ainsi ton pain!

Aaron, silencieux, regardait Jethro. C'était la première fois que le vieillard exprimait aussi précisément ces projets pour l'avenir d'Aaron. Naguère, il disait: «Il faut étudier, posséder la science. Tu assouviras tes faims de savoir. Et ensuite, tu prendras place à côté des hommes, tu travailleras comme eux à remplir tes devoirs.»

C'était vague, et jamais Aaron n'avait vraiment porté attention. Mais ce matin-là, voici que le vieux révélait sa pensée, son désir, la tradition qu'il entendait conserver. Aaron apprendrait à manier l'aiguille.

— Mais en attendant continua le vieux, il te faut étudier. Tu seras un égal, non un silencieux qui ne discute pas quand le rabbin groupe les hommes autour de lui. Tu auras ta voix, tes mots, ta science. Et ça te viendra de moi.

Il fit un geste tranchant.

— Tout t'est venu de moi. Tout te viendra de moi, même ton pain...

À quatre heures, en sortant de l'école, Aaron ne s'en fut pas à la maison. Plutôt, il tourna vers la gauche et se hâta comme d'habitude vers la montagne.

Mais Viedna n'était pas là et Aaron dut attendre six jours avant que la fille ne revienne dans les chemins jonchés de feuilles mortes.

Elle contourna un bosquet. Elle était en jupe et un coupe-vent de suède recouvrait le chandail. Le vent balayait la montagne à grands élans froids. Viedna avait noué ses nattes et elle avait les yeux brillants, fiévreux.

— Je suis venu plusieurs fois, dit Aaron qui se tenait près d'un arbre. Je t'ai cherchée.

Elle vint devant lui, les mains aux poches, un sourire indéfinissable sur les lèvres.

— Je ne puis quitter la maison comme je veux à ce temps-ci de l'année. Aujourd'hui j'ai menti pour venir te rejoindre. Je n'aime pas mentir. C'est une faute pire que toutes les autres. Quand je mens je me sens sale. C'est la seule chose qui me donne cette sensation.

Elle toucha à la joue d'Aaron.

— Je ne me souvenais plus de ta figure. Tu vois, six jours? Et nous voudrions faire des promesses éternelles!

Elle éclata de rire et l'entraîna vers un repli du terrain.

— Viens là, dit-elle. Si le vieux t'a suivi, il n'a pas fini de te chercher.

Mais sitôt assis, Aaron éprouva le désir de partir. Il était troublé. Avant que de grimper vers leur rendez-vous, il avait anticipé la rencontre avec une joie nerveuse. Si elle n'avait pas été là, il aurait maudit le sort. Et maintenant qu'elle y était, qu'il lui parlait, qu'il possédait sa présence comme un bien tangible et une richesse renouvelée, il doutait de sa joie.

— Tu dis que le vieux, c'est ton grand-père?

— Oui.

— Il veut faire de toi un rabbin?

— Non, je ne crois pas. Il y a peut-être plus de mérite à connaître la Parole et à n'être pas rabbin. Il veut que je sois tailleur, comme lui...

— Il a une échoppe?

— Non. Il coud, à la pièce... pour les fabriques...

— Et il ambitionne que tu sois comme lui?

— Comme mon père le fut un temps, comme lui avant mon père, comme l'autre d'auparavant et tous les hommes de la lignée...

Viedna ricana.

— Métier de pauvre...

— Je sais. Je lui ai dit hier que je voulais travailler. Depuis quelque temps il me semble que ce serait mieux. Je suis fort, et nous avons besoin dans la maison que je travaille. Jethro ne suffit plus...

— Et lui, qu'est-ce qu'il a dit?

— Que j'apprendrais son métier, le métier de l'aiguille. Que je travaillerais à ses côtés. Que je ne dérogerais pas à la règle...

Viedna se roula dans les feuilles et se retrouva à plat ventre, le menton dans les mains, regardant Aaron qui était assis, lui, les genoux dans les bras.

— Tu sais comment triompher de tout et de tous?

Il la fixait, attendant les paroles. Maintenant, quand elle parlait, il ne pouvait être indifférent. Et la phrase dure, catégorique de la fille lui semblait comme une force qu'il absorbait en ses veines. Et maintenant, il comprenait les avertissements des Prophètes et la colère muette de Jethro.

— Je le tiens des autres, poursuivit Viedna. De tous ceux qui ont réussi par ce moyen.

Elle traçait des géographies étranges sur le sol, l'aspect de pays qu'il ne devinait pas.

— Quel moyen?

— Tu vois? Ça pourrait être la France, l'Italie... peu importe. Ça pourrait être des pays nouveaux surgis de la mer. Partout où tu iras...

— Jethro me l'a dit.

— Il y aura toujours des barrières contre toi. Parfois tu seras empêché de vivre, ou parfois tu seras forcé de vivre, mais d'une vie dont tu ne voudras pas...

— Quelle sorte de fille es-tu, demanda Aaron. Celles qui vont à l'école avec moi...

— Oh, moi, j'ai vieilli trop vite. À cinq ans j'étais dans un camp de concentration en Allemagne. On y a brûlé ma mère. Il me reste mon père. Il a cessé de rire depuis bien longtemps. À ses côtés, j'ai voyagé... Voici ma vie... Pourquoi serais-je comme les autres?

Elle soupira et lissa son front avec la paume d'une main.

— La punition de l'homme c'est de posséder le souvenir.

Il faisait déjà sombre dans la montagne. Un policier passa non loin mais il ne les vit pas. Viedna se mit à pleurer et Aaron se sentit impuissant devant elle.

— Pourquoi pleures-tu? demanda-t-il d'une voix angoissée. Pourquoi pleures-tu?

— D'être heureuse, dit Viedna au bout d'un temps. Quand je parle aux autres, les aînés, mon père, ses amis, il me disent que je suis sotte, que je devrais être de mon âge, que je n'ai pas le droit de raisonner comme un rabbin... Avec toi, je puis tout dire et tu m'écoutes... Est-ce que tu me respectes, Aaron?

La question le bouleversa. Respecter Viedna, qu'il aimait de toute son âme?

— Oui, je te respecte, Viedna. Toi, tu me donnes de la force...

(Mais quelle force? Et qu'aurait-il répondu si on lui avait demandé d'identifier ce qu'il recevait d'elle?)

Il la fit asseoir à côté de lui. La nuit tombait rapidement. La montagne sombrait dans un abîme noir et le ciel semblait s'éloigner, disparaître avec toutes ses clartés, plus haut, bien plus haut là où c'est le néant.

— Tu as dit tantôt, Viedna, qu'il existait un moyen... Parles-tu toujours de la richesse?

— Oui, Aaron. Partout où tu iras, les barrières. Dans tous les pays des hommes et partout où ils prêchent les Écritures, l'amour du prochain et la tolérance, tu trouveras la même haine contre toi, contre d'autres...

— Même ici, dit Aaron.

— Même ici, répondit Viedna. Mais souviens-toi. Si tu es pauvre et opprimé, c'est une dure vie. Mais si tu es riche et opprimé...?

Aaron frissonna.

— Tu as froid? demanda la fille.

— Non.

— Alors, pourquoi frissonnes-tu?

— Je songe à Jethro qui met au rang des crimes contre le Père le désir de l'argent.

— Il te tient donc tant, Jethro? murmura Viedna. Qui croiras-tu? J'ai vu les autres pays. Et j'ai entendu des persécutés, mais des vrais... Ils sortaient d'Allemagne, et encore le mois dernier, de Russie. Ils sortaient des camps. Ils y avaient été torturés, ils avaient souffert. Mais s'ils avaient été riches, ils auraient peut-être pu fuir. Dans un autre pays ils auraient trouvé de nouvelles barrières, mais avec la fortune qu'importe si des gens nous interdisent leur maison ou leurs amusements?

Elle se blottit contre Aaron, soudain toute tiède, toute aimante.

— L'argent, Aaron, la seule force. Et comme dit mon père, le seul dieu.

— Non!

Mais elle rit doucement dans son oreille.

— L'argent, l'amour, Aaron, et quoi d'autre encore, hein? Dis-moi un mot...

— La foi, la tradition...

Mais la voix d'Aaron était faible. Il ne savait plus résister.

    — L'argent, insista Viedna. Les richesses de la terre. Ce sont les seules qui nous soient destinées. Les richesses de la terre, et l'amour des humains... Ton amour, mon amour...

    Et elle gémit dans son oreille.

    — Dis-moi que je ne suis pas folle, Aaron!

XII

Hier encore, songeait Jethro, hier encore un petit vagissant que je tenais dans mes bras. Quand l'ai-je porté au mohel? L'an dernier? L'année précédente?

Et les temps d'ensuite, la croissance de l'enfant. Un corps droit, des épaules saines, les cheveux crépus et brillants, les yeux immenses, et cette bouche charnue, sensible.

«Jethro, qui a fait le soleil? Jethro, raconte la loi de Judah! Jethro, qu'est-ce que je suis?»

Il se tenait souvent debout dans la cuisine, près de la table. Il se regardait les jambes, le corps, les mains. Combien de fois l'avait-il posée cette question: «Jethro, qu'est-ce que je suis?»

Marbre de sculpteur que Jethro ciselait patiemment. À même une sorte de bas-relief où se revoyaient les images glorieuses et, se détachant du motif, nouveau meneur: Aaron fier et beau!

Tant de souvenirs et chercher sans trouver l'instant noir. Où était la seule douleur venue d'Aaron?

L'explication lente, mesurée: «Tu es le fils des grandes Tribus. Tu as quitté tes pays pour habiter celui-ci, mais le signe de ta Maison demeure et c'est toi qui la perpétueras sur terre. Voici ce que tu es. Un homme, et plus qu'un homme, tu es Aaron sur qui Yaweh mit un jour toutes ses complaisances...»

Les Fêtes de chaque année, la joie suave de se tenir devant l'Arche, le petit à ses côtés, sombre et beau, les yeux fixés sur ce rite millénaire.

Soucoth, Purim, Yom-Kippour, Shuavos, la gaieté du Rosch Ha-schanna! Et la Bar-Mitzvah qui l'avait fait un homme...

C'était tout chaud encore au cœur de Jethro; quelques jours, des semaines: un passé immédiat, un moment de grande joie. Mais d'Aaron que le rite avait fait homme ce matin-là, que restait-il?

Jethro passa de longs jours à observer son petit-fils, à essayer de deviner pourquoi il avait soudain trouvé dans la montagne cette fillette, pourquoi il avait oublié tous les enseignements. Et d'instinct, Jethro savait qu'il ne devait pas le demander. Qu'Aaron, pressé de questions, se refuserait peut-être cette fois à toute réponse et que les fardeaux deviendraient plus lourds encore à porter.

Et ce désir de travailler?

Quel mauvais vent soufflait donc?

Jethro songea à des concessions. Il hocha sa tête émaciée, il fit des murmures approbateurs. Ils étaient à souper tous les deux. Aaron à sa façon habituelle depuis quelque temps, assis de coin au bout de la table, les bras étendus, mangeant, le menton collé à l'assiette, en grandes lampées goulues.

— Si tu veux travailler, fit Jethro... Écoute!

Aaron leva les yeux. Jethro revenait à la charge.

— Si c'est de gagner des sous qui t'intéresse... Le soir, ici, je pourrais demander un peu plus de travail à la fabrique, te montrer comment... Plutôt que de ne rien faire... Bientôt tu connaîtrais le métier. Tu prendrais ta place complètement à mes côtés...

Aaron ne disait rien.

— J'ai songé à ça poursuivit Jethro. Et ainsi la tradition ne se perdra point. Et je t'enseignerai ton métier comme je t'ai enseigné ta religion, comme...

Il allait dire: «comme je t'ai enseigné à vivre», mais il se souvint de la fille dans la montagne, alors il reprit:

— Comme je t'ai enseigné tout le reste...

— Et si le métier ne me plaît pas? trancha Aaron.

La surprise immobilisa Jethro. Il avait parlé et tout le temps qu'Aaron l'avait écouté, Jethro avait cru qu'il devenait docile comme autrefois. Mais voici qu'une rage le secouait. Il tremblait de tous ses membres.

— As-tu le choix? Me plaisait-il à moi? Sommes-nous sur la terre pour jouir, pour y faire ce qui nous plaît? Tu viens après moi. Tu seras ce que je suis Que le métier te plaise ou non!

Aaron se renfrogna

Depuis quelque temps il ne trouvait plus de mots pour discuter avec le vieillard. Comme si l'abîme des générations était désormais infranchissable.

Jethro repoussa sa chaise, se mit à gesticuler. Un torrent d'imprécations lui cascadait de la bouche.

Les longues phrases hébraïques, imitées de la voix du Père, et de ses accents:

— Tu vas travailler parmi les schmiels? demanda-t-il à la fin. Tu vas te vendre à eux? Vendre ta sueur, tes efforts? Tu seras leur marchandise dont ils profiteront?

Aaron eut un rire bref.

— *Danke*, dit-il, *danke*, je ne serai pas leur marchandise, et je ne resterai pas ici chaque jour un peu plus pauvre...

Jethro se laissa tomber sur la chaise. Il haletait.

— L'argent, dit-il, tu songes à ça? Moi je songe au pain, à la viande... Vivre, seulement vivre. Je ne le compte pas en argent... La monnaie du pays...

Il frémit sur sa chaise.

— Mais qu'est-ce que tu es, maintenant? À qui appartiens-tu?

Aaron restait immobile, les yeux fixés ailleurs, ne cherchant pas à répondre.

Dans la cuisine puante de toutes les odeurs accumulées depuis cinquante ans que le taudis tenait bon, il n'y avait aucun son, sauf la respiration sifflante, hoqueteuse de Jethro.

— Est-ce que je t'ai enseigné le mal? demanda-t-il à son petit-fils. Je ne te reconnais plus. Il frappa la table du plat de la main.

— C'est la fille! cria-t-il. Elle t'enseigne le mal? Elle détruit tout ce que j'ai édifié... Qui est-elle?

— Elle... ou d'autres, fit Aaron.

Il soupira, montra la porte.

— Il fallait qu'un jour je passe le seuil. Je ne pouvais être mis en cage. Et. il y en a d'autres qui vivent en ce pays. D'autres de mon sang, de ma race... Je lisais, dans les journaux, que tous ne pensent pas comme moi, comme vous...

Il traça lentement le signe de l'Étoile de David sur la table humide et Jethro gémit.

— Sacrilège, dit-il.

— Où est la charpente de la Maison de David? demanda Aaron. Et le toit où je m'abriterais? Et la maison d'Aaron? Puisque je perpétue la Maison, dis-moi si elle me protégera du froid en hiver cette maison, si j'y trouverai un lit pour dormir, et si, dans les armoires, j'aurai du pain et du fromage doux, et du lait pour me désaltérer?

Le visage du vieillard devenait livide.

— Tu vas tout renier, Aaron?

— Je ne renierai rien. Mais puisqu'il ne faut pas croire à l'argent et que la Maison d'Aaron n'a ni toit ni feu...

Il se leva, marcha vers la porte. Froidement, il répéta les mots de Viedna:

— Pauvre et opprimé, c'est un bien dur destin. Riche et opprimé... Tu vois, la richesse achète les compensations...

Il se redressa, parut très grand contre la porte, très fier.

— Je serai riche, dit-il.

XIII

À mesure que vinrent les temps froids avec les promesses tenues de neige, de vents hurlants, d'heures glaciales, les rencontres d'Aaron et de Viedna s'espacèrent.

Ils avaient connu pendant un temps une folle idylle, irraisonnée, chaude de toute leur passion neuve. Réunis par la nature c'était elle qui maintenant les séparait, car à ce temps de l'année on ne pouvait vivre longtemps au dehors. Et où aller, grand dieux! se demandait Aaron, quand on n'a pas un sou en poche...

Un jour de décembre, Viedna apprit au garçon qu'elle partait.

— Nous allons à New York, mon père et moi. Il a une transaction de diamants industriels à compléter là-bas. Nous y serons un mois.

Aaron pensa que ce mois serait interminable et qu'il souffrirait de l'absence de Viedna. Elle lui fixa un jour de rencontre à cinq semaines de là et il fut tout étonné de se retrouver au rendez-vous à la date indiquée sans avoir ressenti autant de cet ennui profond qu'il avait prévu.

Mais dans les sentiers enneigés, sur les pentes à peine battues par les skieurs et dans les chemins encore fréquentés par de rares fervents de l'équitation, Viedna n'y était pas.

Au bout du troisième jour, Aaron attendit quelques instants près d'un bosquet. C'était à la courbe, celle qui passe devant la grande croix lumineuse et va rejoindre, par dix méandres imprévus, l'autre chemin en contre-bas. Quand il fut las d'attendre en vain, il mit les mains aux poches, haussa doucement les épaules et s'en fut.

Ce n'était pas de l'indifférence. S'il en avait été ainsi, la défection de Viedna n'eût pas provoqué cette rage sourde, presque froide, qui avait eu le temps de se greffer en lui depuis ces jours qu'il se rendait pour rien au lieu de rendez-vous.

Le mois d'absence lui avait paru court, mais c'était par contraste avec le désespoir qu'il avait prévu et qui ne l'avait pas atteint. Confusément, avait-il senti le besoin de ce hiatus? Il n'aurait su le dire. Son amie partie, il avait consacré ses heures libres à réfléchir.

Chaque mot de Viedna, chaque phrase, chaque déclaration de principe; il réincarnait la voix prenante de la fille, sa passion intense, il entendait les mots... Mais surtout cette formule qui serait magique, maintenant il le savait:

«Pauvre et opprimé, tu seras misérable. Riche et opprimé...»

Il l'avait répétée textuellement à Jethro.

Il l'avait répétée parce que constamment la phrase résonnait en lui, sorte de poussée de force, rythme imposé qu'il entendait suivre.

Viedna avait raison.

Bien sûr elle exagérait en disant que le seul dieu-argent devait être adoré. Mais c'était dans sa nature d'exagérer. Aaron pouvait répartir les hommages en n'ôtant rien aux deux puissances.

L'une, éternelle, avait été gravée en lui par Jethro, incrustée dans son âme et dans sa chair (même qu'aucune des étreintes de Viedna ne parviendrait jamais à effacer complètement ce remords qui lui était venu durant l'absence).

L'autre puissance: la richesse. Celle-là sans âme, sans exigences de respect, un moyen seulement (d'ailleurs, Viedna ne l'avait-elle pas elle-même ainsi nommée?). Un outil avec lequel façonner une vie.

Contre toute intolérance opposer soit une puissance d'argent, soit une compensation puisée dans les plaisirs, dans la possession des choses rares, dans le luxe de l'existence.

Le chemin était droit pour Aaron, clairement indiqué. Il était même étonné que jamais il ne lui soit apparu quand il le cherchait pour le but à atteindre.

Isolé en lui-même par toutes ces réflexions, il n'avait pas eu conscience du temps qui passait. La date du retour de Viedna était venue soudain, le surprenant alors qu'il s'imaginait devoir attendre encore. C'est qu'il avait moins pensé à la fille elle-même qu'à ce qu'elle lui disait lors de leurs rencontres.

Mais pendant ces jours d'attente vaine dans la montagne, il avait eu le temps de la désirer de nouveau. C'était maintenant l'orgueil qui souffrait chez lui. Tranquillement, le mâle qui dort chez tout adolescent s'était dressé, prenant tellement de place qu'il semblait à Aaron impossible de le contenir.

C'était ce mâle maître de tout, distributeur des faveurs, ordonnateur des destinées, qui avait été meurtri par le retard désinvolte et inexpliqué de Viedna.

Toutefois cette première réaction se résorba vite en une bouderie d'enfant. En colère contre la fille, il crut la punir en interrompant sa vigie. Puis il se souvint qu'elle ignorait son adresse tout comme il ignorait la sienne. Au bout de cinq jours, pris d'une panique soudaine à l'idée de ne plus la revoir, il partit de nouveau à sa recherche dans la montagne.

Quand il revint à la maison, il tremblait de froid. Il avait passé trois heures inutiles dans les chemins désertés à cause des vents qui soufflaient sur la ville. Il avait arpenté, fouillé, espérant toujours entendre la voix de Viedna lui criant bonjour de loin. Il se sentait maintenant plein d'une rage énorme contre lui-même, contre la vie.

Ce fut le même soir que Jethro lui parla de nouveau d'elle.

Le vieux n'avait pas abordé le sujet depuis des mois. Il vivait — rythme des journées, des heures d'aube au crépuscule des purifications; observance rigide du code des Lévites, des diktats transmis qui jamais ne doivent être transgressés — il échangeait avec Aaron les mots usuels de tous les jours. Mais rien d'autrefois, et la communion des deux êtres ne s'effectuait plus.

Il y avait en Jethro comme une étrange colère froide, persistante, issue de l'incertitude, sorte de monstre dressé devant le vieux. Une menace. Où poser le pied, quel mot choisir? À l'enfant qui se révoltait, que dire?

Voyait-il encore Viedna ?

Les fréquentes absences d'Aaron le laissaient supposer. De ne pas réellement le savoir rassurait un peu Jethro. Il eût demandé: «Vois-tu la fille?» que la réponse serait venue, bien nette. Il ne doutait pas de la franchise d'Aaron. Mais de savoir comportait des obligations.

À toute science son ignorance. On ne mesure sa faiblesse qu'à éprouver sa force. Jethro avait peur. C'était une peur lâche, il le savait, mais trop d'années maintenant avaient sapé en lui les dernières résistances. Il avait voulu de grandes joies de ce petit-fils; il l'avait façonné hors de toute atteinte, sorte de mémento aux siècles écoulés. Et en quelques jours (comptés en heures, ces jours, et en fraction d'heure. Chaque geste une étape: une promenade à la montagne, la rencontre de Viedna. À quel instant le mauvais, le fiel, le poison dans l'âme?), en quelques jours la statue détruite, ou plutôt transformée, devenue une idole des temps modernes. Baal? Mais pourquoi Baal? Entre toutes les idoles la plus odieuse à Jethro.

Il ne pouvait oublier la phrase d'Aaron.

«Riche et opprimé, c'est infiniment mieux que pauvre et persécuté. L'argent achète les compensations.»

Jethro craignait maintenant. Que dire à l'enfant? Contre un tel poison, l'antidote de la foi? La foi... le pain, la vie, le bonheur. On mesure le bonheur à la taille du Père éternel. Perclus d'âge, Jethro entrevoyait la récompense. Mais, lui, il avait été moulé hors de toute atteinte, plus encore qu'Aaron. Il originait des pays où tous, Juifs ou Gentils, souffraient de la faim, du froid, des privations. Le sort de l'un ne s'enviait pas dans la maison de l'autre.

Ici, voilà que les valeurs ne se pesaient plus de la même façon et que personne ne se trouvait hors d'atteinte. La tentation était là: Westmount et ses châteaux, Outremont et les rues larges et ombragées, d'autres banlieues encore. Le Juif, disait-on, y détient la plus forte proportion du luxe. Le Juif réformé, s'entend, ou conservateur. Jethro y avait mené Aaron autrefois. L'enfant avait dix ans.

— Voici ceux qui se sont égarés, car il y en a. Ils ont des richesses, mais le Père les punira. Yaweh crache sa colère sur les infidèles, et ceux-là ont oublié la Parole.

Jethro avait vu passer de ces Juifs roulant de luxueuses automobiles. Il pouvait deviner leurs amusements, leurs joies humaines, la jouissance de l'argent. Tout se résumait à ça. Il devinait aussi qu'ils étaient persécutés. D'une autre façon peut-être, mais qui les atteignait par d'autres moyens. Le signe de l'Errant peut-il jamais être effacé?

Il n'avait pas songé qu'un jour Aaron eût pu les envier.

Pour Jethro qui avait connu les huttes de terre aux toits de chaume de son pays de naissance, le logis sordide dans le cul-de-sac était luxueux. Lui qui avait vécu en Russie, sous les Tsars, et ensuite sous les bolcheviks, savait bien que ce logis aux murs crépis, pourvu d'électricité, d'eau courante, de parquets de bois et de commodités dont il ne soupçonnait même pas l'existence quarante ans auparavant, représentait plus qu'il n'avait jamais eu encore.

Il s'était imaginé qu'Aaron voyait du même œil ce lieu de vie qu'il lui offrait. Mais l'adolescent avait goûté à des fruits étranges; fruits qui pendent à des arbres malsains, poussant en terre impie. L'amour charnel hors du mariage, l'argent!

«Un jour, je serai riche!»

Chez d'autres Juifs peut-être on se serait réjoui d'une telle ambition. Chez Jethro, seulement la crainte, et d'avoir tant confié de science à l'enfant, de savoir aujourd'hui mesurer l'ignorance où il l'avait laissé...

L'ancêtre ne croyait pas à la force des instincts, et jamais il n'aurait admis que le sentiment d'Aaron — nommé l'évasion, nommé la peur de l'intolérance et quoi encore — pût posséder une hérédité millénaire qui fait du Juif un puissant mais malheureux, et des Juifs souvent les premières victimes de cette puissance.

Des mois durant, Jethro resta silencieux, préférant le doute à une certitude qui l'eût engagé dans des discussions où il n'était pas sûr d'avoir le dernier mot.

Mais vint février, et ce soir ultime où Aaron rentra sans avoir trouvé Viedna au rendez-vous, et Jethro se résolut à parler.

— As-tu revu cette... fille? demanda-t-il.

Il aurait voulu d'autres mots, une façon plus subtile de poser sa question. Plutôt, une sorte de hoquet de colère l'emporta, et la phrase jaillit, nue, cinglante. Et Jethro, qui pourtant regrettait sa façon de parler, fut le premier surpris d'entendre Aaron lui répondre avec défi:

— Oui! Oui, je l'ai revue.

Le vieux hocha la tête. Silencieux, les mains tremblantes, il paraissait à bout de forces sur sa chaise. Il s'y était laissé tomber sitôt la vaisselle du repas lavée et replacée dans l'armoire aux portes mal pendues.

— La reverras-tu?

Tout tenait à ça! L'influence, mais la durée de cette influence, la force des attirances, la reprise. Aaron était-il esclave de cette femelle? Puisque tout tenait à ça: le mâle, la femelle, et le mâle qui a soif d'argent pour mieux retenir la femelle.

— Non, dit Aaron. Non, je ne crois pas.

— Alors... quoi? Tu ne la reverras plus?

Le vieillard souriait presque béatement. Mais une crainte soudaine l'envahit.

— Il y en a une autre? Tu en as connu une autre?

— Non.

Jethro se leva et tourna une fois autour de la cuisine, sans but précis. Il sentait son vieux cœur se débattre. Quelles questions poser? As-tu connu la fille? Est-ce que tu es encore ce que tu étais il y a six mois? Recommenceras-tu? Soit, tu n'en connais pas d'autres, mais tu en connaîtras peut-être. Et alors?

L'orbe du désir: une joie de science nouvelle, l'assouvissement, le repos et l'éternel recommencement. Borné par des heures d'intimité, borné par les mois de liaison, borné par les ères de la vie. Jethro n'était pas sans le savoir. Depuis cinq mois il creusait sa mémoire, cherchant entre toutes choses les pensées qu'il avait eues à seize ans.

À ce moment, il cheminait dans un ghetto russe. Les filles, ses congénères, passaient à ses côtés. Quelles étaient les pensées de l'adolescent d'alors?

Il se souvenait de n'avoir pas connu la femme avant son mariage. Il se souvenait que le désir n'avait pas été absent de lui. Un jour, au tournant d'une rue étroite, bordée en hauteur de maisons sordides, une fille était venue. Sa jupe balayait le pavé et elle portait une cruche sur la tête, à la manière antique. Son corsage était lourd. On y devinait la moiteur des seins déjà mûrs. Elle n'avait que seize ans, comme Jethro. Elle avait de grands yeux fiers, sombres et profonds, le nez admirablement busqué. Sur son dos, la masse des cheveux noirs, des cheveux luisants comme s'ils eussent été trempés dans l'huile pour que le soleil les irisât.

Longtemps ce soir-là Jethro s'était tourné et retourné dans son lit, parce que la fille, en passant, lui avait souri. Le corsage s'était entr'ouvert un moment et, après le sourire, il avait soudain aperçu la chair ferme et grasse des seins.

Elle se nommait Sarah et Jethro attendit douze ans avant que de l'épouser. Mais l'orbe de ses désirs avait été le même, il le supposait, que celui des désirs assouvis d'un plus audacieux.

Ceux d'Aaron par exemple...

Mais comment demander à l'enfant si le calme revenu demeurerait?

Comment savoir s'il prendrait de nouveau le chemin de la femme?

Jethro se sentit impuissant. Contre l'intolérance et les craintes d'Aaron dans ses nuits de cauchemars, Jethro connaissait les mots de douceur, ceux qui ramènent la paix de l'âme. Mais contre l'émancipation soudaine de son petit-fils il ne savait plus quels mots choisir.

Il préféra se taire. Songeusement, il se remit au travail. Longtemps ce soir-là, il cousit pendant que l'enfant — mais aussi un homme, au corps long et sinueux, à la tête déjà altière; homme dans son corps, dans sa forme, dans sa force — pendant que l'enfant lisait.

Vers dix heures, Jethro leva la tête.

— Si tu veux, Aaron...

Aaron sursauta, regarda son grand-père. Mais ses yeux ne disaient rien. Sans rebuter tout à fait, ils n'encourageaient pas.

— Si tu veux, continua le vieux en hésitant, je vais commencer à te montrer ton métier... ce soir.

Le temps passait, et Jethro perdait de plus en plus l'autorité qu'il avait eue, cette parole catégorique, tranchante, cette domination qu'il avait su imposer au petit. Non sans la ménager par des douceurs soudaines et souvent inattendues. Maintenant, il semblait craindre de parler, craindre le faux pas qui projette dans l'abîme, qui fait trébucher et périr; périr à tout jamais. Jethro connaissait la portée des gestes, lui plus que tout autre, issu des pogroms, chassé de deux pays, Errant selon la volonté même du Père. Lorsque le geste restait entre les murs de la maison, qui craindre et pourquoi craindre? Mais Aaron, sans être un Gentil, n'appartenait déjà plus à la seule enceinte. Il avait franchi des portes, il avait goûté aux vies interdites. Et par une sorte d'atavisme qu'il eût mille fois préféré annihiler en lui, Jethro avait peur. Non pas d'Aaron, mais de l'acte même d'Aaron, de sa révolte. Il se souvenait de la révolte de Sarah à l'agonie, de l'autre — matée celle-là — de David.

Car périr n'a que deux sens.

Il y a la mort du corps, toute vie sucée des veines, extirpée; les mouvements, la pensée, l'être lui-même retourné à l'humus d'où il est venu. Et l'autre mort: celle-là issue de la Puissance. Celle-là vient du Père lui-même, lorsqu'il ne reconnaît plus son image et prive l'homme des récompenses promises.

Et telle était la foi du vieillard qu'il eût préféré voir Aaron mort devant lui, mais mort sous l'œil bienveillant du Père, plutôt que de le voir ainsi rebelle, déjà engagé sur d'autres voies et par son indifférence même devenu presque un ennemi dans la Maison.

La peur donc de ce vieillard, peur veule, fruit de l'ignorance où il était des moyens à prendre pour ramener Aaron à la foi; peur atroce qui le faisait balbutier, hésiter, chercher ses mots pour finalement dire les mêmes toujours, et s'adresser à son petit-fils sur un ton peureux en se garant presque à chaque mot contre une violence pourtant improbable de l'enfant.

— Tu pourrais t'installer ici, à côté de moi. Je te montrerais... Le travail que je fais dans le moment est facile. Ce serait un bon commencement...

Devant le silence d'Aaron qui le regardait toujours, il poursuivit:

— Tu finiras l'école en juin. Ensuite, tout l'été tu t'appliqueras à apprendre avec moi. À l'automne, tu chercheras ton propre travail. Nous pourrions mettre deux tables, l'une face à l'autre... La chambre serait rapetissée, mais tu serais bien pour y travailler...

Têtu, Aaron s'obstinait à ne rien dire, et, comme à l'accoutumée, Jethro se hâtait d'aller au bout de sa pensée.

— Ou encore, hasarda le vieillard qui ne voyait cependant en son offre qu'un dernier recours, ou encore je trouverai un tailleur fin chez qui tu seras un apprenti. Ça te permettra d'aller... plus haut... d'être plus... prospère... Un jour, continua-t-il avec du désespoir dans la voix, tu seras peut-être... riche, si tu es un bon tailleur.

Le mot *riche* lui avait glissé entre les dents, comme s'il eût voulu le mordre, le retenir là, le détruire. Mais puisque c'était la seule attirance...

— C'est long. Tu feras... quoi, deux ans? Ensuite, tu pourras travailler avec le tailleur...

Les paroles de Jethro se perdaient dans ce silence lourd. Il transpirait abondamment. L'envie lui venait de hurler à Aaron: «Mais parle, réponds! Dis quelque chose!» L'enfant restait immobile. Maintenant, il avait les yeux perdus. Revoyait-il les pays dont avait déjà parlé Viedna? Ou revoyait-il seulement Viedna? Seulement elle, mais en fonction de l'absence, en fonction de l'ennui?

— Je n'irai pas chez un tailleur, dit-il soudain.

Jethro joignit ses mains et les éleva lentement devant lui.

— Dis-le, fit-il. Dis-le, j'ai cru mal comprendre...

— Je n'irai pas chez un tailleur, et je n'apprendrai pas ton métier ici. Je ne suivrai pas la lignée... Parle un mois durant, dis tout, je me fermerai les oreilles. Métier de pauvre...

Le vieillard tentait d'interrompre Aaron, mais rien ne voulait s'exprimer par cette gorge contractée, subitement paralysée.

Puis l'étonnement douloureux (mais la réponse formelle détruisant tous les doutes et ne laissant plus que la certitude incroyable. Aaron, traître à la lignée, Aaron se libérant de chaînes qu'il devait pourtant subir), la stupéfaction de Jethro se muèrent en ce profond désespoir qu'il avait prévu, ce jour où le petit-fils montrant déjà des signes de rébellion il avait pu croire à toutes les défections possibles dans l'avenir.

Au matin de la Bar-Mitzvah, tant de joie n'avait donc été qu'une semence de douleur? Qu'un portail par où l'on pouvait mieux entraîner l'homme vers sa géhenne? Ils sont lourds les fardeaux, quand on a trop longtemps craint leur poids, plus lourds encore que les efforts imprévus. Jethro pouvait toucher au fond de son désespoir, puisque rien maintenant ne faisait croire qu'Aaron ne se rendrait pas jusqu'au bout des ambitions déjà exprimées.

Être riche, quand on est juif orthodoxe, cela ne signifie-t-il pas, bien précisément, l'abandon des préceptes? Car voici un pays — une Amérique de chrome et d'aluminium — voici un pays courant vers ses destinées, insouciant des rites, des religions, des croyances... Que viennent faire les purifications du crépuscule dans les grands restaurants affairés?

Jethro cherchait comme ça les exemples concrets. Il voyait Aaron découvrir la richesse, il le voyait s'agripper à cette grande machine humaine, en extirper ses succès, ses vœux, ses ambitions. L'image montrait toujours Aaron au centre de la bataille, et dans le décor il n'y avait pas de place pour le temple, et l'humilité des gens de la Maison avait vécu.

Contre le fléau de l'homme, contre Baal, l'idole maudite; contre tout ce qui a été adoré par les infidèles et que Yaweh a détruit — *Seigneur, je sens monter la clameur des impies! Détruisez-les, Seigneur!* — contre l'homme, mais l'homme lui-même animal qui a peut-être le seul tort de raisonner... Jethro implorait pour Aaron la Foi: «Donnez-lui la Foi, Seigneur!» Et le retour au désespoir: contre l'homme, contre l'ambition de l'homme, la soif de l'or, cette soif jamais étanchée, que faire?

— Tu seras puni! geignit-il. Aaron, tu seras puni...

Mais le désespoir lui avait enlevé toute colère. Ne restait plus en lui que la douceur infinie comme sa peine elle-même, la douceur des impuissants, des condamnés. Une douceur d'une tristesse incroyable, presque lâche dans ses accents. Alors qu'il avait naguère maudit, maintenant Jethro implorait.

— Reste ici, avec moi, Aaron. C'est ta place...

— Partout où nous allons, nous les Juifs, fit le garçon, nous sommes punis. Toi qui es pauvre, encore plus que les autres qui sont riches. Manger des mets fins, se vêtir luxueusement, voyager, vivre?

Il répéta en le criant presque le mot-clé de toutes ses ambitions:

— Vivre? Peux-tu vivre?

Il se leva, jeta la revue sur le lit et vint s'appuyer au bout de la table.

— Tu parles d'école? Je n'y vais plus depuis deux semaines. Je cherchais du travail. Mais quelque chose qui me mènerait vers... vers mon but. Je l'ai trouvé. Je commence demain matin.

Jethro ne demanda pas où était ce travail. Il ne chercha pas à savoir. Plutôt, il se réfugia dans sa douleur, s'en fit   comme autrefois les sages de la tribu quand les hommes se laissaient aller au péché — une tente étroite et close, un abri qui le sépara d'Aaron, l'éloigna de toute parole, de toute explication qu'il n'aurait pu admettre.

Peut-être pour la première fois depuis qu'il avait été seul avec son petit-fils, Jethro sentit que la partie était irrémédiablement perdue.

Vaguement, il perçut les éclaircissements que lui donnait Aaron.

— C'est du travail chez un courtier en valeurs. Pour l'instant, c'est obscur, et ça ne signifie pas grand'chose. Mais je puis atteindre là tous les sommets...

Jethro n'avait rien compris à ce que disait Aaron.

Il n'avait rien voulu comprendre.

XIV

Dans la maison, rien ne ressemblait plus au passé tout imprégné de la Parole et des Actes des Anciens.

Entre ces années où Jethro sculptait patiemment l'âme d'Aaron et faisait de lui un Juif selon l'héritage légué par les congrégations et selon les lois reçues par Moishe sur la Montagne, et ce présent redoutable et désespérant, il s'était creusé une sorte de large abîme, une gorge aux mystérieuses profondeurs que le vieillard n'aurait pas su franchir.

Ce n'était plus le devenir qu'il avait modelé selon ses désirs immenses de reporter en l'enfant toute la tradition millénaire. Du chemin parcouru il ne restait maintenant qu'un vague tracé dont Aaron — Jethro en était sûr — ne se souvenait même plus.

La voix du Prophète, la voix des créatures terrestres: et opposer l'une à l'autre sans risquer les grands périls? Il n'appartenait plus à Jethro de puiser en lui-même des forces nouvelles. Ce qu'il avait donné atteignait la mesure même de ses sciences. En donner plus aurait requis du vieillard un savoir qu'il ne possédait plus, encore qu'il l'eût déjà possédé.

Inconscient de l'être, mais puisant en de seules Écritures les chemins à suivre, Jethro avait oublié qu'un homme dépasse sa tradition. Il n'avait pas compris que la jeunesse seule d'Aaron constituait un piège. Il y avait eu Viedna. (Jethro savait le nom de la fille. Il l'avait arraché à Aaron au mois de septembre. Il lui avait extirpé le secret comme s'arrache un lambeau de viande fraîche des dents de la bête. Il lui avait fallu presque frapper, hurler sa colère, subjuguer. Et de ce travail n'était né qu'un pauvre secret bien peu grave, celui d'un prénom qu'Aaron avait murmuré en gémissant...)

Viedna aurait pu s'appeler Ida, ou Ruth, et quoi encore! Viedna aurait pu ne jamais exister et le nom secret aurait été celui d'un garçon semblable à Aaron. Aaron subissait les influences. Et parce qu'il était Aaron, qu'il avait quinze ans, et que le devenir n'avait pas été conçu selon ses besoins à lui qui devait marcher à la tête des tribus; puisque même la loi ancienne le prévoyait et pardonnait aux audacieux; parce que rien ne lui avait été dit qui n'ait d'abord été cent fois chanté et mille fois transcrit de parchemin en parchemin et transmis de synagogue en synagogue et de congrégation en congrégation, voici qu'Aaron rejetait les emprises, secouait les liens, et restait hors d'atteinte sur l'autre rive de ce canyon énorme qui maintenant le séparait de Jethro.

S'il y avait eu communion entre les deux — mais que faire de l'emprise des rythmes, de l'envoûtement de la parole hébraïque, musique elle-même, incessante mélodie de charmeur qui va jeter l'animal en transe —, s'il avait existé, entre le vieillard et l'enfant, un besoin de s'unir par la mystique du Père transmise dans les paroles sacrées, à quel moment y avait-il eu, sur le plan de la pensée humaine, séparée de toute mystique, libérée de Yaweh ou de tous ceux qui forment le pageant millénaire du judaïsme, la cohésion absolue entre le grand-père et son petit-fils?

Cela, Aaron n'aurait pu le reprocher à Jethro, car l'enfant ne savait pas encore les causes véritables de sa révolte.

Et Jethro, lui qui avait été nourri à ces mamelles ensuite offertes à l'enfant, n'avait pas songé qu'il y avait un monde sur cette terre, et une vie qui se vivait, et une évolution qui suivait son cours, non selon un rythme constant et régulier, mais par à-coups. Et ce qui avait été le cadre dans lequel Jethro avait vécu était maintenant disparu, un entrechat de l'évolution et, à sa place, une vie moderne.

Jethro croyait encore en l'immuabilité des préceptes, et la défection des siens ne lui apparaissait pas comme une conséquence des temps, mais comme l'impiété qui, selon des normes raisonnables, ne peut rien changer à la force spirituelle du judaïsme.

La révolte d'Aaron lui semblait donc infiniment plus impossible qu'elle ne l'était en réalité. Il en éprouva une complète impuissance, et ne put opposer au silence de son petit-fils que son propre silence à lui, ce *vide* réprobateur, ce néant qui fut, selon les Écritures, l'arme la plus terrible du Père quand, las de tonner ses imprécations, il sembla se retirer des cieux et laissa les tribus à leur sort contre les ennemis dans le désert.

Les semaines passèrent. L'hiver ensevelissait Montréal. Un hiver capricieux, désagréable. Saison de neige, suivie brusquement de bruine, de verglas, ou de pluie tiède délavant la neige, inondant les rues, faisant déborder les bouches d'égout.

Une journée, le froid atteignait des bas inconnus jusque-là, et dès le lendemain, un soleil radieux apportait une chaleur rendue malsaine par son apparition intempestive. Ou bien alors la ville s'appesantissait sous une pluie large, chaude, cafardeuse.

Tous les matins, Aaron partait pour se rendre au travail. Et le soir, il revenait les joues creusées par la fatigue, les yeux fiévreux.

Les départs étaient silencieux et les retours de même. Jethro marchait tête basse dans la maison. Quand il parlait à Aaron, c'était pour les choses essentielles. Jamais maintenant ils ne conversaient.

Un soir, Aaron rentra dix minutes plus tôt. Il entra doucement dans la maison, presque silencieusement. C'était sa façon. Il ne dérogeait pas plus à ses habitudes cette fois-là que les autres.

Il surprit Jethro assis près de la table, tête basse, et il vit sur les cheveux du vieillard les cendres d'expiation.

Alors une colère folle envahit l'adolescent.

— Qu'est-ce que tu expies? cria-t-il. Mes fautes? Quelles fautes ai-je donc commises?

Il aurait fallu que Jethro lui expliquât, non pas la tradition qui s'avérait dans son esprit à lui incompatible avec la vie en Amérique, mais une seule parole du Père, un mot issu de Dieu, signé de son nom, prouvant que lui, Aaron, en travaillant à la tâche qu'il avait choisie commettait un quelconque péché.

Mais Jethro ne répondit pas.

Peu à peu la colère d'Aaron se calma, faute de trouver ou des mots pour l'exprimer ou des réponses de Jethro qui eussent pu en alimenter davantage le jaillissement.

Le lendemain soir, Aaron arriva portant sous bras un appareil de radio qu'il avait acheté chez un regrattier de la rue Craig.

Jethro regarda avec une suspicion non déguisée cette machine qui lui semblait vaguement sacrilège dans la maison.

— Ça te distraira, dit Aaron. Tout le jour, à travailler... Tu écouteras de la musique.

Le vieux ne comprenait pas.

— De la musique?

Aaron s'affaira à installer l'appareil, allongea le fil de prise, découvrit un moyen d'improviser une antenne intérieure de réception.

Bientôt la musique jaillit, puissante, du haut-parleur.

En travaillant, ce soir-là, Jethro prêta l'oreille, mais d'un air qui ne semblait pas convaincu. On eût dit qu'il cherchait, à travers cette richesse de son, quelque vice, quelque menace...

Le lendemain matin, au petit déjeuner, Aaron ouvrit de nouveau l'appareil. Mais dès qu'il fut parti, Jethro tourna le bouton. Il le tourna ainsi tous les jours.

Jamais il n'écouta en l'absence de son petit-fils, et c'est avec une impatience croissante qu'il subit chaque soir ce qu'il dénommait en lui-même un tintamarre.

Au printemps, Aaron avait économisé encore une somme assez importante. Cette fois, il l'apporta à la maison: une liasse de billets que les yeux de Jethro regardèrent froidement.

— C'est le printemps, dit Aaron. Nous allons nous vêtir à neuf tous les deux. J'ai besoin d'un complet, de chemises, d'un paletot... Et tu en as encore plus besoin que moi.

Il prit la vieille veste d'alpaga qui traînait sur le dos d'une chaise.

— Il est temps que tu te débarrasses de ça, fit-il.

Mais Jethro n'eut qu'un cri.

— Moi, m'habiller comme les Gentils? Comme les schmiels?

Il s'agrippait à la veste que tenait toujours Aaron et il la tirait à lui avec des sons pleurards, des gémissements d'enfant que l'on persécute. Une grande angoisse se lisait dans ses yeux.

Aaron vit, ce soir-là, combien Jethro était faible. Et que son silence, sa détermination, l'acharnement qu'il mettait à rester éloigné de son petit-fils ne cachaient qu'une lassitude grandissante.

— Pourquoi me fais-tu ça, à moi? Tu ne m'en as pas déjà assez fait?

Quand Aaron lâcha le vêtement, le vieillard s'enfuit dans la chambre en serrant contre lui la veste d'alpaga. Et longtemps Aaron l'entendit sangloter.

À la fin, n'y tenant plus, il se leva et sortit.

Ses pas le menèrent rue St-Laurent, vers un restaurant faussement hongrois où il mangea et but avec d'autres Juifs émancipés comme lui. Le spectacle de variétés était plaisant, et une grosse rousse vint s'asseoir à sa table. Elle parlait l'anglais avec un fort accent juif.

— Vell, do you vant company or not?

Aaron avait paru timide. Au premier abord, il s'était raidi en voyant le sans-gêne de la fille.

Mais il comprit tout à coup quel métier elle faisait, et il tâta l'argent dans sa poche d'un geste distrait.

À travers les sanglots d'un orchestre gémissant une chanson tzigane, il entendit — parce que les sons furent puisés à la même source, et que rien ne change qui n'a d'abord été nourri de la grande clameur juive montant des sables brûlants jusqu'aux oreilles du Père — les sanglots de Jethro, et il voulut en oublier jusqu'aux accents mêmes, jusqu'à la cause dont on lui imputait la responsabilité, alors qu'il n'avait voulu que se choisir un destin.

— Yes, I want company, dit-il. For a long time...

La fille roucoula plutôt qu'elle ne rit, et bougea sa poitrine opulente.

— I'm the girl for that! répondit-elle.

XV

Aaron ne laissa la fille qu'aux petites heures.

Il avait un dégoût à l'âme, aux mains des restes de caresses lourdes, dans la chair une brûlure. Il se sentait loin des instants avec Viedna!

Il y avait eu dans cette passion d'adolescents réunis par le sort une propreté des gestes qu'Aaron n'avait pu retrouver avec la fille d'un soir. Et d'ailleurs, sans s'en douter, il avait traversé des barrières, rompu des liens. Cette aventure stupide, il ne la recommencerait jamais. Elle avait été désolante, vulgaire.

Il avait acheté ce qui ne s'achète pas. Aaron, pour avoir touché aux extrêmes — sa joie première, une tendresse immense dans les lits de feuilles mortes et le ciel impassible pour jeter du bleu et de l'or partout où les yeux se posaient, mais surtout sur ces hautes branches où chantaient des oiseaux — pour avoir connu l'amour cérébral, libéré, de Viedna, et pour avoir connu l'amour acheté au poids et à l'heure de la fille rousse, avait peut-être acquis une sagesse qui vient à bien peu d'adolescents comme lui.

Il rentra à la maison.

La ville continuait à vivre, mais en sourdine. Les autos filaient, moins nombreuses que dans le jour, plus furtives, plus rapides, comme si elles avaient été des insectes de nuit fuyant les néons trop crus, trop brillants. Aaron marchait à pas lents, essayant d'oublier son dégoût, retrouvant avec l'air frais de la nuit un peu de sa lucidité.

Il marchait en comparant Viedna fleurant bon la peau propre, et cette fille ample, porcine qui s'abattait sur lui, qui le dévorait, qui imitait avec une absence de toute mesure une passion qu'elle n'éprouvait point.

Et la question se posa, cruelle: Pourquoi n'avait-il pas vraiment cherché à revoir Viedna? (Comment trouver une fille dont on ne sait rien, ni le nom de famille, ni le lieu de vie, ni la véritable nationalité, sauf qu'elle est juive, mais juive de quelle autorité, de quel pays?)

Il se remémora la rupture. Non, ce n'était pas une rupture. Pourquoi avait-il boudé Viedna? Ce voyage, le retour... mais Viedna avait pu retarder. Peut-être était-elle finalement allée à la montagne, qui sait?

Où la retrouver?

Elle ne vivait pas dans le ghetto. Son père et elle, s'ils étaient rentrés de New York, devaient habiter un autre appartement. C'était tout ce que savait Aaron. Mais où? Près de la montagne? C'est encore vaste. Combien de rues? Toutes les pentes menant de la montagne aux différents plateaux de la ville sont bordées de maisons à appartements. Cedar? Côte-des-Neiges? Ou de l'autre côté, en direction d'Outremont?

Plus il connaissait cette angoisse nouvelle de Viedna, plus les heures qu'il venait de vivre lui apparaissaient dans toute leur horreur.

Le lendemain après le travail, lorsqu'il rentra à la maison, Aaron se sentit un nouveau besoin de tendresse. Comme l'enfant inquiet qui cherche des réconforts, des consolations. Il se sentait petit, faible. Plus encore, et bien intimement, il se sentait souillé. Quelque chose d'impur s'était emparé de sa chair. Et comme jamais avec Viedna il n'avait ressenti d'effroi ou de dégoût, que rarement il n'avait osé qualifier leurs gestes d'impurs, une crainte lui venait de ne jamais plus la retrouver. Comme s'il comprenait soudain qu'avec elle seulement la joie sincère était possible, et qu'avec d'autres il trouverait toujours le dégoût.

Le vieux cousait.

Aaron vint doucement au bout de la table.

— Je veux te parler, dit-il.

Il n'avait pas la même voix... Sa brusquerie était disparue. Jethro leva la tête et vit devant lui un garçon, un enfant tendre qui le regardait sans haine, ou sans l'indifférence des derniers temps, cette indifférence qui blessait le vieux plus que ne l'eussent fait toute démonstration d'inimitié, tout acte positif.

— Qu'est-ce qu'il y a, Aaron?

Mais il tenait toujours entre ses mains le tissu, l'aiguille. Aaron prit le veston que Jethro façonnait, le lui enleva des mains, le posa sur la table.

— Je veux finir, dit le vieux doucement. Il faut manger.

— Nous mangerons plus tard.

Jethro soupira, piqua son aiguille dans une pelote salie. Un nouvel Aaron se tenait devant lui, peut-être plus déroutant encore qu'il n'avait été dans

sa révolte des derniers mois. Jethro n'était plus au pas.
Il essayait de revenir en arrière, de retrouver les accents
pour parler avec son petit-fils, mais il ne trouvait rien.

Il répéta:

— Qu'est-ce qu'il y a?

Aaron se tint un moment appuyé sur ses
mains. Il ne pouvait se confesser: dire au vieillard
l'aventure de la veille, parler de cette rousse, mais
aussi parler de Viedna, confirmer la justesse de toutes
les colères de Jethro... Non, Aaron ne s'en sentait pas
capable. Plutôt, et comme s'il cherchait un terrain
d'entente, il demanda au grand-père:

— Hier, je t'ai offert de venir t'habiller à neuf
avec moi. Je paierai, j'ai ce qu'il faut. Tu as refusé,
pourquoi?

Jethro désarmé par la douceur eut un geste
vague. Un geste de vieillard. Ses yeux chassieux,
fatigués par tant de veilles au-dessus du travail, s'embuèrent soudain.

— Il ne reste plus rien? demanda-t-il.

Il se posa la main sur le front, inclina la tête
en la secouant doucement.

— Oï! Oï! Oï! Aaron, vat iss dat?

— Tu aurais besoin de vêtements...

— Ceux que j'ai là, dit le vieux...

Il s'interrompit, se leva et alla dans la chambre: Aaron l'entendit qui fouillait dans un placard.
Quand il revint, il portait sur son bras la veste d'alpaga
verdie d'âge, la redingote longue, boutonnée à gauche,
le chapeau rond. Lentement, en des gestes respectueux,
il les posa l'un à côté de l'autre sur la table.

— Le chapeau, dit-il c'était celui de mon père: ceux qui avaient la science le portaient, dans le ghetto. Le chapeau, et la barbe, les cheveux ainsi...

Il toucha les deux touffes de cheveux gris frisés, de chaque côté des oreilles.

— La marque de la science, dit-il, de la connaissance des lois et des traditions. Ce que je t'ai enseigné.

Il toucha la veste, la redingote.

— Et aussi ces habits. Je portais sur moi le signe du respect d'autrui. C'était acquis. J'avais étudié, je connaissais l'hébreu, je parlais la langue des Anciens. Mais plus encore, j'étais de la lignée d'une Maison, une lignée sans tache qui pouvait remonter jusqu'à ses origines. Ces vêtements...

Il eut un geste las.

— Si tu avais été autrement... peut-être qu'aujourd'hui... Peut-être que j'accepterais...

Il enfila la veste, la redingote, posa le chapeau sur sa tête. Il se tenait droit. Puis il toucha à sa barbe.

— Ce que tu vois, dit-il à Aaron, je te l'ai pourtant déjà dit... j'appartiens à ma lignée. Dans la rue, on me saluait. On me salue encore, parce que je possède la science... Abandonner même ça?

Il sourit tristement.

— Viens continuer la lignée, dans le travail, dans la Foi, dans l'observance, Aaron, et peut-être que je changerai de costume. Il y aura autre chose. Il y aura toi, et ce que j'aurai fait de toi...

Aaron leva les bras.

— Je ne peux pas. J'ai un but. Mon travail me plaît. J'y apprends comment devenir riche. Un jour, peut-être que je serai le maître du monde...

Il l'avait dit sans modestie et, bizarrement, les mots possédaient une sorte de force digne qui impressionna Jethro, mais aussitôt le vieux se cabra.

— Adoshem punit ceux qui veulent se hisser jusqu'à lui sans avoir été appelés, dit-il. Je resterai vêtu comme je l'ai toujours été.

Plus tard, Aaron qui semblait triste murmura:

— N'est-il pas possible de vivre quand même?

Mais Jethro sursauta, puis il cria:

— Tu l'as dit! Je ne puis l'oublier: tu seras le maître du monde! Chez les schmiels, avec les schmiels, à cause d'eux!

Il trancha l'air de sa vieille main ridée.

— Sois ce que tu dois être, et nous vivrons, comme tu dis.

L'abîme se creusait toujours entre eux, s'élargissait constamment, devenant un néant à jamais insondable.

La tentative d'Aaron, faite sans art, sans tact, ne devait plus se répéter.

Il avait eu besoin de tendresse et n'avait pas su comment s'y prendre pour l'obtenir. Il s'en fut tôt après souper au cinéma et revint tard.

Jethro dormait, et Aaron marcha sur la pointe des pieds pour ne point l'éveiller.

XVI

Aaron retrouva Viedna par pur hasard.

Le printemps était revenu et avec lui le renouveau du soleil, des fleurs et des couleurs.

Montréal reverdie, ses arbres déjà lourds de bourgeons gras, semblait en proie à quelque ardente fièvre. Jamais les filles n'y avaient été aussi belles, les hommes plus désinvoltes.

Le long des trottoirs, les eaux couraient qui venaient de la montagne par les pentes, jusque dans les rues des plateaux successifs d'où elles allaient ensuite se perdre au grand égout du fleuve.

Géographies inexorables, hydrauliques aux destins prévus, immuables. Aaron y songeait en longeant la Place d'Armes. Il avait un reste de temps, vingt minutes de loisir avant de réintégrer le bureau et se remettre au travail. Il enjambait des ruisseaux et des flaques et s'arrêtait parfois pour observer l'éternel voyage de l'élément mystérieux. «Jusqu'au bout du monde!» songeait il.

L'eau, le destin de l'eau, la marche stupidement inchangeable de toute la chimie, de toute la physique de la terre. L'homme? Un magicien parfois, mais combien mesquin son pouvoir, petites ses réalisations. Voici de l'eau venue du ciel: des pluies du ciel, de la neige du ciel. De l'eau qui a dévalé la montagne et que je retrouve ici. Demain, je la retrouverai au fleuve, et, plus tard, elle baignera Québec puis se perdra dans le Golfe. L'océan y ajoutera le sel, l'iode, l'apprêtera quoi! avant que de la digérer. L'eau, mon eau, l'eau que je regarde, à qui je dis bonjour; l'eau qui reflète mon soleil, le soleil de Montréal au printemps, le soleil des jolies filles et des verdures neuves, disparaîtra dans l'océan. Elle ira baigner des pays bizarres, elle lavera des pieds nus courant sur les sables quelque part en Méditerranée ou ailleurs. Qui sait? Comment suivre des gouttes, comment s'incorporer à elles, voyager avec elles?

Un jour, le soleil — mon soleil — sucera cette eau — mon eau — hors des vasques de l'océan; il la tirera à lui pour en faire des nuages. Puis il laissera le vent les porter au-dessus des pays. Partout un ciel, partout des vents, et mon nuage peut aller partout. Mais s'il revient ici? Alors le nuage crèvera et l'eau retrouvera la montagne...

Bonjour la montagne, ma sœur la montagne, et cela recommencera et, dans deux ans ou dix ans, ici même, si je pouvais marquer l'eau de mon signe, peut-être que je la retrouverais...

Aaron s'amusait, laissait courir son imagination, s'étonnait encore des sciences dont l'homme n'a fait sa pâture que depuis peu. Changer le cours des eaux? Changer l'eau en... en quoi? Il énumérait en sa tête tout ce qui est issu de l'eau; les gaz, les sels, les forces aussi, forces thermique, forces nucléaires, l'eau additionnée de matières étranges et devenue soudain quelque puissance de destruction.

Une pluie torrentielle le tira de sa rêverie.

Après le soleil magnifique, la course d'un nuage noir et bas qui crevait sur la ville. La chute d'une averse chaude, pressée, lourde comme les mois à venir; ondée d'avril et promesse de couleurs plus éclatantes encore, de gazons robustes, de fleurs épanouies.

Alors ce fut le désarroi, la débandade. La foule qui se pressait sur la Place d'Armes dut trouver abri. Aaron courut en biais pour traverser la rue vers un portail où il y avait place.

Il se heurta contre Viedna qui se tenait là, rieuse, les yeux brillants.

Il eut d'abord du mal à la reconnaître, et soudain:

— Viedna!

Elle non plus n'avait pas tout de suite remarqué ce grand garçon élancé, bien vêtu, paletot de bonne coupe, le front dégagé des boucles qui autrefois l'encombraient.

Elle n'eut pas l'exclamation joyeuse à laquelle il se serait attendu. Plutôt, elle le regarda d'un air bizarre, semblant vouloir s'assurer si la rencontre était plaisante ou non.

— Viedna! répéta Aaron. Je suis content de te voir!

Elle le détailla sans sourire.

— Tu as changé, dit-elle.

— Oui, c'est possible. Mais toi aussi tu as changé.

À la montagne, il avait aimé ses nattes épaisses, pesantes. Maintenant les cheveux étaient coupés. Cela modifiait le visage de la jeune fille. Et au lieu des vêtements presque négligés de l'année précédente, on devinait le prix du manteau, de la robe, des chaussures marquées non seulement au signe du luxe mais aussi à celui de la sobre élégance.

— J'ai vieilli, dit Viedna, comme si cela expliquait tout.

Puis elle sembla se raviser, regretter le visage presque déconfit qu'elle avait montré en voyant Aaron.

— Tu as le temps de m'offrir une consommation? dit-elle d'un ton enjoué. Emmène-moi, j'ai environ une heure, pas plus. Après, j'ai rendez-vous chez mon bottier.

Même le langage, subtilement altéré, plus adulte. Viedna tout à coup avait les allures d'une fille de vingt-cinq ans, sans pour cela qu'elle parût jouer un rôle non assujetti à sa mesure.

Aaron restait perplexe.

Lui aussi avait vieilli, mais il se sentait incapable d'affronter cette nouvelle Viedna. Son évolution, comme homme, avait subi l'influence du milieu. Il parlait plus sobrement, il s'habillait bien, imitant d'instinct ceux avec qui il frayait chaque jour: courtiers, spéculateurs de bourse, placiers en valeurs. Curieux, imitatif, il avait tout de suite modelé et sa pensée et ses actes sur ce qui l'entourait, et qui actionnait le monde de la finance où son destin le poussait.

Mais il était nettement déclassé par la sophistication de Viedna dont les seize ans avoués déjà avaient pu être un mythe.

— Je suis pressé, dit-il. Je dois retourner au bureau. Je travaille chez Cosfield-Patterson, les courtiers...

— Je connais, dit Viedna. Ou plutôt, mon père y transige parfois. C'est par ouï-dire...

— Je veux te revoir cependant. Nous avons été bêtes. Je ne savais même pas ton nom de famille, je ne pouvais pas te retrouver...

Viedna eut un geste désinvolte.

— J'ai passé presque tout l'hiver à New York finalement. Nous ne sommes rentrés que le mois dernier. Mais si tu veux me revoir...

Elle dicta rapidement une adresse. Aaron reconnut les quartiers luxueux.

— Tu me téléphoneras auparavant, dit-elle. Je ne suis pas toujours libre. Nous irons au club...

La pluie cessait. Il se quittèrent.

Aaron fut troublé tout le reste de la journée. Le soir, il se rendit au cinéma pour être dans une obscurité où réfléchir serait peut-être plus facile. Mais il fut pris par le film et ce n'est que plus tard, revenant à pied à la maison, qu'il put enfin mettre un peu d'ordre dans ses idées.

Il avait espéré des joies immenses à revoir Viedna un jour. Il avait imaginé chaque seconde de cette première rencontre, les aveux renouvelés, la tendresse reconquise: Viedna se pressant contre lui, tremblante, émue, donnée tout entière et à jamais aux amours retrouvées.

Mais l'image s'était aujourd'hui dessinée bien autrement. Ce n'était plus Viedna. Dans la tête d'Aaron la cadence chantait, incessante, lancinante, cruelle: Viedna est morte.

À sa place, une jeune fille mince, recouverte d'une sorte de carapace qu'Aaron savait ne jamais devoir percer. Il pouvait grimper jusqu'aux sphères de Viedna — il disait *grimper* et sentait bien que c'était faux, que Viedna n'habitait aucune sphère plus élevée mais seulement un monde à part où Aaron s'il lui plaisait pouvait un jour pénétrer — mais à savoir si, rendu là, il retrouverait Viedna...

Et voici que soudain il put se demander, l'âme tranquille: «Est-ce que cela importe?»

Viedna existait en fonction d'un souvenir. Ce souvenir était perdu. Contre toutes ces filles dont elle était maintenant la semblable, Aaron pouvait opposer des filles aux yeux paisibles, jolies tout de même, et précieuses, comme celles qui l'entouraient au bureau, comme celles qu'il apercevait tous les midis, rue St-Jacques ou Place d'Armes: filles à bonheur, filles à sincérité, filles à plein amour.

Alors, pourquoi Viedna?

Mieux que toute lame bien tranchante, la seule sophistication de Viedna, nouvelle et imprévue pour Aaron, suffisait à trancher les attaches.

Le souvenir était toujours là, mais il appartenait au même Aaron qui avait tenu dans ses bras une adolescente perdue aujourd'hui, disparue, remplacée par celle qui avait dit, comme si cela l'excusait de tout:

— J'ai vieilli...

Cependant, Aaron ne voulut point, sur la seule foi d'une rencontre hâtive, et juger Viedna définitivement et détruire ce qui en lui tendait encore vers elle.

XVII

Au téléphone, Viedna se montra courtoise sans empressement.

— Je ne t'offre pas le club, dit Aaron. Je préférerais que nous passions la soirée à causer.

Un silence.

— Eh bien? insista Aaron.

Viedna semblait ennuyée.

— Les soirées à la maison... dit-elle. Mais elle se ravisa soudain. Soit, viens ce soir, chez moi, je t'attends.

Aaron s'attendait à trouver une habitation en tous points dissemblable à celle qu'il occupait avec Jethro. Jamais il n'aurait cru possible un tel contraste et, dès son entrée, toute l'image du passé, celle de Jethro l'homme, de Jethro le porteur des mystiques, lui devinrent une sorte de souvenir nébuleux, une seconde existence sans réalités et sans vie, un mauvais rêve qu'il aurait vécu mais duquel il s'éveillait pour se retrouver ici, enfin dans son élément.

Car la tragédie tenait à ça, qu'il n'entrait pas chez Viedna en se sentant intimidé ou projeté hors de ses orbites. Bien au contraire, le luxe même de la maison, la richesse de chaque objet, des meubles, des bibelots, le goût exquis qui avait présidé à l'agencement de l'ensemble lui redonnèrent une assurance qu'il avait perdue en songeant à cette rencontre fortuite avec Viedna.

Aaron, l'enfant qui jouait hier encore dans le cul-de-sac puant, sale, aux portes de taudis non moins sordides, se sentait ici une personnalité neuve: la sienne peut-être, celle qui pouvait lui appartenir en propre par quelque mystérieux accident de naissance, et qu'il retrouvait tout à coup.

Assis dans le fauteuil turquoise, baigné dans cet éclairage doux, savamment calculé, causant avec une fille dont les moindres gestes atteignaient à la perfection totale du mouvement, de la grâce, mais conçue en données modernes, jamais le retour au logis de Jethro ne lui répugna autant.

De vivre ici...

Vivre.

Rien n'avait été la vie auparavant. On pouvait tonner contre l'infidèle ou le renégat, mais ceci? Y avait-il une loi du Père qui fût en termes égaux avec ces lois de confort, de beauté, de progrès?

Aaron comprenait mieux maintenant qu'il ne pouvait y avoir de communion entre l'orthodoxe — Jethro psalmodiant ses textes prophétiques, le Jethro des anciens âges resté immobile dans le temps, le temps du Père? À qui poser la question pour obtenir les franches réponses, débarrassées de tout préjugé? — entre le Juif éternel et ce judaïsme adapté aux besoins de l'être. D'être juif devait-il donc signifier privations, crasse, souffrance? Cette beauté, cette propreté, ce luxe même n'étaient-ils pas plus purs que les taudis immondes où Jethro renvoyait d'instinct tous les fidèles à l'enseignement des Lois?

Le Père — Yaweh de perfection infinie — tout-puissant, et ne jamais mépriser cette seule qualité, siège et matrice de toutes les obédiences requises des Juifs errants: le Yaweh de perfection infinie. Il fallait reconnaître la perfection et partir de ce point, mais partir de là et non d'édits profanes inventés par des lévites en mal de mégalomanie. Un Dieu de perfection croit-il indispensables à ses enfants la misère immonde, les rats, les chambres sans soleil, les pays d'obscurantisme?

Fils de Dieu, pourquoi ne pas habiter les maisons dignes?

Et Aaron se souvint que Salomon le juste n'habitait pas une tente de peau de chèvre et que sa Loi avait été sanctionnée par Dieu. L'or de Saül? Et de David aux autres, en passant par tous les sangs des rois de Judée? Alors pourquoi aujourd'hui Jethro nommait-il ignoble la richesse, indignes le désir et l'ambition de la bonne vie?

L'âme d'Aaron était rassérénée. Il lui avait manqué de toucher à cette vie qu'il ambitionnait, de la constater de près, d'exister un moment à travers ses manifestations.

Et même si Viedna était devenue en quelque sorte une étrangère, il ne s'en trouvait pas plus malheureux.

Tout amour avec elle était maintenant impossible. On n'aime une femme qu'une fois, en la voulant toujours semblable à elle-même. Si elle gravite et reparaît plus tard, modifiée quant à l'image formée d'abord, l'amour s'effrite. Aaron ne s'expliquait pas le phénomène. Il le constatait tout bonnement peut-être parce qu'il n'avait pas atteint encore l'âge du cynisme. Il cherchait dans ce salon magnifique la fille qu'il avait aimée à la montagne. Sincère, terriblement sincère, jusque dans ses excès. Sincère à le scandaliser lui, Aaron, qui n'avait à ce moment que des rêves bien imprécis. Au lieu qu'aujourd'hui c'étaient des formes tangibles qui se dressaient devant lui.

Plus tard, il serait sûrement facile d'aimer une fille comme Viedna. Mais ce ne serait pas elle, parce que chez elle ne se retrouvait plus la fille d'autrefois, et celle qui se tenait là devant lui ne satisfaisait pas encore aux nouvelles exigences qu'il s'était formulées.

Lentement, à la faveur d'une conversation à bâtons rompus, sans but précis, Aaron chercha cependant à se prouver à lui-même qu'il avait raison.

— Tu vois, dit-il soudain, j'ai réussi un peu dans mes ambitions...

Ils venaient de causer de son travail, de la salle des ventes, du tableau. Déjà Aaron employait le jargon du métier. Non seulement il pouvait paraître à l'aise dans ce milieu des assoiffés de spéculation, mais il l'était véritablement. Par une sorte de poussée aveugle, il avait choisi sans connaître, décidé sans voir, et quand la situation lui avait été décrite, c'est d'emblée et avec enthousiasme qu'il l'avait acceptée.

— Je vois, dit Viedna. Tu te débrouilles. Et ça te change, tu sais... Tu n'as pas... comment dirais-je?... vieilli tellement.

Elle sous-entendait «comme moi» mais ne le disait pas.

— Cependant, continua-t-elle, tu me sembles plus... est-ce que je devrais dire: plus sérieux?

— Viedna, dit Aaron, je...

Elle ne le laissa pas poursuivre.

— J'avais oublié... Voilà deux ou trois fois que je veux te dire une chose, et nous passons à d'autres sujets... Je ne m'appelle plus Viedna. Je m'appelle Cécile...

Il y eut un moment étrange dans la pièce. Aaron n'était pas seulement surpris, mais un vague malaise s'était emparé de lui.

— Pourquoi t'appelles-tu Cécile? demanda-t-il.

— Parce que nous sommes français maintenant, mon père et moi. Il n'est pas ici ce soir, mais tu devrais voir comme ça lui va... On ne dirait jamais un... Juif.

Elle avait prononcé le mot avec une sorte de mépris.

— Vous êtes français? répéta Aaron. Mais... pourquoi?

— Je me souviens de t'en avoir parlé à la montagne, Aaron. La seule condition de survie: n'être plus juif... Le Juif atteindra à tout, à condition de n'être plus juif. Alors nous... nous sommes français, tu vois? Nous voyageons avec un passeport français, et mon père tire certaines ficelles pour que nous obtenions la nationalité française. Il y a droit, mais c'est très compliqué de le prouver, des tas de paperasses...

Elle soupira, sourit, toucha ses cheveux d'un mouvement un peu dolent.

— Tel que je le connais, il va réussir... Après...?

Elle jeta une main en l'air d'un geste de finalité.

— Après, tout nous est permis.

Plus tard, ce soir-là, Aaron fut pris d'un nouveau désir bizarre, tourmenté, pour cette fille. Sans la vouloir vraiment, il eût été désappointé, le cas échéant, de la trouver bienveillante et docile.

Il avait un sourd besoin de douleur, comme si une exaspération de tout son être rendait nécessaire une purification. La saignée d'antan, panacée de tous les maux.

— Aaron, dit Viedna, je t'en prie, calme-toi. J'ai un amant!

Le mal était complet. Le mal atteignait l'âme, et creux dans l'âme. Bien plus encore que d'un amour d'ailleurs éteint, la douleur provenait d'un orgueil latent chez Aaron, l'orgueil de tout mâle qui voudrait assujettir la femelle même en ne la désirant plus.

Il la regarda d'un air hébété. Il avait tout anticipé, sauf une telle éventualité.

— Mais oui, fit Viedna. Ne sois pas vieux jeu. Tu crois que j'estime la vertu à un tel point? La vertu existe peut-être dans l'amour, mais elle est une denrée périmée...

Les mots sonnaient faux et elle le sentit bien.

— D'ailleurs, c'est un ami de mon père. Un monsieur très bien, très riche, qui peut nous rendre de grands services.

D'un certain cynisme de Viedna dans la montagne à cet aveu de saloperie, il n'y avait pas tellement loin. Mais Aaron ne le savait pas.

Quand il la quitta, vers minuit, après un bonsoir qui avait dans sa froideur même les accents de finalité de l'adieu le plus catégorique, il se sentit écœuré.

Et ce fut ainsi qu'il put retourner vers le cul-de-sac, vers Jethro, vers le logis crasseux, alors que deux heures plus tôt il s'en serait senti bien incapable.

XVIII

Après une cérémonie du Shabbat, à la synagogue, Jethro rencontra Malak. Le boucher n'était pas pressé. C'était après le couchant. Malak pouvait causer sans se hâter vers son échoppe, fermée qu'elle était jusqu'au lundi.

Il entraîna Jethro vers le parc Jeanne-Mance qui s'étend devant la synagogue, de l'autre côté de la rue. Des bancs bordaient les allées, on y pouvait trouver, à cette heure du noir tombé, une quasi solitude.

— Aaron? demanda Malak, comment va-t-il?

À la faveur des visites faites par Jethro à la boucherie de son ami, il s'était échangé — à chaque jour suffisant une portion du grand récit — des lamentations sur le destin que choisissait l'adolescent.

Malak, dont l'orthodoxie pour plus tempérée qu'elle parût comparée à celle de Jethro n'en était pas moins fort rigide, avait pleinement sympathisé avec le vieillard.

Et ce soir-là, alors que la nuit de printemps tombait sur la ville, ils purent échanger de lentes confidences.

Jethro s'était appuyé le menton sur la canne qu'il portait maintenant, un support dont ses jambes tremblantes avaient besoin, et qu'il maniait gauchement, plus en manière de houlette que de canne, surtout lorsqu'il devait escalader les trottoirs ou grimper les escaliers de son taudis.

— Aaron, répéta Malak, que fait-il?

Jethro montra le sud, le centre de la ville, là d'où venait la grande clameur de la Cité vivante.

— Il travaille tous les jours... là, chez les schmiels.

La question de Malak n'était qu'un préambule. La veille encore il avait demandé à Jethro si toujours Aaron poursuivait sa révolte.

— Kerisch, mon père, m'a gardé de ces dangers. Je suis ce que je suis à cause de lui. Mais tu vois, Jethro, voilà la plaie du monde. Les siècles s'écoulent, les années, rien ne ressemble plus à rien. Est-ce que c'était ainsi autrefois?

Jethro soupira.

— C'était bien autrement, continua Malak. Ainsi moi, j'avais le bâton quand je n'obéissais pas. D'ailleurs, je n'ai jamais cherché à partir.

— Partir... murmura Jethro. Cela viendra.

Il avait parlé si bas que cela semblait pour lui-même seulement, une menace qu'il décrivait. Partir?

— Tu crois que c'est ce qu'Aaron fera?

— Je ne sais pas, dit Jethro Je ne sais plus rien. J'essaie de le reconnaître, il n'est plus le même. Il entre, il mange, il vit, il dort. Il est là. Je peux lui toucher. J'étends la main, il est là, son corps, sa chaleur. C'est mon petit-fils Aaron. On me le dirait que je ne le croirais plus. C'est lui, et ce n'est plus lui. Il n'y a plus rien de semblable. Il a été fait homme, il a commencé à vivre de ce jour... Tu vois où il est, qu'est-ce qu'il fait? Ce qu'il deviendra? C'est inévitable. Je le compare aux Juifs que je connais. Mes frères et les tiens... Non, il est devenu semblable aux autres...

Il cracha dans le gravier de l'allée, un jet malhabile qui lui mouilla la barbe plutôt que l'allée déjà sèche et poussiéreuse à ce temps de l'année.

— Tu sais de quels Juifs je veux parler.

Même encore, il était impossible à Jethro de prononcer le nom. Auparavant, une horreur dans ses dimensions d'orthodoxie, le détournement devant celui qui offense Yaweh, et la certitude profonde que celui-là périra. Ce saint et universel mépris devenu aujourd'hui pire encore, et justement cette chose innommable que Jethro n'eût jamais crue possible: Aaron réformé, abandonnant tout...

Timidement Malak interposa:

— Tu ne peux le ramener? Il n'existe aucun moyen? D'autres ont pu errer. C'est une faiblesse de l'homme. Et s'il comprenait la raison? Des générations sont venues avant lui. Il continue ces générations. C'est un rôle grand, et noble...

Mais Jethro fit non de la tête, lentement, le geste du désespoir.

— Je lui ai tout dit, dit-il de sa vieille voix cassée, mais où parfois revenaient les accents chauds, le timbre prenant qui exaltaient Aaron hier encore.

Et il lui avait tout dit. Cela demeurait la grande et terrible vérité. Qu'un orthodoxe dont la famille, tiède dans ses observances, pût traverser dans le camp ennemi, cela se comprend... Mais qu'Aaron...

Il le dit à Malak.

— Aaron, vois-tu, Malak... Regarde...

Il appuya sa canne sur le banc, étendit ses mains blanches, paumes en l'air sur les deux genoux.

— Je l'ai fait cet enfant-là. De mes mains. Je l'ai tenu dans mes bras, tout petit. Je lui ai tout donné qui doit être donné à l'enfant. J'ai été sa mère qui le berça, et parce que David gagnait notre vie à tous, plus tard j'ai été aussi son père et son grand-père. Ensuite, à la mort de David... écoute, qu'étais-je pour lui, tu le sais?

Il traça le signe de l'Étoile.

— Un guide. Un fanal sur lequel se diriger. J'étais le père et la mère, j'étais le grand-père. Mais j'étais aussi le conseiller, le rabbin, le professeur. Aujourd'hui il y en a peu de son âge, même parmi les meilleurs orthodoxes, qui en savent autant que lui. Et pourtant j'ai étudié vingt ans à la synagogue, à Minsk. Et je me suis assis avec les Ancêtres, et ceux du Conseil, et j'ai discuté avec eux. Sans rougir, parce que je n'étais pas ignorant. Tout ce que je savais, je l'ai transmis à Aaron... Il ne me reste plus rien à lui apprendre...

Des mots yiddish roulaient dans la gorge de Malak, des mots de consolation, de secours dans l'épreuve, de sympathie.

— Aaron, dit Jethro soudain, Aaron est mort.

— Ne dis pas ça, s'exclama Malak effrayé. Il est encore Aaron.

— Il est mort.

Péniblement, son corps lourd de tout le fardeau, il se leva.

— Je retourne à la maison, dit-il. Il y a un étranger qui habite là. Il dit se nommer Aaron. Je l'ai peut-être déjà connu. Je ne le connais plus...

Il partit en titubant comme un homme ivre, ou comme un homme si vieux qu'il en est à faire ainsi les derniers pas avant que de tomber, chemin parcouru et vie faite.

XIX

Dans le logis du cul-de-sac, plus rien n'existait que le silence triste de Jethro, ses soupirs si proches des sanglots, et le lent passage des heures — des rares heures, en fait — où Aaron était encore à la maison.

Le jeune homme s'était inscrit à des cours du soir. Il étudiait les secrets bancaires, les méthodes de la finance. Bien résolu à devenir grand en ce labeur qu'il avait choisi, il appliquait tous ses instants à parfaire ses connaissances, à s'établir solidement dans ce monde qu'il devrait fréquenter toute sa vie.

Ceux des soirs qui restaient libres, il les passait à la maison, à lire ou à étudier. Besogne facile, car le silence où Jethro se repliait se faisait de plus en plus complet à mesure que la fuite du temps prouvait au vieillard l'inutilité de tout combat.

C'était l'état de trêve. Il restait en Jethro trop de colère inassouvie, trop de ressentiment envers Aaron qu'il chargeait maintenant de tous les crimes, pour que le silence lui-même pût durer. Il fallait qu'un jour les deux hommes vidassent la querelle. Non qu'Aaron le désirât vraiment. Il aurait voulu surtout prouver à Jethro qu'il ne reniait rien, sauf peut-être l'abus des rites et la rigueur des obligations, toutes choses dont il ne pouvait plus admettre la nécessité.

Sans rêver d'amener son grand-père vers les temples réformés ou conservateurs, Aaron souhaitait qu'on l'y laissât aller, lui, librement, et délivré de cette amertume qui détruisait les seuls liens subsistant encore entre les deux hommes.

Mais ce rêve, il le savait impossible.

Ce qui était pis encore et qu'Aaron ne prévoyait même pas, c'était que la sainte colère de Jethro donnerait naissance à des actes plus positifs que jamais auparavant. L'ancêtre mettait bien au-dessus des amours humaines, si légitimes fussent-elles, l'orgueil sacré du Père et sa colère divine.

Il allait trancher de lui-même les dernières attaches le retenant à son petit-fils, devenant ainsi, lui Jethro, le Justicier même, ne laissant pour compte des rêves mille fois caressés jadis qu'une terrible complétion du vide et l'irréductibilité des gestes posés.

Un samedi soir, il invita sèchement Aaron à l'accompagner à la synagogue. Sans douceur, sans amitié.

— Viens-tu au temple avec moi?

Aaron hésita un moment, puis:

— Non... Non, je ne peux pas...

Le vieux partit, appuyé sur sa canne, et Aaron l'entendit descendre l'escalier péniblement, marche à marche. Un moment il songea à venir en aide à Jethro, à tenir son bras pendant la descente. Mais il savait maintenant la futilité du geste. Jethro se serait dégagé brusquement, il aurait marmonné des injures.

Plus tard, le vieillard revint pour trouver son petit-fils encore à la maison, absorbé dans sa lecture.

— Autrefois... dit Jethro.

Il étendit les bras et les éleva vers le ciel.

— Tu me suivais...

Des larmes lui coulaient sur les joues, pressées, chaudes. Aaron comprit que toute la rancœur amassée par Jethro allait s'exhaler. Un pressentiment lui vint que son grand-père poserait un acte étrange. Cette seule façon de préluder, les gestes, tels ceux qu'il avait connus durant son enfance. Et les paroles...

— Tu étais tout petit, et curieux. Tu voulais savoir le nom de chaque chose. Quand je te disais: «Nous allons à la synagogue», tu pleurais de joie. Tu étais tellement content que tu te tenais là, devant la porte, et tu pleurais de joie...

Il se redressa les épaules. Ses vieilles mains osseuses, jaunies, tachées, étaient croisées sur la poitrine. Un grand calme émanait de lui. Une sorte de fermeté dans la paix, mais une paix nouvelle, inconnue dans la maison jusqu'ici, la paix du désespoir, cette résignation complète qui ne vient que par étapes, mais qui s'installe un jour en l'homme, comme une sorte d'immobilité végétale, dénuée de toute évolution cependant, et n'ayant pas, à l'instar de l'être animé, une faculté de résurgence de son coma.

Mais puisque entre les deux hommes rien ne subsistait de commun, Jethro avait résolu d'un geste le dernier arrachement possible, le rejet au loin du fruit taré, de la plante rongée par les vers.

— Tu ne peux plus rester ici, dit-il.

Il l'avait dit si froidement, d'une voix tellement étale, qu'Aaron tout d'abord ne comprit pas.

Mais quand petit à petit l'essence des mots l'atteignit, le jeune Juif se redressa, tout son être cabré.

— Ce n'est pas ce que j'ai voulu, dit-il. Pourquoi n'essayes-tu pas de comprendre?

Mais Jethro restait sans bouger, le visage dur, les yeux presque vitreux tellement le regard avait perdu tout éclat, toute émotion.

— Fallait-il absolument en venir à ça? demanda Aaron. Qu'est-ce que j'ai fait au juste? J'ai refusé de travailler à tes côtés. C'est donc si grave? Pourtant d'autres synagogues permettent au Juif de vivre dans le monde qui l'entoure sans qu'il passe pour ce qu'il n'est pas. Je te l'ai déjà dit: Est-ce que je commets un péché? Nomme-le! Dis-moi si je manque de respect au Père! Dis-le, mais ensuite prouve-moi que tu as raison!

Jethro gardait sur Aaron un regard méprisant où rien ne se lisait plus des tendresses d'autrefois. Pour le vieillard, il était même douteux qu'Aaron, comme petit-fils, existât encore.

— Quand mon père David a travaillé comme manœuvre à San Francisco... c'est toi qui me l'as conté... est-ce que tu l'as renvoyé de la maison? Si je me souviens, vous étiez bien heureux grand-mère et toi qu'il se trouve du travail... Mais alors, moi? Moi, je veux réussir, devenir quelqu'un... Je le dis sans mentir. J'ai une ambition, et voilà!

Mais Jethro répéta:

— Il n'y a plus de place pour nous deux dans la maison. Il n'y a qu'une religion, la religion du judaïsme orthodoxe. Les autres...

Il cracha devant lui, un geste d'un indescriptible mépris, pénétré de toutes les furies, de toutes les imprécations.

— Le prophète a dit, un jour: *Israël a faim et son nom est anathème!* Tu es parmi ceux qui affament le corps d'Israël, sa force est sapée par des gens comme toi. Et ce sont ceux-là qui font dire aux Gentils que les Juifs disparaissent tranquillement de la face de la terre, qu'ils se détruisent eux-mêmes à mesure que meurent les générations. La salvation, c'est la synagogue orthodoxe et la rigidité des rites. J'avais cru reporter en toi tous mes désappointements, les offrir en gage pour que tu émerges, nouvel homme, plus fort que tes ancêtres: Aaron porteur des verges, continuateur et perpétuateur. Tu es devenu... qu'est-ce que tu es? Un Juif...?

Il eut un rictus et plaça sa main, paume ouverte, devant les yeux.

— Quand changeras-tu de nom?

Aaron bondit sur sa chaise. Le vieillard possédait une clairvoyance qu'il ne lui avait pas soupçonnée. N'était-ce pas la veille, au bureau, que quelqu'un avait dit, y allant carrément.

— Tu aurais pu grimper d'un échelon, mais... tu vois qui a été promu adjoint du caissier? Avec un autre nom, tu pourrais aller de l'avant facilement. Pas ici maintenant, mais ailleurs. C'est un conseil qui en vaut un autre. Si tu ne tiens pas à passer pour un Juif absolument, change de nom, dis-toi anglais ou canadien-français, les promotions viendront par surcroît...

Et Aaron avait passé la soirée à se persuader qu'un nom, ça se change, et que sans cesser de croire au Père et sans transgresser toutes les Lois, le mode de vie juif pouvait se modifier.

Un rêve, un instant d'irréel, l'examen de conscience.

Me voici qui suis les traces de Viedna. Deviendrais-je comme elle?

Il s'en était voulu de n'avoir pas compris, du temps des principes posés par Viedna, qu'elle avait peut-être raison, et qu'en cessant en apparence d'être juif il pouvait atteindre à mieux et plus...

Mais il y en avait pourtant qui étaient demeurés juifs, et dont le nom était encore un sujet d'admiration pour le monde entier. Écrivains, savants, musiciens, politiques...

Aaron se convainquait que ceux-là, Juifs, païens, Papous ou Portugais, ils auraient de toute façon conquis le monde. Mais les autres?

Il se nommait, il répétait l'identité: *Aaron Cashin*... Ceux-là, ceux du menu peuple, le fretin qui va devenir requin ou rester goujon...?

Le monde avait peut-être raison, et d'alléger le fardeau du judaïsme pouvait non seulement aider à la survie mais satisfaire à toutes les exigences de cette dernière.

Cette évolution était-elle donc, cependant, si naturelle que Jethro dût en deviner le cours exact? Jusqu'à ce changement de nom qu'avait bien vaguement analysé Aaron et que maintenant le vieillard semblait considérer comme un acte d'avenir à peu près certain.

— Quand changeras-tu de nom? répéta-t-il.

Puis il retrouva sa voix d'antan, la voix roulante, ronde comme un son de tempête, la voix qui terrorisait Aaron.

— Sors! criait-il. Prends ton linge, tes livres, tout, va-t'en! Il n'y a plus de place pour toi dans ma Maison!

Il poussait Aaron, il le dirigeait vers la chambre, ouvrait des tiroirs, tirait les vieux sacs de faux cuir qui avaient autrefois servi aux exodes. Il le forçait à les remplir, lui aidait à les fermer. Et toujours il répétait:

— Il n'y a plus de place pour toi... Va-t'en, je ne te connais plus, je ne sais plus ton nom...Va-t'en!

Jusqu'à minuit, Aaron, désemparé, se chercha une chambre.

XX

Jethro mit trois mois à regretter son geste.

Trois mois de terrible esseulement.

Il travaillait encore, mais à petites journées. Il assemblait quelques pièces, puis passait une heure à errer dans la maison, touchant aux meubles, allant voir à la fenêtre, épiant derrière la porte si un pas montait vers le logis.

Il appelait Aaron. Mais d'une petite voix rauque, usée, une voix méconnaissable.

Aucune pensée particulière ne lui venait vraiment, aucun remords, aucun projet. Et quoi qu'il fasse il ne ressentait aucune haine contre son petit-fils.

Il y avait seulement ce vide effrayant de la maison, et le désir d'Aaron jamais assagi ou effacé, sorte de rengaine triste comme la fin des jours et des espoirs. Un appel. Seulement le nom!

«Aaron...»

Jethro ne disait pas: «Aaron, reviens, je te fais telle ou telle promesse!» Il ne disait pas: «Reviens, Aaron, tu seras le prodigue et j'ouvrirai toute grande ma porte et nous vivrons à nouveau!» Il disait seulement, de sa voix si bizarre maintenant:

« Aaron...!»

Mais il le disait de plus en plus faiblement avec de moins en moins d'espoir. À chaque jour les yeux un peu plus ternes, le geste un peu plus fébrile, la démarche un peu plus titubante.

Et son vieux dos était courbé, la barbe hirsute touchait à la poitrine, se nichait là, et les longues mains décharnées pendaient, ballantes et sans force, entre deux besognes.

Un jour Jethro parvint à descendre l'escalier pour se rendre à l'échoppe de Malak.

— Il faut que tu parles à Aaron, dit-il au boucher qui le regardait avec pitié... Il travaille... là!

Il avait tiré de sa poche un papier où était inscrit le nom du courtier où Aaron était employé.

Malak téléphona.

On chercha Aaron Cashin. Ou plutôt on dit à Malak qu'il n'était pas là, qu'il ne travaillait plus là depuis longtemps. Mais comme le boucher insistait, ce fut le préposé au personnel qui finalement renseigna Malak.

Quand il raccrocha, son visage était crispé et ses mains étaient serrées comme des poings qui vont frapper.

— Si je le tenais ici, devant moi... disait-il.

— Qu'est-ce qu'il y a... frère? demandait Jethro. Dis-le...?

Il bredouillait les mots, et sa tête levée haut pour mieux voir, parce que les yeux perdaient de jour en jour un peu de force, semblait à Malak comme quelque relique antique, quelque statue de l'angoisse.

«Il va mourir!» songea l'homme. Mais il se résigna à parler, car Jethro le tenait par les revers du gilet et il tentait de le secouer en criant:

— Dis-le! Dis-le... Où est-il?

— Il ne travaille plus là!

— Ah...? Mais alors où...? On t'a dit où il travaille?

— C'était... le gérant... Il ne sait pas où Aaron travaille.

Puis il ajouta ce qui restait le pire, ce qui confirmait pour le vieux tous les présages, soulignait toutes les défections du jeune homme.

— Il dit qu'Aaron a changé de nom... qu'il est allé travailler ailleurs... Comme on ne sait pas quel est son... nouveau nom... alors on ne peut le trouver...

Malak avait décrit le drame en hésitant sur les mots, et Jethro l'avait écouté en se raidissant, cherchant en lui-même la force de partir, de tourner les talons et de fuir comme une bête blessée, d'aller se cacher quelque part où personne ne le verrait souffrir, pas même l'ami Malak, son seul confident, celui qui pouvait le mieux comprendre que cette souffrance était issue d'une innommable honte.

D'Aaron maintenant, plus rien ne restait.

Et dans l'esprit de Jethro presque plus de souvenirs, seulement la remémoration du brusque revirement qui avait fait, d'un petit-fils soumis, un Juif infidèle, un Juif... Mais Jethro se sauvait, à petits pas chancelants, vers son logis.

Aaron, un Juif...?

*

385

Malak avait eu le pressentiment que Jethro ne vivrait plus longtemps.

Quand le vieillard était sorti de l'échoppe, il titubait, comme saoul, et s'en était allé, insensible à ce qui l'entourait, ne tenant à la vie que par un espoir de désespéré, une sorte d'ancre de tempête à laquelle on ne croit plus.

Le boucher hésita durant une heure, puis il jeta son tablier sur l'étal, chassa trois clientes qui attendaient ses services, mit l'échoppe sous verrous et s'en fut chez Jethro.

La porte du logis était ouverte et l'odeur de hareng moisi, d'ail et de shudl descendait comme une vague tangible dans l'escalier.

Jethro était assis près de la table, dans une cuisine où nulle lumière crue ne parvenait. Il semblait séché contre son squelette, avec seulement deux trous sombres pour les yeux.

— Viens, dit Malak, viens dormir, frère. Demain, reposé, tu pourras te mettre à la recherche d'Aaron...

Jethro ne bougea pas. Seuls ses yeux cherchèrent Malak et le fixèrent, immenses, angoissés.

— Demain, continua le boucher, tu pourras dire à la police qu'Aaron est parti. À cet âge, on a le devoir de te le ramener...

— Les polices de tous les pays, fit soudain la voix grave de Jethro, une voix que Malak n'avait pas entendue de longtemps, les polices de tous les pays, toutes les polices du monde... On me le ramènera? Personne ne pourra jamais me le ramener...

Il leva les mains au ciel en un geste lent, lui-même une dernière prière:

— Seul, le Père le pourrait maintenant...

Et brusquement les épaules fléchirent, la voix devint cassée, chevrotante, cette voix des derniers temps que Malak connaissait bien.

— Je le lui demande, au Père. Je lui demande le retour d'Aaron. Mais le Père ne m'entend plus.

Il ne releva pas la tête, ses yeux étaient fixés nulle part, ils étaient vides. Même la vie du corps quittait lentement le regard qui devenait terne, vitreux.

— Tu comprends, Malak? Voilà le drame. Le Père ne nous entend plus.

Et il répéta en pleurant:

— Le Père ne nous entend plus...

Florence, février 1954.

AARON
*Dramatique télévisuelle**

*Dramatique de 60 minutes télédiffusée à CFBT (Radio-Canada) le dimanche 13 avril 1958 dans le cadre de la série «Théâtre populaire.»

DÉCORS

1) **LA MAISON DE MOISHE**

a) **LA CHAMBRE À COUCHER:** Il y a deux lits aux courtepointes salies et déchirées. Contre un mur, une longue table de tailleur, où s'entassent des vêtements en fabrication, plus les accessoires ordinaires, rouleaux de fil, ciseaux, etc. Au-dessus, une lampe pendant du plafond, abat-jour vert, conique, formant un faisceau discret sur la table. Au fond, une fenêtre sans rideaux par où l'on aperçoit les maisons d'en face, sordides aussi, typiques du ghetto de Montréal.

b) **LA CUISINE:** On y vit et on y mange. C'est sordide, crasseux, laid. Un fourneau à gaz incroyablement sale. La table est bancale. Il y a une atmosphère de désespérance. Les aliments que l'on voit, si on les voit, doivent être juifs: pots énormes de *dill pickles* ou de concombres salés. Pots de *gefülte fish*, de borscht. La chambre à coucher ouvre dans la cuisine. Au lieu d'une porte, une cretonne qui pend, «misérable et poisseuse». La porte d'entrée donne dans la cuisine, ainsi qu'une autre porte non-identifiée.

c) **LE HALL D'ENTRÉE EN BAS:** Au diapason de la rue et du reste de la maison. L'escalier est délabré. C'est vieux, maculé, désagréable, mal éclairé. Il faut que l'escalier soit assez haut pour permettre le jeu du début...

2) ÉCHOPPE DE MALAK

C'est une boucherie cachère. Sur le mur, le certificat du Conseil des Rabbins de Montréal. Par terre, de la sciure de bois. Le comptoir renferme DE LA VIANDE, car ce n'est pas un delicatessen et l'on ne trouverait pas là les saucissons de tous genre et la viande fumée. Ici, c'est strictement de la viande fraîche, comme il se doit dans une boucherie consacrée. Le comptoir est vieux et crotté. Il n'y a rien ici d'attirant ni d'appétissant. Un bloc de boucher, une ancienne balance, un tas de papiers à emballage.

3) UN BOSQUET DANS LA MONTAGNE

C'est un bosquet, et aussi un vallon. Les buissons y sont touffus. L'endroit est si intime qu'on ne peut y être vu. Il faut surtout cette apparence de discrétion que l'on devine du premier coup d'œil.

DISTRIBUTION

AARON (Robert Gadouas): Il a environ quinze ans au début de la pièce. Il en aura dix-sept à la fin. Mais il paraît plus vieux que son âge. C'est un jeune Juif à l'air éveillé et sensible, aux traits tourmentés parfois.

MOISHE (Jean-Claude Deret): Il est vieux, maigre, séché. Il a plus de soixante-dix ans. C'est un saint à sa manière...

MALAK (Marcel Cabay): Il est gros, huileux, mais malgré son allure un peu repoussante, on le sent bon et généreux et infiniment patient. Il a cinquante ans, ou peut-être plus, c'est indéfinissable.

VIEDNA (Amulette Garneau): Elle est belle, farouchement belle, la poitrine généreuse malgré son jeune âge. C'est une fille intense, un peu sauvage, passionnée.

MARIE LEMIEUX (Mirielle Lachance): Treize ans, haute en poitrine, hargneuse, vulgaire.

HORSEFACE (Kevin Fenlon): Jeune Polonais. Même genre que Marie Lemieux, même caractère.

JACK (François Guillier)

GROUPE DE DANSEUSES ISRAÉLIENNES

NARRATEUR (Raymond Laplante)

ÉQUIPE TECHNIQUE

CHORÉGRAPHIE: Shirley Singer
DIRECTION TECHNIQUE: Jean-Louis Huard
DÉCORS: Jac Pell
COSTUMES: Jos Bastin
RÉALISATION: Guy Beaulne

SCÈNE 1

LA CHAMBRE À COUCHER

VISUEL: C'est le temps d'été; la fenêtre est largement ouverte; été torride; soir d'été et ses bruits.

SON: de la rue montent les cris des enfants qui jouent; un orchestre musette; un bulletin de nouvelles. Une sorte de brouhaha confus mais où perce ce qui est dit plus haut: au creux de tout ceci, la rumeur constante des autos, des klaxons, des autobus, des camions. Bien établir les différents plans de ces bruits.

MOISHE: (IL EST DEBOUT DEVANT LA FENÊTRE; IMMOBILE DANS LA PÉNOMBRE)

AARON: (L'ENFANT AARON EST COUCHÉ, LES YEUX GRANDS OUVERTS DANS LE NOIR, ÉCOUTANT LES BRUITS)

NARR: (APRÈS UN TEMPS) Chaque soir maintenant, le vieux se tenait devant la fenêtre largement ouverte. L'on en était venu à l'été torride de Montréal. La moite fraîcheur du soir qui succédait à l'enfer de soleil devenait l'unique et trompeuse délivrance accordée au peuple des taudis et des rues étroites. Venait le crépuscule et alors la rue se mettait à grouiller. Ce qui avait été la pétarade diurne, le son d'une ville moderne, se muait en un

chant nouveau, masse hurlante, tonitruante:
sorte de symphonie hystérique de rires gras,
de cris d'enfants, de klaxons, de moteurs. Ici
et là, un appareil de radio ou de télévision, les
rock'n'roll effrénés d'un juke-box... Sur un
lit, l'enfant à qui il était interdit d'aller hurler
avec les autres restait les yeux grands ouverts,
écoutant le pouls de cette vie nerveuse qui
battait jusqu'à lui, écoutant aussi le vieux qui
psalmodiait doucement, demeuré malgré le
siècle la voix impotente qui implorait l'Éternel
dans le désert...

MOISHE: (IL DÉGAGE DE LA FENÊTRE, VIENT
AU-DESSUS DU LIT) Et Dieu dit: «Voici. Je
vous ai donné toute herbe semant semence
sur la face de toute la terre et tout arbre qui
porte fruit semant semence; ils seront votre
nourriture. Et à toute bête de la terre, et à tout
oiseau du ciel et à tout souffle de vie rampant
sur la terre, je donne toute verdure d'herbe
pour nourriture.» Et ainsi fut. Et Dieu vit tout
ce qu'il avait fait; et voici, cela était très bon.
Et il fut soir, et il fut matin, jour sixième. Et
furent finis les cieux et la terre et toute leur
armée. Et Dieu acheva dans le jour septième
son ouvrage qu'il fit: et dans le jour septième
il reposa de tout son ouvrage qu'il fit. Et Dieu
bénit le jour septième, et il le sanctifia, car en
ce jour il reposa de tout son ouvrage, qu'il fit
créant. (IL A DÉGAGÉ EN RÉCITANT CE

PSAUME: IL S'EST DÉPLACÉ DANS LA CHAMBRE, PUIS EST REVENU AU-DESSUS DU LIT)

AARON: (IL A ÉCOUTÉ, MAIS SON ATTENTION EST DISTRAITE PAR LES BRUITS, SURTOUT PAR LA CHALEUR QUI LE FAIT SE ROULER DANS LE LIT PAR-FOIS... PUIS, À MESURE QUE PARLE LE VIEUX, PETIT À PETIT IL S'ENDORT)

MOISHE: (COMME L'ENFANT DORT, IL SE PENCHE SUR LUI, AJUSTE LES DRAPS, POSE UN MOMENT SA MAIN SUR LA TÊTE DU PETIT PUIS IL REVIENT VERS LA TABLE OÙ IL S'INSTALLE. IL ALLUME LA LAMPE ET PREND SON TRAVAIL ET SE MET À L'ŒUVRE)

NARR: Autrefois, Moishe avait fui. Avec Sarah, sa femme, qui portait en elle un enfant. Ils avaient fui de Minsk à Novgorod, et de là à Vladivostok. Ils s'étaient embarqués sur un bateau, et finalement ils étaient arrivés à San Francisco...

MOISHE: (PENDANT LA NARRATION IL CON-TINUE SON PATIENT TRAVAIL, ALLANT PARFOIS AU LIT VOIR COMMENT DORT LE PETIT)

NARR: Là, sur cette côte de l'or où un nouveau pays surgissait, Moishe ne fut pas heureux. L'enfant David naquit, puis grandit, juif orthodoxe comme son père. On railla le jeune homme, comme avait été méprisé son père par les intolérants. Puis David épousa Rébecca... Le cycle se complétait. Ce fut Rébecca qui mourut en couches, et Sarah, la vieille Sarah, qui mourut peu après. Il ne restait de la lignée que les hommes. Moishe, le vieux, vieux déjà faut-il dire, le fils David, et le petit-fils Aaron aux cheveux noirs, aux yeux rieurs. Ils souffraient d'être à San Francisco, et bien des gens parlaient de ce Canada où peut-être il y avait de la joie. Ils s'acheminèrent donc vers le nord, puis vers Montréal ensuite où, disait-on, les lois et les rites étaient observés. À Montréal, David mourut, et Moishe resta seul avec le petit Aaron...

MOISHE: (IL EST REVENU AU-DESSUS DU LIT) Et l'Éternel dit à Abraham: «Va-t'en de ta contrée et du lieu de ton enfance, et de la maison de ton père, au pays que je te montrerai. Et je te ferai un peuple grand, et je te bénirai, et je grandirai ton nom et tu seras une bénédiction. Et je bénirai tes bénisseurs et tes maudisseurs, je les maudirai, et en toi seront bénies toutes les familles. (MAIS IL A PARLÉ PRESQUE TOUT BAS DANS LA PÉNOMBRE À L'ENFANT QUI DORT)

SCÈNE II

VISUEL: DURANT LA NARRATION SUIVANTE, ÉTABLIR LE PASSAGE DU TEMPS PAR UNE SUITE DE CLOSE UP DES MAINS DE MOISHE QUI BESOGNENT, MAIS CHANGER DE VÊTEMENT À CHAQUE FOIS: DISSOLVE DANS SON VISAGE, PUIS RETOUR AUX MAINS PUIS AU VISAGE: EN DURCISSANT L'ÉCLAIRAGE D'UN DISSOLVE À L'AUTRE DONNER LE VIEIL-LISSEMENT DE MOISHE.

NARR: À Montréal, le vieux se créa une vie. Pour veiller sur l'enfant, il obtint des travaux en chambre, cousant pour les nombreuses fabriques de vête-ments. Le temps passa, et même si les besognes étaient harassantes, monotones, une joie habitait Moishe, constamment plus grande. L'enfant, Aaron, lui, croissait...

SCÈNE III

VISUEL: DISSOLVE AU PORTIQUE DE LA MAI-SON: L'ON VOIT AARON QUI ENTRE RAPI-DEMENT EN REPOUSSANT LA PORTE DERRIÈRE LUI. IL SEMBLE EFFRAYÉ, IL JETTE DEHORS DES REGARDS INQUIETS. IL SEMBLE TENTER DE REPRENDRE SON SOUFFLE AVANT DE MONTER. C'EST ÉVIDEMMENT AARON L'ADOLESCENT.

NARR: (ENCHAÎNE SANS AUCUNE PAUSE) Aaron portait beau, tête fière et regard droit. Il n'avait surtout pas encore appris à craindre vraiment, et il en était resté presque brave... On lui avait raconté que parfois, les Juifs étaient bousculés, méprisés, mais il n'arrivait pas à y croire... Jusqu'à ce jour...

MARIE: (ELLE LE REGARDE D'UN AIR MÉPRISANT. ELLE SE TIENT LES DEUX POINGS SUR LES HANCHES, LES SEINS DURS ET PROJETÉS EN AVANT) Fais ton homme!

HORSE: (IL EST UN PEU DERRIÈRE MARIE, REGARDANT AARON. IL A UN RIRE SACARSTIQUE ET IL CRACHE PAR TERRE)

AARON: Qu'est-ce que vous voulez, tous les deux?

MARIE: Depuis deux jours qu'on te suit, c'est pas pour rien...

HORSE: (RIT DE NOUVEAU)

MARIE: Il paraît que les maudits Juifs comme toi, ça se fait consacrer homme à treize ans? C'est correct, fais-le ton homme!

AARON: (IL RECULE LENTEMENT VERS L'ESCALIER)

MARIE: (UN CRI SOURD) Défends-toi comme un homme!...

AARON: (ON VOIT QUE LA PANIQUE LE GAGNE)

VISUEL: LES DEUX SE JETTENT SUR LUI: LA BATAILLE EST BRÈVE MAIS MARIE LEMIEUX A LE TEMPS DE LUI DÉCHIRER SA CHEMISE. AARON RÉUSSIT À SE DÉGAGER ET FUIT DANS L'ESCALIER. ICI DOIT SE PLACER UN JEU TRÈS RAPIDE: PENDANT QUE MARIE ET HORSE RESTENT AU BAS DE L'ESCALIER, AARON DOIT DÉGAGER POUR SE TROUVER À LA PORTE DU DÉCOR DE LA CUISINE, PRÊT À Y ENTRER.

MARIE: (DANS L'ÉCHO QUI DOIT ALLER SE RÉPERCUTANT) Maudit Juif! Maudit Juif! Maudit Juif!...

HORSE: (IL DÉGAGE VERS MARIE ET MÊLE SON RIRE AU CRI DE LA FILLE)

MARIE: (MÊME JEU) Arrive, maudit Juif! As-tu peur, hein? T'as peur de te battre comme un homme! Descends donc, maudit Juif!

SON: La musique commence à la première réplique «maudit juif» de Marie Lemieux, s'enfle aussi dans l'écho pour atteindre au même crescendo que la voix de Marie.

SCÈNE IV

VISUEL: BRUSQUE CHANGEMENT À AARON COLLÉ CONTRE LA PORTE AVEC LE

TERRIBLE SON DE LA MUSIQUE, DU RIRE DE HORSEFACE ET DE LA VOIX DE MARIE LEMIEUX. IL EST CONTRE LA PORTE DE LA CUISINE, MAIS DEHORS, SUR LE PALIER. PUIS IL ENTRE BRUSQUEMENT DANS LA CUISINE, REFERME LA PORTE ET S'Y APPUIE. LA PORTE SE REFERMANT, LA VOIX DE MARIE ET TOUS LES SONS SONT COUPÉS NET. IL RESTE LÀ, HALETANT)

MOISHE: (UN TEMPS, PUIS IL APPARAÎT DANS LA PORTE DE LA CHAMBRE À COUCHER. IL EST CALME MAIS SON VISAGE EST TRISTE. IL VIENT VERS AARON MAIS S'ARRÊTE UN PEU AVANT DE L'ATTEINDRE) (LONGUE PAUSE) Ils t'ont attaqué?

AARON: (FAIT LENTEMENT SIGNE QUE OUI)

MOISHE: J'ai entendu, mais je n'y suis pas allé.

AARON: (IL REGARDE LE VIEUX D'UN AIR ÉTONNÉ)

MOISHE: Je n'avais pas le droit de te défendre. Il te fallait ce premier combat. «Est-ce que tu priveras ton frère de la science par sensiblerie?» Ainsi, tu sais tout. Il n'y a pas que les mots. Les pogroms ne sont pas des cauchemars d'enfant dans la nuit...

AARON: (IL FERME LES YEUX, BAISSE LA TÊTE ET GÉMIT)

MOISHE: (SOUDAIN TENDRE. IL S'AVANCE) Pauvre petit, viens... (IL A PRIS AARON PAR LES ÉPAULES)

AARON: (IL RAIDIT SOUDAIN, SE DÉGAGE) À la Bar-Mitzvah, je suis devenu un homme. Tu l'as dit.

MOISHE: (INCLINE LA TÊTE) Oui, je sais... Mais viens, viens tout de même.

AARON: (CETTE FOIS, IL NE RÉSISTE PAS)

MOISHE; (TENDRE) Il n'est pas tout d'être un homme; le Père a demandé que cela fût aussi une souffrance. «Sache que je ne te lègue pas une richesse, mais un fardeau...» (IL SE LÈVE, TOUCHE LE FRONT, LA JOUE, LES LÈVRES D'AARON DU BOUT DES DOIGTS) À la synagogue, on t'a donné les parchemins conservés dans l'Arche Sainte et tu les as baisés car ils contiennent la sagesse, la science et la loi. Tu as lu tout haut les enseignements des prophètes et de la Torah, et tu as redit la loi de l'Éternel aux oreilles et dans le cœur des fidèles. À ceux qui étaient là, tu as promis de porter le fardeau de ta vie. Toute la science est douce et la sagesse un bienfait. Dehors, la science ancienne et la sagesse ont péri. Ne confonds pas la vie que tu mènes avec la vie de ton âme et cloisonne l'une contre l'autre... (LENTEMENT, GRAVEMENT) Es-tu un homme?

AARON: (LES YEUX REMPLIS D'ÉTOILES, LA VOIX FERME) Oui...

SCÈNE V

DANS LE PORTIQUE

VISUEL: MARIE LEMIEUX ET HORSEFACE
SONT LÀ QUI SEMBLENT ATTENDRE
IMPATIEMMENT. ILS SURVEILLENT
L'ESCALIER.

MARIE: (DÉGOÛTÉE) Le puant de Juif... Il sortira
pas...
HORSE: Ah, he always goes in early anyway! He's a
sissy!
MARIE: J'peux pas le sentir! Y'a pas fini avec nous
autres!...
HORSE: Dirty little Jew! Lemme get at him! (EN
FRANÇAIS AVEC FORT ACCENT) C't'une
maudite Juif, c'est toute... Come on.

VISUEL: ILS SORTENT TOUS LES DEUX EN
GROMMELANT. DEHORS, LE SOIR EST
TOMBÉ ET TOUT EST SOMBRE. ILS
DISPARAISSENT DANS LA NUIT.

SCÈNE VI

L'ÉCHOPPE DE MALAK

MOISHE: (IL EST DEBOUT, LES ÉPAULES
COURBÉES DEVANT LE COMPTOIR. IL
SEMBLE PERDU DANS SES PENSÉES)

MALAK: (IL EST DERRIÈRE LE BLOC. IL EST À EMBALLER UN MORCEAU DE VIANDE. IL OBSERVE MOISHE TOUT EN TRAVAILLANT.) Ça ne va pas, Moishe?

MOISHE: (IL SECOUE LA TÊTE DE DROITE À GAUCHE) Le petit commence à apprendre ce que vivre signifie... La haine des Goyem.

MALAK: À l'école?

MOISHE: À l'école... et ailleurs, les enfants. Il a été poursuivi, attaqué, hier.

MALAK: Battu?

MOISHE: Oui... (TRISTE) Il est devenu un homme. Le petit est devenu un Juif... C'était son destin.

MALAK: Mais à la Bar-Mitzvah, ce n'était pas...

MOISHE: (HOCHE LA TÊTE) Oui... (PLUS ANIMÉ) Faut-il que tous ils apprennent à mourir avant que d'apprendre à vivre?

MALAK: (DÉGAGE, VIENT CRACHER DANS LA SCIURE PAR TERRE MAIS EN GESTE DE MÉPRIS) Les Goyem! Toujours eux! Toujours, éternellement, les Goyem.

MOISHE; (RÉSIGNÉ) Ici... ailleurs, partout. C'est le Père qui l'a dit. Et nous existerons en groupes mais nous ne serons pas frères de sang avec les peuples chez qui nous vivrons... (IL SE MET À BRANDIR SOUDAIN UN POING DÉCHARNÉ, UNE SORTE DE GESTE IMPUISSANT, FUTILE, UNE SORTE DE PATHÉTIQUE IMPOTENCE) Goddam Jew, le Juif maudit... Et la malédiction a été jetée

sur nous par l'Éternel. (IL S'APPUIE LES
MAINS SUR LE BLOC. IL A ENVIE DE
PLEURER) L'Éternel est sourd! L'Éternel
n'a plus de pardon pour les Maisons qui pourtant l'honorent encore... Où finirons-nous?

MALAK: (IL ÉLÈVE LES MAINS AU CIEL)

MOISHE: Malak, mon ami... premier homme que j'ai
connu en cette ville... dis-moi, du fond de ton
cœur, où finirons-nous?

MALAK: Ils lui ont donc fait tant de mal, à Aaron?

MOISHE: Il est pourtant comme eux! Quelle différence y a-t-il? La religion? Mais le droit
d'être un homme dépasse toute religion...

MALAK: Cela devrait être issu des religions...
(HAUSSE LES ÉPAULES D'UN AIR
DÉSABUSÉ) À quoi servent toutes les
maximes, toutes les phrases? La foi... Quelle
foi?

MOISHE: Il n'y en a qu'une.

MALAK: Je suis ici depuis trente ans, Moishe. Mais
c'est encore mieux ici qu'ailleurs.

MOISHE: (RICANE D'UN TON MÉPRISANT)

MALAK: Je te le dis... tu vois, tu n'as pas eu à te
cacher pour venir ici. Et Aaron n'a pas à fuir
son école.

MOISHE: Ce qu'ils lui ont fait...

MALAK: (COUPE) Est infiniment moins que ce
qu'on aurait pu lui faire ailleurs... Souviens-
toi de ta propre jeunesse... (DOUX) Tout ceci
passera... tout ceci passera...

MOISHE: (IL A UNE SORTE DE GÉMISSEMENT
      SOURD, ANIMAL) J'enseigne... (IL A UN
      GESTE IMPUISSANT) ...j'enseigne à Aaron
      pour qu'il perpétue la race, un courage et une
      patience que je n'ai plus. Je souffre quand il
      ne souffre pas encore et je crains pour lui
      quand il est encore brave. Malak, est-ce qu'il
      t'arrive de ne plus croire en ton destin...? (IL
      SEMBLE TOUT À COUP EFFRAYÉ DE
      CE QU'IL VIENT DE DIRE. IL
      EMPOIGNE SON COLIS SUR LE COMP-
      TOIR ET IL SORT RAPIDEMENT, PEN-
      DANT QUE...)
MALAK: (TENTE DE LE RETENIR DE LA VOIX)
      Moishe... Moishe, non, reviens ici, écoute...

SCÈNE VII

LA CUISINE CHEZ MOISHE

AARON: (SUR SON LIT ET DESSINE UN POIS-
      SON DANS UN CAHIER)
MOISHE: (IL EST À REFERMER DES ARMOIRES,
      PUIS IL VA PRENDRE SA VESTE D'AL-
      PAGA NOIRE QUI PEND PRÈS DE LA
      PORTE, L'ENDOSSE ET VIENT PRENDRE
      UN CABAS QUI EST SUR LA TABLE)
AARON: Tu vas chez Malak?
MOISHE: Non, seulement ici, tout près...
AARON: (IL REGARDE SON LIVRE, LE

REFERME À DEMI. IL EST ÉVIDENT
QU'IL A PEU ENVIE DE LIRE, QU'IL EST
PRÉOCCUPÉ)

MOISHE: D'où vient ce livre?

AARON: Comme les autres... (IL MONTRE VERS
LA CHAMBRE) ...de la bibliothèque juive.

MOISHE: (IL VIENT REGARDER LE TITRE) La
vie de Disraéli.

AARON: La vie de tous les grands hommes... C'est ce
qui m'intéresse.

MOISHE: (LE REGARDE D'UN AIR HEUREUX,
EN HOCHANT PLUSIEURS FOIS LA
TÊTE) Dossiz gut azoi.

AARON: Je me demande ce que je ferai, plus tard... (IL
A DIT CELA UN PEU À BRÛLE-POUR-
POINT, D'UNE VOIX SANS ÉMOTION)

MOISHE: (IL LUI AVAIT TOURNÉ LE DOS, IL
ALLAIT SORTIR, IL SE RAVISE SOUDAIN,
IL SURSAUTE PRESQUE, REVIENT SUR
SES PAS, JUSQU'À LA TABLE) (PAUSE)
Les voies sont étroites, bien étroites...

AARON: Qu'est-ce que tu veux dire?

MOISHE: Pour rester fidèle à ta religion et tout de
même vivre... Le monde a bien changé.

AARON: Ma religion, c'est une chose; gagner mon
pain en est une autre?

MOISHE: (PAUSE. PUIS, SEMBLE SE DÉCIDER)
C'est tellement compliqué d'être juif orthodoxe et d'avoir tout de même à suivre le
rythme de la vie moderne...

AARON: (BAISSE LA TÊTE) J'ai cru le deviner...
j'attendais que tu le dises.

MOISHE: Il reste un moyen, le seul, le meilleur... l'ha-
bileté transmise. Le fils qui suit les traces du père.
Voilà la survie, pour un orthodoxe. (LONGUE
PAUSE) Il faut que je sorte. (IL VA VERS LA
PORTE)

AARON: Tu seras longtemps?

MOISHE: Non, quelques instants.

SON: frappe à la porte.

MOISHE: (IL OUVRE)

JACK: (IL ENTRE, SOURIANT) Shalom!

MOISHE: (SALUE JACK DE LA TÊTE. REGARDE
AARON) Ton ami Jack.

AARON: (IL S'EST LEVÉ)

MOISHE: Je sors un moment, je reviens. Je vous
laisse. (IL SORT)

JACK: (IL VA VERS LA TABLE, S'ASSOIT PRÈS
D'AARON)

AARON: (IL S'EST RASSIS) Et puis?

JACK: (HAUSSE LES ÉPAULES) Ça se vit... (FAIT
LA MOUE) Pourquoi en demander plus?
Qu'est-ce que tu lis?

AARON: La vie de Disraéli.

JACK: (FAIT LA MOUE) C'est sérieux...

AARON: (RIT) Oui...

JACK: Je regardais ton grand-père... Vous êtes orthodoxes, hein?

AARON: Oui.

JACK: (BAISSE LA TÊTE ET SEMBLE SE PRÉPARER À DIRE AUTRE CHOSE, MAIS IL EN DÉCIDE AUTREMENT)

AARON: (IL L'A REGARDÉ CURIEUSEMENT)

JACK: (COMME S'IL VOULAIT SURTOUT CHANGER DE SUJET) Dis donc, tu as décidé de ne pas jouer au basketball?

AARON: (HAUSSE LES ÉPAULES)

JACK: Le YMHA demandait des joueurs. Je sais qu'ils veulent former deux ou trois équipes.

AARON: Toi, tu y vas?

JACK: Oui, probablement. (FAIT LA MOUE) Ça passe le temps. Tu devrais t'inscrire. Tu sais jouer?

AARON: Ah, oui...

JACK: C'est comme je te dis, ça passe le temps.

AARON: (RESTE SILENCIEUX, PAS TRÈS INTÉRESSÉ)

JACK: Oh, c'est comme tu voudras. On dirait que tu changes, toi. Qu'est-ce que t'as?

AARON: Rien.

JACK: (MONTRE LE LIVRE) Ça doit être tes lectures. C'est trop sérieux.

AARON: (EXPLOSE) Et si ça m'intéresse, moi?

JACK: (LÈVE LES MAINS AU CIEL) Hé, ben, t'es susceptible!

AARON: (HAUSSE LES ÉPAULES)

JACK: J'te vois plus au YMHA; ça t'intéresse plus de venir?

AARON: Non, c'est pas ça... J'ai... ah, disons que j'ai des problèmes depuis quelque temps.

JACK: (D'UN AIR ENTENDU) Ah... ton grand-père?

AARON: Pas nécessairement lui, mais...

JACK: Tu m'as dit que vous étiez orthodoxes, hein?

AARON: Oui...

JACK: Toi aussi, tu l'es?

AARON: Oui.

JACK: Mon pauvre vieux, je te plains.

AARON: (LE REGARDE D'UN AIR UN PEU SUR-PRIS) Qu'est-ce que tu veux dire?

JACK: L'air de ton grand-père! C'est pas difficile à deviner que les choses s'arrangeront pas facilement...

AARON: Je ne comprends pas.

JACK: Non?

AARON: Non.

JACK: Eh bien, mon vieux, t'as pas fini dans la vie...

AARON: (CONSTATE EN FAISANT LA MOUE) Je n'y peux rien.

JACK: Les plats en double, les serviettes en double, toutes ces histoires... Dans la maison, ça peut toujours aller. Mais on ne s'enrichit pas dans la maison. Quand tu voudras voyager pour tes affaires, manger dans les restaurants... ou... je ne sais pas, mon vieux... vivre... Tu verras que c'est pesant d'être orthodoxe. (IL FAIT LE GESTE) Lourd aux épaules.

AARON: D'autres s'en tirent.

JACK: Pas les orthodoxes, je te le dis. Ceux-là sont pauvres, pour la plupart. Quand tu seras dans le monde... tiens, le vendredi soir, si tu sors, si tu es quelque part après le coucher du soleil, tu devras rentrer à la maison. Pas de tramway pour toi, pas d'autobus, rien... Les véhicules sont interdits aux orthodoxes le temps du Sabbat... Je ne dis que ça, mais tout le reste, hein?

AARON: Mais c'est ma religion!

JACK: Et la vie autour de toi? La ville, les gens, le pays? Mon père dit que ce n'est pas réaliste, l'orthodoxie, et il a raison. C'était bon pour autrefois...

AARON: Moi, mon grand-père dit que nous devons continuer la tradition. Nous n'avons pas le choix.

JACK: N'oublie pas ceci, Aaron: tu ne vis pas dans un pays juif, ni dans une ville juive.

MOISHE: (IL ENTRE, SON CABAS À LA MAIN)

AARON: (L'AIR SURPRIS) Déjà?

MOISHE: Je te l'avais dit, je n'allais qu'en bas, un instant...

JACK: (IL SE LÈVE) Je file, moi...

AARON: Tu peux rester...

MOISHE: Aaron n'a rien à faire...

JACK: Je passais. Je me suis arrêté, comme ça. Je reviendrai... (IL VA VERS LA PORTE. IL A UN AIR DÉSINVOLTE, NON SANS EFFRONTERIE DANS LE MAINTIEN. IL A UN GESTE FAMILIER VERS MOISHE)

JACK: Au revoir... (VERS AARON) Je te reverrai.

AARON: (UN PEU INDÉCIS) Oui... oui...

JACK: (IL SORT ET REFERME BRUYAMMENT LA PORTE)

MOISHE: (RESTE SONGEUR UN MOMENT) Ton ami Jack, il n'est pas orthodoxe, n'est-ce pas?

AARON: (HÉSITE) Je ne sais pas... je ne crois pas... (IL A LES YEUX PERDUS, SONGEURS. IL RÊVE, SON LIVRE OUVERT DEVANT LUI)

MOISHE: (IL VIENT LE REGARDER DE PLUS PRÈS) Qu'est-ce qu'il y a? Tu ne lis pas?

AARON: (SURSAUTE) Non, non... c'est-à-dire oui...

MOISHE: Tu t'ennuies? Tu ne sais quoi faire?

AARON: (HAUSSE UN PEU LES ÉPAULES, BAISSE LA TÊTE)

MOISHE: Par ces beaux jours, tu devrais aller marcher. Tiens, il y a la montagne, le mont Royal... Pourquoi n'y vas-tu pas?

AARON: (SOURIT) Je n'y avais vraiment pas songé. Vraiment pas. J'irai. Dès demain, j'irai...

MOISHE: (IL EST TOUT HEUREUX, SE FROTTE LES MAINS)

SCÈNE VIII

L'ÉCHOPPE DE MALAK

MALAK: (IL EST À TRANCHER DE LA VIANDE. IL Y VA À GRANDS COUPS HABILES, DÉBITANT LE QUARTIER DEVANT LUI)

MOISHE: (AU BOUT D'UN TEMPS, ON LE VOIT APPARAÎTRE DANS LA PORTE, PUIS IL ENTRE. IL VA AU COMPTOIR, TÊTE BASSE)

MALAK: (IL L'A REGARDÉ VENIR EN SILENCE) Qu'est-ce que tu as, Moishe? Hier encore, tu étais gai. Tiens, tu me disais... il y a deux semaines, je crois, qu'Aaron avait trouvé quelque chose à faire, qu'il allait marcher dans la montagne, qu'il y passait ses journées...

MOISHE: J'étais gai, oui... j'étais content qu'Aaron se fût trouvé cette occupation. Il s'ennuyait à la maison. Mais il a changé.

MALAK: Qu'est-ce qu'il fait?

MOISHE: Aaron mange, et vit, et rit lorsqu'il faut rire, songe lorsqu'il faut songer. C'est son regard qui n'est plus le même...

MALAK: Je sais. Les jeunes sont ainsi en Amérique, me dit-on.

MOISHE: (SURSAUT VIOLENT. IL SE DRESSE) Non! Il ne faut pas que ce soit ainsi! Je me demande plutôt... je me demande si en lui enseignant la patience je ne lui ai pas aussi enseigné la lâcheté... je ne suis que deux yeux, que deux oreilles, qu'une bouche! Aaron est rendu bien loin de tous mes sens... Il passe ses journées dans la montagne. Je ne le vois que le soir. Dis-moi, que peut-il trouver, dans cette montagne?

SCÈNE IX

LE COIN D'OMBRE DANS LA MONTAGNE

VIEDNA: (ELLE EST ÉTENDUE PAR TERRE, MAIS ELLE S'EST RELEVÉ LE BUSTE ET SEMBLE OBSERVER QUELQU'UN, NON SANS AMUSEMENT. ELLE SE PARLE D'ABORD À ELLE-MÊME) (UN TEMPS, PUIS FORT) Hé! Bonjour! (UN TEMPS. SON SOURIRE INVITE) Bonjour!

AARON: (ON L'ENTEND VENIR DANS LES BRANCHES. IL APPARAÎT. IL SEMBLE INDÉCIS)

VIEDNA: (GENTILLE) Viens t'asseoir... Il y a toute la montagne. Il y a place pour toi et moi... Allez, viens...

AARON: (IL HÉSITE UN PEU) Bonjour...

VIEDNA: (INSISTE DU GESTE) Viens...

AARON: (IL SE DÉCIDE, VIENT S'ASSEOIR PRÈS D'ELLE) Vous...

VIEDNA: (SOURIT) Tu...

AARON: Tu te reposes ici?

VIEDNA: Oui! Il fait si beau! (ELLE ARRACHE UNE BRINDILLE ET SE MET À LA MORDILLER) Tu es juif?

AARON: (FAIT OUI DE LA TÊTE)

VIEDNA: Moi aussi, je suis juive. (SE CABRE LES REINS, S'ASSOIT, TOISE AARON) Tu es d'ici, du Canada?

AARON: Oui.

VIEDNA: (IMPATIENTE) Est-ce que je te fais peur? Je ne te mangerai pas.

AARON: (IL RIT SOUDAIN) Il me faut le temps. Je suis pris par surprise...

VIEDNA: Moi, je laisse tomber facilement les conventions. Je m'ennuyais, j'avais le goût de me faire dire des belles choses et j'étais seule. Tu es passé par ici, et voilà...

AARON: (SONGEUR) De belles choses...

VIEDNA: Oui... (LONGUE PAUSE) Je suis Viedna. Et toi?

AARON: Aaron. Aaron Cashin.

VIEDNA: Moi, je viens d'Europe.

AARON: Par l'origine, je suis juif russe, puis juif américain. Mais je suis venu tôt ici. Maintenant, je suis canadien.

VIEDNA: (RIRE SECRET, RAILLEUR) Canadien? Il faut dire *juif* canadien. Juif toujours.

AARON: (HAUSSE LES ÉPAULES COMME S'IL N'Y CROYAIT PAS)

VIEDNA: J'ai raison! Moi, je suis juive française et toi tu es juif canadien. Et pourtant, je ne suis pas plus française que toi tu es canadien... (ÉCLATE DE RIRE) Tu te rends compte?

AARON: Il y a longtemps que tu es au Canada?

VIEDNA: (COMPTE SUR SES DOIGTS) Six mois. Papa cherchait un meilleurs pays.

AARON: (UN LONG SILENCE. IL A L'AIR ÉTONNÉ) Qu'est-ce que tu dis?

VIEDNA: Papa cherchait un meilleur pays.

AARON: (BAISSE LA TÊTE ET MURMURE) Ainsi, c'est vrai? Tous les pays ne nous sont pas...

VIEDNA: Favorables? Non... (ELLE VIENT PLUS PRÈS, CHATTE, LES YEUX INVITANTS) Tu es beau garçon, toi...

AARON: (ON SENT QU'IL SE LAISSE PRENDRE)

VIEDNA: Il est tranquille, notre petit coin... Tiens, en
reculant ici, comme ça... (FAIT LE GESTE)
personne ne peut nous voir... Viens.

AARON: (IL LA SUIT)

VIEDNA: (ELLE EST TOUTE PRÊTE ET TIÈDE
CONTRE LUI. SOUDAIN, ELLE JETTE
SES BRAS AUTOUR DU COU D'AARON)

AARON: (IL A DES GESTES MALHABILES,
MAIS, AUSSITÔT, ON LE SENT QUI SE
PREND AU JEU ET LES VOILÀ QUI CUL-
BUTENT TOUS LES DEUX DANS LES
MOUSSES)

SCÈNE X

LA CHAMBRE À COUCHER CHEZ MOISHE

VISUEL: MOISHE EST ASSIS À LA TABLE DE
TRAVAIL. IL COUD, LE VISAGE IMPAS-
SIBLE.

AARON: (ON L'ENTEND ENTRER OFF-CAMERA,
PUIS SES PAS DANS LA CUISINE. IL
APPARAÎT DANS LA PORTE, SOULE-
VANT LA PORTIÈRE. IL VA AU FOND DE
LA CHAMBRE, ENLÈVE SA CHEMISE
ET VIENT S'ÉTENDRE SUR LE LIT, LES
MAINS SOUS LA NUQUE)

MOISHE: (À L'ARRIVÉE D'AARON, IL A LEVÉ

LA TÊTE, L'A SUIVI DES YEUX
JUSQU'À CE QU'IL SE JETTE SUR LE
LIT) Tu... tu entres bien tard...

AARON: (IL A COMME UN GESTE D'IMPA-
TIENCE, REGARDE MOISHE, MAIS NE
RÉPOND PAS)

MOISHE: Je t'ai attendu pour souper. Tu n'es pas
venu. Il est presque dix heures.

AARON: Je me suis promené dans la montagne.

MOISHE: À l'obscurité?

AARON: (UN TEMPS) Je suis fatigué...

MOISHE: Bon... (IL SE REMET À LA TÂCHE, MAIS
IL JETTE UN COUP D'ŒIL INQUIET
VERS SON PETIT-FILS)

AARON: (IL A FERMÉ LES YEUX)

SON: une musique sourde, bizarre.

VISUEL: SUPERPOSER, SUR LE VISAGE
D'AARON, CELUI DE VIEDNA, DANS
LA MONTAGNE, QUI SOURIT D'UN
AIR... CHATTE, ÉROTIQUE. UN TEMPS,
PUIS LE VISAGE DE VIEDNA
S'ESTOMPE, DISPARAÎT

AARON: (IL MURMURE, LES YEUX FERMÉS)
Demain, je serai là...

MOISHE: (SE RETOURNE BRUSQUEMENT)
Qu'est-ce que tu dis?

AARON: (SURSAUTE, RELÈVE LA TÊTE ET
     REGARDE MOISHE) J'ai parlé?

MOISHE: Oui!

AARON: (LAISSE RETOMBER LA TÊTE SUR
     L'OREILLER) Ah...? Je rêvais, je suppose.
     (IL REFERME LES YEUX)

MOISHE: (IL JOINT LES MAINS DEVANT LA
     BOUCHE, INCLINE LA TÊTE, ET L'ON
     VOIT BIEN QU'IL PRIE)

SCÈNE XI

LE BOSQUET DANS LA MONTAGNE

VISUEL: LA FILLE VIEDNA EST ASSISE DANS
     LE BOSQUET. ELLE SEMBLE ATTEN-
     DRE. AU BOUT D'UN TEMPS, L'ON VOIT
     AARON SE FRAYER UN CHEMIN DANS
     LES BRANCHES ET VENIR S'ASSEOIR
     À CÔTÉ D'ELLE. IL LA PREND DANS
     SES BRAS, L'EMBRASSE LE TEMPS DE
     LA NARRATION QUI SUIT: UN BAISER
     ÉROTIQUE, PASSIONNÉ.

NARR: Pendant plusieurs jours, des semaines même,
     tous les jours Aaron se rendit retrouver
     Viedna dans la montagne. Et même lorsque
     recommença l'année scolaire, dès quatre
     heures il retournait vers la fille et ne rentrait
     que tard à la maison. Quand les gestes

d'amour avaient été accomplis, ils causaient. La fille parlait à Aaron des pays qu'elle avait connus.

VIEDNA: (SON CHEMISIER LARGEMENT OUVERT RÉVÈLE SA POITRINE FORTE) J'ai des souvenirs de dix pays. Beaucoup sont très beaux. Mais nous avons quitté ces pays. Papa cherchait toujours...

AARON: Ici, au Canada, il n'a pas trouvé?

VIEDNA: Il veut oublier... et faire oublier qu'il est juif.

AARON: Pourquoi?

VIEDNA: (CHANGE DE SUJET) Je me souviens encore de la Grèce. Nous y étions quand j'avais sept ans. Mais je me souviens surtout de l'Italie. Nous avons été partout: au Maroc, à Gibraltar, Haïti...

AARON: Parle-moi des pays...

VIEDNA: (ELLE SE BLOTTIT CONTRE LUI, AMOUREUSE)

AARON: Quand tu me parles, je me sens reporté en arrière. Tout ce que mon grand-père me racontait... Les pays arides, le temps de nos tribus errant dans le désert...

VISUEL: ICI, SUPERPOSER LES DANSEUSES AUTOUR DU FEU, MAIS EN UN MIX TRÈS LENT, ACCORDÉ À LA NARRATION.

SON: insérer le chant *Shomar ma mileil.*

AARON: Les pays arides, les collines et la marche lente des tribus. Le soir, le campement, avec un grand feu pour chasser le frais de la nuit... le bêlement des troupeaux...

SON: bêlement de troupeaux de moutons.

AARON: Et autour du feu, les filles qui dansent... leur chant... Tu connais, Viedna, ce chant venu de l'Antiquité...

SON: ici, le chant prend plus d'importance.

VISUEL: LA DANSE DES FILLES CONTINUE AUTOUR DU FEU, RYTHMÉE PAR LE CHANT.

AARON: (PENDANT LE CHANT, COMME UN MURMURE) Dors, mon troupeau... dors et rêve... Qu'importe, ô berger, la lune pâle au ciel... D'ici le jour, dors, ô mon troupeau, dors et rêve... À l'aube, quand chanteront les oiseaux, mon cœur battra au rythme des chants... Éveille-toi, mon cœur, éveille-toi... Machar im shachar ho corah...

VISUEL: L'IMAGE SUPERPOSÉE DES FILLES DISPARAÎT, LE FEU S'ÉTEINT.

SON: le chant en lent fade out.

VISUEL: NOUS SOMMES DE RETOUR DANS LA MON-
TAGNE. L'ÉVOCATION EST TERMINÉE.

AARON: (SE REDRESSE) Vois-tu, Viedna, quand tu
me parles, voilà tout ce qui vit en moi... Le
chant d'un berger sur une colline. Ou la voix
des shofar, des shoferot, des tuppims, du kinnor, tout ce qui, autrefois, exprimait la
musique de notre peuple. Je t'aime beaucoup
Viedna, à cause de tout ce que tu me fais...

VIEDNA: Écoute, ce dont je me souviens surtout, de
tous les pays que j'ai connus, c'est le ciel des
pays doux, le ciel d'Italie ou de Grèce, celui
des Caraïbes... Un ciel immense et bleu, sans
un nuage, et seulement le ciel, et l'on sent le
Père qui est là, l'Éternel de toute puissance,
derrière le bleu...

AARON: (SE REDRESSE, SURPRIS) Tu ne crois pas
au Père, tu me l'as déjà dit!

VIEDNA: (ÉCLATE DE RIRE) Je ne crois pas à la
vertu, et pourtant il m'arrive d'en parler
comme d'un bienfait. Disons que c'est une
habitude dont je n'ai encore pu me défaire.

AARON: Moi, j'ai la foi... (MAIS IL LE DIT HUM-
BLEMENT, SANS VÉRITABLE CONVIC-
TION)

VIEDNA: Je ne crois à rien. (D'UN AIR DE DÉFI) Je
mange du porc, et j'aime bien ça...

AARON: Je ne te savais pas aussi cynique!

VIEDNA: Cynique? Non, réaliste... (HAUSSE LES ÉPAULES) As-tu décidé de ce que tu ferais dans la vie?

AARON: (IL HÉSITE UN INSTANT) Ce que tu m'as dit, je n'arrive pas à le comprendre. Toi? Toi, tu parles ainsi?

VIEDNA: Oh, laisse... J'ai mes idées, tu as les tiennes. Est-ce que c'est ça qui importe? Et toi? Et moi?

AARON: (CONCÈDE) Oui, c'est vrai... c'est ta vie...

VIEDNA: Réponds à ma question: que feras-tu, plus tard?

AARON: Je ne sais pas. (PAUSE) Je ne sais pas... Je veux être... grand.

VIEDNA: Et les tiens?

AARON: Qu'est-ce que tu veux dire?

VIEDNA: Tel que tu me décris ton grand-père, il sera toujours entre toi et tes ambitions...

AARON: Pourquoi le serait-il?

VIEDNA: Tu veux être quelqu'un de grand?

AARON: Oui.

VIEDNA: De puissant...

AARON: Oui, puissant.

VIEDNA: Moi aussi, je veux être riche, plus tard.

AARON: Je ne parle pas de richesse, je parle de grandeur... de puissance.

VIEDNA: (LE SCRUTE DU REGARD) Ce que tu dis là, c'est sérieux?

AARON: Mais oui.

VIEDNA: Être riche, c'est la même chose. Et c'est mieux encore... (GESTE D'IMPUISSANCE) Seulement, toi, tu ne le seras jamais.

AARON: Pourquoi?

VIEDNA: Tu es orthodoxe. Tu suivras les traditions. Tu ne seras rien, mais tu seras un bon Juif.

AARON: Pourquoi dis-tu ça? Tu sais que ce n'est pas vrai. Je veux être grand. Nous vivons dans un pays où tout est possible. Le professeur le dit, à l'école. Le premier ministre est fils du peuple... Plusieurs de nos grands hommes canadiens sont issus des classes pauvres.

VIEDNA: *Leurs* grands hommes...

AARON: Les leurs, les nôtres, c'est la même chose!

VIEDNA: Non, ce n'est pas la même chose... Toi, tu restes juif. Eux n'avaient pas d'obstacle. Et si en plus tu te heurtes à ta religion, à tes traditions...

AARON: (SONGEUR) Quelqu'un m'a dit ça...

VIEDNA: Tu vois, je ne suis pas la seule à penser ainsi... (ELLE SOURIT)

AARON: (IL LA PREND DANS SES BRAS)

VIEDNA: (ELLE SE DÉGAGE DOUCEMENT) Écoute bien. Il y a des conditions de survie. Je parle trop sérieusement? Chez moi, mon père me ridiculise parce qu'il me trouve trop sérieuse pour mon âge. Je n'y peux rien, c'est ma façon. Je sais ce que je suis, je sais ce que je veux.

AARON: Et qu'est-ce que tu veux?

VIEDNA: La même chose que tu veux... Pour devenir puissant, il faut devenir riche. Et pour ça, deux choses essentielles: d'abord trouver un pays où le devenir, et ensuite un moyen de faire oublier qu'on est juif... (ELLE SE LAISSE TOMBER SUR LE DOS) Tu dis m'aimer? Telle que je suis?

AARON: Oui...

VIEDNA: Et si je t'appelle, est-ce que tu viendras, Aaron?

AARON: (ÉPERDUMENT) Oui, oui...

VIEDNA: (ELLE TEND LES BRAS, L'ATTIRE SUR ELLE) (DANS UN SOUFFLE) Embrasse-moi... mieux encore que toutes les autres fois. Aime-moi... (FOLLE DE DÉSIR) Aime-moi, Aaron!

MOISHE: (IL APPARAÎT SILENCIEUSEMENT DANS LES BRANCHES, IL OBSERVE LA SCÈNE DEVANT LUI, À SES PIEDS. QUAND IL PARLE, SA VOIX EST CALME, MORNE, SANS TIMBRE) Aaron...

AARON: (IL BONDIT SUR SES PIEDS)

VIEDNA: (ELLE RATTACHE MÉCANIQUEMENT SON CHEMISIER)

AARON: (IL SE TIENT LÀ, FRÉMISSANT, NE SACHANT QUE FAIRE)

MOISHE: Viens.

VIEDNA: (ELLE BONDIT SUR SES PIEDS À SON TOUR) Tu vas le suivre?

AARON: (IL REGARDE VIEDNA, PUIS MOISHE)

MOISHE: Viens!

VIEDNA: C'est ton grand-père?

AARON: Oui.

VIEDNA: Si tu pars avec lui, ne reviens pas ici, tu ne
me trouverais pas...

AARON: Viedna!

VIEDNA: Tu ne connais pas mon nom de famille, tu
ne sais pas où j'habite. Aaron...

MOISHE: (IL FAUT QUE SA SEULE PRÉSENCE
IMPOSE UNE COMPLÈTE AUTORITÉ)
Aaron, viens...

AARON: (IL EST TOURMENTÉ UN MOMENT,
PUIS SOUDAIN IL SE JETTE VERS LES
BRANCHES ET S'ENFUIT)

MOISHE: (IL FIXE LA FILLE UN MOMENT, PUIS
IL LUI TOURNE LE DOS ET S'EN VA. CE
GESTE DOIT DONNER LE TEMPS, EN
PLUS DU CHANGEMENT D'IMAGE, À
AARON DE SE RENDRE DANS LE
DÉCOR DE LA CHAMBRE À COUCHER)

VIEDNA: (ELLE A SUBI LE REGARD DU VIEUX,
PUIS, COMME IL LUI TOURNE LE DOS,
ELLE ÉCLATE DE RIRE, ET ON LA VOIT
LONGTEMPS RIRE AINSI PENDANT
QUE S'ÉLOIGNE MOISHE)

SCÈNE XII

LA CHAMBRE À COUCHER CHEZ MOISHE

AARON: (IL Y ENTRE AU BOUT D'UN TEMPS,
NERVEUX, AGITÉ. IL MARCHE EN

ROND, VIENT PRÈS DE LA TABLE. IL A
SURTOUT L'AIR IRRITÉ)

MOISHE: (ON L'ENTEND ENTRER, CLAQUER
LA PORTE, TRAVERSER LA CUISINE,
PUIS IL ENTRE DANS LA CHAMBRE)

AARON: (IL EST DEBOUT PRÈS DE LA
FENÊTRE)

MOISHE: (PRESQUE EN IMPLORANT) Aaron...
Toi?

AARON: (DÉGAGE SANS RÉPONDRE, TÊTE
BASSE, COLÉREUX)

MOISHE: Elle était contre toi, se tordant comme une
chienne en rut! Je ne t'ai pas assez averti des
dangers? La fille, qu'est-ce qu'elle est pour
toi?

AARON: Je veux travailler.

MOISHE: Quoi?

AARON: Je ne veux plus aller à l'école, je veux travailler!

MOISHE: Tu es fou?

AARON: Non.

MOISHE: Travailler?

AARON: C'est clair... tu devrais comprendre!

MOISHE: Et tes études? Mais surtout le métier de tous
ceux avant toi, la lignée... Je ne t'ai rien
appris encore. Il faudrait que tu commences...
(IL MONTRE) là, à cette table, avec moi...

AARON: (LE DÉFIE) Et si je veux faire autre chose,
moi? Suis-je enchaîné?

MOISHE: Je t'en nommerai vingt qui sont venus

426

auparavant... moi, mon père à moi, et son père avant lui... Vingt... trente...

AARON: Mon père David n'a pas toujours été tailleur.

MOISHE: Quand il ne l'a pas été, nous avons eu du malheur.

AARON: (LÈVE LES ÉPAULES D'UN GESTE DE COLÈRE ET VA À LA FENÊTRE)

MOISHE: Voilà ton sort... Si tu le veux je vais t'enseigner les secrets. Ensuite, tu m'aideras. Nous serons deux à travailler, ici à cette table.

AARON: (LE DÉFIE ENCORE) Et si je refuse?

MOISHE: (HURLE DE COLÈRE) Sur la table, dans cette chambre! Toi et moi et l'ombre de tous les autres. Ton métier qui est accordé à ton nom et à ton sang selon le père et les fils qui ont succédé au père. L'aiguille, le tissu, coudre et gagner ainsi ton pain!

AARON: (IL REVIENT AU CENTRE, DROIT ET FIER DEVANT MOISHE. IL NE DIT RIEN MAIS IL LE TOISE)

MOISHE: Mais en attendant... (IL EST PLUS CALME) il te faudra continuer à étudier. Tu seras un égal, non un silencieux qui ne discute pas quand le rabbin groupe les hommes autour de lui. Tu auras ta voix, tes mots, ta science. Et ça te viendra de moi.. (IL FAIT UN GESTE TRANCHANT) Tout t'est venu de moi. Tout te viendra de moi, même ton pain!

SCÈNE XIII

LE BOSQUET DANS LA MONTAGNE

VISUEL: L'ENDROIT EST DÉSERT. PENDANT LA NARRATION ON VOIT ARRIVER AARON QUI SEMBLE CHERCHER. PUIS IL RESTE LÀ UN LONG MOMENT, LE TEMPS DE LA NARRATION, EN FAIT, ET QUITTE LES LIEUX JUSTE AVANT LES DERNIERS MOTS.

NARR: Le lendemain, Aaron grimpa jusqu'au bosquet de la montagne mais il n'y trouva point Viedna. La fille mettait sa menace à exécution. Il y alla ce jour-là, et encore d'autres jours ensuite. Il y alla ainsi pendant longtemps, mais jamais elle ne revint...

SCÈNE XIV

CHEZ MOISHE

MOISHE: Hier encore, il me semble, hier encore, un petit vagissant dans mes bras. Tiens, quand l'ai-je porté au mohel? L'an dernier? Je ne sais plus. Il me semble que c'est hier, je te le dis...

MALAK: Qu'est-ce qu'il a fait?

MOISHE: Je l'ai suivi dans la montagne. Je l'ai épié...

oui, j'ai fait ça, et j'en ai honte... Je l'ai épié et je l'ai vu, avec une fille... je l'ai vu avec elle...

MALAK: Il faisait le mal?

MOISHE: Oui.

MALAK: Pauvre Moishe, mon ami...

MOISHE: Et les temps d'ensuite... le petit qui grandit... Malak, peux-tu comprendre?

MALAK: (FAIT OUI DE LA TÊTE)

MOISHE: Il disait: «Zeda, qui a fait le soleil? Zeda, raconte la loi de Judah! Zeda, qu'est-ce que je suis? Souvent il se tenait debout dans la cuisine, près de la table. Il se regardait les jambes, le corps, les mains. Combien de fois l'avait-il posée, cette question: «Zeda, qu'est-ce que je suis...?» Et je lui répondais: «Tu es le fils des grandes lignées. Tu as quitté tes pays pour habiter celui-ci, mais le signe de ta tribu demeure et c'est toi qui la perpétueras sur terre. Tu es un homme, et plus qu'un homme. Tu es Aaron, en qui un jour l'Éternel mit toutes ses complaisances...

MALAK: Tu lui enseignais de belles choses. Et aujourd'hui, il connaît la fille...

MOISHE: Avant de connaître la femme, oui... Il a tout oublié. Je lui ai donné ma science, et c'est perdu, c'est en vain...

MALAK: Un instant d'égarement... Il changera, il te reviendra pur...

MOISHE: Mais le péché a été commis. Comment

pourrait-il redevenir pur après ce qu'il a fait?

MALAK: Tout ce qu'il a appris de toi, il ne peut l'oublier en un moment... Il a commis une faute... il la regrettera...

MOISHE: Je lui parlais des grandes fêtes, le Passach, le Soucoth, le Pourim, le Yom-Kippour, les Shuavos, la gaieté du Rosch-Hashanna! Qu'est-il devenu, Aaron? Où est-il, celui que j'ai formé, que j'ai sculpté, que j'ai modelé?

MALAK: Je te le dis, c'est un instant... bientôt ce sera comme avant.

MOISHE: Non... non, ce ne sera plus comme avant. Jamais... jamais...

SCÈNE XV

LA CUISINE CHEZ MOISHE

AARON: (IL EST ASSIS PRÈS DE LA TABLE. IL LIT UN JOURNAL. IL A LE VISAGE DURCI, OPINIÂTRE)

MOISHE: (EN Y METTANT LE TEMPS QU'IL FAUT POUR CHANGER DE DÉCOR, IL ENTRE LENTEMENT, REFERMANT LA PORTE SUR LUI. UN INSTANT, IL REGARDE AARON)

AARON: (IL A SEULEMENT LEVÉ LA TÊTE À L'ENTRÉE DE MOISHE, PUIS IL S'EST REMIS À LIRE)

MOISHE: (VA VERS LA TABLE) Tu reviens tôt à la maison!

AARON: (LÈVE LA TÊTE: HAUSSE LES ÉPAULES ET SE REMET À LIRE)

MOISHE: (IL VA RANGER LE COLIS DE VIANDE, PUIS IL ENLÈVE SA VESTE, LE CHA-PEAU QU'IL SUSPEND AU CROCHET) Tu as tellement changé... (IL NE SEMBLE PAS OSER LUI PARLER) Je ne sais plus quoi te dire...

AARON: (LIT SANS L'ENTENDRE)

MOISHE: Si tu veux tellement travailler... écoute!

AARON: (LÈVE LES YEUX, VISAGE IMPASSIBLE)

MOISHE: Si c'est de gagner des sous qui t'intéresse... Le soir, ici, je pourrais demander un peu plus de travail à la fabrique, te montrer comment... Plutôt que de ne rien faire... Bientôt, tu con-naîtrais le métier.. Tu prendrais ta place à mes côtés... D'ici là, tu irais encore à l'école...

AARON: (IL A UN SOURIRE RAILLEUR)

MOISHE: (HUMBLE, BRISÉ) J'ai songé à cela. Et ainsi, la tradition ne se perdrait pas... Non plus que la foi. Et je t'enseignerais le métier comme je t'ai enseigné la Torah, ta religion... les rites... (PAUSE) (IL A DES GESTES D'ENFANT QUI SE MET LES MAINS AU VISAGE, DES GESTES SÉNILES) Comme je t'ai enseigné... tout le reste...

AARON: (TRANCHANT) Et si le métier ne me plaît pas?

MOISHE: As-tu le choix? Me plaisait-il à moi? Sommes-nous sur la terre pour jouir, pour y faire ce qui nous plaît? Tu viens après moi. Tu seras ce que je suis. Que le métier te plaise ou non...

AARON: (IL A UN GESTE DE NÉGATION, HAUSSE DE NOUVEAU LES ÉPAULES ET VEUT SE REMETTRE À LIRE)

MOISHE: (D'UN GESTE BRUSQUE, IL LUI ARRACHE LE JOURNAL, LE CHIFFONNE ET LE JETTE PAR TERRE) Tu vas travailler parmi les Goyem? Tu vas te vendre à eux? Vendre ta sueur, tes efforts? Tu seras une marchandise dont ils profiteront?

AARON: (RIRE BREF) Danke! Danke! je ne serai pas leur marchandise, et je ne resterai pas ici, chaque jour un peu plus pauvre... Tu m'as enseigné bien des choses, c'est vrai, mais tu as oublié la principale...

MOISHE: Qu'est-ce que tu veux dire?

AARON: Tu ne m'as pas enseigné la magie par laquelle un Juif orthodoxe peut observer sa religion et devenir tout de même un grand homme...

MOISHE: Je pourrais te nommer des dizaines de Juifs, comme moi, qui eux sont devenus très grands...

AARON: Mais pas au Canada. Pas ici au Canada...

MOISHE: Être grand...

AARON: (COUPE) Cela signifie surtout être riche... Tout le reste en découle...

MOISHE: L'argent...? Moi, je songe au pain, à la viande, et chaque jour suivant l'autre. Vivre, seulement vivre et survivre et c'est déjà un grand miracle. Je suis sûr de vivre, ici. Bien des Juifs au monde et bien des générations m'envieraient cette certitude. (COLÈRE SUBITE) Mais qu'est-ce que tu es devenu, Aaron? Ce n'est pas ce que je t'ai enseigné! À qui appartiens-tu? (PAUSE) Est-ce que je t'ai enseigné le mal? Je ne te reconnais plus... Cette fille, et les idées que tu as... C'est la fille! (COLÈRE SUBITE) Elle a détruit tout ce que j'ai édifié. C'est elle!

AARON: Elle... ou d'autres... (IL MONTRE LA PORTE) Je ne pouvais être tenu en cage. Vous m'avez amené vivre ici, c'est pour que je suive le rythme du pays...

MOISHE: (CETTE LAMENTATION BIEN HÉBRAÏQUE) Oye, oye, oye, oye...! Reste ici avec moi, Aaron. Tiens, si tu veux, tu iras chez un tailleur. Tu apprendras le métier encore mieux... Tu es jeune, tu es plus habile que moi, c'est sûr, tu gagneras bien ta vie...

AARON: Métier de pauvre! Vous ne comprenez donc pas? Ce n'est pas ce que je veux! Je veux vivre... Je veux manger des mets fins, être bien vêtu, voyager. Vivre... Ce n'est pas en devenant tailleur comme vous que j'arriverai à ça.

MOISHE: Reste ici...

AARON: Je ne connaîtrai jamais la paix ici. (SE DÉCIDE) Vous parlez d'école? Il y a deux semaines que je n'y vais plus. Deux semaines que je me cherche du travail. Quelque chose qui me mènerait vers mon but. Je l'ai trouvé. Je commence lundi matin.

MOISHE: Je ne demandais qu'une chose, moi: que tu sois protégé, que rien ne t'atteigne, que tu restes celui que j'avais formé tout au long de ton enfance...

AARON: (DUR. N'ENTEND RIEN) J'ai du travail chez un courtier en valeurs. Pour l'instant, c'est obscur, et ça ne signifie pas grand'chose... Mais, de là, je puis atteindre tous les sommets... (IL VA BRUSQUEMENT VERS LA PORTE ET IL SORT)

SCÈNE XVI

NARR: Dans la maison maintenant, rien ne ressemblait plus au passé tout imprégné de la Parole et des actes des Anciens. Moishe ne parlait à Aaron que pour les choses essentielles.

SCÈNE XVII

CUISINE CHEZ MOISHE

VISUEL: MOISHE ET AARON SONT À TABLE ET TERMINENT LEUR SOUPER.

AARON: Zeda... regarde... (IL MONTRE UNE LIASSE DE BILLETS)

MOISHE: (IL EXAMINE L'ARGENT D'UN AIR
SOUPÇONNEUX)

AARON: Tu as vu dehors? C'est le printemps. Nous
allons nous vêtir à neuf, toi et moi... En
l'honneur du soleil! J'ai besoin d'un costume,
de chemises, de chaussures... Et tu en as
encore plus besoin que moi...

MOISHE: Hann?

AARON: (IL VA DÉCROCHER LA VIEILLE
VESTE D'ALPAGA) Il est temps que tu te
débarrasses de ça...

MOISHE: (UN CRI. MAIS IL EST FAIBLE, PLEURARD,
ET IL SE DÉFEND MAL) Moi, m'habiller
comme les Gentils?

AARON: Vêtu de neuf, ça ne te plairait pas?

MOISHE: (IMPLORE) Pourquoi me fais-tu ça, à moi?
Tu ne m'en as pas déjà assez fait? (IL
ARRACHE LA VESTE DES MAINS
D'AARON ET VA SE RÉFUGIER DANS
LA CHAMBRE)

AARON: (IL LE SUIT EN SECOUANT LENTE-
MENT LA TÊTE)

MOISHE: (IL EST DANS LE COIN, SERRANT LA
VESTE D'ALPAGA CONTRE LUI. IL
SANGLOTE SILENCIEUSEMENT. DE
GROSSES LARMES LUI COULENT SUR
LES JOUES) Oye, oye, oye, Aaron... Far
woss - far ven.

AARON: (SE SENT IMPUISSANT) Tu aurais besoin
de vêtements! Je t'offre de t'habiller. Je
paierai, moi... Tu refuses, pourquoi?

MOISHE: (PLEURE TOUJOURS) Tu ne comprends pas... (IL ÉTALE LE VÊTEMENT, LE JETTE SUR LE LIT. IL PREND LE CHAPEAU NOIR QUI EST SUR LA TABLE) Le chapeau... c'était celui de mon père. Ceux qui avaient la science le portaient dans le ghetto. Le chapeau, et la barbe, les cheveux... Ainsi la beauté des vieillards de notre peuple, leur sagesse — ce rayonnement du visage hébreu — est l'égale de la beauté des filles chez les Goyem, et infiniment plus respectable. (IL TOUCHE À SES TEMPS FRISÉES) La connaissance des Lois, des Traditions... ce que je t'ai enseigné. Et aussi ces habits... Je portais sur moi le signe du respect d'autrui. C'était acquis... Nous sommes d'une lignée qui pouvait remonter bien loin vers ses origines. Une lignée qui compte des saints, des savants, des sages, des cabalistes, et des géants de la morale hébraïque. Si tu avais été... autrement... peut-être qu'aujourd'hui... Tu ne veux même pas m'accompagner à la synagogue. Tu ne veux plus. Viens continuer la lignée, dans le travail, dans la foi, dans l'observance... Je changerai peut-être de costume, alors... Il y aura quelque chose pour compenser. Il y aura toi, ce que j'ai fait de toi...

AARON: Je ne peux pas. (BIZARREMENT, SANS VANTARDISE) Un jour, je serai riche... Je ne peux revenir en arrière.

MOISHE: (PLUS FERME, PRESQUE VIOLENT) L'Éternel punit ceux qui veulent se hisser jusqu'à lui sans avoir été appelés. Je resterai vêtu comme je l'ai toujours été.

AARON: N'est-il donc pas possible de vivre quand même?

MOISHE: Tu l'as dit, et je ne puis l'oublier: tu seras riche un jour... Chez les Goyem, avec les Goyem et à cause d'eux! (TRANCHANT) Sois ce que tu dois être, et nous verrons! Laisse cette fille...

AARON: Je ne la vois plus. Je ne sais pas où elle est!

MOISHE: Celle-là, ou une autre! La vie que tu mènes... Comment éviterais-tu de pécher? (IL SEMBLE SOUDAIN SE DÉCIDER) Tu n'es plus Aaron, je ne te connais plus. Tu vis à mes côtés, tu es là, et je ne te connais plus. (PUIS-SANT) Tu ne peux rester ici...

AARON: Tu ne peux donc pas comprendre? Qu'est-ce que j'ai fait au juste?

MOISHE: Tu manges dans leurs restaurants, nu-tête. Tu ne viens plus à la synagogue. Tu as connu la fille et tu n'en as même pas honte. Tu veux être riche. Tu fais ta vie sans t'occuper de ce que je veux moi, de ce que je t'ai enseigné... Tu étais un Juif. Qu'est-ce que tu es devenu?

AARON: (VIOLENT) Écoute, ce n'est pas juste, ce que tu dis là!

MOISHE: Es-tu juif? Le prophète a dit un jour: «Israël a faim et son nom est anathème...» Tu es de ceux qui affament le corps d'Israël, sa force est sapée par des gens comme toi. Et ce sont ceux-là qui font dire aux Goyem que les Juifs disparaissent tranquillement de la face de la terre, qu'ils se détruisent eux-mêmes à mesure que meurent les générations. Le salut, c'est la synagogue et l'obligation des rites et nos façons de vivre. Mais toi, toi? Qu'en fais-tu des rites? Des obligations? Aaron le perpétuateur? (MÉPRISANT) Tu n'es même plus juif! (UN RICTUS. IL SE COUVRE LE VISAGE DES DEUX MAINS, PUIS LE DÉGAGE) Quand changeras-tu de nom?

AARON: (UN CRI) Mais vous ne savez donc pas ce que c'est aujourd'hui que d'être juif?

MOISHE: (SOUDAIN GRAVE) Oui, je le sais... C'est toi qui ne le sais pas. Et maintenant, je vois bien que tu ne le sauras jamais. (SOUDAIN TERRIBLE ET DROIT COMME UN PIN, VENGEUR) Sors! Sors! Prends ton linge, tes livres, tout! Va-t'en! Il n'y a plus de place pour toi dans ma maison!

AARON: (ESQUISSE UN GESTE DE PROTESTATION)

MOISHE: Il n'y a plus de place pour toi! Je ne te connais plus. Je ne sais plus ton nom! Va-t'en!

SCÈNE XVIII

LA CHAMBRE À COUCHER CHEZ MOISHE

NARR: Moishe mit trois mois à regretter son geste. Trois mois de terrible esseulement. Il y avait ce vide effrayant de la maison, et le désir de revoir Aaron jamais assagi ou effacé, sorte de rengaine triste comme la fin des jours et des espoirs... Un appel, seulement le nom...

MOISHE: (À LA TABLE. UN MURMURE, UN GÉMISSEMENT) Aarelle! mon petit!

NARR: Il travaillait encore, mais péniblement. Il assemblait quelques pièces, puis passait une heure à errer dans la maison, touchant aux meubles, allant voir à la fenêtre, épiant derrière la porte si quelqu'un ne montait pas l'escalier... Aucune pensée particulière ne lui venait vraiment, aucun remords, aucun projet. Quoi qu'il fasse il ne ressentait aucune haine contre son petit fils...

MOISHE: (IL FAIT COMME DIT LA NARRATION, PUIS, AU SILENCE DU NARRATEUR, IL EST DEPUIS UN MOMENT DERRIÈRE LA PORTE, ÉCOUTANT. IL A UN AUTRE GÉMISSEMENT) Aaron...? (IL VA TOUCHER LA TABLE, GÉMIT ENCORE) Aaron...? (PUIS IL ENTRE DANS LA CHAMBRE ET IL PLEURE À GROS SANGLOTS. UN TEMPS, PUIS IL VA PÉNIBLEMENT ENDOSSER — ET AVEC QUELLE PEINE — LA VESTE D'ALPAGA. IL SE COIFFE DU CHAPEAU ET IL SORT, MAIS IL A PEINE À MARCHER SANS AIDE)

SCÈNE XIX

L'ÉCHOPPE DE MALAK

MALAK: (CETTE FOIS, IL EST À ÉTENDRE LA SCIURE DE BOIS AVEC SON BALAI SUR LE PARQUET. IL TRAVAILLE LENTE-MENT COMME UN HOMME QUI A LA VIE DEVANT LUI)

MOISHE: (IL APPARAÎT TOUT À COUP DEVANT LA PORTE, IL TENTE D'OUVRIR, MAIS IL N'EN SEMBLE PAS CAPABLE)

MALAK: (SE PRÉCIPITE. LUI OUVRE LA PORTE, LE FAIT ENTRER ET REFERME DERRIÈRE LUI)

MOISHE: (IL ENTRE DE SA DÉMARCHE HÉSITANTE. ON LE SENT QUI USE SES DERNIÈRES FORCES)

MALAK: Reb Moishe... (IL A MIS TOUT SON RESPECT DANS CE SEUL MOT) Moishe...

MOISHE: (TOUJOURS AVEC LES MÊMES GESTES DE DERNIÈRE FORCE, IL FOUILLE DANS SA POCHE ET EN TIRE UN PAPIER) Tiens... (IL LE TEND À MALAK) C'est l'endroit où travaille Aaron... Veux-tu téléphoner... Je n'en suis pas capable... Je voudrais... le voir... lui parler...

MALAK: (SANS RÉPONDRE, IL PREND LE PAPIER, COMPOSE UN NUMÉRO DE TÉLÉPHONE, ATTEND UN MOMENT) Allô... Cosfield-

Patterson? Je voudrais parler à un de vos employés, Aaron Cashin... Le gérant? Ah? Oui, allô... le gérant? Je voudrais parler à Aaron Cashin. Oui, de la part de son grand-père... oui... (VISAGE D'ABORD SURPRIS, PUIS ANGOISSÉ, PUIS RAGEUR, ACCORDÉ À CE QU'IL DIT) Qu'est-ce que vous dites... Ah? Mais écoutez... (RAGEUR) Très bien. Merci, monsieur. (IL RACCROCHE BRU-TALEMENT)

MOISHE: (IL A SUIVI LA CONVERSATION D'UN AIR IMPLORATEUR. IL A FAIT LES MÊMES GESTES QUE MALAK, HOCHÉ LA TÊTE, A ÉTÉ LUI AUSSI SURPRIS, PUIS ANGOISSÉ, PUIS RAGEUR, MAIS TOUT EN NUANCES, IMPERCEPTIBLE-MENT)

MALAK: (FAIT FACE À MOISHE)

MOISHE: (DE SA PETITE VOIX QUI EST UN GÉMISSEMENT) Aaron?

MALAK: (RAGEUR) Si je le tenais ici devant moi, celui-là...

MOISHE: Qu'est-ce qu'il y a? Dis-le...

MALAK: Il ne travaille plus là... (IL SE MORD LA LÈVRE. IL SEMBLE CHERCHER SES MOTS)

MOISHE: Dis-le... dis-le....

MALAK: Il n'est plus là.

MOISHE: Mais, on t'a dit où il était... où il travaille?

MALAK: Il ne sait pas. C'était au gérant que je parlais... Il ne sait pas où Aaron travaille... (SE DÉCIDE) Et comme Aaron a changé de nom, comment le retrouver?

MOISHE: (IL NE RESSENT PAS LE CHOC DU PREMIER COUP. LA COMPRÉHENSION LUI VIENT LENTEMENT) Ah... ah, oui? Oui... Il a changé de nom... Il a rejeté même ça! Le nom, notre nom... (IL S'AFFAISSE LE LONG DE L'ÉTAL, IL NE TOMBE PAS, MAIS IL GLISSE PAR TERRE CONTRE LE COMPTOIR, AFFALÉ, AHURI, COMME ASSOMMÉ, LES YEUX HAGARDS) Il a changé de nom... On ne peut pas... le retrouver... jamais...

MALAK: (IL S'EST PRÉCIPITÉ VERS MOISHE. IL TENTE DE LE SOUTENIR) Je vais téléphoner à la police, leur donner les renseignements. Ils le retrouveront,, eux...

MOISHE: (IL SE RAIDIT. IL A SOUDAIN POUR LES DEUX TIERS DE LA RÉPLIQUE SA VOIX GRAVE ET BELLE D'AUTREFOIS, MAIS LA VOIX FLÉCHIT PEU À PEU JUSQU'À N'ÊTRE PLUS À LA FIN QUE CETTE SORTE DE GÉMISSEMENT QU'ELLE EST DEPUIS QUELQUES SCÈNES) Les polices de tous les pays... les polices de tous les pays, toutes les polices du monde... On me le ramènera? Non... (VOIX QUI FLÉCHIT) Personne ne pourra jamais me le ramener... (EN MÊME TEMPS, IL S'AFFAISSE

GRADUELLEMENT) ...personne. Seul le Père, l'Éternel, là-haut, le pourrait... je le lui demande, tu sais, Malak. Depuis longtemps... Je lui demande le retour d'Aaron... mais l'Éternel ne m'entend plus...

MALAK: (TRÈS TENDRE) Moishe...

MOISHE: Tu comprends, Malak? (IL VA MOURIR. IL N'EST QU'UNE LOQUE DANS LES BRAS DU BOUCHER) Voilà le drame d'Israël... Le Père ne nous entend plus... (IL GLISSE. SA TÊTE RETOMBE: SA VOIX N'EST QU'UN RÂLE) Il ne nous entend plus... (ET L'ON VOIT SON VISAGE SE DÉTENDRE SOUDAIN, MAIS SANS SOURIRE, COMME SI UNE GRANDE PAIX L'HABITAIT) Aaron...?

MALAK: (SA TÊTE RETOMBE ET IL SANGLOTE, CAR MAINTENANT MOISHE N'EST PLUS).

POSTFACE
de l'édition de 1980[*]

Aaron, son unique roman urbain, avec *Amour au goût de mer*, qui ne l'est qu'à moitié (à moitié urbain et à moitié roman), n'est pas pour autant une exception dans l'œuvre de Thériault. Celui-ci poursuit son étude des minorités et des rapports d'un individu avec sa communauté, qu'il situe dans un milieu qui présente des similitudes évidentes avec les villages qu'aime explorer Thériault. Même si les animaux, domestiques ou sauvages, en sont absents, la nature est partout présente dans ce roman montréalais: l'eau, le nuage, le soleil, l'arbre, le printemps, la montagne et le Nord lui-même s'y fraient un chemin inattendu et nécessaire.

Thériault avait déjà effleuré la parabole biblique (*Le Samaritain*, ses contes) et l'étude de moeurs (*Les Vendeurs du temple*); il s'y livre ici tout naturellement.

Thériault, qui a des amis juifs, fréquente les synagogues et écoute l'enregistrement de l'*Alléluia* de Malawski. Ainsi naît l'histoire d'Aaron et de Moishe, qui se développera en passant de la radio au roman, et d'une édition à l'autre. Thériault rédige la première version à Florence, «loin de ses sources». À la suggestion

* Montréal, Quinze, 1980.

de Naïm Kattan, il modifiera quelques détails, et augmentera son récit de quarante pages à la demande de son éditeur[1]. En 1958, le roman connaît une nouvelle métamorphose: l'auteur en tire une adaptation télévisée. Monique Bosco s'en souvient ainsi: «L'alternance des images, images de seduction, de la montagne, de dénuement du ghetto, nous faisait assister, de manière concrète et bouleversante, aux diverses étapes de cette lutte qui se soldait par l'échec de Moishe se lamentant après la désertion d'Aaron: — Adonai ne nous entend plus[2].» *Aaron* ne manque pas de subtilité et de raffinement. Thériault définit ses personnages avec souplesse; il les écrit plus qu'il ne les décrit. L'œuvre a de l'épaisseur: Aaron vit, se tient, avance, croît et décroît, tel le Précurseur devant le Seigneur. *Aaron* est le testament d'un héritage refusé, les cendres du Buisson ardent.

Il n'est pas question ici de psychologie au sens traditionnel, mais d'histoire prophétique et de science (au sens où l'entend Thériault), de poésie et de sagesse, de symboles rituels, de prières et de chants. L'hymne de la Tradition contre le chant du monde. Mais le grand-père et le petit-fils évoluent, se regardent, se croisent, influencent et sont influencés. Aaron et Moishe, même si celui-ci est anachronique et marginal, sont des hommes du XXe siècle, ils vivent en Amérique, ils ne sont pas de pures figures intemporelles et sacrées. *Aaron* est bien un roman, non pas une parabole, une

---

[1] Yves Thériault, *Textes et documents*, Montréal, Leméac, 1969, p. 122.

[2] *La Presse*, 3 avril 1965, p. 3.

fable, un proverbe. *Aaron* met en jeu un espace et un temps: l'espace entre le paradis et le désert, le temps entre l'actualité et l'éternité.

Aaron est un roman de couleur grise et brune, un roman aux teintes passées mais délicates, riches, profondes dans leur monotonie et leur usure. Çà et là seulement, une tache plus claire, un éclat plus vif redonnent au gris et au brun, couleurs des cathédrales et des moines, leur austère beauté. Viedna, qui est incroyable, parle de l'Italie et conclut, à la surprise d'Aaron: «Et le ciel est immuable. Il n'y a que le ciel, sans un nuage, et seulement le ciel, et l'on sent le Père qui est là, derrière le bleu...» Pour le petit-fils de Moishe, le Père n'est pas derrière ce bleu, le plus haut, le plus vivant du monde, mais derrière l'étoffe sombre et rêche que taille et coud l'artisan. Le bleu est derrière le gris, le Père derrière les tables inflexibles de la Loi, derrière le parchemin et la pierre.

Père et fils, ou la Tradition bloquée

Aaron n'a pas été mis au monde par la chair et le sang, il a été dessiné, modelé selon des lignes et des nuances préétablies: «Lingot formé au creuset patient» par Moishe. Car Moishe est pour Aaron plus qu'un grand-père, plus qu'un père et une mère, un professeur et un rabbin. Il est, il veut être *le* Guide, la main, l'œil et le doigt du Très-Haut. «Je l'ai fait cet enfant-là. De mes mains», dit-il à Malak. Et à Aaron lui-même: «Tout t'est venu de moi. Tout te viendra de moi, même ton pain...», «Tu seras ce que je suis. Que

le métier te plaise ou non!» «Ce que je suis»,
c'est-à-dire non seulement tailleur besogneux, petit
artisan indépendant, mais homme de principes, intran-
sigeant et farouche, conservateur religieux et culturel,
orthodoxe, intégriste.

Aaron connaît le feu et la géhenne avant de
connaître la terre et le soleil. Il est puni avant d'avoir
péché, dépouillé de son enfance sans que Moishe lui
permette de choisir sa vie d'homme. Mais le justicier
est parfois incapable de se faire justice. Il doit alors se
faire amour, et les attaches si superbement tranchées se
greffent malgré lui et tirent tout le sang. Le dernier
chapitre, très court, est peut-être le plus beau du roman,
où l'on voit le grand-père, naguère substitut du Père, du
Justicier, de l'Orgueil et de la Colère (les majuscules
s'imposent ici), devenir doute, vide, faiblesse, besoin;
devenir fils, en un mot. Moishe, le maître, le sculpteur
d'Aaron, est devenu «comme quelque relique antique,
quelque statue de l'angoisse».

Au chapitre XV, déjà, Thériault avait analysé
en quelques-unes de ses composantes la réaction du
vieillard à l'émancipation du jeune homme. Derrière la
hauteur, la noblesse apparente des attitudes, une certaine lâcheté, l'insécurité, l'ignorance, l'hypocrisie et
la peur le faisaient «balbutier, hésiter, chercher ses
mots pour finalement dire les mêmes toujours». Un
peu plus loin, le désespoir noie et submerge la colère.
«Ne restait plus en lui que la douceur infinie comme sa
peine elle-même, la douceur des impuissants, des condamnés. Une douceur, d'une tristesse incroyable,
presque lâche dans ses accents.» Il est facile de voir

que cette fausse résignation est une révolte larvée, refoulée, que le masochisme de la victime prépare le fouet du bourreau.

Aaron est une espèce de tragédie antique, qui s'institue entre deux ou trois générations de pères et de fils. Adonai, perdu dans ses nuages; Moishe, reflet douloureux d'un nuage; Aaron, qui veut connaître les lois de la nature. Tragédie à deux temps, à deux discours, à deux personnages, avec les inévitables confidents (Malak, Viedna), qui dédoublent les héros et les poussent, mais seulement là où ils ont résolu ou accepté d'aller: dans une impasse de toute façon. Et c'est dans un cul-de-sac, justement, qu'habitent à Montréal le grand-père et le petit-fils.

Moishe, tout sédentaire qu'il soit, habite une tente, campe au désert. Inversement, Aaron, aussi aventureux qu'il paraisse, veut une maison habitable, un départ et une arrivée, un passé et un avenir. Il se rappelle que Salomon était riche, et Saül, et David. En séparant la Cité terrestre de la Cité divine, Moishe, mauvais serviteur, rapetisse aux yeux d'Aaron le dynamisme de la Terre et de la Maison promises aux dimensions de l'argent et du confort. Le mont Royal sera pour lui ce jardin, ce paradis, «une oasis dans le Néguev».

Si Leonard Cohen, cinéaste, romancier, poète et chanteur, né à Westmount, peint dans *The Favourite Game* un milieu raffiné, ambivalent, son ghetto n'en existe pas moins, subtil, abstrait, sophistiqué. *Aaron* décrit avec moins d'odeurs fortes et de couleurs pittoresques que *Son of a Smaller Hero* ou *The Apprenticeship of Duddy Kravitz* de Mordecai Richler, mais de façon aussi convaincante, ce village fermé de la ville ouverte qu'est le ghetto, où l'on connaît l'origine et la famille de ses voisins, où l'on tutoie ses fournisseurs. Montréal, et pas seulement son ghetto, se développe et grandit en même temps qu'Aaron.

L'exemple profane du mont Royal

Le grand ghetto montréalais, gris, argenté ou doré, de l'est à l'ouest en passant par le nord, est une couronne, une ceinture autour de l'excroissance du mont Royal. Certains préfèrent contourner cette barrière naturelle et socio-économique. Aaron prendra au pied de la lettre son appel à l'ascension.

«Va à la montagne, répéta Moishe pour qui cette masse vert sombre avait été souvent aussi un symbole. Tu y trouveras la paix.» Aaron n'y trouve pas la paix, mais la lutte, et la victoire, même si cette victoire doit le mutiler (comme Agaguk), l'amputer de son grand-père et de son patronyme. Toute montagne représente aux yeux de Moishe le Sinaï. Pour Aaron, la colline du mont Royal existe concrètement, physiquement. Mais le mont Royal n'est pas seulement pour lui un parc, quelques rochers, des arbres, un lac, la solitude et la fraîcheur, il est véritablement un symbole de royauté, d'affranchissement, de domination, de puissance: une ascension humaine et virile, non pas d'abord et surtout une vulgaire ascension dans l'échelle socio-économique.

Le mont Royal est le pivot, le centre, à tous les points de vue, de ce roman, le plus authentiquement montréalais depuis *Bonheur d'occasion*. Les chapitres VII à X sont ceux qui élaborent le mieux l'image, les images de la montagne.

Remarquons déjà, à la fin du chapitre VI, la taille redressée, le mouvement souple, la démarche assurée d'Aaron pénétrant dans la synagogue pour la fête de la Bar-Mitzvah, son initiation à la vie adulte. Aaron monte au temple comme il montera tout à l'heure à la montagne, avec le même souffle, les mêmes pensées, les mêmes rêves. Il avait emprunté à la bibliothèque juive des livres sur divers grands hommes, savants, conquérants, politiques; il en lisait un par deux jours. Jusque-là Aaron avait *rêvassé*; maintenant il *rêve*; la montagne le nourrit d'images, de projets qui le conduisent à d'autres rêves: rêves de roi, de chevalier, d'aviateur.

Pour Thériault, qui parle un moment en son nom à la fin du chapitre VII, le mont Royal a gardé un caractère sauvage, intact, contrastant avec les fumées industrielles et l'agitation commerciale de la métropole. «La moindre colline, pour qui prend ses rêves dans la nature, est inspirée», écrit Bachelard, qui donne aussi comme «une loi de l'imagination de la hauteur» la «contemplation monarchique[3]». Thériault, on le sait, prend ses rêves dans la nature: dans *Aaron*, le mont Royal est inspiré et il inspire, il est contemplé et il contemple; il consacre l'ascension et l'envol du héros, alors que dans l'enfance craintive et couvée de cet adolescent, «les collines étaient des ombres maléfiques dans la nuit».

[3] Gaston Bachelard, *La terre et les rêveries de la volonté*, Paris, José Corti, 1948, p. 384, 385.

Au chapitre IX, l'été a passé, c'est septembre, mais le soleil d'après-midi est encore «tiède et douillet». Ce printemps en automne annonce un rebondissement, un nouvel épisode de l'histoire d'Aaron. Au détour d'une allée, «à mi-chemin entre la plaine et le sommet, il aperçut quelqu'un qui somnolait sur le talus, au pied d'un arbre. C'était une fille...» C'était Viedna, tresses noires et longues, jambes fines, d'origine juive française, riche, cultivée, émancipée, à l'aise dans ses paroles, dans ses vêtements et dans sa peau. Viedna prendra, pour l'automne, le relais de la montagne dans l'esprit et les muscles d'Aaron. «La phrase dure, catégorique de la fille lui semblait comme une force qu'il absorbait en ses veines», comme il avait absorbé tout l'été la force dure de la montagne.

Le lendemain, après les cours, le collégien rejoint la jeune fille. D'où ils étaient, «dans un repli, dans un vallon creux et discret», étendus dans l'herbe, «ils dominaient Montréal». L'ambition d'Aaron n'est plus, comme il y a quelques mois, d'être supérieur, d'être différent, mais d'être comme tout le monde, normal, à la fois libre et intégré. Aaron et Viedna ne défient personne; ils désirent seulement être heureux. Et il est vrai que le personnage, pour cette raison, s'affadit un peu dans la dernière partie du roman, alors que Moishe se referme, devient de plus en plus intense, dur.

L'abîme qui se creuse, à partir du mont Royal, à partir de Viedna, entre le petit-fils et son grand-père n'est pas seulement un «abîme des générations», qu'on peut toujours contourner ou aménager, mais «un néant à jamais insondable», «une gorge aux mystérieuses profondeurs que le vieillard n'aurait pas su franchir». Moishe, comme autrefois Moïse, demeure en exil, au seuil de la Terre promise. Aaron a mieux répondu que son grand-père à l'ordre lancé aux débuts des temps à leur ancêtre Abraham. «Va-t'en de la contrée, et du lieu de ton enfance, et de la maison de ton père, au pays que je te montrerai.»

Une étoffe «surannée et déteinte»

La musique qui se dégage d'*Aaron* est dans le même registre, la même gamme, le même ton que sa couleur grise et brune:

> De la première à la dernière ligne, *Aaron* est écrit selon un rythme lancinant de mélopée triste, tout pénétré de la mélancolie et de la grisaille de très nobles et très vieilles choses, obnubilées par le monde moderne [...]. Là où l'étoffe est surannée et déteinte, le style perd juste ce qu'il faut de ses couleurs; partout il épouse étroitement le thème, cette «sorte de rengaine triste comme la fin des jours et des espoirs» qui est l'émouvant sujet d'*Aaron*[4].

Nous sommes loin de l'*Alléluia* de Malawski qui avait inspiré Thériault au début, peut-être moins

---

[4] Pierre de Grandpré, *Dix ans de la vie littéraire au Canada français*, Montréal, Beauchemin, 1966, p. 137.

loin qu'il n'y paraît. Nous allons de Pâques à la Passion, de la sortie d'Égypte à l'exil, de la Terre promise au désert. Nous reculons, en même temps que le vieillard, de la joie à la tristesse, de l'espoir au désespoir, et peut-être, insensiblement, de la foi au scepticisme. L'*Alléluia* s'intériorise. Nous le chantons et le lisons à l'envers, comme une contre-épreuve, la marche régulière et pénible non pas d'un retour aux sources, mais d'un pèlerinage compromis ou terminé, d'un exode qui est un exil.

La prose d'*Aaron* évite comme des mirages les images trop neuves, les lignes accusées, les personnages secondaires trop marqués. Son bruit n'est pas un bruit de cascade ou de torrent, mais le glissement d'un mince filet d'eau sur un sol plat, uniformément rugueux, parmi une végétation rare et amère. Des cantiques bien scandés aux refrains nostalgiques de la fin, de la douceur des psalmodies aux appels sourds, la voix usée de Moishe fait un contrepoint à la «pétarade des villes modernes».

Aaron est bien un roman de Thériault, un roman de la nature et de la paternité, de l'initiation et de l'autonomie, de la vie qui ne peut être qu'une lutte et une survie difficiles, un recul temporaire de la mort. Le cœur d'Aaron refuse la cadence millénaire que son grand-père voudrait lui imposer. Aaron ressemble assez à son père, à ce David Cashin, qui avait décidé, un soir, de «recommencer», d'aller au Nord, de San Francisco au Canada. Mais David «était mort en impur au cours d'une rixe où il avait versé le sang», alors que son fils avait onze ans. David avait bien eu, à l'adolescence, un sursaut de révolte, la tentation de passer du côté des infidèles, mais il s'était bientôt soumis, devenant même «plus attaché que jamais à la pratique des rites». Moins facilement dompté, Aaron est plus solide que David.

Derrière l'incompréhension de Moishe envers Aaron, derrière le refus et la révolte de celui-ci, se cachent — se cachent pour qu'on les trouve — l'incompréhension et l'hostilité des non-Juifs envers les Juifs.

Des Juifs aux Canadiens français ou de la Bible au Québec

Thériault exagère sans doute le caractère systématique de l'incompréhension des Canadiens français envers leurs concitoyens juifs. Il qualifie de persécution, de haine sadique, une réaction d'ignorance, d'étonnement, d'envie et de défense. Le ghetto montréalais n'est pas celui de Berlin ou de Varsovie. Pour la jeune Marie Lemieux et ses camarades (dont un Polonais et un Yougoslave), Aaron est plutôt un souffre-douleur qu'un «bouc émissaire». Il y a aussi, vers la fin, le concierge qui crache par terre en fixant effrontément Aaron, mais les concierges n'ont jamais été, dans aucun pays, des modèles de largeur de vue. Ne prenons pas non plus au pied de la lettre le «Arrive, défends-toi comme un homme!» que lance Marie Lemieux à Aaron.

De même que l'antisémite a besoin des Juifs et les crée de toutes pièces si nécessaire, le Juif a parfois

besoin d'antisémites. Ceux-ci le rassurent sur son identité, son existence. «*Speak white*», c'est-à-dire anglais,
bien sûr, osera crier Aaron à son grand-père qui déforme,
de sa voix chevrotante, la langue de Shakespeare. Le
chapitre du combat d'Aaron se termine par cette phrase,
qui pourrait servir d'épigraphe au roman et à l'époque
tout entière: «La Cité gémissait d'effort et, avec elle,
sous la poussée d'une sève violente, des enfants qui
allaient devenir des hommes s'impatientaient.»

      Le regard d'Aaron, jusqu'alors clair et brave
parce qu'il n'avait pas encore «appris à craindre», se
ternit, se brouille. Il cherche à se voir par les yeux des
autres, il cherche son essence, l'objet auquel on veut le
réduire. Sartre définissait le Juif comme un homme
considéré comme tel par les autres[5]. Memmi, juif
lui-même, ajoute: «Un Juif, pour moi, est surtout un
homme *traité* comme tel par les autres; et susceptible
d'être traité plus mal encore. Le Juif n'est pas seulement *accusé*, calomnié, noirci jusqu'au mythe, il est
réellement menacé, séparé, exclu, réellement en danger
de mort périodique[6].»

      Memmi se garde bien de condamner la libre
assimilation du Juif à son entourage. «Et pourtant! À y
regarder de près, on découvre que l'assimilation s'accom-
pagne d'une espèce de vertige, où le Juif s'accroche à ce
qu'il fut, pour ne pas se fondre au milieu des autres. Sans
cesse il s'invente de nouvelles machines de survie[7].»

[5] Jean-Paul Sartre, *Réflexions sur la question juive*, Paris, Gallimard, coll. «Idées», 1963.

[6] A. Memmi, *L'homme dominé*, Paris, Gallimard, 1968, p. 109.

[7] *Ibid.*, p. 113.

Ce vertige, ces machines de survie, nous les retrouvons dans *Aaron*. La montagne, la verticalité, la hauteur amènent naturellement le vertige, la sensation de «flotter dans une sorte de vacuum», d'être jeté là de toute éternité, ayant peine à s'insérer à sa place, dans le temps. Le vertige, l'insécurité, la hantise d'Aaron «s'accrochent» cependant à trois rives successives, à trois rocs: le mont Royal, Viedna, le travail et l'ambition de réussir. Ces trois rivages ou oasis se remplacent parce qu'ils se ressemblent. Ils promettent et dessinent le même port, le même ancrage, où Aaron pourra enfin, pense-t-il, déposer sa cargaison d'angoisses pour prendre pied sur une terre ferme.

Moishe est un Juif qui ne s'accepte pas. Il s'affirme, bien sûr, il se garde, se proclame, se durcit; une acceptation serait moins agressive, moins tendue. «Nous sommes sur un volcan», dit Sarah, sa femme, un mois avant de mourir: «En vingt ans, je n'ai pas connu la paix.» Sarah meurt dans le désespoir, la haine, la malédiction. Après cette grand-mère, après sa mère, morte en couches, et son père, mort indignement, on conçoit que l'hérédité (et non seulement l'héritage) d'Aaron soit chargée, «hérédité de douleur révoltée», comme ose à peine se l'avouer Moishe, comme il ne l'avoue pas à son seul ami, Malak.

Moishe s'en tient au salut par la foi, selon un principe qui ressemble étrangement à ceux qui ont longtemps eu cours dans les milieux clérico-nationalistes canadiens-français. Viedna, pour sa part, est plus souple mais son raisonnement n'en est pas moins contradictoire. Elle place l'homme avant la religion, mais elle ne sait où situer l'individu par rapport au groupe, à la nation. «Mais c'est compliqué [soupire-t-elle]. Faire oublier que tu es juif, et en même temps rester juif, tout en ne laissant jamais ta condition t'asservir, mais en asservissant ta condition.» Cette phrase à bascule rend bien compte de sa confusion. La perplexité de Viedna, de Moishe, et aussi d'Aaron, est celle où les laisse une situation politique mal analysée, à peine reconnue.

Il existe donc, comme en conclut Antoine Sirois dans *Montréal dans le roman canadien*[8], une «troisième solitude», la juive, à côté des deux solitudes jadis évoquées par Hugh MacLennan, la française et l'anglaise. C'est ce qui ressort d'*Aaron* et du roman de Gwenthalyn Graham, *Earth and High Heaven*, aussi bien que d'*Un amour maladroit* de Monique Bosco et des œuvres de Cohen et de Richler. Ces romans, qu'ils soient écrits en français ou en anglais, par des juifs ou par des chrétiens, s'attachent au drame de l'émancipation religieuse, centre et nœud de toutes les passions.

La victoire de l'Enfant sur le Parent, qui n'arrive que dans *Aaron*, *Agaguk* et *Le Ru d'Ikoué*, n'est pas une victoire schématique, purement tactique, ni une victoire complète et définitive. Il subsiste une part d'Enfant chez le Parent, et l'Enfant lui-même sera bientôt un Parent. Les forces sont partagées, complexes, mouvantes. Par exemple, la montagne d'Aaron, à travers le parfum et les caresses de Viedna, est sans doute une montagne-femme, une montagne-mère, comme celles de *La Fille laide* et du *Dompteur d'ours*, mais elle est

---

[8] Antoine Sirois, *Montréal dans le roman canadien*, Montréal, Marcel Didier, 1969.

aussi une montagne-père, un roc. Elle est tendresse et fermeté, passé et avenir, loisir et travail, rêve et action; elle est le sacré et le profane; elle est le Sud et le Nord, dialectiquement. Voilà qui donne à *Aaron* son poids et sa place dans l'univers créé par Thériault.

LAURENT MAILHOT

Jugements critiques
Édition de 1954

On l'avait cru fixé à jamais dans le genre pastoral assez limité, où il avait donné une œuvre forte et vraie, *La Fille laide*; et *Les Vendeurs du temple* nous révélaient un conteur satirique un peu hâtif, mais plein de verve et de naturel. Aujourd'hui, avec *Aaron*, Thériault nous introduit dans un milieu, à un drame — celui du judaïsme orthodoxe — dont l'étrangeté même, pour nous, confère à son entreprise un caractère de risque et d'aventure. Je m'empresse de dire qu'à mon gré, c'est sa plus belle réussite romanesque depuis *La Fille laide*.

[...] Le roman de Thériault est tout habité par la charité et c'est, au-delà de toute considération technique, ce qui lui assure une emprise décisive sur nous. Ce n'est pas la charité patiente et subtile d'un Langevin, par exemple, ou d'un Robert Élie, ou d'une Gabrielle Roy, mais, si je puis dire, une charité de choc, qui accueille l'autre en bloc, sans questions, dans la complète réalité de son existence concrète. Si le personnage d'Aaron s'affadit dans la dernière partie du roman, du fait même de sa désaffection, celui de Jethro nous reste intensément présent, comme personne, et comme le symbole vivant de la Tradition judaïque. Il faut ajouter qu'avec le *Bonheur d'occasion* de Gabrielle

Roy, *Aaron* est le roman canadien qui nous impose avec le plus de force la réalité physique de la ville où nous vivons.

GILLES MARCOTTE
Le Devoir, 8 mai 1954

Malgré ses travaux radiophoniques abondants, qui suffiraient à tarir la veine d'un créateur moins robuste, Yves Thériault réussit à publier quelques romans qui ne sont jamais indifférents. Nous sommes en présence d'un conteur né, l'un des plus doués que nous possédions. D'autres maîtrisent une psychologie plus déliée, d'autres écrivent une langue plus soignée; j'en connais peu qui puissent se vanter d'une invention aussi variée, s'exerçant dans les domaines les plus différents. Son grand secret, c'est de susciter la curiosité du lecteur qui n'abandonnera son récit qu'une fois rendu à la dernière page. L'art de se faire lire n'est pas forcément un signe de médiocrité, même si les esthètes précieux doivent se voiler la face!

[...] L'auteur fait preuve d'une connaissance concrète, nullement farcie d'une érudition indigeste, des problèmes essentiels et douloureux des fils errants de la diaspora. Ces problèmes, il ne les aborde pas à la façon de l'essayiste, il les incarne dans des êtres réels. Au demeurant, il n'a aucune thèse à faire prévaloir; comme il se doit, son roman ne conclut pas, il se contente de nous émouvoir à l'évocation précise de quelques destins humains.

[...] Le roman de Thériault, c'est le conflit de deux générations et de deux conceptions de la vie chez les fils d'Israël. Jethro, mystique perdu dans ses rêves d'absolu, et Aaron, jeune homme entreprenant, impatient de se libérer de cette servitude. Il s'y mêle un épisode amoureux qui est significatif. Aaron fait la connaissance de Viedna, une petite Juive d'origine européenne, dont la jeunesse n'a jamais connu les tabous dont a été entourée celle d'Aaron. Il devra s'en détacher très vite; il n'empêche qu'elle aura fait céder ses dernières résistances et qu'il sera ingrat pour les soins diligents et un peu myopes de son grand-père périmé et d'avance vaincu dans un monde mal bâti pour la poursuite d'une ambitieuse chimère.

Thériault a conservé toutes ses qualités d'attaque, il mène son récit avec sûreté; quelques répétitions inutiles, bien sûr, et qu'il serait facile de supprimer. Son style direct fait souvent merveille. On déplore d'autant plus quelques constructions bizarres. [...] Ce ne sont là que broutilles; le tissu est solide et de main d'ouvrier.

ROGER DUHAMEL
Action universitaire, juillet 1954

[...] il n'est pas du pouvoir de l'homme, à aucun moment de son histoire, d'organiser de toutes pièces des institutions sociales, économiques, politiques ou religieuses totalement déracinées du temps et du lieu.

Mais là comme ailleurs, l'homme s'illusionne bien souvent. Oubliant que la longueur d'une vie humaine est bien peu de chose dans le déroulement des siècles et refusant instinctivement de concevoir un monde différent du sien, il gratifiera candidement de l'immortalité les institutions bien transitoires qu'il connaît et au sein desquelles se passent ses jours déjà comptés. Ces considérations ont une portée qui déborde les cadres de la spéculation pure. Elles sont très pratiques. L'application de leurs conséquences logiques auraient pu, par exemple, procurer aux nations l'économie de quelques révolutions comme elles pourraient dispenser certaines familles de quelques drames au fond bien inutiles.

[...] À Minsk, à Novgorod, à Vladivostok, à San Francisco et à Montréal, la barbe, la calotte, la redingote et les bottines à tige représenteront toujours pour [Jethro Cashin] des éléments essentiels de salut. Aaron, son petit-fils, ne renie rien, au fond. Mais l'entêtement du grand-père l'obligera quand même à se séparer de sa famille. Comme dans les tribus primitives, est exclu à jamais du groupe celui qui ne croit plus au totem. Nous ne nions pas la grandeur de l'obstination de Jethro. Mais c'est une grandeur comme celle qui se dégage des batailles menées pour des causes perdues d'avance; de ces barouds d'honneur où l'on n'offre à l'ennemi que l'occasion de planter ses drapeaux sur des monceaux de morts.

Yves Thériault a saisi toutes les dimensions du drame. Il a aussi regardé vivre cette famille juive de Montréal avec une sympathie qui réconforte en ces temps où le racisme, en dépit des apparences, n'est pas encore mort. C'est peut-être pour cela qu'il nous donne aujourd'hui ce que je considère comme son meilleur roman. Même si l'écriture en est souvent gauche et si certaines images en sont vraiment trop forcées, *Aaron* nous dégoûte des fanatismes et nous démontre, ab absurdo, la nécessité de la tolérance. Il nous apprend aussi, dans les institutions, à distinguer l'accessoire de l'essentiel. Comme un éclair purifiant dans un ciel lourd et étouffant, ce livre sera bien accueilli. Il le mérite.

JEAN-PAUL ROBILLARD
Petit Journal, septembre 1954

Édition de 1957

Aaron vient à son heure. Les persécutions séculaires des Juifs, leur extermination systématique par les nazis, la suspicion dont on les entoure ne sont pas encore choses mortes. Dans le même ordre de faits, la ségrégation des Noirs qui, il y a quelques mois à peine, a pris dans les états du Sud de l'Amérique un caractère extrêmement dramatique, donne un relief peu banal à cette œuvre d'une étonnante justesse de ton.

[L'ambition d'Yves Thériault] n'a pas été d'écrire une roman sur le problème juif, mais le drame d'un homme aux prises avec les forces et les préjugés sociaux. S'il existe de nombreux romans qui décrivent l'attitude des aryens envers les Juifs, il y en a beaucoup moins qui peignent les Juifs aux prises avec eux-mêmes, orthodoxes contre «assimilés.» [...] Yves Thériault campe au cœur de ce récit, écrit avec une singulière simplicité, un Moishe d'une grandeur inoubliable. [...] Plus qu'Aaron, Moishe est la grande figure du roman. À mesure qu'il découvre la noblesse de ce vieillard obstiné, sa sévérité envers lui-même et les siens, sa patience, l'humilité avec laquelle il fait face aux mauvais coups du sort, le lecteur éprouve une admiration grandissante pour ce misérable artisan égaré dans notre monde mécanique et mercantile.

[...] Thériault s'est efforcé de montrer tout ce que cette foi millénaire contenait d'humain, sans qu'aucune page ne choque le lecteur, qu'il soit juif ou aryen, sans faire de son livre un ennuyeux plaidoyer. Il y est parvenu parce qu'il n'a pas triché et est allé au cœur des choses et des êtres.

ALBERT AYGUEPARSE
Syndicats (Bruxelles), décembre 1957

La réédition d'*Aaron* m'a donné l'occasion de relire l'une des œuvres majeures de l'année faste pour nos lettres que fut 1954. Thériault flaire le vent, découvre des filons; il sent quels remous profonds agitent notre société. De l'insurrection créatrice, il se montre capable de passer à cet assagissement, à cet approfondissement et à cette humanisation de la révolte qui rendent un écrivain apte aux grands sujets. [...]

L'aïeul apparaît d'abord à son petit-fils comme prestigieux, redoutable, le maître absolu, le dominateur à la parole tranchante de qui l'enfant tient tout ce qu'il est et ce qu'il pourra savoir. Puis, dès que, sous une influence étrangère, disparaît la perspective du dépôt sacré, de la transmission, de la lignée, d'une tradition où l'individu s'accomplissait jusque-là, mais que le monde moderne de l'Amérique ne compte plus parmi ses valeurs vivantes, l'adolescent n'est plus que révolte, isolement, recherche d'une solution neuve au problème de s'accomplir en tant qu'individu. [...] L'insoumission d'Aaron le conduit à une étape ultérieure dans ses relations avec Moishe. Le petit-fils découvre la faiblesse, l'impuissance de celui qui fut jusque-là le maître de son âme et de ses pensées. Il l'aime, le plaint, quête maladroitement un amour désormais impossible. Et c'est dans ce repli que le roman atteint à son plus profond pathétique. Le silence, le néant, le rejet scandalisé de celui qui a déçu ses espoirs, telle est l'arme la plus terrible du Père, arme dérisoise aux yeux du monde. C'est une réprobation d'une nature spirituelle et divine; elle prend appui en Adonai, et s'en remet à sa colère et à sa justice. Mais tout change dans le monde, et il semble qu'Adonai ne prête plus l'oreille à ses fidèles.

Thériault nous a donné le roman de la faiblesse, le drame du vieillissement, de la fixation du choix contre la vie. Il a écrit l'œuvre avec son cœur, entraînant style et personnages dans un récit qui nous fait mieux connaître les données et les protagonistes de toute évolution sociale que maintes œuvres où la révolte est le parti-pris préalable et le principe directeur des auteurs. Ici, tous les personnages du drame sont traités avec cette sorte d'équité née de l'amour des êtres, et c'est la condition première de toute création romanesque.

PIERRE DE GRANDPRÉ
Le Devoir, 17 mai 1958

CHRONOLOGIE

1915
Le 27 novembre, naissance à Québec d'Yves, fils de Joseph-Alcide Thériault et d'Aurore Nadeau. Ascendance amérindienne probable.

1923-1926
Élève des 3e et 4e années primaires à l'école Notre-Dame de Grâce, Montréal.

1932-1934
Élève des 4e et 3e classes scientifiques au Mont-Saint-Louis, Montréal.

1934
Thériault abandonne ses études et exerce divers métiers: chauffeur de camion, vendeur, etc.

1935
Annonceur, durant une période d'essai, à la station CKAC de Montréal.

1936
Atteint d'une maladie pulmonaire, il séjourne pendant plusieurs mois au Sanatorium du lac Édouard, au nord-est de La Tuque. S'adonne au trappage en dilettante.

1937-1938

Annonceur aux stations radiophoniques CHNC de New Carlisle en Gaspésie, CHRC de Québec et CHLN de Trois-Rivières. Vendeur itinérant pour Laurentide Equipment Ltd.

1939-1940

Annonceur à CJBR de Rimouski puis à CKCH de Hull. Écrit ses premiers sketches radiophoniques.

1941

Publie ses premiers contes dans *Le Jour*, journal dirigé par Jean-Charles Harvey.

1942

Le 21 avril, épouse Germaine-Michelle Blanchet, collaboratrice au *Jour*, avec laquelle il aura deux enfants, Michel et Marie José. Court séjour à Toronto où il devient le directeur administratif de l'hebdomadaire de gauche *The News*, puis directeur de la publicité dans une usine de guerre.

1943-1944

Scripteur et publicitaire à l'Office national du film à Ottawa. Collaborateur à *La Nouvelle Relève*.

1944

Parution des *Contes pour un homme seul* aux Éditions de l'Arbre, dirigées par Robert Charbonneau et Claude Hurtubise.

1945-1950

Scripteur à Radio-Canada où il écrit des radiothéâtres et des contes. Reçoit, en 1945, le trophée Laflèche, décerné au meilleur scripteur. Lui et son épouse s'exercent à la discipline de l'écriture en composant sous divers pseudonymes des «romans à dix cents». Écrit des nouvelles pour le *Bulletin des agriculteurs, Liaison, Amérique française* et *Gants du ciel.*

1950

Parution de *La Fille laide*, son premier roman. Première du *Marcheur*, le 21 mars, à la salle du Gesù. Boursier du gouvernement français, il refuse la bourse, le montant accordé étant insuffisant pour lui permettre de vivre en France avec sa famille.

1950-1960

Collabore à plusieurs séries radiophoniques à Radio-Canada.

1951

Parutions: *Le Dompteur d'ours; La Vengeance de la mer; Les Vendeurs du temple.*

1952

Le Samaritain, radiothéâtre présenté sous le pseudonyme de Kenscoff, reçoit le premier prix au Concours dramatique de Radio-Canada.

1953-1954

Tour du monde sur un cargo, brusquement interrompu en

Italie par la grave maladie de son épouse. Séjour à
Florence. Collaborateur à *Photo-Journal*. Écrit un radiothéâtre pour la station CKVL et travaille à *Aaron*.

1953-1955
Adaptation en feuilleton du roman *Maria Chapdelaine*
de Louis Hémon pour la station CKVL de Montréal.

1954-1955
Écrit des textes dramatiques pour la télévision de
Radio-Canada.

1954
Prix de la Province de Québec pour *Aaron*, paru la
même année.

1955
Collaborateur au *Devoir*.

1956
Écrit une adaptation du *Marcheur* pour la télévision de
Radio-Canada. Travaille quelque temps comme scé-
nariste pour l'ONF. Séjour à Paris, puis à Florence.

1957-1958
Écrit des textes dramatiques pour la télévision de
Radio-Canada.

1958
Parution d'*Agaguk* qui reçoit le Prix de la Province de

Québec (1958). À compter de 1958 et jusqu'en 1961, tient la chronique «Pour hommes seulement» à *La Patrie*, édition du dimanche, où il publie aussi contes et essais.

1959
Élu membre de la Société royale du Canada. Collaborateur à *Points de vue* et aux *Cahiers de l'Académie canadienne-française*. Parutions: *Alerte au Camp 29; La Revanche du Nascopie*.

1960
Parutions: *L'Homme de la Papinachois; La Loi de l'Apache; Roi de la Côte Nord; Ashini*. Écrit un téléthéâtre pour Radio-Canada.

1961
Prix France-Canada pour *Ashini*. Collaborateur à *Châtelaine*, à *Maclean's Magazine* et au *Nouveau Journal*. Parutions: *Cul-de-sac; Le Vendeur d'étoiles; Les Commettants de Caridad; Amour au goût de mer; Séjour à Moscou*. Lauréat du prix Mgr Camille Roy pour *Le Vendeur d'étoiles*. Hôte du gouvernement soviétique au Festival international du film de Moscou. Voyage en Grèce. Écrit une dramatique historique sur Camilien Houde pour CKVL.

1962-1963
Séjour en Yougoslavie et à Florence.

1962

Prix du Gouverneur général pour *Agaguk* et *Ashini*. Parutions: *La Montagne sacrée; Le Rapt du Lac Caché; Si la bombe m'était contée; Nakika, le petit Algonquin.*

1963

Parutions: *Le Grand Roman d'un petit homme; Avéa, le petit tramway, Les Aventures de Ti-Jean; Les Extravagances de Ti-Jean; Maurice, le Moruceau; Nauya, le petit Esquimau; Ti-Jean et le grand géant; Le Ru d'Ikoué.* Écrit une dramatique pour CKVL.

1964

Parutions: *La Rose de pierre; Zibou et Coucou.*

1965

Président de la Société des écrivains canadiens. Parutions: *Les Temps du carcajou; La Montagne creuse; Le Secret de Mufjarti.* Rédige des adaptations, des pièces et un conte pour CKVL.

1965-1967

Directeur des affaires culturelles au Ministère des Affaires indiennes et du Nord à Ottawa. Écrit des radiothéâtres pour Radio-Canada.

1966

Parutions: *Les Dauphins de Monsieur Yu; Le Château des petits hommes verts; Le Dernier Rayon.*

1967

Parutions: *La Bête à 300 têtes; L'Appelante.*
Collaborateur à *La Presse.* Éditorialiste à *Sept Jours.*
Écrit une histoire de la ville de Montréal pour CKVL.

1968

Parutions: *Les Pieuvres; Les Vampires de la rue
Monsieur-le-Prince; N'Tsuk; La Mort d'eau; L'Île
introuvable; Le Marcheur* (pièce créée en 1950);
Kesten; Mahigan. Sortie sur microsillon de *N'Tsuk*, lu
par l'auteur.

1969

Parutions: *Antoine et sa montagne; Valérie; Tayaout,
fils d'Agaguk; Textes et documents; L'Or de la
felouque.*

1970

Parutions: *Frédange,* suivi de *Les Terres neuves; Le
Dernier Havre.* «Yves Thériault, écrivain (film, 16
mm, 33 minutes), réalisé par Claude Savard, produit
par l'Office du film du Québec pour le Ministère de
l'éducation. Thrombose cérébrale.

1971

Prix Molson pour l'ensemble de son œuvre.

1972

Parution de *La Passe-au-crachin.* Écrit des textes
radiophoniques pour Radio-Canada.

1973
Parution du *Haut Pays*.

1975
Parutions: *Agoak, l'héritage d'Agaguk; Œuvre de chair*. Écrit des textes sur la Basse Côte-Nord pour Radio-Canada.

1976
Parution de *Moi, Pierre Huneau*.

1978
Écrit des textes radiophoniques et un téléthéâtre pour Radio-Canada.

1979
Parutions: *Les Aventures d'Ori d'Or; Cajetan et la taupe*. Prix David pour l'ensemble de son œuvre.

1979-1984
Collaborateur à *Vidéo-Presse* (dont des textes posthumes).

1980
Parutions: *La Quête de l'ourse; Popok, le petit Esquimau; Le Partage de minuit*.

1981
Parutions: *L'Étreinte de Vénus; La Femme Anna et autres contes; Pierre-Gilles Dubois; Kuanuten (vent d'est); Valère et le grand canot*.

1982

Enregistre une série de treize entretiens pour la radio de Radio-Canada, «Yves Thériault se raconte». Télédiffusion sur les ondes de Radio-Québec de «Yves Thériault: vivre pour écrire», de la série *Profession: écrivain* (durée: 27 minutes), réalisation de Claude Godbout; produit par les Productions Prisma.

1983

Parutions: *L'Herbe de tendresse; Le Coureur de marathon*. Le 20 octobre, décès de l'écrivain à Joliette.

1986

Parution de l'anthologie *Le Choix de Marie José Thériault dans l'œuvre d'Yves Thériault* (Les Presses laurentiennes). Adaptation cinématographique du *Dernier Havre*, réalisée par Denyse Benoît, produite par Marc Daigle pour l'ACPAV (Association coopérative de productions audio-visuelles).

1992

Adaptation cinématographique d'*Agaguk* en version originale anglaise sous le titre *Shadow of the Wolf* et en version française sous le titre *Agaguk — L'Ombre du loup*, réalisée par Jacques Dorfmann, produite par Claude Léger pour Eiffel Productions et Transfilm Inc.

1993

Sortie de la bande sonore du même film (CD et cassette audio), musique de Maurice Jarre dirigeant le Royal Philarmonic Orchestra.

BIBLIOGRAPHIE SÉLECTIVE

Cette nomenclature regroupe l'édition originale et, le cas échéant, l'édition la plus récente des œuvres principales d'Yves Thériault et de leurs traductions. L'ordre chronologique est celui de l'édition originale.

1944

Contes pour un homme seul, Montréal, Éditions de l'Arbre, 1944; Montréal, BQ, 1993.

1950

La Fille laide, Montréal, Beauchemin, 1950; Montréal, Éditions du dernier havre, 2003.

1951

Le Dompteur d'ours, Montréal, Cercle du Livre de France, 1951; Montréal, Typo 1998.

Les Vendeurs du temple, Québec, Institut littéraire du Québec, 1951; Montréal, Typo 1995.

La Vengeance de la mer, Montréal, Publications du lapin, 1951.

1952

Le Drame d'Aurore (sous le pseudonyme de Benoît Tessier), Québec, Diffusion du livre, 1952.

1954

Aaron, Québec, Institut littéraire du Québec, 1954; Montréal, Éditions du dernier havre, 2003.

1958

Agaguk, Québec, Institut littéraire du Québec et Paris, Bernard Grasset, 1958; Montréal, Éditions du dernier havre, 2003.

Agaguk, Roman einer Eskimo-Ehe, traduit par Madeleine Jean, Berlin-Grunewald, F. A. Herbig, 1960; Berlin, F. A. Herbig, 1996 (allemand).

Agaguk, roman o Eskimima (Zanimljiva Biblioteka), traduit par Srečko Džamonja, Zagreb, Znanje, 1960 (serbo-croate).

Inuito: Ningen: Eskimô Agaguk no roman (Collection Riron Library), traduit par Tadashi Seki, Tōkyō, Rironsha, 1960 (japonais).

Agaguk, romanzo eschimese (Collana La Piramide, 68), traduit par Olga Ceretti Borsini, Milano, Aldo Martello, 1962; *Agaguk — L'ombra del lupo,* Bussolengo, Demetra, 1996 (italien).

Agaguk, traduit par Miriam Chapin, Toronto, Ryerson Press, 1963; Toronto, McClelland & Stewart, 1992 (anglais).

Agaguk, syn eskymáckého náčelníka, traduit par Eva Janovcová, Praha, Edice Spirala, 1972 (tchèque).

Życie za śmierć, traduit par Beata Hlasko, Warszawa, Instytut Wydawniczy Pax, 1972 (polonais).

Aí xi gi mo ren, traduit par Yeonghui Yí Zheng, Guilin (Guanxi), Li Jiang Zhu Beng Shè, 1986 (chinois).

Agaguk, traduit par Mohammad Najari, Damas, Éditions Al-Hassad, 2000 (arabe).

Agaguk, traduit par Boris Sokolov, Minsk, Éditions Technoprint (russe). À paraître.

1959

Alerte au Camp 29, Montréal, Beauchemin, 1959.

La Revanche du Nascopie, Montréal, Beauchemin, 1959.

1960

L'Homme de la Papinachois, Montréal, Beauchemin, 1960.

La Loi de l'Apache, Montréal, Beauchemin, 1960.

Roi de la Côte Nord (La Vie extraordinaire de Napoléon-Alexandre Comeau), Montréal, Éditions de l'Homme, 1960.

Ashini, Montréal et Paris, Fides, 1960; Montréal, BQ, 1988.

Ashini, traduit par Gwendolyn Moore, Montréal, Harvest House, 1972 (anglais).

Ashini, traduit par Mohammad Najari, Damas, Éditions Al-Hassad, 1999 (arabe).

1961

Cul-de-sac, Québec, Institut littéraire du Québec, 1961; Montréal, Typo, 1997.

Amour au goût de mer, Montréal, Beauchemin, 1961; Montréal, Libre Expression, 1981.

Le Vendeur d'étoiles — et autres contes, Montréal, Fides, 1961; Montréal, BQ, 1995.

Les Commettants de Caridad, Québec, Institut littéraire du Québec, 1961; Montréal, Typo, 1998.
Séjour à Moscou, Montréal et Paris, Fides, 1961.

1962

La Montagne sacrée, Montréal, Beauchemin, 1962.
Le Rapt du Lac Caché, Montréal, Beauchemin, 1962.
Si la bombe m'était contée, Montréal, Éditions du Jour, 1962.
Nakika, le petit Algonquin, Montréal, Leméac, 1962.

1963

Le Grand Roman d'un petit homme, Montréal, Éditions du Jour, 1963; Montréal, Éditions du Jour, 1969.
Avéa, le petit tramway, Montréal, Beauchemin, 1963.
Les Aventures de Ti-Jean, Montréal, Beauchemin, 1963.
Les Extravagances de Ti-Jean, Montréal, Beauchemin, 1963.
Maurice, le Moruceau, Montréal, Beauchemin, 1963.
Nauya, le petit Esquimau, Montréal, Beauchemin, 1963.
Ti-Jean et le grand géant, Montréal, Beauchemin, 1963.
Le Ru d'Ikoué, Montréal et Paris, Fides, 1963; Montréal, BQ, 2001.

1964

La Rose de pierre — histoires d'amour, Montréal, Éditions du Jour, 1964; Montréal, Libre Expression, 1981.
Zibou et Coucou, Montréal, Leméac, 1964.

1965

Les Temps du carcajou, Québec, Institut littéraire du Québec, 1965; Montréal, Typo, 1997.

La Montagne creuse, Montréal, Lidec, 1965.

Le Secret de Mufjarti, Montréal, Lidec, 1965.

1966

Les Dauphins de Monsieur Yu, Montréal, Lidec, 1966.

Le Château des petits hommes verts, Montréal, Lidec, 1966.

Le Dernier Rayon, Montréal, Lidec, 1966.

1967

La Bête à 300 têtes, Montréal, Lidec, 1967.

L'Appelante, Montréal, Éditions du Jour, 1967; Montréal, BQ, 1989.

1968

Les Pieuvres, Montréal, Lidec, 1968.

Les Vampires de la rue Monsieur-le-Prince, Montréal, Lidec, 1968.

N'Tsuk, Montréal, Éditions de l'Homme, 1968; Montréal, Typo, 1998.

N'Tsuk, traduit par Gwendolyn Moore, Montréal, Harvest House, 1971.

N'Tsuk, traduit par Mohammad Najari, Damas, Éditions Al-Hassad, 2001.

La Mort d'eau, Montréal, Éditions de l'Homme, 1968.

L'île introuvable, Montréal, Éditions du Jour, 1968; Montréal, BQ, 1996.

Le Marcheur, pièce en trois actes, Montréal, Leméac, 1968; Montréal, SYT Éditeur, 1996.

Kesten, Montréal, Éditions du Jour, 1968; Montréal, BQ, 1989.

Mahigan, Montréal, Leméac, 1968; Montréal, Leméac, 1987.

1969

Antoine et sa montagne, Montréal, Éditions du Jour, 1969; Montréal, BQ, 1995.

Valérie, Montréal, Éditions de l'Homme, 1969.

Tayaout, fils d'Agaguk, Montréal, Éditions de l'Homme, 1969; Montréal, Typo, 1996.

Textes et documents, Montréal, Leméac, 1969.

L'Or de la felouque, Québec, Éditions Jeunesse, 1969; Montréal, Hurtubise HMH, 1981.

1970

Frédange, suivi de *Les Terres neuves*, pièces en deux actes, Montréal, Leméac, 1970.

Le Dernier Havre, Montréal, L'Actuelle, 1970; Montréal, Typo, 1996.

1972

La Passe-au-Crachin, Montréal, René Ferron Éditeur, 1972.

1973

Le Haut Pays, Montréal, René Ferron Éditeur, 1973.

1975

Agoak — l'héritage d'Agaguk, Montréal, Quinze, 1975: Montréal, Stanké, 1979.

Agoak — The Legacy of Agaguk, traduit par John

David Allan, Toronto, McGraw-Hill Ryerson, 1979 (anglais).

Œuvre de chair, Montréal, Stanké, 1975; Montréal, Typo, 1997.

Ways of the Flesh, traduit par Jean David, Toronto, Gage Publishing, 1977.

1976

Moi, Pierre Huneau, Montréal, HMH, 1976; Montréal, BQ, 1989.

1979

Les Aventures d'Ori d'Or, Montréal, Éditions Paulines, 1979.

Cajetan et la taupe, Montréal, Éditions Paulines, 1979.

1980

La Quête de l'ourse, Montréal, Stanké, 1980.

Popok, le petit esquimau, Montréal, Québécor, 1980.

Le Partage de minuit, Montréal, Québécor, 1980.

1981

L'Étreinte de Vénus, Montréal, Québécor, 1981.

La Femme Anna et autres contes, Montréal, VLB Éditeur, 1981; Montréal, Typo, 1998.

Pierre Gilles Dubois, Montréal, Marcel Broquet, 1981.

Kuanuten (vent d'est), Montréal, Éditions Paulines, 1981.

Valère et le grand canot, Montréal, VLB Éditeur, 1981; Montréal, Typo, 1996.

1983

L'Herbe de tendresse, Montréal, VLB Éditeur, 1983; Montréal, Typo, 1996.

1990

Cap à l'amour! (ouvrage posthume), Montréal, VLB Éditeur, 1990; Montréal, Typo, 1998.

ÉTUDES CRITIQUES SUR YVES THÉRIAULT

ARCHAMBAULT, Gilles, présentation des *Contes pour un homme seul*, Montréal, BQ, 1993, p. 9-13.

BEAULIEU, Victor-Lévy, «Pour célébrer la beauté du conteur», préface de *Valère et le grand canot*, Montréal, VLB Éditeur, 1981, p. 9-28.

BEAULIEU, Victor-Lévy, «Pour saluer un géant», préface de *La Femme Anna et autres contes*, Montréal, VLB Éditeur, 1981, p. 9-37.

BEAULIEU, Victor-Lévy, «Pour célébrer l'Esquimau et l'Amérindien», préface de *L'Herbe de tendresse*, Montréal, VLB Éditeur, 1983, p. 9-35.

BÉRUBÉ, Renald, «Yves Thériault ou la lutte de l'homme contre les puissances obscures», dans *Livres et auteurs canadiens*, 1968, p. 15-25.

BÉRUBÉ, Renald, «Yves Thériault ou la recherche de l'équilibre originel», *Europe*, nos 178-179 (fév.-mars 1969), p. 51-56.

BÉRUBÉ, Renald, «Yves Thériault et la Gaspésie de la mer», *Possibles*, vol. II, nos 2-3, hiver-printemps 1978, p. 147-165.

BÉRUBÉ, Renald, «Kesten et son dragon bâtard», préface de *Kesten*, Montréal, BQ, 1989, p. 7-16.